KB124748

george orwell

* 이 도서의 국립중앙도서관 출판시도서목록(CIP)은 서지정보유통지원시스템 홈페이지(http://seoji.nl.go.kr)와 국가자료공동목록시스템(http://www.nl.go.kr/kolisnet)에서 이용하실 수 있습니다.
(CIP제어번호: CIP2014016610)

george
orwell

조지 오웰 영국식 살인의 쇠퇴

박경서 옮김

차례

일러두기

1 이 책은 조지 오웰(George Orwell)의 산문 중에서 옮긴이가 골라 번역한 것으로, 번역대본은 다음과 같습니다.

The Collected Essays, Journalism and Letters(4 vols). ed. Sonia Orwell & Ian Angus, Harmondsworth: Penguin Books, 1970. (*CEJL*로 표기)

Complete works of George Orwell(20 vols), ed. Ian Angus & Sheila Davison, London: Secker & Warburg, [1997]~1998. (*CW*로 표기)

Decline of the English murder, London: Penguin, 2009. (*DEM*으로 표기)

Critical Essays, ed. George Packer, London: Harvill Secker, 2009. (*CE*로 표기)

조지 오웰의 자전 노트 *CEJL* vol. 2

서푼짜리 신문 *CEJL* vol. 1

실업 *CW* vol. 10

어느 부랑자의 삶의 하루 *CW* vol. 10

국가는 어떻게 착취되는가 *CW* vol. 10

위건 피어로 가는 길 일기 *CEJL* vol. 1

고래 뱃속에서 *CEJL* vol. 1

아돌프 히틀러의 《나의 투쟁》 *CEJL* vol. 2

시민들을 무장시켜라 *CEJL* vol. 2

스페인 내전을 돌아보며 *CEJL* vol. 2

사회주의자는 행복할 수 있을까 *CE*

시골 빈민가는 유럽을 도울 수 없다 *CW* vol. 17

자유와 행복 *CW* vol. 18

고물의 저항할 수 없는 매력 *DEM*

영국식 살인의 쇠퇴 *CEJL* vol. 4

코앞에서 *CEJL* vol. 4

어느 서평가의 고백 *CEJL* vol. 4

내 좋을 대로 *CEJL* vol. 4

내 좋을 대로 *CEJL* vol. 4

유럽 통합을 위하여 *CEJL* vol. 4

에즈라 파운드의 문학상 수상에 대한 의문 *CEJL* vol. 4

2 본문 각주 중 **1,2,3**…으로 표시된 것은 옮긴이 주이며, 별표(*)로 표시된 것은 저자 원주입니다.

조지 오웰의 자전 노트

2차 세계대전의 발발로 어수선한 분위기 속에
오웰이 런던 인근 월링턴 집에서
한가로운 시간을 보내던 시절에 쓴 글이다.

나는 1903년 인도 벵골 지방 모티하리에서 인도 거주 영국인 가정의 두 번째 아이로 태어났다. 그리고 1917년부터 1921년까지 이튼에서 교육을 받았는데 운이 좋아서 그런지 장학금을 받았다. 하지만 그곳에서 배운 것이라곤 별로 없었고, 그곳이 내 인생에 중요한 영향을 끼쳤다고도 생각하지 않는다.

1922년에서 1927년까지 나는 버마에서 인도제국 경찰로 근무했다. 내가 경찰을 그만둔 이유는 그곳 환경이 내 건강을 해치기도 했고, 또 글을 쓰겠다는 생각이 모호하게나마 이미 내 머릿속에 자리 잡았기 때문이기도 했지만, 더 큰 이유는 내가 이미 부정한 돈벌이라고 여기게 되었던 제국주의에 더 이상 봉사할 수 없었기 때문이다. 버마에서 유럽으로 돌아온 후 나는 아무도 출판해주지 않으려 하는 소설과 단편을 쓰면서 파리에서 일 년 반을 보냈다. 돈이 다 떨어진 후 몇 해 동안 나는 여러 직업, 이를테면 접시닦이, 개인교사, 그리고 값싼 사립학교 교사 노릇을 하며 지독한 가난을 경험했다. 그리고 한두 해 동안 런던에 있는 어느 서점에서 시간제 점원 노릇도 해보았다. 내가 싫어하는 런던에 살아야 하는 것만 빼면 서점 점원 자체는 흥미로운 직업이었다. 1935년에 이르자 나는 글을 써서 생계를 꾸려갈 수 있었고, 그해 말에 시골로 이사해 조그만 잡화점을 하나 차렸다. 겨우 입에 풀칠할 정도였지만, 내가 그 계통의 일을 계속했더라면 유용하였을 법한 장사 기술을 꽤 많이 배웠다. 1936년 여름에 결혼을 했고 그해 말에 스페인으로 건너가 내전에 참전했다. 아내가 바로 뒤이어 스페인으로 왔다. 나는 4개월 동안 아라곤 전선에서 통일노동자당 소속 민병대와 함께 복무했다. 그곳에서 큰 부상을 입었지만 다행히 심각한 후유증은 없었다. 그 후 모로코에서 겨울 한철을 보낸 것을 제외하고, 나는 솔직히 말해 글을 쓰고 닭을 기르고 채소를 가꾸는 것 말고는 아무 일도 하지 않았다.

스페인에서 목격한 것도 있고, 게다가 좌파 정치집단의 내막을 알아차린 후 나는 정치에 대한 공포감이 생기게 되었다. 나는 얼마 동안 독립노동당원이었지만, 그들이 쓸데없는 말만 하고 히틀러에게 유리한 정책을 제안한다고 생각해 전쟁 초창기에 그들과 결별했다. 정서적으로 난 분명히 '좌파'에 속하지만, 작가가 당 노선으로부터 자유로울 때만 정직함을 유지할 수 있다고 믿는다.

내가 가장 좋아하고 절대 싫증나지 않는 작가로는 셰익스피어,

스위프트, 필딩,[1] 디킨스, 찰스 리드,[2] 새뮤얼 버틀러, 졸라, 플로베르 등이 있고, 현대 작가로는 제임스 조이스, T. S. 엘리엇, D. H. 로렌스 등이 있다. 그러나 내게 가장 큰 영향을 끼친 현대 작가는 서머싯 몸이라 생각한다. 이야기를 장식 없이 단도직입적으로 전개하는 힘 때문에 그를 가장 존경한다. 글쓰기 빼고 내가 가장 좋아하는 것은 정원 가꾸기, 특히 채소 가꾸기이다. 나는 영국 요리, 영국 맥주, 프랑스 적포도주, 스페인 백포도주, 인도산 차, 독한 담배, 석탄불, 촛불, 안락의자 등을 좋아한다. 싫어하는 것들은 대도시, 소음, 자동차, 라디오, 통조림 식품, 중앙난방, '현대식' 가구 등이다. 아내의 취향은 내 취향과 대부분 같다. 난 건강이 좋지 않지만, 지금까지 그것 때문에 내가 하고 싶은 일을 못한 경우는 없다. 2차 세계대전에 참전할 수 없었던 때를 빼고는 말이다. 내 자신에 대해 말하고 있는 이 이야기는 모두 사실이지만, 조지 오웰이라는 이름이 내 본명이 아니라는 점은 말해두어야 할 것 같다.[3]

1 Henry Fielding(1707~1754), 영국의 소설가, 극작가. 새뮤얼 리처드슨과 함께 영국 소설 확립기의 대표 작가. 대표작으로《톰 존스》가 있다.
2 Charles Reade(1814~1884), 영국의 소설가, 극작가. 그의 소설은 리얼리즘을 기반으로 한다. 대표작으로《가면과 얼굴》이 있다.
3 조지 오웰의 본명은 에릭 아서 블레어(Eric Arthur Blair)이다. 그는 1933년에 첫 소설 《파리와 런던의 밑바닥 생활》을 '조지 오웰'이라는 이름으로 출간했다. 필명으로 '케네스 마일즈', '조지 오웰', 'H. 루이스 올웨이즈' 세 개 중 고민하다가 '오웰'이라는 이름을 골랐다고 한다. '조지'는 가장 순수한 영국 이름이라서 골랐고, '오웰'은 근처에 흐르는 오웰 강에서 따왔다고 알려져 있다.

전쟁이 가져온 혼란 때문에 난 지금 소설을 쓰지 않고 있다. 하지만 《사자와 일각수》 혹은 《산 자와 죽은 자》 둘 중 하나가 제목이 될, 총 3부로 구성된 장편소설을 구상하고 있다. 1941년 언제쯤 1부를 완성하고 싶다.

- 1940년 4월 17일 집필,
《20세기 작가들(Twentieth Century Authors)》(1942) 수록

서푼짜리 신문

영국에서 최초로 지면에 발표된 오웰의 글이다.
본명인 'E. A. 블레어'로 발표되었다.

〈국민의 벗(*Ami du Peuple*)〉은 파리에서 발간되는 신문이다. 이 신문은 약 6개월 전에 창간되었으며, 모든 것이 '자극'적으로 변해버린 이 세상에서 낯설지만 주목할 만한 어떤 것을 성취하고 있다. 그 어떤 것이란 바로 이 신문 가격이 1부당 10상팀, 즉 1파딩[1]도 채 안 된다는 점이다. 이 신문은 일반 신문 크기이고 종이 질도 훌륭하다. 뉴스를 포함한 각종 기사들, 읽을 만한 만화, 스포츠, 살인, 민족주의적 감상, 반(反)독일선전 등으로 채워져 있다. 신문 가격을 빼면 이상하거나 특별한 것이 없다.

그런데 신문 가격에 대해서도 크게 놀랄 필요가 없어 보인다. 〈국민의 벗〉 사주(社主)들은 전단지 붙이는 것이 허용되어 있는

---

1 farthing. 영국의 옛 화폐단위로 4분의 1페니에 해당된다. 1961년에 폐지되었다.

파리의 벽 여기저기 붙어 있는 커다란 성명서에 그 이유를 밝히고 있기 때문이다. 이 성명서를 읽어보면 이 신문은 다른 신문들과 다르다는 기쁘고도 놀라운 사실을 알게 된다. 다시 말해 이 신문은 돈벌이라는 저급한 개념에 오염되지 않은 가장 순수한 공공심을 지니고 있는데 이것이 바로 이 신문을 창간하게 만든 이유다. 부끄러워 자신들의 이름을 밝히지 않고 있는 사주들은 남몰래 선을 행하는 즐거움을 위해 그들의 주머니를 비우고 있는 것이다. 우리는 그들의 목표가 강력한 트러스트와 전쟁을 벌이고, 보다 저렴한 생활비를 위해 투쟁하고, 그리고 무엇보다 프랑스에서 언론의 자유를 억압하는 힘센 신문들과 싸우는 것임을 알 수 있다. 다른 신문사들이 〈국민의 벗〉이 발행되지 못하도록 사악한 훼방을 놓고 있지만, 이 신문은 최후까지 투쟁할 것이다. 간단히 말해, 이 신문은 그 이름이 의미하는 바 그대로다.

우리는 민주주의를 위한 마지막 보루를 열렬히 환호할 것이다. 물론 이 신문사의 사주가 산업 자본가이자 〈피가로〉지와 〈골루아〉지의 사주이기도 한 F. 코티[2]라는 사실을 모른다면 말이다. 또한 이 신문의 정치적 관점이 친산업적이고 좋은 게 좋다는 식이며 반급진적이고 반사회주의적이지 않다면 덜 미심쩍어 할 것이다. 하지만 지금으로선 이런 생각이 중요한 게 아니다. 중요한 질

---

2 François Coty(1874~1934), 프랑스의 신문 경영자이자 향수 및 화장품 제조업자. 1928년에 〈국민의 벗〉지를 창간했으며 반공 운동에 참여했다.

문은 이것이다. 첫째, 〈국민의 벗〉은 과연 수지타산이 맞는가? 그렇다면 어떻게?

두 번째 질문은 더 중요하다. 진보의 행진은 언제나 더 크고 더 추잡한 트러스트들로 기울고 있기 때문에, 신문의 출발은 주목할 만하지만 결국 불유쾌한 상황을 완화시키기 위해 검열받은 몇 개의 뉴스가 실린 광고지와 선전지로 전락할 것이다. 〈국민의 벗〉 또한 광고로 인해 존재한다는 것은 엄연한 사실이지만, 코티와 그의 동료들이 원하는 정치선전을 교묘히 함으로써 간접 수익을 올릴 수 있는 것 또한 사실이다. 사주들은 〈국민의 벗〉을 공짜로 배부해 보다 높은 차원의 자선활동이 되게 하겠다고 위에 언급한 성명서에서 밝히고 있다. 불가능하게 들리는 것은 아니다. 나는 (인도에서) 얼마 동안 무료 일간신문을 본 적이 있다. 신문 후원자, 즉 광고주들은 무료 신문이 그들이 허풍 치는 데 값싸지만 만족할 만한 수단으로서 분명히 자기들에게 이득이 될 거라고 생각했던 것이다. 그 신문은 인도 수준에서 볼 때 평균 이상이었고, 물론 광고주들이 승인하는 기삿거리만 실었다. 이 무명의 인도 신문은 현대 저널리즘의 논리적 목표를 보여주고 있다. 〈국민의 벗〉은 같은 맥락에서 새로운 도약으로 주목받아야 한다.

그러나 수익이 간접적이든 직접적이든 〈국민의 벗〉은 확실히 번창하고 있다. 신문 발행부수는 이미 상당 수준에 올랐고, 단순한 조간지로 출발했지만 지금은 석간지로 발행되고 있다. 이 신문의 사주들은, 다른 신문들이 언론의 자유를 수호하는 새로운 챔피언을 무너뜨리려 혈안이 되어 있다고 분명히 말한다. 다른 신문들은 〈국민의 벗〉을 신문판매점에서 사라지게 하려고 갖은 노력을 다하고 있는데(물론 그들은 높은 이타적 동기에서 그렇게 하고 있다), 길모퉁이 가판대에서 철수시키는 데까지는 성공했다. 주인이 사회주의자인 몇몇 조그만 가게에 가보면 "이곳에서는 〈국민의 벗〉을 팔지 않습니다."라는 안내문이 창문에 붙어 있는 것을 볼 수 있다. 그러나 〈국민의 벗〉은 걱정하지 않는다. 이 신문은 주로 거리와 카페에서 왕성하게 팔리며 이발사, 담뱃가게 주인, 그리고 전에 언론계통에 종사해본 적이 없는 사람들이 이 신문을 사본다. 이따금씩 이 신문은 사람들이 2푼짜리 동전을 빈 깡통에 던져놓고 집어갈 수 있도록 대로변에 수북이 쌓여 있을 때도 있다. 물론 지키는 사람도 없다. 사주들이 무슨 수단을 써서라도 이 신문을 파리에서 가장 많이 읽히는 신문으로 만들려 작정하고 있다는 것을 알 수 있다.

그리고 이 신문이 성공한다고 가정해보자. 그 다음엔 어떻게 될까? 분명히 〈국민의 벗〉은 덜 유명한 신문의 범주에서 탈피할 것이다. 이미 몇몇 신문은 경제적으로 쪼들리고 있다. 결국 그런 신문들은 망하거나 아니면 〈국민의 벗〉의 전략을 모방해서 살아남을 거라고 추측해볼 수 있다. 그래서 이런 종류의 신문들은 의도가 어떻든 전부 다 자유 언론의 적이다. 현재 프랑스는 자유 언론의 메카이다. 파리 한 곳만 하더라도 민족주의자, 사회주의자, 공산주의자, 교권(敎權) 개입 찬성자와 그 반대자, 군국주의자와 반군국주의자, 친유대주의자와 반유대주의자 등이 운영하는 일간지들이 있다. 또 왕당파 기관지이자 최고 부수를 자랑하는 일간지인 〈악시옹 프랑세즈〉[3], 소련 밖에서 발행되는 극좌파 일간지인 〈뤼마니테〉[4], 그리고 이탈리아어로 발간되지만 이탈리아에서는 판매되지 않는 〈라 리베르테〉도 파리에서 볼 수 있다. 파리에서 신문은 프랑스어, 영어, 이탈리아어, 이디시어, 독일어, 러시아어, 폴란드어를 비롯해 서유럽 사람들이 이해하지 못하는 언어로도 발간된다. 신문가판대는 다양한 언어로 쓰인 신문들로 꽉 차 있다. 프랑스 저널리스트들이 이미 불만을 터뜨리고 있지만, 보도연합체는 실제로 프랑스에서 아직 존재하지 않고 있다. 그러나 〈국민의 벗〉은 적어도 그것을 현실화하기 위해 용감하게도 노력하고 있는 중이다.

그리고 이런 종류의 신문이 프랑스에서 수익을 낸다고 가정해보자. 왜 영국에서는 서푼짜리 신문을 만들지 못하는가? 혹은 적어도 반 페니짜리 신문이라도 런던에 있는가? 신문기자들이 큰 사업의 광고 대리업자로 존재하는 한, 막대한 발행 부수는 방법이 공정하든지 그렇지 않든지 간에 신문사의 유일한 목적이 된다. 최근까지 다양한 영국 신문사들은 이따금씩 수천 파운드를 축구시합 상금으로 내놓는 방법으로 원했던 만큼의 수익을 올렸

---

3 *Action Française*, 1899년 창간된 1930년대 프랑스의 대표적 우익 신문.
4 *L'Humanite*, 1904년 장 조레스가 창간한 사회주의 신문. 1920년 이래 프랑스 공산당 기관지이다.

다. 오늘날은 축구시합 상금 후원이 법에 의해 중단되어 신문 판매부수는 뚝 떨어지고 있다. 그래서 영국의 언론 거물들에게 주는 가치 있는 본보기가 여기 있다. 〈국민의 벗〉을 모방해서 신문을 서푼에 팔도록 촉구하고 싶다. 다른 도움은 전혀 되지 않을지 모르지만, 어쨌든 불쌍한 대중은 적어도 이 금액에 걸맞은 가치를 정확히 얻는다고 생각할 것이다.

- 1928년 12월 29일, 〈G. K. 위클리〉[5]

---

5 *G. K.'s Weekly*, 영국 작가 G. K. 체스터튼이 1925년부터 1936년 사망 시까지 편집·발행하던 주간 신문.

실업

파리 체류 중 본명인 'E. A. 블레어'로 발표한
일련의 글들 중 하나. 〈서푼짜리 신문〉과
같은 날 게재되었다.

영국! 실업! 이 두 단어 중 한 개를 꺼내면 반드시 나머지 한 개에 대한 환영이 떠오른다. 실업은 전후(戰後) 영국인들에게 삶의 현실 중 하나가 되었다. 그것은 또한 영국 노동자들의 참전에 대한 대가이기도 했다. 실업은 전쟁 전에도 확실히 없었던 것은 아니지만, 상대적으로 실직자들의 숫자가 적어 무시해도 될 정도였다. 실직자들은 '노동예비군'으로 여겨져 노동부족 현상이 생길 때 임금인상의 억제책으로 이용되기도 했다. 당시에는 경제 메커니즘이 적어도 순조롭게 작동되고 있는 것처럼 보였다. 여론은 상황을 비관적으로 보지 않았고, 경제 구조가 잘못될 거라고 상상조차 하지 않았다. 그러나 전쟁이 도래했고 갑자기 모든 것들이 잘못된 방향으로 흘러갔다. 산업주의자들이 국가 간에 치열한 싸움을 해야 하는, 현대 무역의 토대라 할 수 있는 경쟁이 화근을 불러온 것이었다. 모든 경쟁에는 승자와 패자가 있게 마련이다. 전쟁 전에 영국은 승자였지만 지금은 패자이다. 간단히 말해, 경쟁은 모든 문제의 원인이 되었다.

전쟁은 영국의 산업적 패권에 종지부를 찍게 만들었다. 참전하지 않았던 국가들, 이를테면 미국 같은 나라는 자국의 이익을 위해 수출시장 대부분을 점유하기에 이르렀다. 하지만 더욱 심각한 문제는 세계의 기타 국가들이 영국보다 더 급속히 산업화되었다는 사실이다. 영국이 산업화 경쟁에서 앞서나갔다는 바로 그 사실이 오히려 영국의 발목을 잡는 꼴이 되어버렸다. 영국은 구식 기계를 새로운 시스템에 맞는 기계로 바꾸는 데 엄청난 자본을 쏟아 부었다. 이 경쟁에 늦게 뛰어든 다른 국가들은 현대화에 더 잘 대비하고 있었다. 영국의 주요 산업인 석탄과 철이 가장 타격을 많이 받은 것 중 하나였다. 현재 석탄 광부들이 가장 심각한 영향을 받고 있다. 그들은 이루 말할 수 없는 비참한 상황에 놓여 있는데 현 제도 하에서 어떻게 할 줄 몰라 망연자실하고 있는 형편이다. 영국의 광산 지역에서 이중재산권 제도는 연료, 노동, 기계의 엄청난 낭비를 가져오게 했다. 석탄이 매장되어 있는 땅 소유주에게 과도한 돈이 지출되고 있다. 게다가 모든 광산은 무슨 이득이 있나 싶어 주변을 어슬렁거리는 사람들, 다시 말해 주주들에 의해 장악되어 있다. 그들의 배당금 요구는 자연히 석탄 가격을 올리는 요인이 되었다. 이 모든 불리한 점을 고려해볼 때, 영국 석탄이 더 이상 시장을 찾을 수 없다는 사실은 더 이상 놀라운 일이 아니다.

이 사태를 타개하기 위해 자본가들은 광부들에게 적은 임금을 받고 일하도록 강요하기에 이르렀다. 영국에서 이 시도는 실패로 돌아갔지만, 그 사이에 폴란드산 석탄이 1실링 8펜스 혹은 2실링 6펜스의 가격으로 팔리고 있다. 영국이 현 제도 하에서 석탄을 팔 수 있는 최저가격보다 훨씬 낮은 가격이다. 강철 공장과 방적 공장에서도 사정은 다르지 않다. 오늘날 영국은 예전의 산업 패권에 대해 값을 톡톡히 치르고 있는 중이다. 결과적으로 125만 명이나 150만 명, 아니 거의 200만 명에 육박하는 사람들이 영국에서 실직 상태에 놓이게 되었다. 1, 2백만 명 가량의 국민들이 굶주림에 허덕인다는 건 곧 혁명이 일어날 위험이 있다는 뜻이니, 영국 정부는 진작부터 실직자들을 도와줄 의무가 있다는 사실을 깨달아야 했다. 전쟁이 종식됨에 따라, 그들을 호도했던 전시 상황의 짧은 번영도 끝이 났다. 고향으로 돌아온 군인들은 그들이 문명과, 로이드 조지[1]가 말했듯이 "영웅들이 살기에 적합한" 국가를 위해 싸웠다는 찬사를 들었다. 간단히 말해, 전후 영국은 떵떵거리며 잘살 수 있는 '엘도라도'가 될 것이라는 얘기였다.

아아! 엘도라도는 실현되지 않았기 때문에, 재향군인들은 자신들이 속았다는 걸 알았다. 영국 정부는 그들이 괜한 헛고생만

---

1 David Lloyd George(1863~1945). 영국의 정치가. 연립내각 총리(1916~1922)와 자유당 당수(1926~1931)를 지냈다. 노동자를 위한 국민보험법, 실업보험법을 성립시켜 사회보장제도의 기초를 확립하였다.

했다는 사실을 깨닫기 전에 즉시 어떤 조처를 취할 필요가 있었다. 그래서 영국 정부는 1920년에 실업보험법을 서둘러 만들었다. 이 법에 따르면, 정규직 노동자는 실직할 경우 보상을 받기 위해 일정액의 돈을 납부해야 한다. 이 돈을 납부한 노동자가 실직할 경우 실업수당을 청구할 권리를 가질 수 있다. 이는 필연적 결과가 될 수 있는 굶주림과 혁명을 막는 현명한 예방책이었다.

이 법 조항의 골자는 다음과 같다. 노동자는 주당 남성은 6펜스, 여성은 5펜스의 보험료를 지불한다. 30번 이상 납입했을 경우, 그들은 필요할 경우 보상금으로 특별 실업수당을 받을 수 있다. 이 실업수당은 전체 26주 동안 주당 18실링씩 받는다. 예외적인 상황이 생길 경우 실업수당을 받는 기간이 길어질 수 있다. 게다가 실직자가 결혼을 했다면 아내 몫으로 주당 5실링을 더 받고, 자식 한 명당 1실링을 추가로 받는다. 여성과 스물한 살 이하 젊은이의 경우 실업수당은 훨씬 적어진다. 이 법은 자선과는 아무 관계가 없다는 걸 분명히 지적하고 싶다. 사실 이것은 일종의 보험으로, 다수의 노동자들은 보험금 납입에 대한 대가로 어떤 혜택도 받지 못한다. 실직자들에 대한 이런 실업수당은 노동자들에게는 결코 책임이 없는 영국 경제의 불황 때문에 절대적으로 필요한 것이 되고 있다는 사실도 덧붙이고 싶다. 실업수당이 일종의 시혜를 베풀어주는 식으로 흘러가고 있지 않다는 사실도 지적하고 싶다. 주당 1실링은 아이 한 명을 양육하는 데 충분한 금액이 아니다. 심지어 주당 18실링은 성인 남성이 겨우 먹고 살기에도 빠듯한 돈이다. 그런데 보수 언론은 실업이 노동자들의 게으름과 탐욕에서 비롯된 것이라는 엉터리 같은 이야기를 지껄이고 있기에 이 점을 분명히 하고 싶다. 그들에 따르면, 영국 노동자의 유일한 목적은 힘든 노동은 피하고 게으르게 살면서 주당 18실링씩 받는 것이라고 한다. 게다가 이런 이야기를 퍼뜨린 사람들은 실업수당을 뜻하는 '돌(dole)'이라는 신조어를 만들어내기까지 했다. '공짜 밥을 얻어먹으려는 쓸모없는 사람들에게 베푸는 자선금'을 뜻하는 멸시적이고 사악한 표현이다. 실직자들은 납세자들의 자선을 받아 놀고먹는 향락집단이라는 생각이 부유한 영국 사람들 사이에서 광범위하게 퍼지고 있다.

사실, 대부분의 실직자들은 현실적으로 부러움의 대상과는 거리가 멀다. 어쨌든 간에 1주일에 18실링을 가지고 어떻게 산단 말인가? 대답은 간단하다. 그 돈으로는 사는 게 아니다. 죽음만 모면할 뿐이다. 이를테면 아내와 두 아이가 있는 결혼한 남성 실직자를 생각해보자. 그의 전체 주당 수입은 25실링 가량 된다. 아무리 힘이 들어도, 더 많은 돈을 준다고 한다면 그가 과연 그 일을 마다할 수 있다고 생각하는가?

내가 방금 묘사한 그런 환경에 처한 가난한 가족은 런던, 맨체스터, 혹은 웨일스의 탄광촌에 있는 악취를 풍기는 빈민가의 단칸방 집에서 짐승처럼 살고 있다. 어쩌면 그들은 일주일치 집세로만 7실링을 낼 것이며, 나머지 돈은 네 식구의 식비와 생활비로 나갈 것이다. 이 돈을 가지고는 비참한 생활을 벗어날 수 없다. 질

낮은 빵과 같은 영양이 부족한 음식물, 쓴 맛이 강한 차가 영국의 가난한 사람들의 주식이다. 겨울에는 허름한 방 한 칸조차도 따뜻하게 할 수 없다. 담배 살 돈도 없고, 맥주는 생각조차 못한다. 심지어 아이들이 먹는 우유도 배급받는다. 여벌 옷가지들과 꼭 필요하지 않은 가구가 차례차례 전당포에 맡겨진다. 실업의 끝이 보이지 않고 비참한 날들이 계속 이어진다. 그러니 보수 신문들이 의분에 차서 말하고 있는 '사치 속의 게으름'은 자세히 들여다보면 '거의 아사 직전 단계'를 가리킨다는 것을 알 수 있다.

독신 실직자일 경우, 극빈자들이 주로 이용하는 '하숙집'이라고 알려진 판잣집에서 기거할 수 있다. 이곳에 살게 되면 주당 집세로 1, 2실링 가량을 절약할 수 있다. 그들은 널찍한 기숙사에서 잠을 자는데, 그 방에는 군인침대 비슷하게 생긴 3, 40개의 야전침대가 약 1미터 간격으로 줄지어 놓여 있다. 그리고 그들은 지하 부엌에서 코크스 화덕에 프라이팬을 올려놓고 음식을 직접 조리해 먹는다. 영국에서 결혼하지 않은 극빈자들(실직자, 거지, 신문 판매원 등) 대부분은 불결하고 불편한 이런 하숙집에서 몸을 부대끼며 다닥다닥 살고 있다. 침대는 역겨울 정도로 더럽고 해충이 득시글거린다. 실직자들은 식사도 이곳에서 하는데 식사란 고작 빵과 차가 전부다. 그들은 일자리를 찾으러 돌아다니지 않을 때는 오랜 시간 동안 난롯불 앞에서 얼빠진 사람처럼 멍하니 앉아 있다. 이들은 일자리를 찾으러 아무 희망도 없이 돌아다니는 것을 제외하고 하는 일이 없다. 이처럼 완벽히 공허한 존재들에게는 즐길 거리나 어떤 기분전환도 없고, 늘 배가 곯아 있는 이런 상황에서 단조로움과 끔찍한 무료함을 벗어나기 위해 아무리 혐오스럽고 급료가 형편없는 일이라도 닥치는 대로 하겠다는 것이 그들의 절대적인 희망이다.

실직자들은 생존에 필요한 생필품을 살 만큼의 돈만 가지고 있다. 그들의 어쩔 수 없는 게으름은 가장 나쁜 일을 하는 것보다 수백 배 더 나쁘다. 그들의 실업수당은 영원히 지급되지 않을 것처럼 보이며, 심지어 지급된 것을 받는 일도 쉽지 않다. 실직자들은 일자리가 있는지 알아보기 위해 매일 공공직업안정소를 찾아가야 하고 또 몇 시간을 기다려야 겨우 담당자를 만나볼 수 있다. 주당 실업급여를 받기 위해 그들은 직접 찾아가서 할 일도 없이 멍하니 기다려야 한다. 그래서 공공직업안정소 문 주위에 몰려 기다리고 있는 남루한 옷을 입고 얼굴이 초췌한 사람들의 기다란 줄을 쉽게 볼 수 있다. 지나가는 사람들은 동정어린 표정이나 경멸스런 눈빛으로 그들을 쳐다본다. 실업수당을 지급하는 관리들은 그들이 열등감을 느끼도록 허세를 부리고 있다. 관리들은 실직자들에게 공공비용으로 살고 있는 버림받은 사람들임을 단일 분이라도 잊어서는 안 된다는 인식을 심어주려 하고 있다. 그러므로 그들은 어떤 상황에서도 공손하고 고분고분하게 굴어야 한다. 관리들은 실직자들이 술을 마셨거나 심지어 술 냄새만 난다 해도 당연히 실업수당을 주지 않으려 하며 거드름을 피운다.

결국 '돌'을 받지 못하는 끔찍한 날이 온다. 26주는 금세 지나가고 실직자들은 여전히 일자리가 없어 수중에 한 푼도 남지 않게 된다. 이제 그 사람들은 무엇을 할 수 있을까? 어쩌면 하루나 이틀 정도 지탱해줄 몇 실링 가량은 가지고 있을 것이다. 그들은 8펜스짜리 침대를 포기하고 야외에서 밤을 보낼 것이고, 굶어 죽지 않을 정도로만 입에 풀칠을 할 것이다. 무슨 소용이 있겠는가? 일자리를 찾지 못한다면, 그들은 구걸하거나 남의 물건을 훔치든지 아니면 굶어죽어야 할 처지가 될 것이다. 어쩌면 그들은 거리를 돌아다니며 구걸을 하든지 아니면 구빈법에 따라 각 지역의 극빈자들을 위해 할당되어 있는 공공부조에 손을 내밀 것이다. 어쩌면 극빈자들(그들은 죄인과 다름없이 취급받는다)을 수용하고 있는 구빈원에 들어갈 것이다. 운이 좋다면 그들은 실업보험법을 적용받아 주당 수당으로 10실링을 받을 수 있는데 이 돈으로 최대한 아껴가며 생활해야 한다.

그들은 또한 '부랑자'가 될 수도 있다. 그들은 일자리를 찾기 위해 시골을 돌아다니는데 매일 밤 다른 구빈원을 전전하며 숙식을 해결한다. 그러나 이런 가련한 사람들이 수적으로 너무 많아 구빈법이 붕괴될 지경에 놓여 있다. 구빈법에 의해 구제받는 극빈자들의 숫자는 일정하게 정해져 있지만 더 이상 실업수당을 받을 수 없는 실직자들이 결국에는 지역사회의 지원에 계속 의존할 수밖에 없기 때문에, 구빈원은 넘쳐나는 실직자들을 감당할 수 없게 되는 것이다.

탄광이 폐쇄되어 50만 명에 달하는 노동자들이 길거리로 쫓겨난 남웨일스에서 실직자 구제기금은 이제 바닥이 났다. 이런 것들이 영국에서 실직 환경의 현주소이다. 이런 사태를 해결하기 위해 현 보수당 정부는 장밋빛 계획만 남발할 뿐 실질적으로 도움이 되는 일은 실천하지 않고 있다. 올해 초 볼드윈 수상이 남웨일스를 돕기 위해 국고 지원금을 보내달라는 요청을 받았을 때, 그는 '민간 자선에 의존'해 빈곤한 광부들을 돕고 있는 형편이라는 답변을 했다. 대규모 도로나 수로 건설과 같은 공공사업을 발주함으로써 인위적 노동 수요를 창출하는 데 목표를 둔 임시 계획들이 제안되고 있지만 그런 계획을 시행하려면 세금을 더 거둬들여야 하기 때문에, 현재까지 어떤 것도 실행하지 못하고 있다.

실직자들의 대규모 이민 또한 장려되고 있지만, 제시된 조건은 매력적이지 못하다. 게다가 캐나다와 호주는 영국과 마찬가지로 해결해야 할 자체의 산업 문제를 안고 있다. 그래서 이민은 현재의 어려움을 완화시킬 것 같지 않다. 정부는 사실을 호도함으로써 자신들이 저지른 실수를 덮으려 하고 있다. 공식적인 실업 통계는 상당히 의도적으로 작성되어 신뢰를 주지 못하고 있다. 정부는 전쟁 이후 정규직 일자리를 잃은 수만 명의 사람들을 누락시킨 채 **실업보험에 가입한** 실직자만을 통계로 잡고 있다. 실직자들이 부양해야 하는 아내와 아이들 또한 이 목록에 빠져 있다.

따라서 궁핍한 사람들의 실제 숫자는 엄청나게 과소평가되고 있다. 보수 언론은 가능한 한 실업에 대해 언급을 하지 않고 있다. 만일 기사화된다 해도, 그 내용은 '돌'과 노동계층 사람들의 게으름을 경멸적으로 암시하는 것이다. 그래서 아무것도 모르는(알려고도 하지 않는) 영국의 풍족한 중산층 사람들은 현실 안주와 무관심에서 벗어나 극빈자들에게 관심을 가질 수도 있지만 그들의 실상에 관해 제대로 된 정보를 접할 수 없다.

그리고 나는 이 모두가 어떻게 끝날 수 있는 것인지 묻고 싶다. 어떤 해결책이 나올 수 있는가? 한 가지 사실만은 분명하다. 이 가련한 사람들이 굶주림으로 죽어가지 않도록 하려는 노력이 있을 것이다. 예컨대 어떤 정부도 굶주리고 있는 50만 명의 광부들을 내버려두지 않을 것이다. 무슨 일이 일어나더라도, 혁명을 피하기 위해 정부는 실직자들이 어딘가에서 보조금을 받을 수 있도록 확실한 조치를 취할 것이다. 그러나 그것 외에 뚜렷한 큰 개선책은 없을 것으로 보인다. 실업은 자본주의와 대규모 산업 경쟁의 부산물이다. 이런 상황이 지속되는 한 가난은 노동자들을 계속 노예상태로 만들 것이다.

지금 영국 노동자들은 희생양이다. 그들은 분명히 현 경제 체제에서 급진적 변화가 없는 한 계속해서 고통받을 것이다. 그들의 유일한 희망은 변화를 이끌 충분한 힘과 지성을 갖춘 정부가 선출될 날을 기다리는 것이다.

- 1928년 12월 29일, 〈시민의 진보(*Le Progrès Civique*)〉

어느 부랑자의 삶의 하루

오웰이 1927년 겨울 어느 부랑자와 동행하면서
부랑자들의 삶을 관찰한 경험을 담은 글이다.
에세이 〈구빈원〉과《파리와 런던의 밑바닥 생활》의 토대가 되었다.

우선, **부랑자**란 어떤 사람인가? 부랑자는 토박이 영국 종으로 뚜렷한 특징이 있다. 돈이 없고, 누더기 옷을 걸치고 있고, 하루에 20킬로미터 정도 걷고, 같은 장소에서 이틀 밤을 연달아 자지 않는다. 간단히 말해, 그들은 여러 해 동안 날마다 걸어 돌아다니면서 자선으로 삶을 부지하고 있는 떠돌이들이다. 그들은 방랑 생활을 하면서 영국 땅 전역을 수도 없이 돌아다니고 있다. 그들은 빈약한 몸을 감싸고 있는 누더기를 제외하고는 이 세상에 직업도, 가정도, 가족도, 재산도, 아무것도 없는 사람들이다. 그들은 공공의 도움으로 근근이 생명을 연명하고 있다. 부랑자들의 숫자가 얼마나 되는지 아무도 모른다. 3만 명, 5만 명, 어쩌면 실직사태가 특별히 심할 때는 잉글랜드와 웨일스에서 10만 명 정도 될 것이다.

부랑자들은 재미로, 또는 조상들로부터 물려받은 역마살이 끼어 돌아다니는 게 아니다. 다른 무엇보다도 그들은 굶어죽지 않기 위해 돌아다닌다. 그 이유는 쉽게 알 수 있다. 부랑자들은 영국 경제 상태의 영향으로 일자리를 잃은 사람들이다. 그래서 살기 위해 그들은 공공 혹은 사립 자선단체에 의존해야 한다. 정부는 그들을 도와주는 차원에서 먹을 것과 잠잘 곳을 제공하는 **구빈원**이라는 걸 설립했다. 이 장소는 20킬로미터 간격으로 있으며, 누구도 한 달에 한 번 이상 같은 구빈원에서 머물 수 없다. 그래서 부랑자들은 머리를 가릴 지붕이 있는 곳에서 먹고 자기를 원한다면, 매일 밤 새로운 안식처를 찾아 끊임없이 순례여행을 떠나야 하는 것이다. 이것이 부랑자들이 존재하는 이유다. 이제 그들이 어떤 종류의 삶을 사는지 살펴보기로 하자. 단 하루만 지켜봐도 충분히 알 수 있을 것이다. 이 세상에서 가장 부유한 국가 중 하나인 이 나라에서, 이 불쌍하고 가련한 사람들에게 하루하루 생활은 똑같기 때문이다.

아침 10시쯤 구빈원 문을 나서는 한 부랑자의 뒤를 따라가 보자. 다음 구빈원은 20킬로미터 떨어져 있다. 다섯 시간을 족히 걸어 오후 3시쯤 다음 목적지에 도착할 것이다. 그 부랑자는 걷는 도중 휴식을 취하지 못한다. 좀 쉬려고 하면 경찰이 의심스런 눈초리로 다가와 그를 도시나 마을에서 쫓아내기 때문이다. 그래서 그는 도중에 쉴 수도, 지체할 수도 없는 것이다.

위에서 말했듯이 오후 3시경 그는 구빈원에 도착한다. 그러나 구빈원은 저녁 6시가 되어야 문을 연다. 그는 먼저 와 기다리고 있는 다른 부랑자들과 함께 무료한 세 시간을 보낸다. 초췌하고 면도를 하지 않았고 더러운 누더기를 걸친 인간 무리가 점점 불어난다. 곧 다양한 직업을 대표하는 실직자들이 100여 명까지 불어난다. 이곳에 모인 사람들은 영국 북부지역에 불어 닥친 실업의 희생자인 광부들과 방적공장 노동자들이 다수이지만, 기술이 있든 없든 온갖 일을 했던 사람들이다. 그들의 나이는 열여섯 살에서 예순 살까지 다양하다. 성별은 부랑자 50명 중 여성이 2명꼴이다. 여기저기에서 바보 얼간이들이 의미 없는 말을 지껄여대고 있다. 그들 중에는 몸이 허약한 사람들도 있고 나이든 사람들도 있는데, 20킬로미터를 어떻게 걸어왔는지 신기하기만 하다. 그들이 입고 있는 옷은 눈뜨고 볼 수 없을 정도로 누더기에다 구역질 날 정도로 더럽다. 그들의 얼굴을 보면, 위협적이진 않지만 쉬지 못하고 보살핌을 못 받아 사나워 보이기도 하고 겁을 집어먹은 것처럼 보이기도 하는 야생동물의 모습이 생각난다.

그들은 풀밭이나 먼지 나는 맨땅에 쭈그려 앉아 기다린다. 용기가 있는 자들은 음식 부스러기라도 얻어먹을 요량으로 푸줏간이나 빵집 주변을 어슬렁어슬렁 돌아다닌다. 그러나 구걸 자체가 영국에서 불법이기 때문에 이런 행동은 위험한 짓이다. 그래서 대부분은 사전에도 없는, 생생한 표현력을 지닌 특이한 단어와 문구로 가득 찬 부랑자들만의 특수 언어인 이상한 사투리로 모호한 말들을 주고받으며 지루하게 기다리는 데 만족하는 것이다. 그들은 잉글랜드와 웨일스 전역에서 왔으며, 서로 각자의 모험담을 이야기하고 희망은 없지만 일자리를 찾을 가능성에 대해 나름대로의 토론을 벌인다. 끊임없이 방랑을 하면서 반대쪽 지방에 있는 어떤 구빈원에서 몇 번이고 서로 만난 적이 있는 부랑자들도 있다. 이런 구빈원들은 비참한 영국 순례자들이 여섯 시간 동안 머물러 있다가 다시 사방으로 흩어지는 초라하고 더러운 카라반세라이[1]를 연상케 한다.

부랑자들은 모두 담배를 피운다. 구빈원 내에서는 흡연이 금지되어 있기 때문에, 그들은 기다리는 시간을 최대한 활용한다. 그들의 담배는 길에서 주워 모은 꽁초가 대부분인데 그것을 종이로 말거나 낡은 파이프에 끼워 피운다. 어느 부랑자가 일을 해서 벌었거나 오는 도중에 구걸을 해서 모은 약간의 돈을 가지고 있다면 그의 머리에 떠오를 첫 번째 생각은 담배를 사는 것이지만, 대체로 그는 도로에 떨어진 담배꽁초를 주워 피울 것이다. 왜냐하면 구빈원은 부랑자들에게 숙식만 제공하며 옷이나 담배 등은 부랑자 스스로 해결해야 하기 때문이다.

그럭저럭 구빈원의 문이 열릴 시간이 다 되었다. 부랑자들은 일어나, 교외 지역에 외따로 서 있는 교도소로 착각할 법한 기분 나쁜 노란색 정육면체인 커다란 벽돌 건물의 벽 옆에 줄을 선다.

---

1 caravanserai. 과거 아시아와 북아프리카 사막에 있던 대상들의 숙박시설.

몇 분 더 지나서 육중한 문이 열리면 소떼를 방불케 하는 인간 무리가 안으로 들어간다. 구빈원과 교도소의 비슷한 점은 일단 문을 통과하면 훨씬 더 분명해진다. 높다란 벽으로 둘러싸인 텅 빈 뜰 중앙에 회반죽이 칠해져 있지 않은 방, 화장실, 관리 사무실, 그리고 식당으로 사용되는, 전나무 널빤지로 만든 기다란 의자들이 놓인 조그만 방이 있는 본관이 서 있다. 모든 것들이 상상 이상으로 더럽고 사악해 보인다.

교도소 같은 분위기는 여러 곳에서 발견된다. 제복을 입은 관리들이 부랑자들에게 구빈원에 들어온 이상 그들에게는 권리와 자유가 없다고 말하면서 그들을 건물 안에 위협적으로 밀어 넣는다. 부랑자의 이름과 직업이 등록부에 적힌다. 그런 다음 강제로 목욕을 하고 옷과 개인 소지품은 맡기고, 거친 무명으로 만든 구빈원복으로 갈아입는다. 혹시 돈이라도 가지고 있다면 전부 압수된다. 하지만 4펜스 이상 가지고 있다가 들통 나면 구빈원에 들어갈 수 없다. 그래서 4펜스 이상의 돈을 지니고 있는 부랑자들은(좀처럼 없긴 하지만), 들키면 감방 신세를 져야 하기 때문에 발각되지 않도록 돈을 꼬깃꼬깃 접어 신발 맨 앞발가락 사이에 숨기기도 한다.

목욕을 한 후 옷은 일시 보관되고 마가린이 살짝 발린 빵 2백 그램과 차 반 리터가 전부인 저녁식사를 제공받는다. 부랑자들이 먹는 빵은 빵이라 할 수 없다. 색깔은 거무튀튀하고 만든 지 오래되었으며 부패한 밀가루로 만든 것처럼 맛이 지독히도 없다.

차 또한 최악의 맛이지만 부랑자들은 몸을 따뜻하게 해주고 하루의 피곤함을 씻어주기 때문에 즐겁게 마신다. 부랑자들은 맛없는 음식을 단 5분 만에 해치우고서 그날 밤을 보낼 방을 배정받는다. 진짜 교도소처럼 벽돌이나 돌로 만들어진 방은 가로 3.5미터, 세로 2미터 가량 되었다. 인공조명은 없다. 유일한 빛은 높은 벽 위의 빗장을 지른 좁은 창문과 경비원들이 방에 있는 부랑자들을 감시하기 위해 문에 뚫어둔 작은 구멍에서 들어오는 것밖에 없다. 방에 침대가 있는 경우도 더러 있지만 대체로 부랑자들은 담요 세 장만을 가지고 바닥에 누워 자야 한다. 베개도 없는 경우가 많아서 그럴 때 부랑자들은 그들의 코트를 들고 들어가 돌돌 말아 베고 잘 수 있도록 허용된다.

대체로 방은 끔찍할 정도로 추우며, 담요는 너무 오랫동안 사용한 탓에 두께가 얇아져 지독한 추위를 전혀 막을 수 없다. 부랑자들이 방에 들어가자마자, 밖에서 문이 잠긴다. 그들은 다음 날 아침 7시까지 밖에 나갈 수 없다. 대체로 한 방에 두 명씩 수용된다. 부랑자들은 벽으로 막힌 작은 교도소 방에서 면직물 셔츠와 얇은 담요 석 장만으로 추위에 떨면서 열두 시간을 보내야 한다. 가련한 이들은 추위에 고통받고 가장 기본적인 편안함조차 제공받지 못한다. 구빈원은 거의 대부분 해충들이 득시글거리는데, 옷이 짧아 팔다리가 훤히 나온 부랑자들은 해충한테 쉽게 물리고, 잠이 오지 않아 몇 시간씩 몸을 뒤척인다. 더욱이 그들이 몇 분 동안 잠이라도 들라치면 딱딱한 마루가 몸에 배겨 곧 다시 깨어나기 일쑤다.

15년이나 20년 동안 이런 식으로 살아온 약삭빠른 늙은 부랑자들은 이런 생활에 달관한 것처럼 재미있는 이야기를 나누면서 밤을 보낸다. 다음 날 그들은 구빈원보다 더 안락하게 느껴지는 들판의 생울타리 밑에서 한두 시간 쉴 것이다. 그러나 이런 일상에 단련되지 못한 젊은 부랑자들은 다음 날 아침 나갈 생각만 하면서 어둠 속에서 몸부림치며 초조하게 기다린다. 그러나 아침 햇살이 감방 같은 방에 비칠 때 부랑자들은 오늘도 전날과 똑같이 침울하고 절망적인 날이 될 것임을 예상한다.

마침내 방문이 열린다. 의사의 방문이 예정되어 있다. 실제로 부랑자들은 이 공식 행사가 끝날 때까지는 밖으로 나갈 수 없다. 의사는 대체로 늦게 온다. 부랑자들은 검사를 받기 위해 통로에서 옷을 반쯤 벗고 기다리고 있다가 의사가 도착하면 신체검사를 받는다. 그들의 몸과 얼굴은 어떤 모습인가? 대다수가 선천적 영양실조에 걸려 있다. 몇몇은 탈장이 심해 탈장대를 차고 있다. 거의 모든 사람들이 맞지 않는 신발을 신고 오랫동안 걸어 다녀 발이 짓물러 기형처럼 되어버렸다. 나이든 부랑자들은 말라 뼈밖에 보이지 않는다. 이들은 모두 근육이 축 늘어져 있고 일 년 동안 식사다운 식사를 한 번도 하지 못한 듯 초췌한 모습을 하고 있다. 그들의 여위고 초췌한 모습, 나이에 걸맞지 않게 주름살 잡힌 얼굴, 면도를 하지 못해 텁수룩한 수염 등을 보면 제대로 먹지도 못하고 잠도 충분히 못 잤다는 걸 짐작하고도 남는다. 그럼에도 의사의 검사는 주마간산 격으로 대충대충 넘어간다. 결국 이 검사는 천연두 증상이 있는지만 확인하기 위함이다. 의사는 빠른 속도로 부랑자들을 아래위, 앞뒤로 대충 훑어본다. 부랑자들 대부분은 이런저런 질병을 앓고 있다. 지능이 아주 낮은 자들도 있는데 그들은 스스로 몸을 돌볼 수 없다. 그럼에도 그들은 천연두에만 걸리지 않은 한 검사에 통과한다. 당국은 그들이 전염병에 걸려 있지 않은 한 그들의 건강 문제에 대해 관심이 없다. 의사의 검사가 끝나면, 부랑자들은 다시 어제 입고 왔던 옷으로 갈아입는다.

이제 이 가련한 악마들이 영국의 혹독한 추위를 막기 위해 입고 있는 옷을 한번 찬찬히 살펴보라. 이들이 걸치고 있는 옷은 구걸해서 얻은 것들인데 입을 수 없는 넝마 같아서 쓰레기통에도 들어가지 못할 정도이다. 모양이 흉측하고, 너무 길거나, 너무 짧고, 너무 크거나, 너무 작은 옷을 걸치고 있는 그들의 이상한 차림새를 보면 기괴한 모습에 웃을지도 모르지만, 한편 가슴 찡한 연민의 정을 느낄 것이다. 그들의 옷은 온갖 종류의 천을 덧대서 기울 대로 기운 옷이다. 단추 대신 단춧구멍에 노끈을 넣어 묶어 사용하기도 한다. 속옷은 더러운 넝마로 오물이 덕지덕지 묻어 있다. 양말은 물론이고 속옷도 입지 않은 부랑자들도 있다. 양말 대신 헝겊으로 발을 싸맨 후, 햇볕에 쪼이고 비를 맞아 가죽이 뻣뻣해진 구두 속으로 발을 슬그머니 밀어 넣는다.

부랑자들이 구빈원을 떠나기 위해 채비하는 모습은 끔찍하다. 일단 옷을 입고 난 뒤 그들은 전날 저녁과 똑같은 아침식사를 제공받는다. 그런 다음 구빈원 뜰에서 군인들처럼 줄을 서 있으면, 경비원들이 일을 시킨다. 부랑자들은 10시에 퇴소를 알리는 종이 울릴 때까지 마룻바닥을 닦거나 땔나무를 패고 석탄을 깨는 등 잡다한 일을 한다. 그들은 전날 밤에 몰수되었던 개인 소지품을 다시 받고, 점심식사용으로 빵 2백 그램과 치즈 한 조각을 배급받거나, 자주는 아니고 가끔씩, 길을 가다가 지정된 카페에서 빵과 차를 6펜스어치 사먹을 수 있는 티켓을 받을 때도 있다. 10시가 약간 지나자, 구빈원의 문이 열리고 비참하고 더러운 궁핍한 사람들의 무리가 쏟아져 나와 시골지역 사방으로 흩어진다. 부랑자들은 모두 정확히 똑같은 수준으로 대우받을 수 있는 다음 구빈원을 찾아 길을 떠난다. 그래서 부랑자들은 몇 달, 몇 년, 아마도 수십 년 동안 다르게 사는 방식을 잊어버릴 것이다.

결론적으로 우리는 부랑자들이 먹는 하루치 음식이 대체로 약간의 마가린과 치즈, 빵 9백 그램, 차 반 리터라는 사실을 알아야 한다. 이것은 하루에 20킬로미터를 걸어야 하는 사람에게는 턱없이 부족한 식사이다. 부족한 음식을 보충하고 필요한 옷가지와 담배를 구하기 위해 부랑자들은 일거리를 찾겠지만(실제로 찾게 되는 경우는 거의 없다) 그렇지 못할 경우 구걸을 하거나 절도를 해야 한다. 요즈음 구걸은 영국에서 법으로 금지되어 있어 많은 부랑자들은 국왕 폐하의 교도소를 제 집 드나들듯이 하고 있다.

이것은 악순환이다. 부랑자가 구걸을 하지 않는다면 굶어죽을 것이고, 구걸을 한다면 법을 어기게 되는 것이다.

부랑자들의 삶은 굴욕적이고 절망적이다. 활동적인 사람을 짧은 시간 안에 실업자로 만들고 남에게 빌붙어 먹고사는 사람으로 전락시킨다. 게다가 그들의 삶은 절망적일 정도로 무료하다. 길 가다가 우연찮게 몇 실링을 얻는 것이 그들의 유일한 즐거움이다. 그 돈으로 음식이나 술을 실컷 사먹을 수 있는 기회가 되기 때문이다.

부랑자들이 여자를 만나는 경우는 거의 없다. 여성 부랑자들이 거의 없기 때문이다. 운이 좋아 여성 부랑자들을 만나더라도 그들에게 남성 부랑자들은 경멸의 대상일 뿐이다. 그래서 동성애는 이 영원한 방랑자들에게 잘 알려진 악덕행위이다.

결론적으로 어떤 범죄도 짓지 않은, 그리고 모든 것을 고려해볼 때 단순히 실직의 희생자들인 부랑자들은 최악의 범죄자보다 더 비참하게 살도록 선고받은 사람들이다. 그들은 겉으로만 자유가 있을 뿐 가장 고통스런 노예보다 더 비참한 노예들이다. 영국에서 비참하게 살아나가는 수많은 사람들의 운명에 대해 생각해볼 때, 결론은 분명하다. 사회가 그들을 적어도 여생 동안 상대적 안락함을 즐기는 교도소에 가두어두는 것이 오히려 그들을 더 친절하게 대우해주는 셈일지도 모르겠다.

- 1929년 1월 5일, 〈시민의 진보〉

국가는 어떻게 착취되는가

버마에서의 대영제국

"우리는 이 잡지에 '영국 노동자들의 역경'에 대해 글을 쓴 적이 있는
E. A. 블레어 씨에게 몇 년간 아대륙에서 심화되고 있으며,
영국의 식민지가 있는 인도차이나까지 확산될 위기에 놓여 있는
정치적 불안에 관해 의견을 피력해달라고 요청했다.
몇 년 동안 버마에서 살았던 적이 있는 블레어 씨는
다음과 같은 아주 흥미로운 이야기를 우리에게 보내왔다.
이 이야기는 대영제국이 아시아 식민지들의 단물을 빨아먹기 위해
사용하는 방식이 무엇인지 말해주고 있다."

〈시민의 진보〉 게재 당시 편집자의 소개글

버마는 인도와 중국 사이에 놓여 있다. 민족학적으로 인도차이나에 속한다. 크기는 잉글랜드와 웨일스를 합친 것보다 3배 더 크고, 인구는 1400만 명이며, 그들 중 대략 900만 명이 버마족이다. 나머지는 중앙아시아의 온대 초원지역에서 여러 기간에 걸쳐 버마에 이주해 온 수많은 몽골족과 영국 지배 이후 들어온 인도인들이다. 버마인들은 불교를 신봉하고 나머지 국민들은 여러 이교도 신을 숭배한다. 버마에 살고 있는 이 다양한 혈통을 가진 사람들과 말하기 위해서는 120여 개의 언어와 방언을 알아야 한다.

인구밀도가 잉글랜드의 10분의 1밖에 되지 않는 이 나라는 세계에서 천연자원이 가장 풍부하게 매장되어 있는 국가 중 하나이다. 이 자원은 최근에 개발되기 시작하고 있다. 주석, 텅스텐, 옥, 루비 등이 풍부하며, 이밖에도 엄청난 양의 광물자원이 매장되어 있다. 지금 이 나라는 세계 석유의 5퍼센트를 생산하고 있는데, 석유 매장량은 좀체 고갈되지 않는다. 그러나 가장 큰 부의 원천은 80에서 90퍼센트의 인구를 먹여 살리는 벼를 생산하는 논이라 할 수 있다. 벼는 버마를 남북으로 관통해서 흐르는 이라와디 강 주변의 모든 분지에서 경작된다. 이라와디 강이 매년 많은 양의 충적토를 흘려보내는 남부지방의 거대한 삼각주에 있는 평야는 엄청나게 비옥하다. 질과 양에 있어서 가히 타의 추종을 불허하는 쌀의 수확으로 버마는 인도, 유럽, 심지어 미국까지 쌀을 수출한다. 게다가 연중 기온 차이는 인도만큼 불규칙적이지도 않고 그렇게 크지도 않다. 풍부한 강우량, 특히 남부지방에 비가 많이 내려 가뭄 걱정이 없고 더위도 강렬하지 않다. 그래서 이곳의 기후는 대체로 열대 지역 중에서 가장 건강에 좋은 것으로 여겨진다. 버마 시골이 넓은 강, 높은 산, 사시사철 푸른 숲, 밝은 색깔의 꽃, 이국적 과일 등이 널려 있는 정말로 아름다운 장소라는 것을 덧붙여 말한다면, '지상의 낙원'이라는 구절이 자연스럽게 머리에 떠오른다. 그러니 영국 사람들이 이 나라를 손에 넣으려고 오랫동안 노력을 기울인 것은 어찌 보면 당연한 일이다.

1820년 영국인들은 이 거대한 지역을 점령했고, 마침내 1882년에 유니언 잭이 미얀마의 거의 모든 영토 위에 나부끼게 되었다. 미개 부족들이 살고 있는 북쪽 산악지역은 최근까지 영국인의 손에 들어오지 않고 있지만, 쉽게 말하면 '평화로운 합병'이고 완곡하게 말하면 '평화로운 침투'를 의미하는 과정 덕분에 이미 점령된 지역과 똑같은 운명에 처해질 것이다.

　이 글에서 나는 대영제국주의의 이런 징후에 찬사도 비난도 하지 않는다. 모든 제국주의 정책의 논리적 결과라고 말해두고 싶다. 버마에서 영국 행정부의 좋은 면과 나쁜 면을 경제적 및 정치적 관점에서 살펴보는 것이 훨씬 유익할 것이다.

　우선 정책에 대해 알아보자. 대영제국주의 통제 하에 있는 인도 지역의 모든 식민정부는 필연적으로 독재적이다. 왜냐하면 군대의 위협만이 수백만 명의 피식민주의자들을 진압할 수 있기 때문이다. 그러나 이 독재는 민주주의라는 가면 뒤에 숨겨져 표면에 드러나지 않고 있다. 동양인들을 지배하는 데 영국 사람들이 즐겨 사용하는 속담은 '동양인들이 할 수 있는 일을 유럽 사람에게 결코 시키지 마라'는 것이다. 다시 말해 절대 권력은 영국 사람들이 쥐고 있지만 일일 업무를 처리해야 하고 업무상 원주민들과 접촉을 해야 하는 하급 공무원 자리는 그 지방에 거주하는 원주민들로 채워져야 한다는 것이다. 예컨대 버마에서 하급 치안판사, 경감까지의 모든 경찰, 우체국 직원, 행정직원, 마을 이장 등은 모두 버마인들이다.

　최근에 여론을 잠재우고 우려할 만한 민족주의 소요사태를 막기 위해 영국은 교육받은 원주민 후보들을 받아들여 몇 개의 요직에 앉히기로 결정했다. 원주민들을 공무원으로 채용하는 제도는 세 가지 이점이 있다. 첫째, 원주민들은 유럽인들보다 적은 봉급을 받는다. 두 번째, 그들은 같은 원주민들의 마음을 움직여 법적 분쟁을 쉽게 해결하는 데 도움이 되는 좋은 아이디어를 가지고 있다. 세 번째, 그들은 그들에게 생계비를 지급해주는 정부에게 자신들의 이익을 위해 충성을 다하기 때문이다. 그래서 지식인들이나 어느 정도 교육받은 계층과 밀접한 협조를 이어나감으로써 평화가 유지되는 것이다. 그러지 않으면 불만이 생길 경우 이들 계층에서 반란 지도자들이 나올 것이다. 그럼에도 불구하고 영국인들은 이 나라를 통치하고 있다. 물론 버마는 인도의 각 지역처럼 의회(언제나 민주주의를 보여주고 있는)를 가지고 있지만 사실상 그 의회는 힘을 거의 발휘하지 못하고 있다. 사법권도 정의롭게 발동되는 경우가 없다. 식민정부에서 일하는 대부분의 원주민들은 정부의 꼭두각시들이다. 식민정부는 반항의 낌새가 조금이라도 보이는 사람들이 있다면 이들 꼭두각시를 이용해 그 싹을 미리 잘라버린다.

게다가, 각 지역에는 영국이 임명하는 지사가 있다. 지사는 막강한 권력을 가지고 있는 미국 대통령처럼 절대적인 거부권을 마음대로 행사할 수 있다. 하지만 우리가 알고 있듯이 영국 식민정부가 본질적으로 독재적일지라도 그들이 버마에서 인기가 없는 것은 결코 아니다. 영국인들은 그들 자신을 위해, 물론 버마인들에도 혜택이 돌아가겠지만, 도로와 운하를 건설하며 병원과 학교를 만들고 법과 질서를 세운다. 게다가 결국 버마인들은 땅을 경작하는 데 몰두한 소작농에 불과하다. 그들은 독립주의자로 나아가는 지적 발전 단계에도 미치지 못하고 있다. 버마인들에게 그들의 마을은 그들의 소우주에 해당된다. 논밭에서 평화롭게 농사짓도록만 해주면 그들은 자신의 주인이 백인이든 흑인이든 상관하지 않는다. 버마인들이 이렇게 정치적으로 냉담하다는 사실은 영국인들로 구성된 2개 보병 대대, 인도인들로 구성된 10개 보병 대대와 기마경찰 정도만이 이 나라에 주둔하고 있다는 것에서 충분히 짐작할 수 있다. 그래서 대부분이 인도인들로 구성된 1만 2천 명의 군인들만 있으면 1천4백만 명의 인구를 충분히 진압할 수 있는 것이다.

식민정부에 가장 위험한 적은 젊은 지식인 계급이다. 만일 이 계층 사람들의 수가 많아진다면, 어쩌면 이들은 혁명의 깃발을 들어 올릴지도 모른다. 그러나 그렇지 않다. 그 이유는 위에서 언급했듯이, 첫째로 버마인들은 대다수가 소작농이다. 둘째로 영국 정부는 버마인들에게 단지 심부름꾼, 하급 공무원, 하찮은 변호사 서기, 그 밖의 다른 화이트칼라 노동자를 길러낼 만큼의 별로 유익하지 않은 지식만을 가르치려 할 뿐이다. 기술과 산업 지식을 가르쳐주는 일은 절대 없다. 인도 전역에 퍼져 있는 이 규칙의 목적은 인도를 영국과 경쟁할 수 있는 산업국가로 만들지 않기 위함이다. 제대로 교육받은 버마인들은 대체로 모두 영국에서 공부한 사람들이며, 그 결과 이들은 부유한 소수 계층에 속한다. 그래서 버마에는 지식 계급이 형성되어 있지 않기 때문에, 영국에 대한 반역을 부추길 수 있는 여론 형성은 더더욱 있을 수 없는 것이다.

경제적 질문으로 돌아가 보자. 미얀마 사람들은 대체로 무지해서 그들이 어떤 대우를 받고 있는지 분명하게 알아차리지 못하고 있다. 그래서 결과적으로 최소한의 분노도 표출할 수 없는 것이다. 게다가 현재로선 그들은 큰 경제적 손실도 입지 않고 있다. 영국인들이 광산과 유전을 장악하고 있고 목재 산업도 지배하고 있는 게 사실이다. 모든 중개인, 브로커, 제분업자, 수출업자 들이 쌀로부터 엄청난 부를 긁어모으고 있는데도 정작 생산자인 원주민 농민들은 그 사실을 모르고 있다. 쌀이나 석유로 많은 돈을 벌어들여 일확천금을 노리는 사업가들이 이 나라의 복지에 써야 할 돈을 쓰지 않고 있는 것 또한 사실이다. 그리고 그들의 돈은 지방세도 내지 않고 해외로 빠져나가 영국에서 소비된다. 솔직히 말해 영국 사람들은 버마를 뻔뻔스럽게도 도적질하고 있는 것이다. 그러나 중요한 것은 지금으로선 버마 사람들이 이것을 거의 알아차리지 못하고 있다는 점이다. 그들의 나라는 부유하고, 그들의 인구는 드문드문 산재해 있으며, 모든 동양인들과 마찬가지로 그들은 욕심이 적어 그들이 착취당하고 있다는 사실조차 알지 못하고 있는 것이다.

땅뙈기를 경작하는 소농들은 말하자면 마르코 폴로 시절 그들의 조상들이 살았던 수준 그대로 살고 있다. 원한다면 그들은 적당한 가격으로 미개척지를 살 수 있다. 그들은 몹시도 힘든 생활을 하고 있지만 대체로 그것에 크게 신경 쓰지 않는다. 배고픔과 실업은 그들에게 아무런 의미가 없는 말이다. 노동이 있고 굶어 죽지 않을 식량이 있다. 불필요하게 뭘 걱정하겠는가? 그러나 이 것은 중요한 문제이다. 머지않아 국가의 거대한 부가 쪼그라들면 서 버마 사람들은 서서히 고통받기 시작할 것이다. 버마가 전쟁 이후 어느 정도 개발되고는 있지만, 이미 소농들은 20년 전보다 더 가난하다. 그들은 토지세의 과중함을 느끼기 시작했고, 따라 서 수확이 증가해도 늘어난 세금을 벌충하지 못하고 있는 형편이 다. 노동자들의 임금 또한 뛰는 생활비를 따라잡지 못하고 있다. 그 이유는 영국 정부가 인도인들이 버마에 자유롭게 출입하도록 허가했기 때문이다. 말 그대로 굶어죽기 직전의 인도인들은 그들 의 땅을 떠나 버마로 들어와 임금을 거의 받지 않고 밥만 먹여줘 도 일을 해서, 버마인들이 볼 때 인도인들은 무시무시한 경쟁자 가 되어버렸다.

이 외에도 인구의 가파른 증가가 있다. 작년 인구조사에 따르 면 10년 만에 1천만 명이나 증가했다. 모든 인구과잉 국가에서 나 타나는 것처럼 조만간 버마인들은 토지를 소유하지 못해 자본주 의 체제 하에서 반(半)노예상태로 전락할 것이며, 더욱이 실업문 제도 불거져 나올 것이다. 그때가 돼서야 그들은 오늘날 거의 의 심하지 못하고 있는 사실들, 이를테면 유전, 광산, 제분업, 쌀의 생산과 판매 등이 영국인들에 의해 좌지우지되고 있다는 것을 알 게 될 것이다. 또한 그들은 산업이 지배하고 있는 세계에서 자신의 산업적 무능력을 깨닫게 될 것이다.

버마에 대한 영국의 정책은 인도에서와 똑같다. 인도에서의 산업정책은 의도적으로 낙후시키는 것이다. 인도는 손으로 제작할 수 있는 기본 필수품 정도만 생산 가능하다. 이를테면 원양선을 건조할 수 없는 것은 물론이거니와 자동차, 소총, 시계, 전구 같은 것도 만들 수 없다. 동시에 그들은 서구인들과의 거래를 통해 공장에서 만든 제품에 의존하도록 길들여지고 있다. 그래서 이 나라는 영국 공장에서 만든 제품들의 중요한 배출구 역할을 하는 것이다. 대외 경쟁은 턱없이 높은 관세의 장벽에 막혀 있다. 그래서 두려워할 게 없는 영국 공장 소유주들은 시장을 마음대로 주물러 엄청난 이득을 챙긴다. 버마인들은 아직은 크게 고통받지 않고 있는데 이 나라가 대체로 농업국가로 남아 있기 때문이다. 그러나 버마인들은 모든 동양인들과 마찬가지로 유럽인들과 접촉함으로써 그들의 아버지 세대에서 없었던 현대 산업제품에 대한 수요를 창출하고 있다. 그 결과 영국인들은 버마에서 두 가지 방법으로 도둑질을 하고 있다. 첫 번째는 버마의 천연자원을 약탈하고 있고 두 번째는 이곳에서 버마인들이 필요로 하는 제조품을 팔 독점권을 행세하고 있다는 점이다. 그래서 버마인들은 스스로 산업자본주의자가 될 희망을 가지고 산업자본주의에 휘말려들게 된다. 게다가 인도인들의 경우처럼 버마인들도 순전히 군사적 고려 때문에 대영제국의 지배하에 있다. 그들은 사실상

배를 건조할 수도 없고, 총이나 현대 전쟁에 필요한 그 밖의 무기를 만들 수도 없다. 만일 영국인들이 현 상태로 인도를 포기한다면, 인도의 주인만 바뀌는 결과가 될 것이다. 이 나라는 다른 강대국에 의해 침략되고 착취될 것이다. 영국의 인도 지배는 본질적으로 군사 보호를 상업 독점과 교환하는 데 놓여 있지만, 이 거래는 인도의 모든 영역에까지 지배가 미치는 영국에 훨씬 유리하게 작용하고 있다.

요약하자면, 버마가 영국인들로부터 부수적인 이득을 취한다 해도 버마는 대단히 비싼 대가를 치러야 한다. 지금까지 영국인들은 그럴 필요가 없기 때문에 원주민들을 심하게 억압하지 않고 있다. 버마인들은 아직도 농업 소농에서 제조 산업분야의 노동자로 탈바꿈하는 과도기의 초기단계에 놓여 있다. 그들의 상황은 상업과 산업에 필요한 자본, 건설 자재, 지식, 영향력 등이 전적으로 외국인들의 손아귀에 들어 있다는 사실만 빼고 18세기 유럽의 상황과 비교될 수 있다. 그래서 버마인들은 독재정치의 보호 하에 놓이게 되었다. 독재정치는 그 자체를 위해 그들을 지켜주지만 그들의 효용성이 떨어지면 가차 없이 내팽개쳐버릴 것이다. 대영제국과 그들의 관계는 주인과 노예의 관계이다. 주인이 좋은가, 나쁜가? 이것은 질문이 되지 못한다. 주인의 지배는 독재적, 쉽게 말하자면 자신들의 사리사욕을 위한 것이라고 말해두자.

버마인들은 지금까지 저항의 명분을 갖지 못하고 있지만, 국가의 부가 지속적으로 증가하고 있는 인구를 먹여 살리기에 부족해질 날이 올 것이다. 그날이 오면, 그들은 자본주의가 자체의 존립을 위해 지금까지 그들에게 신세져오는 과정에서 얼마나 부당하게 대우받아왔는지를 스스로 인식하게 될 것이다.

- 1929년 5월 4일, 〈시민의 진보〉

위건 피어로 가는 길 일기

이 글은 오웰의 자료에서 발견된, 타자기로 작성된 일기이다.
그의 다른 수기들과 함께 《위건 피어로 가는 길》의 토대가 되었다.

1936년 1월 31일~3월 25일

1월 31일

예정대로 기차를 타고 오후 4시경 코번트리[1]에 도착했다. 숙박료로 3실링 6페니를 지불하고 누추한 B&B[2]에서 하룻밤 묵었다. 존 스미스가 수석 어릿광대로 뽑혔다는 증명서가 액자에 끼워져 홀하우스[3] 벽에 걸려 있었다. 내가 묵은 방은 2인실이었다. 1인이 묵을 경우 숙박료는 5실링이었다. 이곳은 간이숙박소처럼 지독한 냄새를 풍겼다. 커다란 덩치에 비해 머리통이 작고 뒷목덜미에 지방질이 불룩 튀어나온, 다소 얼빠져 보이는 여급사가 있었는데 묘

---

1 Coventry, 잉글랜드 웨스트미들랜즈 주의 공업도시.
2 Bed & Breakfast house, 아침식사를 제공하는 가정적 분위기의 숙박업소.
3 hall house. 잉글랜드, 웨일스, 스코틀랜드 저지대 등에서 볼 수 있는 중세풍 전통 민가의 한 형태.

하게도 햄팻[4]이 연상되었다.

2월 1일

　요크셔 출신 출장판매원과 함께 형편없는 아침식사를 했다. 버밍엄 외곽까지 20킬로미터 가량 걷다가 불링[5](노리치 마켓과 흡사하다)행 버스를 타고 오후 1시에 도착했다. 버밍엄에서 점심을 대충 때우고 스투어브리지[6]행 버스를 탔다. 다시 클렌트 유스호스텔까지 6, 7킬로미터를 더 걸었다. 주변의 들녘은 온통 적색토였다. 새들이 짝짓기를 하고 있었는데 되새와 피리새 수놈들은 색깔이 밝았고, 자고새 수놈들은 암컷을 유혹하는 소리를 지르고 있었다. 메리든 마을을 제외하고 코번트리와 버밍엄 사이의 집들은 허름해 보였다. 버밍엄 서쪽에는 고급 주택단지가 언덕 너머로 길게 뻗어 있었다. 비가 오락가락하며 하루 종일 추적추적 내렸다.

　26킬로미터, 먼 거리를 걸었다. 교통비로 1실링 4페니, 식사비로 2실링 3페니 지출.

2월 2일

　방을 나 혼자 사용했기에 호스텔에서의 밤은 편안했다. 내가

4　hamfat. 무대 분장을 지우는 데 사용하는 돼지고기 기름(라드).
5　Bull Ring. 버밍엄의 대표적 쇼핑지구.
6　Stourbridge. 잉글랜드 웨스트미들랜즈 주의 공업도시.

묵은 호스텔은 1층짜리 목조 건물로 불이 활활 타오르는 커다란 코크스 난로가 있었다. 침대 한 개당 숙박료 1실링이고 난방비로 2페니, 그리고 조리용 가스 난로를 쓰려면 몇 페니 동전을 넣어야 했다. 빵과 우유도 판매되고 있었다. 본래 호스텔에 묵으려면 슬리핑백을 각자 지참해야 하지만 이곳은 담요, 매트리스, 베개 등이 제공되었다. 아마도 친절을 베푼 것이겠지만, 관리인의 아들이 탁구를 치자고 해서 오래도록 탁구를 치고 나니 다리가 후들거렸고 저녁에는 맥이 완전히 풀려버렸다. 다음 날 아침 닭을 기르고 유리그릇과 백랍그릇을 수집하는 것이 취미인 호스텔 관리인과 한참 동안 이야기를 나누었다. 그는 1918년의 프랑스 생활에 대한 이야기를 들려주었다. 퇴각하는 독일군을 뒤쫓으며 고가의 유리그릇을 약탈했는데 다시 사단장에게 빼앗겼다는 이야기였다. 또한 그의 아버지가 1860년경 해군 복무 중에 약탈한 멋진 유럽풍 백랍그릇과 묘한 일본 그림 몇 점도 보여주었다.

오전 10시에 일어나 스투어브리지까지 걸어간 뒤 울버햄프턴[7] 행 버스를 타고 가서 빈민가 지역을 돌아다녔다. 이어 점심을 먹고 펜크리지[8]까지 16킬로미터 걸어갔다. 울버햄프턴의 풍경은 을씨년스러웠다. 작고 허름한 집들이 일요일인데도 온통 연기에 휩싸여 있었다. 거대한 진흙 제방과 원뿔모양 굴뚝들('도자기 둑'이

7 Wolverhampton, 잉글랜드 웨스트미들랜즈 주의 광역자치구.
8 Penkridge, 잉글랜드 스태퍼드셔 주의 도시.

라 불린다)이 철로를 따라 이어져 있었다. 울버햄프턴에서 펜크리지까지 걸어가는 길은 지루했고 내내 비가 내렸다. 두 도시 사이에는 고급 주택단지가 죽 펼쳐져 있었다. 4시 30분경 차를 마시기 위해 펜크리지에서 발을 멈추었다. 작고 누추한 찻집에 들어갔다. 실내에는 난로가 활활 타고 있었다. 키가 작고 얼굴이 쭈글쭈글한 노인과 마흔다섯 살쯤 되어 보이는 살찐 여성이 찻집을 지키고 있었다. 그녀의 연갈색 머리카락은 짧게 잘려 있었고 앞니가 없었다. 그들은 이런 날씨에 길을 걷는 나를 영웅 취급했다. 나는 그들 가족과 함께 차를 마셨다. 5시 15분에 찻집을 나와 3킬로미터 남짓 더 걸은 뒤 스태퍼드[9]까지 남은 6킬로미터는 버스를 탔다. 숙박비가 저렴할 것으로 생각하고 템퍼런스 호텔[10]을 찾았는데 아침식사를 포함해 숙박료가 5실링이나 되었다. 이런 호텔들이 대개 그렇듯 방은 지독스레 누추했고 능직으로 짠 희끄무레한 시트에서 고약한 냄새가 났다. 욕실 문을 여니 어떤 출장판매원이 욕조에 물을 받아놓고 사진을 현상하고 있었다. 목욕을 좀 하고 싶다고 말하자 그가 순순히 사진을 꺼내들고 나가서 나는 목욕을 했다. 목욕을 하고 나니 장시간 걸어서인지 발이 쑤셔왔다.

26킬로미터 걸었다. 교통비로 1실링 5페니, 식사비로 2실링

---

9 Stafford, 잉글랜드 스태퍼드셔 주의 주도(州都).
10 temperance hotel, 술을 팔지 않는 호텔.

8페니 지출.

2월 3일

9시에 숙소에서 나와 핸리로 가는 버스를 탔다. 핸리와 버슬렘 지역을 걸어서 둘러보았다. 날씨는 볼이 얼얼할 정도로 매서웠고 바람도 거셌다. 밤새 눈이 내려 사방에 거무튀튀하게 쌓여 있었다. 핸리와 버슬렘은 내가 본 광경 중 가장 살풍경스러웠다. 시커먼 집들이 미로처럼 엉켜 있었고 그 사이사이에 굴뚝들이 땅속에 반쯤 박힌 거대한 버건디 포도주 병처럼 버티어 서서 시커먼 연기를 토해내고 있었다. 가히 '도자기 둑'이라고 부를 만했다. 볼품없는 가게는 말할 것도 없고 여기저기에 가난이 찌든 모습이 드러나 있었다. 곳곳에 땅이 파헤쳐져 굉장히 큰 구덩이가 생겼다. 어떤 구덩이는 폭과 깊이가 각각 180미터쯤 되는 것도 있었다. 녹이 슨 무개화차가 체인 철로를 따라 한쪽 위로 끌려가고 있었고, 노동자 몇 명이 여기저기 거의 직각을 이루는 벽에 샘파이어[11]를 채취하는 사람들처럼 매달려 곡괭이로 땅 표면을 쪼고 있었는데 아마도 점토를 파내는 것 같았다. 엔던까지 걸어가 퍼브(pub)에서 점심을 먹었다. 지독스레 추웠다. 언덕 위에 자리 잡은 시골 마을 엔던은 사방이 탁 트여 전망이 좋았는데 특히 동쪽의 풍광이 압권이었다. 생울타리 대신 돌담이 쳐져 있었다. 이곳의

---

[11] samphire. 유럽의 해안 바위에 자라는 미나리과 식물. 잎은 허브로 사용된다.

새끼 양들은 남부지방의 양들보다 훨씬 더 둔해 보였다. 루드야 드레이크까지 걸어갔다.

루드야드레이크(실제로는 도기 제조 도시에 물을 공급하는 저수지다)의 풍광은 침울해 보였다. 여름철에는 행락지가 되어 사람들이 자주 찾는 곳이다. 카페, 숙박시설이 갖춰진 보트, 그리고 10미터 간격으로 늘어서 있는 유람선들이 비수기라 그런지 모두 버려진 것처럼 황량해 보였다. 낚시 안내문이 붙어 있어 물을 살펴보니, 그 속에 과연 고기가 있을까 하는 의문이 들었다. 바람이 세차게 부는 호숫가에는 인적이라곤 없었다. 바람이 불어 깨진 얼음 조각들이 남쪽 끝으로 떠내려가고 있었는데, 물결이 일 때마다 위로 솟구쳤다 내려앉으며 쩔걱쩔걱 소리를 냈다. 그 소리는 지금껏 내가 들은 것 중 가장 애처로웠다. (메모. 비어 있는 크레이븐 A 담뱃갑이 얼음 사이 수면 아래위로 까닥거리며 흘러가는 장면을 언젠가 내 소설에 묘사해보고 싶다.)

1.5킬로미터 남짓 걷다가 어렵사리 호스텔을 찾았다. 손님은 역시 나 혼자였다. 그 호스텔은 정말 이상한 곳이었다. 바람이 숭숭 새었는데, 1860년경 정신이 홀린 누군가가 막대한 돈을 들여 성(城)을 본떠 지은 어처구니없는 건축물이었다. 서너 개를 제외하고 방은 모두 비어 있었다. 끝이 없는 통로 바닥엔 돌이 깔려 있었고, 등불 외에는 어떤 조명도 없었다. 조리용 기구라곤 매캐한 연기를 내뿜는 석유난로밖에 없었다. 지독스럽게도 추웠다.

이제 수중엔 달랑 2실링 8페니가 전부이다. 그러니 내일은 맨체스터로 가서(메이클즈필드까지 걸어간 뒤 버스를 탈 것이다) 수표를 현금으로 바꿔야겠다.

20킬로미터 걸었다. 교통비로 1실링 8페니, 식사비로 2실링 8페니 반 지출.

2월 4일

잠자리에서 일어나보니 손가락이 곱아 옷 단추를 채울 수 없을 정도로 방에 냉기가 돌았다. 그래서 옷을 입기 전에 두 손을 비벼 따뜻하게 했다. 10시 30분에 호스텔을 나왔다. 지독한 아침이었다. 땅은 얼어붙어 쇠처럼 단단했고, 바람 한 점 없었고, 햇빛은 밝게 빛나고 있었다. 보이는 사람이라곤 없었다. 루드야드 레이크(길이는 2.5킬로미터 남짓 되었다)는 밤새 얼어붙었다. 야생 오리들이 절망적인 모습으로 얼음 위를 돌아다니고 있었다. 햇살이 얼음을 따라 비스듬히 비추며 내가 여태껏 본 가장 아름다운 울긋불긋한 적금(赤金)색을 띠게 하였다. 얼음 위에 돌을 던지며 한참을 보냈다. 얼음 위로 삐죽삐죽한 돌을 물수제비뜨듯 던지니 붉은발도요 울음소리 같은 소리가 들렸다.

메이클즈필드까지 16킬로미터 가량 걸어간 뒤 맨체스터행 버스를 탔다. 맨체스터에 도착해 내게 온 편지를 수거한 뒤 수표를 현금으로 바꾸기 위해 은행으로 갔는데 그만 문이 닫혀 있었다. 이곳의 은행은 오후 3시에 문을 닫는다. 수중에 달랑 3페니밖에 없어 난감했다. 유스호스텔 사무실에 가서 수표를 현금으로 바꿔달라고 부탁했지만 거절당했다. 그래서 경찰서로 가 수표를 현금으로 바꿔주는 사무변호사를 만나게 해달라고 사정했지만 역시 거절당했다.

추워서 이빨이 덜덜거렸다. 연기로 거뭇거뭇해진 눈덩이가 딱딱하게 굳은 채 거리를 뒤덮고 있었다. 거리에서 밤을 보내고 싶지 않았다. 빈민가인 체스터 가로 발길을 돌려서 전당포에 들러 비옷을 저당 잡히고 돈을 빌리려 했는데, 주인은 비옷 따위는 이제 받지 않는다고 내게 핀잔을 주었다. 그러나 스카프는 맡길 수 있다는 생각이 불현듯 떠올라서 그걸 잡히고 1실링 11페니를 받았다. 체스터 가에 있는 간이숙박소로 향했다. 간이숙박소 세 개가 연달아 붙어 있었다.

리즈(Rees)에게서 장문의 편지를 받았는데 사람들을 소개해줄 테니 만나보라는 내용이었다. 다행하게도 소개받은 사람들 중 한 명이 맨체스터에 있었다.

약 26킬로미터 걸었다. 교통비로 2실링, 식사비로 10페니 지출.

2월 5일

미드를 만나러 갔지만 집에 없었다. 간이숙박소에서 낮 시간을 보냈다. 숙박비는 런던처럼 침대 한 개당 11페니였다. 침대마다 칸막이가 쳐져 있었다. 대개 간이숙박소 관리인들은 신체장애자들이 많은데 이곳 관리인 역시 발을 절었다. 차를 양철 사발에다 끓이는 것을 보니 끔찍했다. 아침에 수표를 현금으로 바꿨지만 오늘

밤은 간이숙박소에서 그냥 보내고 내일 미드를 찾아봐야겠다.

2월 6일~10일

맨체스터의 롱사이트 브린튼 가 49번지에 있는 미드 부부 집에서 묵었다. 브린튼 가는 신(新)건축지구 중 하나였다. 욕실과 전기 조명시설이 잘 갖춰진 꽤 괜찮은 주택들이 있었는데, 임대료가 12실링이나 14실링 정도 되는 것 같았다. 미드는 노동조합 간부로서 〈노동자의 북쪽 목소리〉를 편집하고 있었고 〈어델피〉[12] 지 출판에도 관여하고 있었다. 미드 부부는 나한테 잘해주었다. 둘은 모두 노동자이고 랭커셔 악센트로 말했으며 어린 시절에는 나막신을 신었지만, 이 집은 중산층 분위기를 풍겼다. 그들은 내가 간이숙박소에서 지내고 있다는 말을 듣고 무척 언짢아했다. 노동자들이 노동조합 간부가 되거나 노동 정치에 입문하는 순간부터, 자본가 계급과 투쟁하는 과정에서 자신의 의지와는 상관없이 중산층이 되어버린다는 사실에 나는 새삼 충격을 받았다. 사실 우리는 적절한 예의를 지키며 살아야 하고 수입에 어울리는 이데올로기를 발전시킬 수밖에 없다(미드의 경우 주급이 4파운드 정도 되는 것 같다). 내가 미드 부부와 했던 유일한 말다툼은 그들이 나를 '동지'라고 불렀기 때문이었다. 미드 부인은 정치에 대

---

12 *The Adelphi*. 1922년 존 미들턴 머리가 창간해 1955년까지 발행된 문예잡지. 오웰은 이 잡지에 정기적으로 논평을 기고했다.

해 아는 것이 많지 않아 남편의 견해를 그대로 따르는 편이었다. 그녀는 상당히 어색한 표정을 지으며 나를 '동지'라 불렀다. 나는 맨체스터와 같은 북쪽지역 사람들의 예의범절에 적잖이 놀랐다. 미드 부인은 그녀가 방에 들어올 때 내가 예의로서 일어난다든지 설거지를 도와주겠다고 말하면 크게 놀랐고, 그런 내 행동을 이해하지 못했다. 그녀는 "이곳의 남성들은 시중 받고 싶어 한답니다."라고 말했다.

미드 씨는 나에게 위건으로 가서 사회주의 운동에서 중요한 일을 하고 있는 전기 기술자 조 케넌을 만나보라고 말했다. 케넌 또한 괜찮은 시영주택(비치 힐 주택지)에 살고 있지만 확실히 노동자였다. 덩치는 땅딸막하고 의욕이 넘치는 사람으로 꽤 점잖고 친절했으며 남을 도우고자 하는 열의가 대단히 강해 보였다. 그의 큰아들은 이층 침대에 누워 있었고(성홍열에 걸린 것 같았다) 둘째 아이는 방바닥에서 장난감 대포를 가지고 병정놀이를 하고 있었다. 케넌은 빙그레 미소를 짓더니 "아시다시피, 다들 나를 평화주의자로 생각하고 있지요."라고 말했다. 그는 내가 위건에 머물 수 있도록 노조위원장에게 부탁하는 편지를 내게 쥐여주며 나를 전국실업노동자운동[13] 사무실로 보냈다. 사무실은 무너질 것 같이 형편없는 작은 공간이었지만 실내가 따뜻하고 신문 같은 읽

---

13 National Unemployed Workers' Movement, 1921년 영국 공산당원들이 결성한 노동 단체.

을거리도 있어 실직자들에게는 하느님이 주신 선물과도 같은 소중한 장소였다. 노조위원장은 전직 광부로 지금은 실직자인 패디 그레이디라는 사람이었다. 서른다섯 살쯤 되어 보이고 큰 키에 깡마르고 지적이며 해박해 보였다. 그는 무엇이든 도와주고자 했다. 주당 17실링 받고 일하는 독신 남성으로 여러 해 동안 제대로 먹지도 못했고 또 질병으로 고생해 육체적으로 상당히 쇠약해져 있었다. 그의 앞니는 완전히 썩어 들어가 거의 보이지 않았다. 전국실업노동자운동에 속한 사람들은 모두 친절했고, 내가 작가이며 노동자들의 생활 실태를 취재하기 위해 이곳에 왔다고 하자 즉시 이것저것 정보를 알려주기 시작했다. 하지만 나는 그들이 나를 그들과 똑같이 대하게 만들진 못했다. 그들은 나를 '선생님' 혹은 '동지'라 불렀다.

2월 11일

위건의 워링턴 레인 72번지에 머물렀다. 일주일 동안 먹고 자는 데 25실링 들었다. 다른 숙박인(실직한 철도 종사원)과 한 방을 썼으며 식사는 부엌에서 했고 세수는 부엌 싱크대에서 했다. 음식은 대체로 괜찮았지만 다 먹지 못할 정도로 양이 많았다. 식초를 쳐서 차게 먹는 랭커셔식 천엽은 먹기가 거북했다.

가족. 서른아홉 살인 H는 열세 살 때부터 탄광에서 채탄부로 일하고 있었는데 9개월 전부터 실직한 상태였다. 덩치가 크고 움직임이 좀 둔하며 금발 머리에 친절하고 예의바른 사람으로 질문이라도 받으면 신중하게 생각한 뒤 "내가 보기에는"이라는 말부터 꺼내며 대답했다. 악센트는 강하지 않았다. 10년 전에 그는 탄진이 왼쪽 눈에 들어가 실명했다. 당분간 '지상'에서 일했지만 돈을 더 벌기 위해 다시 탄갱으로 내려가야 했다. 9개월 전에 다른 쪽 눈마저 시력이 떨어져(광부들이 잘 걸리는 '안진증(眼震症)'이라는 병이다) 몇 미터 앞까지만 보였다. 현재는 매주 29실링의 '보상금'을 받고 있지만, 매주 14실링을 받는 '부분 보상금' 지급 대상자로 전환될 것으로 예상된다. 그가 일을 할 수 있을지 없을지는 의사가 결정한다. 물론 '지상'에서 가벼운 일을 할 수 있을지 모르지만, 일거리가 거의 없다. 만일 부분 보상금을 받게 된다면 그는 인지를 다 소비할 때까지만 실업수당을 받을 수 있다.

H부인은 남편보다 네 살 많고 키는 1미터 50센티미터를 간신히 넘었으며 얼굴은 토비 저그[14]처럼 생겼다. 게다가 성격은 쾌활하지만 27 더하기 10을 31이라고 말할 만큼 상당히 무지해보였다. 게다가 사투리도 심했다. 그녀는 정관사 '더(the)'를 다루는 나름대로의 두 가지 방식이 있는 것 같았다. "주전자를 테이블 위에 올려놓으세요(Put joog on table)."와 같이 자음 앞에 있는 '더'는 아예 빼고 말했다. 모음 앞에 있는 '더'는 종종 모음과 합쳐 발음했다. 예컨대 "언니는 병원에 입원해 있어요(My sister in thospital)."에서 /th/를 'thin'의 '쓰(/th/)'처럼 발음한다.

---

14 toby jug. 사람이 앉아 있는 모습이나 머리를 본떠 만든 땅딸막한 맥주잔.

'우리의 조'라 불리는, 열다섯 살을 갓 넘긴 H씨의 아들은 1년 동안 탄광에서 일했다. 그즈음은 야간근무를 하고 있었다. 저녁 9시에 광산으로 가고 아침 7시와 8시 사이 집에 와서, 아침을 먹는 즉시 동료 숙박인이 지난밤에 잤던 그 침대에서 잠을 자는데 보통 오후 5시나 6시까지 잔다. 그는 하루에 2실링 8페니부터 일을 시작해 지금은 급료가 하루에 3실링 4페니, 즉 주당 1파운드까지 올랐다. 주급 중에 1실링 8페니가 보험금 등으로 공제되고 탄광까지 오고가는 교통비로 4페니를 지출한다. 그래서 근무시간을 꽉 채울 경우 그의 순수입은 주당 16실링 4페니가 된다. 하지만 여름철에는 단축근무를 해 수입은 이보다 훨씬 줄어든다. 키가 크고 연약하고 얼굴이 창백한 그는 분명히 광부일 때문에 극도로 지쳐 있었지만 성격만은 쾌활해 보였다.

H부인의 사촌 오빠인 톰은 노총각으로 주당 25실링을 내고 이 집에서 하숙하고 있다. 몸에 털이 많고 언청이이며 성격이 유순하고 매우 순박했다. 그 또한 야간에 일을 하고 있었다.

또 다른 숙박인인 조는 독신이며 지금은 주당 17실링의 실직수당을 받고 있다. 그중 방값으로 주당 6실링을 지불하고 나머지는 음식을 해먹는 데 썼다. 8시경 일어나 '우리의 조'에게 침대를 넘겨주고 공공도서관 같은 곳에서 하루의 대부분을 보냈다. 약간 바보처럼 보이지만 교육을 좀 받아서 그런지 경구(警句) 같은 말을 사용하는 것을 좋아한다. 왜 결혼을 하지 않았느냐고 물으면 "결혼은 속박이다"라고 당당하게 대답했다. 그러나 이 말을 시도

때도 없이 해서 오히려 결혼을 하고 싶어 하는 것처럼 비쳤다. 그
는 7년 동안이나 실직 상태였다. 기회가 되면 술을 마시겠지만 물
론 요즈음에는 술을 입에 대지도 않는다.

이 집은 아래층에 부엌이 있고 위층에 방이 세 개 있다. 조그만
뒤뜰이 있고 변소는 바깥에 있다. 더운물은 나오지 않았다. 대충
보수를 했는지 앞쪽 벽이 불룩 튀어나와 있었다. H씨 부부는 집
임대료로 12실링을 지불하고 세금으로 14실링을 낸다. H부부의
총수입은 다음과 같다.

H씨의 보상금	29실링	0페니(주당)
조(H의 아들)의 급료	16실링	4페니(주당)
톰의 하숙비	25실링	0페니(주당)
조의 하숙비	6실링	0페니(주당)
합계	3파운드 16실링	4페니

여기서 임대료와 세금을 제하면 3파운드 2실링 4페니가 남는
다. 4명이 먹고 입는 것을 포함해 기타 비용에 3파운드가 들어간
다.[15] 물론 지금 나도 이 집에 돈을 내고는 있지만 H부부의 정규
수입은 아니다.

15 H씨 부부는 당시의 지방 기준으로 볼 때 비교적 잘산다고 할 수 있다.

위건 중심가는 알려진 만큼 그렇게 나쁘지 않았다. 맨체스터보다 덜 우울해 보였다. 위건 부두는 이미 쇠퇴한 지역으로 알려져 있었다. 이곳 사람들은 대체로 나막신을 신고 다녔는데 특히 힌들리와 같은 작은 외곽지역에서는 나막신이 대중화되어 있었다. 나이든 여성들은 머리 위에 숄을 걸치고 다녔고 젊은 여성들은 지독히 가난하기 때문에 그렇게 하고 다녔다. 사람들은 거의 대부분 옷을 허름하게 입었고, 모퉁이에 서 있는 젊은이들은 런던의 젊은이들에 비해 멋이 훨씬 덜하고 덜 활기차 보였다. 그러나 가게들이 비어 있는 것을 제외하고는 위건이 가난한 도시라는 표시는 어디에도 없었다. 등록된 노동자들 세 명 중 한 명이 실직자로 알려져 있었다.

어젯밤 나는 월 해닝턴[16]의 연설을 듣기 위해 전국실업노동자운동 소속 사람들과 함께 조합회관에 갔다. 이 가난한 연설가는 흔한 사회주의 연설가의 장황하고 상투적인 문구를 섞고 어울리지 않는 런던내기 말투로(그 역시 공산당원이었지만 확실히 부르주아였다) 연설을 해 청중을 감동시켰다. 나는 이곳의 공산주의적 분위기에 적잖게 놀랐다. 해닝턴이 영국과 소련이 전쟁을 벌인다면 소련이 이길 것이라고 말하자 요란한 박수갈채가 쏟아졌다. 대부분이 실직자들(열 명 중 한 명 정도는 여성이었다)인 청중은 거

---

16 Wal Hannington(1896~1996), 영국 공산당 설립위원이자 전국실업노동자운동 전국 창립위원.

칠었지만 매우 진지하게 연설을 귀담아 들었다. 연설이 끝난 뒤 회관 임대료와 해닝턴의 교통비조로 1파운드 6실링을 모금했다. 실직자들 200여 명에게 거둔 돈으로서는 적은 액수가 아니었다.

콧등에 탄진이 문신처럼 푸르게 배어 있는 광부들을 많이 보게 되는데, 어떤 나이든 광부들은 이마에 로크포르 치즈처럼 시퍼런 자국이 나 있다.

2월 12일

지독하게 추웠다. 운하를 따라 저 멀리 보이는 슬래그[17] 더미 쪽을 향해 한참을 걸었다. 여기저기에 쌓여 있는 슬래그 더미가 흉물스러웠고 굴뚝은 연기를 토해내고 있었다. 어떤 슬래그 더미는 산처럼 높아 보였다(그중 하나는 스트롬볼리 섬[18]처럼 보였다). 바람이 세차게 불었다. 운하에 정박되어 있는 석탄 운반 바지선 주변의 얼음을 깨기 위해 증기선이 와야 했다. 바지선 노동자들은 눈 바로 밑까지 옷옷으로 감싸고 있었다. '플래시'(폐탄광이 함몰한 지점에 생긴 물이 고인 웅덩이)는 모두 갈색을 띤 얼음으로 뒤덮여 있었다. 수문에는 얼음이 턱수염처럼 붙어 있었다. 쥐 몇 마리가 눈 속을 힘없이 달리고 있었다. 아마 먹지 못해 힘이 빠진 것 같았다.

---

17 Slag. 광석으로부터 금속을 빼내고 남은 찌꺼기.
18 Stromboil. 지중해에 있는 작은 화산섬으로 작은 분출이 주기적으로 일어난다.

2월 13일

　위건의 숙박업소 상태는 형편없었다. H부인은 그녀의 남동생 (스물다섯 살밖에 안 되어 이복동생이 아닐까 싶은데, 이미 여덟 살 먹은 아이가 있다고 한다) 집에는 세 가구 11명(그중 5명이 성인이다)이 '위아래층에 각각 두 개'씩, 합쳐서 네 개의 방에서 살고 있다고 말했다.

　내가 만나본 광부들은 모두 심각한 사고를 당한 경험이 있거나, 아니면 적어도 그들의 친구나 친척이 사고를 당했다. H부인의 사촌은 바위가 떨어져 등뼈가 부러진 적이 있었다. 그녀는 "그는 칠 년이나 고생하다가 죽었답니다. 상처는 그가 한평생 달고 다닌 가혹한 형벌이었죠."라고 말했다. 그리고 그녀의 제부는 새로 파낸 수갱 370미터 아래로 떨어졌다. 그는 수직 벽에 이리저리 튕겨 바닥에 닿기도 전에 뼈가 으스러져 죽었다. H부인은 "제부가 새로 산 방수복을 입고 있지 않았다면요, 광산측은 뼈를 수거하지도 않았을 거예요."라고 덧붙여 말했다.

2월 15일

　전국실업노동자운동 수금원들이 가정방문을 할 때 나는 주택, 그중에서도 캐러밴[19]의 상태를 살펴보기 위해 그들과 동행했

19　caravan. 승용차에 매달아 끌고 다니는 이동식 주택을 뜻하지만, 오웰이 본 캐러밴은 짐마차에서 바퀴를 떼어내고 나무 버팀목을 대 고정시킨 후 캔버스 천을 덮어 만든 가옥이다.

다. 이 문제에 관해선 따로 기록해놓았으니 참조해보시라. 내가 큰 충격을 받은 것은 여성들, 특히 캐러밴에 살고 있는 사람들의 얼굴 표정이었다. 한 여성의 낯빛은 죽은 사람과 같았다. 그녀의 낯빛은 내려갈 때까지 내려간 삶의 비참함 그 자체였다. 마치 내가 온몸에 오물을 뒤집어썼을 때 지을 만한 표정 같았다. 하지만 캐러밴에 사는 사람들은 모두 이런 상황을 당연한 것으로 받아들이는 듯했다. 그들은 당국으로부터 주택을 제공받을 것이라고 수도 없이 약속받았지만 번번이 지켜지지 않았다. 그래서 살 만한 집을 얻는다는 일은 꿈에나 가능할 뿐이라고 체념하게 된 것이었다.

구역질 날 정도로 누추한 뒷골목을 지나면서 나는 젊지만 얼굴이 창백하고 세파에 찌든 표정의 한 여성이 집 바깥 도랑 옆의 거무튀튀한 배수관을 꼬챙이로 뚫고 있는 것을 보았다. 나는 지독히도 추운 날 위건 뒷골목 배수관 옆에 무릎을 꿇고 꼬챙이로 막힌 곳을 찌르고 있다는 것이 얼마나 비참한 운명인지 생각해보았다. 그 순간 그녀는 고개를 들었고 그녀의 눈이 내 눈과 서로 마주쳤다. 그녀는 내가 여태껏 본 적이 없을 만큼 절망적인 표정을 짓고 있었다. 그녀가 내 생각을 알고 있는 것 같은 느낌이 들었다.

H부인은 알 수 없는 질병에 걸려 병원에 가야 했기 때문에 난 부득불 하숙집을 옮겨야 했다. H부부는 달링턴 가에 있는 천엽 가게가 딸린 하숙집을 내게 소개해주었다. 내가 옮긴 하숙집의 남편은 전직 광부(나이는 쉰여덟이었다)였고 그의 아내는 심장이

약해 부엌 소파에 누워 있었다. H씨 하숙집처럼 사교적 분위기가 났지만 집은 지저분했고 냄새가 지독했다.

하숙인들이 많았다. 나이가 일흔다섯인 전직 광부가 있었는데, 노령연금과 구빈구(救貧區)로부터 주당 반 크라운을 받으며(다 합치면 12실링 6페니다) 근근이 생활하고 있었다. 예전엔 잘나갔지만 지금은 찌들어 있는 또 다른 전직 광부가 있었는데 거의 침대에서 일어나지 못하고 누워 지냈다. 그리고 아일랜드 출신 전직 광부도 같이 살고 있었는데 몇 년 전 탄광에서 바위가 굴러 떨어져 어깨뼈와 갈비뼈 몇 개를 다친 후 주당 25실링의 장애연금을 받으며 살고 있었다. 원래 그는 지적 수준이 좀 있어 사무원으로 일을 한 적이 있었지만, 덩치가 크고 힘이 셌기 때문에 광부 일을 하면 목돈을 쥘 수 있다는 생각에 막장까지 들어오게 되었다(1차 세계대전이 일어나기 전의 일이었다). 그리고 구식 주간지인 〈존 불〉을 파는 외판원 두 명도 하숙을 하고 있었는데, 나이가 각각 마흔 살과 쉰다섯 살이었다. 그들 중 나이가 적은 외판원은 인도 캘커타의 고무 농장에서 4년 동안 일한 적이 있다고 말했지만 나는 이 말을 곧이곧대로 믿지 않았다. 그는 랭커셔 악센트(그는 지방 출신이다)로 말했지만, 나한테는 소위 '배운 사람' 말투로 말했다.

F부부의 자식들은 집을 떠나 살았는데 그중 살찐 아들 한 명은 근처에 살면서 어딘가에서 일을 하고 있었고, 그의 아내 매기는 거의 하루 종일 천엽가게에서 시간을 보냈다. 그들 사이에는

두 명의 자식이 있었다. 그리고 런던에 살고 있는 또 다른 아들의 약혼녀인 애니가 F부부의 집에 들락날락거렸다. 딸은 캐나다에 살고 있었다. 매기와 애니는 집안일과 가게 일을 열심히 하고 있었다. 애니는 매우 여위었고 너무 많은 일을 해(봉제 공장에서도 일하고 있다) 기분이 좋아 보이지 않았다. 나는 그들의 결혼이 반드시 이루어질 것이라고는 생각하지 않지만 F부인은 애니를 한 식구로 여기며 줄곧 심하게 부려먹고 있었다. 이 집에는 가게를 빼고 방이 대여섯 개 되었고 변소가 하나 있었다. 9명의 하숙인들이 이 집에 기거하고 있었기에 나는 다른 세 사람과 같이 방을 사용했다.

나는 이곳의 노동자들이 음식에 대해 유달리 무지하고 낭비하는 것을 보고 깜짝 놀랐다(남부지방보다 훨씬 더 심한 것 같다). H부부 집에 머물고 있던 어느 날 아침, 음식을 보관해두는 부엌 방에서 세수를 하는데 2킬로그램 되는 베이컨 덩어리, 9백 그램 남짓의 소 정강이살, 7백 그램 남짓의 간(모두 날것이었다), 무지막지하게 큰 고기파이의 잔해(H부인은 설거지에 쓰는 에나멜이 칠해진 커다란 대야 안에 파이를 만들었고, 푸딩 만들 때도 마찬가지였다), 15개 내지 20개의 달걀이 들어 있는 커다란 접시 한 개, 작은 빵 여러 개, 납작한 과일파이와 파이 케이크(건포도가 듬성듬성 박힌 페이스트리), 먹다 남은 파이조각, 큰 빵 여섯 덩어리와 작은 빵 12개(나는 그 전날 밤에 H부인이 이 빵들을 굽는 것을 보았다) 등이 그 방에 쌓여 있었다. 각종 싸구려 버터, 토마토, 개봉된 깡통우유 등도 저장되어 있었다. 그리고 오븐 안에는 따뜻하게 데운 음식도 많이 남아 있었다. 빵을 제외한 모든 음식들이 덮개 없이 더러운 찬장 안 여기저기에 아무렇게나 쌓여 있었다. 이 집에서 제공되는 음식은 대부분 빵과 전분뿐이다.

H부부 하숙집의 전형적인 식사는 다음과 같았다. 8시에 먹는 아침식사는 계란 프라이 두 개, 베이컨, 빵(버터는 없다), 차로 구성되어 있고, 12시 30분에 먹는 점심식사로는 둥근 접시에 담긴 엄청난 양의 쇠고기 스튜, 과일 푸딩과 삶은 감자(리옹에서의 3인분에 해당된다) 등이 나왔고 라이스 푸딩과 슈에트 푸딩[20]도 배불리 먹을 수 있었다. 오후 5시경의 티타임에는 차가운 고기, 버터 바른 빵, 달콤한 페이스트리와 차가 나왔다. 그리고 밤 11시경 먹는 늦은 저녁식사에는 피시 앤 칩스, 버터 바른 빵과 차가 제공되었다.

2월 16일

흥미로운 사건 하나가 발생했다. 크리스마스 직전 한 달 동안 이 하숙집에 머물고 있던 어떤 부부가 동전을 위조했다고 해서 프레스턴에서 체포된 사건이었다. 경찰서의 형사가 하숙집에 찾아와 하숙인들을 대상으로 한 시간 동안 심문을 했다. F부인은

20　suet pudding, 다진 쇠고기 지방과 밀가루에 양념 따위를 섞어 삶거나 보자기에 싸 쪄서 만드는 푸딩.

하숙인들이 집을 나간 사이 방을 기웃거리다가 매트리스 밑에서 땜납과 같은 덩어리와, 삶은 달걀을 담는 컵 비슷한 모양의 작은 그릇을 발견했다. F부인은 형사가 암시하는 모든 것에 맞장구를 치며 고개를 끄덕거렸고, 그가 용의자인 부부의 방을 수색하기 위해 2층으로 올라가려 할 때 나는 두 가지 제안을 했는데 그녀는 내 말에 일리가 있다고 또 맞장구를 쳤다. 사실 그녀는 그 부부가 정식으로 결혼하지 않은 상태라는 것을 듣자마자 그들이 범인이라고 마음을 굳힌 것 같아 보였다. 형사가 그녀의 진술을 받아적었다. 글자를 조금 아는 남편과는 달리 그녀는 글자를 읽을 수도 쓸 수도 없다(자신의 이름을 제외하고)는 것이 밝혀졌다.

외판원들의 침대 한 개가 내 침대와 직각으로 붙어 있었다. 내가 두 발을 쭉 뻗기라도 하면 맞은편 침대에 누워 있는 사람의 등을 차버릴 수 있었다. 리넨 시트를 덮고 잔 지 무척 오래 지난 것만 같다. M부부 집에도 능직물로 짠 이불만 있었다. M부부 하숙집은 내가 런던을 떠난 이후 머문 집 중에 냄새가 나지 않은 유일한 집이었다.

2월 17일

이 하숙집에 머물고 있는 두 명의 신문 외판원들은 불쌍해 보였다. 외판원이라는 직업은 분명 바닥까지 떨어진 절망적인 일자리였다. 〈존 불〉 같은 잡지는 악착스럽게 일하려는 사람들을 일정기간 동안 외판원으로 고용해 사기성이 다분한 일을 시켜 먹은 뒤 자르고 다시 다른 사람들을 고용하는 식이었다. 외판원들의 주당 수입은 2, 3파운드 남짓 되었다. 두 외판원은 모두 딸린 식구가 있었다. 한 명은 손주까지 두었다.

그들은 돈에 쪼들려 숙박비용만 내고, 지저분하고 때 묻은 부엌 찬장 하나를 빌려 빵이며 마가린 따위를 넣어놓고 창피스럽지만 음식을 직접 준비해 끼니를 때웠다. 그들은 매일 할당받은 집을 돌아다니며 최소한의 주문을 받아내야 한다. 그들은 지금 〈존 불〉의 구독 신청을 받기 위해 2실링어치 우표와 정기구독권 24개를 보내면 찻잔 세트를 '거저' 준다는 속임수를 꾸미고 다녔다. 식사를 마치자마자 그들은 다음 날 사용할 서류에 뭔가를 쓰기 시작했다가, 나이가 더 든 외판원이 의자에서 졸더니 큰 소리로 코를 골아댔다.

나는 그들이 노동자들의 상태를 잘 알고 있어 놀랐다. 그들은 영국 북부 도시의 주택 공급, 임대료, 세금, 직업 상태 등에 대해서도 속속들이 알고 있었다.

2월 18일

이른 아침에 나는 나막신을 신고 자갈길 위를 뚜벅뚜벅 걷는 여자 노동자들의 발소리를 들었다. 그 소리는 묘하게도 전쟁터로 달려가는 군인들의 군화소리처럼 섬뜩하게 들렸다. 아마 이 소리는 랭커셔의 가장 특징적인 소리일 것이다. 그리고 진흙길 위에 박힌 전형적 발자국은 소 발굽처럼 나막신에 두른 쇠테의 윤곽

81

을 뚜렷이 남겼다. 나막신은 엄청 싸다. 한 켤레에 5실링 정도 하는데 몇 페니 내고 쇠테만 새로 바꿔 끼우면 되니까 여러 해 동안 신고 다녀도 닳지 않는다.

언제 어디를 가든 그 지방 고유의 복장을 입은 사람들은 대개 하층민들이다. 전국실업노동자운동 수금원과 함께 방문한 어느 집에서, 단정한 차림의 한 여성이 풀이 죽은 채 나에게 이렇게 말했다.

"전 항상 품위 있게 보이려고 애쓰고 있어요. 머리 위에 낡은 숄을 덮어쓴 적이 없답니다 — 사람들은 숄을 쓴 내 모습을 한 번도 본 적이 없을 거예요. 어릴 적부터 계속 모자를 썼으니까요. 하지만 그건 별로 도움이 안 돼요. 크리스마스 계절이 오면 우린 참 쓸쓸해요. 시내로 가 도와줄 독지가를 찾으려고 생각했어요 (자선단체에서 나눠주는 바구니라도요). 옷을 차려입은 제 모습을 보고 목사님은 말씀하셨어요. '아가씨는 도움 받을 필요가 없겠군요.' 그분은 계속 말했습니다. '아가씨보다 형편이 못한 사람들이 많이 있어요. 그들은 빵과 잼만으로 어렵게 살아나간답니다.' 제가 물었어요. '우리가 무엇을 먹고 사는지 어떻게 아세요?' 그분은 내 모자를 보면서 대답했지요. '옷차림새를 보니 아가씬 그렇게 가난하다곤 볼 수 없네요.' 저를 도와줄 사람이 없어요. 머리에 허름한 숄을 덮어쓰고 시내로 갔었더라면 독지가를 만날 수도 있었겠죠. 품위 있게 보이려고 한 것이 오히려 나쁘게 작용했나 봐요."

2월 19일

탄광 쓰레기 더미가 가라앉으면(언젠가는 밑으로 꺼지게 되어 있다) 울룩불룩한 작은 언덕이 되어버린다. 광부들이 석탄을 조금이라도 더 찾으려고 망치로 탁탁 치면서 파기 때문이다. 놀이터로 이용되기도 하는 이런 땅은 출렁이던 바다가 갑자기 얼어붙은 것처럼 보인다. 그곳 사람들은 이런 땅을 '솜 채운 매트리스'라 부른다. 재처럼 거무튀튀한 석탄가루가 널려 있는 표면에는 누런 풀만이 자라나 살풍경을 자아낸다.

오늘 저녁엔 텔만[21]의 변호비용을 마련하기 위해 전국실업노동자운동이 개최한 사교 파티에 갔었다. 입장료 6실링을 내면 음료가 제공되었다. 협동조합 홀에서 열린 친목회에는 200여 명의 사람들(여성이 압도적으로 많았다)이 모였는데 협동조합원들이 대다수였다. 그들은 대부분 직·간접적으로 실업수당을 받고 사는 사람들이었다. 뒤쪽에는 나이든 광부 몇 명이 느긋한 표정으로 앉아 있었고 앞쪽에는 소녀들이 모여 있었다. 몇몇은 콘서티나[22]에 맞춰 춤을 추었고(많은 소녀들이 춤을 추지 못한다고 꽁무니를 뺐는데 좀 측은해 보였다), 몇몇은 노래를 불렀는데 듣기가 민망할

---

21 Ernst Thaelmann(1886~1944), 1925년에 독일 공산당 지도자가 된 운송 노동자. 1924년에서 1933년까지 독일 의회 의원을 지냈다. 1932년 힌덴부르크를 상대로 대통령 선거에 출마해 500만 표를 획득했다. 1933년 체포되어 재판 날짜가 여러 번 연기되다가 1936년 10월 베를린에서 종신형을 선고받고 감금되었다. 1944년 8월 부헨발트에서 총살되었으나, 공식적으로는 공습 때문에 사망했다고 기록되었다.
22 conertina, 6각형 손풍금.

정도로 형편없었다. 나는 이 사람들이 위건에서 혁명 요소의 한 단면을 좀 더 잘 보여주는 사례일거라 추측한다. 정말 그렇다면, 신이 우리를 도우시길. 이들은 어디에서나 볼 수 있는 양처럼 온순한 사람들(소녀들은 숨을 헐떡거리며 노래를 불렀고 뚱뚱한 중년 부인들은 뜨개질을 하다 꾸벅 졸았다)이었다. 영국에는 이제 더 이상 사회적 동요랄 것이 없다. 하지만 어떤 나이든 여인이 좋은 노래를 불렀다. 노령연금을 받고 퍼브에서 노래를 불러 용돈 정도 버는 런던 토박이 같았다. 노래는 다음과 같다.

자, 자, 넌 여기서 그것을 할 수 없어,
그래, 넌 여기서 그것을 할 수 없어
자, 그렇지, 넌 다른 어딜 가도 그것을 할 수 있어,
아니, 자, 자, 넌 여기서만은 그것을 할 수 없어.[23]

2월 20일

오늘 오후 패디 그레이디와 함께 실직 광부들의 '쓰레기 기차' 약탈 혹은 그들이 '석탄 쟁탈전'이라 부르는 것을 구경하러 갔다. 정말로 볼 만한 구경거리였다. 우리는 길 옆에 나 있는 흔히 그렇듯 지저분한 길을 따라 '전나무 측선'이라 부르는 어느 대피선으

---

23 오웰은 1946년 1월 19일 발표된 〈우리가 불렀던 노래들〉에서 이 노래를 언급하며, "당시의 정치 상황을 반영한, 아마도 히틀러에 대한 반쯤 의식적인 반발"이었을 것이라고 말한다.

로 가고 있었다. 가던 길에 남자 여자 할 것 없이 석탄을 훔쳐 자루에 넣어 자전거에 매달고 가는 것을 보았다. 나는 그들이 이런 자전거를 어떻게 입수하게 되었는지 알고 싶었다. 아마 쓰레기 더미에서 쓸모없는 부품을 주워 만들었을 것이다. 흙받이는 물론 안장도 떨어져나갔고 심지어 타이어도 없는 것들이 있었다.

혈암(頁巖)을 가득 실은 무개화차가 쏟아내는 거대한 쓰레기 더미에 당도했을 때, 우리는 50여 명의 사람들이 쓰레기 더미에서 석탄을 골라내고 있는 것을 보았다. 그들은 우리에게 선로 저 멀리를 손가락으로 가리켰는데 그곳에선 사람들이 무개화차 위에 올라타 있었다. 그곳에 도착하니 몇 명의 아이들을 포함해 족히 100여 명의 사람들이 너 나 할 것 없이 자루와 석탄 깨는 망치를 윗옷 뒷자락에 가죽 끈으로 잡아맨 채로 기차를 기다리고 있었다. 이윽고 기차가 기적소리를 힘들게 내며 굽이친 선로를 시속 20마일로 막 돌고 있었다. 50명에서 70명 가량 되는 남자들이 기차를 향해 달려가 완충기를 꽉 쥐고 무개화차에 재빨리 올라갔다. 천천히 다가오는 무개화차는 그 위에 올라탄 사람들의 재산이라도 된 것처럼 보였다. 기관차는 무개화차를 쓰레기 더미에 붙이고 나서 분리시킨 후 남은 무개화차가 있는 쪽으로 다시 갔다. 두 번째 무개화차가 탄광 쓰레기를 가득 싣고 다시 오자 사람들이 다 같이 무개화차 쪽으로 우르르 몰려갔다. 몇 명을 빼고 다 화차에 올라갔다. 무개화차가 기관차에서 분리되자마자 남정네들이 화차 위에서 혈암을 삽으로 퍼 아래에 있는 여자들과 다른 뒷바라지꾼들에게 건네주었고, 그들은 쓰레기에서 석탄(양은 상당했지만 계란 크기 정도 되는 작은 덩어리였다)을 분리해 자루 안에 쉬지 않고 집어넣었다. 무개화차에 올라가지 못한 '브루'들은 화차에서 미끄러져 땅에 떨어진 석탄 부스러기를 줍고 있었다. 물론 무개화차에 올라탈 때는 그 차에 석탄 찌꺼기가 실려 있는지 어떤지는 모른다. 운에 맡길 뿐이다. 어떤 무개화차에는 상당량의 석탄 부스러기가 들어 있는 탄광 쓰레기 대신 혈암만 가득 실려 있는 경우가 있기 때문이다. 그러나 전에 들어본 적이 없는 이야긴데 꽤 좋은 연료로 사용되는 '캐널'[24](철자가 분명치 않다)이라 불리는 가연성 돌이 혈암 사이에 박혀 있는 경우가 있다는 것이다. 이 돌은 작업하기가 어렵고 또 너무 빨리 타기 때문에 상업적으론 가치가 없지만 일상적 용도에는 상당히 유용하다. 혈암을 실은 무개화차에 올라타 있는 사람들은 캐널을 찾느라 정신이 없었다. 캐널은 모양이 혈암과 비슷하지만 색깔이 거무스름하고 수평으로 쪼개져 구별이 되었다. 거의 점판암과 비슷하다.

우리는 그들이 무개화차가 거의 텅 빌 때까지 일하고 있는 것을 지켜보았다. 20대의 무개화차가 있었고 100명이 넘는 사람들이 화차 위에서 작업을 하고 있었다. 내 짐작으로 그들은 각자 약 25킬로그램의 석탄이나 캐널을 가져갈 수 있을 것이다. 이런 장

---

24 cannel. 촉탄. 양초와 비슷하게 긴 불꽃을 내며 연소하는, 기름과 가스를 많이 함유한 석탄.

86

면은 탄광 쓰레기를 실은 몇 대의 무개화차가 올 때 하루에 한 번 이상 일어나는 장면이다. 그러니 수 톤의 석탄이 매일 없어진다고 보면 맞을 것이다.

이들이 관계하는 전체 사업의 경제와 윤리는 꽤 흥미롭다. 우선 운반 기차에 실린 탄광 쓰레기를 가져가는 것은 물론 불법이다. 엄밀히 따지자면 탄광 쓰레기 더미에 올라가는 것 자체도 위법행위이다. 사람들은 정기적으로 경찰서에 잡혀간다. 사실 오늘 아침에도 〈이그재미너〉에 세 명이 이런 죄목으로 벌금형에 처해졌다는 기사가 실렸다. 그러나 경찰에 잡혀가는 것에 신경 쓰는 사람들은 아무도 없다. 사실상 벌금형에 처해졌던 세 명은 이날 오후에도 현장에 다시 나타났다. 동시에 석탄회사 또한 쓰레기 더미에 버려진 석탄 부스러기를 사용할 의도도 없다. 왜냐하면 쓰레기 더미에서 석탄을 찾아내는 비용이 더 들어 경제적 효율이 떨어지기 때문이다. 그러니 약탈되지 않더라도 버려져 쓰레기가 될 게 뻔했다. 게다가 광부들이 이 작업을 하려고 할 때쯤 되면 무개화차는 석탄 약탈자들에 의해 거의 비다시피 되기 때문에 석탄회사 입장에서는 무개화차를 비우는 경비를 절약할 수 있다. 그리하여 석탄회사는 이들의 절도 행위를 묵인하는 것이다. 나는 기관사가 무개화차 위로 올라오는 사람들을 못 본 체하고 있다는 것을 알았다. 그런데도 경찰에 정기적으로 고발하는 이유는 사고가 많이 나기 때문이다. 최근에 어떤 사람이 무개화차 위에서 떨어져 두 다리를 절단하는 사고가 발생하기도 했다. 기차의 속도를 감안해볼 때 사고가 그렇게 자주 일어나지 않는 것이 그저 놀라울 따름이었다.

약탈자들이 석탄을 운반하기 위해 사용하는 괴상하게 생긴 차량은 포장용 상자에 두 개의 압착 롤러 바퀴를 엉성하게 붙여 만든 수레였다.

이들이 가져간 석탄의 일부는 도시에서 한 자루당 1실링 6페니에 팔린다고 한다.

2월 21일

내가 묵고 있는 하숙집의 불결함에 짜증이 난다. 깨끗한 것이라곤 하나도 없었다. 모든 것에 먼지가 쌓여 있다. 침대는 오후 5시가 되어도 청소가 되어 있지 않고 식탁보도 교체하는 법이 없다. 아침에 흘린 빵 부스러기가 저녁 먹을 때가 되어도 식탁 위에 그대로 흩어져 있다. 가장 역겨운 것은 늘 부엌 소파에 누워 일어나는 법이 없는 F부인의 게으른 모습이었다. 그녀는 신문 조각을 찢어 입을 닦고 부엌 바닥에 그대로 버리는 더러운 버릇이 있다. 오늘 아침 식사할 때 식탁 밑에는 요강이 비우지 않은 채 놓여 있었다. 아침식사 또한 끔찍했다. 우리는 팔다 남은 2페니짜리 통조림 스테이크와 키드니 파이[25]를 먹었다. 그런가 하면 천엽이 보

---

25 kidney pie. 송아지나 양의 콩팥을 삶아서 파이 속에 넣고 구운 영국 요리.

관되어 있는 지하실에 바퀴벌레가 우글거린다는 이야기를 들었다. 분명 이놈들은 신선한 것을 먹게 되는 일이 아주 드물 것이다. F부인은 다음과 같은 말을 하면서 재고를 확인한다. "어디 보자, 음. 그때 이후로 냉동 천엽이 세 덩이 남았군." 내 판단인데 그놈들은 2주에 한 번 꼴로 '냉동' 탁송품에 기어들어왔을 것이다. 또한 나는 밤에 두 다리를 쭉 뻗고 잠을 잘 수 없어 몹시 불편하고 괴로웠다.

2월 24일

어제 제리 케넌, 그의 친구인 전기기술자 한 명, 그 기술자의 아들 두 명, 다른 전기 기술자 두 명, 막장에서 일하는 기술자 등과 함께 크리펜즈 광산의 탄갱으로 내려갔다. 탄갱에서 일하는 기술자가 우리를 안내했다. 새장 비슷하게 생긴 '케이지'라 불리는 승강기는 200미터 깊이의 갱도 바닥까지 내려갔다.

우리는 오전 10시 30분에 탄갱에 내려가서 오후 1시 30분에 지상으로 올라왔다. 안내한 기술자는 우리가 돌아다닌 길이가 총 3킬로미터 남짓 된다고 말했다.

승강기가 아래로 내려갈 때 순간적으로 메스꺼움을 느끼고, 곧이어 이상하게도 귀가 압력을 받아 꽉 막히는 느낌을 받았다. 승강기가 중간쯤 내려갔을 때쯤 엄청난 속도(깊이가 꽤 되는 광산의 승강기는 시속 96킬로미터, 혹은 더 이상 낸다는 얘기를 들었다)를 내더니 갑자기 줄여 다시 천천히 위로 올라가는 착각이 들었다.

승강기 안은 비좁았다(깊이가 2.5미터, 너비가 1미터, 높이가 2미터 정도 되었다). 열 명이 타면 옴짝달싹할 수 없었다. 석탄은 1.5톤 정도를 실을 수 있을 것 같았다. 우리는 어른 6명과 소년 2명이었는데 승강기 안은 눌러 담을 수도 없을 만큼 꽉 찼다. 승강기를 타는 사람들은 반드시 문 쪽으로 얼굴을 향해 서 있어야 한다.

갱도 아래는 내가 생각했던 것보다 밝았다. 들고 다니는 램프 외에도 주 갱도에는 전기 시설이 되어 있었다. 그러나 전혀 예상치 못한, 나한테 가장 심각했던 문제는 갱도 천장이 너무 낮다는 것이었다. 나는 갱도가 지하철 터널처럼 넓어 행동이 자유로울 것이라고 막연하게 생각했었다. 그러나 실제로 허리를 똑바로 펼수 있을 정도의 높이가 되는 갱도는 거의 없었다. 갱도의 높이는 대략 1.2 혹은 1.4미터밖에 되지 않았다. 어떤 곳은 가끔 이보다더 낮기도 한데, 우리는 오리처럼 머리를 잽싸게 숙여야 했다. 갱도 벽은 혈암으로 만든 석판을 붙여놓았는데 더비셔의 돌담처럼 산뜻해 보였다. 갱목(坑木)이 머리 위 대략 1미터마다 들보처럼 얹혀 있었다. 갱목은 대부분 낙엽송을 적당한 크기로 잘라 만들어(이곳에서 사용되는 갱목의 엄청난 양을 보고 나는 날이면 날마다 조림지에 낙엽송을 심는 이유를 알았다) 양쪽에 수직으로 세워져 있는 버팀목 끄트머리에 얹고, 그 사이사이에 나무판이 수평으로 놓인다. 어쨌든 고정시키지는 않는다. 밑판은 점차 아래로 꺼지게 되는데, 광부들은 이를 두고 '바닥이 솟아오른다'라는 말을 한다. 하지만 머리 위 하중 때문에 전체는 균형이 잡힌다. 갱도 중

간중간에 나무 버팀목 대신 사용된 철제 대들보가 휘어져 있었다. 천장 무게가 가히 얼마나 될지 상상이 가능하다. 발아래 바닥은 돌가루가 수북이 쌓여 있고 너비가 75센티미터 되는 광차용 레일이 깔려 있다. 나막신 밑바닥이 레일에 맞도록 오목하게 들어가 있어, 갱도가 내리막길이면 나막신을 신은 광부들은 레일 위를 미끄러져 내려간다.

　몸을 두 겹으로 꺾기도 하고 한두 번은 기면서 200미터를 걸은 후 나는 넓적다리에 참을 수 없는 통증을 느끼기 시작했다. 들보에 부딪치지 않기 위해 고개를 똑바로 쳐들고 걸어야 한다. 그렇게 걷다보면 목에 근육 경련이 일어나는데 그래도 넓적다리의 통증에 비하면 아무것도 아니다. 물론 우리가 채탄 막장에 가까이 다가가면 갈수록 갱도 높이는 더 낮아졌다. 일단 버팀목이 없는 커다란 쥐구멍처럼 생긴 임시 갱도 사이를 기어가니 어떤 곳에 밤새 떨어진 돌무더기가 있었다. 내 생각으로 3, 4톤 정도* 될 것 같았다. 그 돌무더기는 거의 천장까지 막아 우리는 남아 있는 틈새로 겨우 기어가야 했다. 이윽고 나는 무릎 통증을 도저히 참을 수 없어 잠시 쉬어야 했다. 또다시 몇백 미터 더 쪼그리고 걸어간 후 우리는 첫 작업장에 도착했다. 이곳은 채탄부 두 명이 일하고 있는 작은 막장이었다. 그들은 도로 보수공사에 쓰이는 전동 드릴 비슷하게 생겼지만 그것보다 훨씬 큰 착암기를 가지고 일하고

---

* 제리 케넌이 20 내지 30톤이라고 말했지만 우리 중 누구의 말이 옳은지 모르겠다.

있었다. 근처에는 이런저런 기계에 전력을 공급하는 발전기가 있었다. 또한 탄약 발파용 구멍을 뚫기 위한 상대적으로 작은 착암기(그런 것들도 개당 무게가 20킬로그램이 넘으며 어깨 높이까지 들어올려 작업을 해야 한다)도 있었고 열쇠 꾸러미처럼 철사에 함께 묶어놓은 연장 다발도 눈에 띄었다. 잃어버릴까 싶어 항상 그렇게 묶어놓는다는 것이다.

우리는 몇백 미터 더 들어가 주 채탄장 중 한 곳에 다다랐다. 지금은 일하지 않고 있었지만 교대조가 지하 250미터에 위치한 이곳 막장으로 내려오고 있는 중이었다. 이곳엔 채탄부 다섯 명이 서로 돌려가며 사용하는 커다란 기계 한 대가 놓여 있는데, 이 기계에는 다양한 각도에서 조절 가능한, 톱니 길이가 5센티미터가 넘는 회전판이 달려 있었다. 대체로 이 판은 톱니 사이사이가 꽤 떨어져 있는 거대한 둥근 톱처럼 생겼으며 수직이 아니라 수평으로 작동한다. 채탄부들이 이 기계를 끌어 고정시킨 뒤 앞부분에 있는 회전판을 돌려 채벽을 절단한다. 두 명의 채탄부들이 '스커프터'라 부르는 삽으로 고무벨트 컨베이어 위에 석탄을 퍼 담고 있었다. 그러면 컨베이어 벨트에 실린 석탄은 주 갱도에 대기하고 있는 광차로 옮겨지고 광차는 다시 증기의 힘으로 움직이는 '케이지'까지 옮겨진다. 나는 채탄부들이 높이가 1미터도 채 안 되는 곳에서 석탄 절단기를 가지고 일하고 있다는 사실을 예전엔 알지 못했다. 막장까지 느릿느릿 걸어가면서 우리는 무릎을 똑바로 펼 수 없었지만 그래도 구부릴 수는 있었다. 그런데 그들은 대부분 배를 땅에 대고 작업을 해야 했다. 막장 안은 뜨거운 열기로 숨이 탁탁 막혔다. 내 생각에 온도가 섭씨 38도는 되는 것 같았다. 채탄부들은 규칙적으로 절단기를 앞으로 당겨 단단히 고정시켜 놓고 반원형으로 절단된 채벽 안의 석탄을 계속 파내고 있었다. 저 괴물 같은 기계(모양이 납작하지만 길이가 대략 2미터 되고 무게는 수 톤에 달하며 침목 같은 제동장치로 바퀴를 고정시켜 놓았다)가 어떻게 수 킬로미터 되는 갱도를 통과해 이곳 막장까지 옮겨졌는지 나로선 알 도리가 없었다. 채벽의 석탄을 캐내면 기계를 다시 앞으로 당겨놓아야 하는데, 실제로 채탄부들이 엎드려 작업하는 것을 감안해보면 그 작업 또한 엄청난 힘이 필요했다. 우리는 이런 곳에서 흔히 발견되는 많은 생쥐들을 채벽 주변에서 보았다. 특히 말을 현재 이용하고 있거나 과거에 이용했었던 탄갱에서는 생쥐들이 흔하다는 소리를 들었다. 그놈들이 처음에 이곳까지 어떻게 들어왔는지 모르겠다. 아마도 케이지를 통해서 내려왔을 수도 있고, 아니면 생쥐란 놈은 원래 체중에 비해 표면적이 상대적으로 넓어서 높은 곳에서 떨어져도 다치지 않는다고 하니 수직 갱도 아래로 떨어졌을 수도 있을 것이다.

돌아오는 길은 훨씬 더 어렵고 힘이 들어 나는 쉬지 않고는 나아갈 수 없었다. 50미터마다 쉬어야 했다. 들보가 연속적으로 나타나면 머리를 숙여 납작 엎드려 걸어야 했다가 다시 고개를 들고 걷는 동작이 반복적으로 이어졌다. 그러다가 천장에 구멍이 나 높은 지점에 이르면 그제야 두 다리를 펴고 걸을 수 있어 그나마 위안이 되었다. 한참 동안 쪼그리고 앉아 걷고 난 뒤 두 다리를 펴려고 하면 잘 펴지지 않았다. 높이가 가장 낮은 지점의 천장은 대체로 경사가 져 있어 몸을 굽히는 것은 물론이고 모로 걸어야 한다. 우리를 안내하는 기술자 빼고는 모두 다 고통스러워했다. 기술자는 갱도를 이동하는 데 익숙한 사람이었고 키 작은 사람 두 명은 몸을 거의 구부리지 않아도 되었다. 하지만 키가 큰 나로 서는 여간 고통이 아니었다. 나는 키가 나만큼 큰 광부들이 있는 지, 있다면 이동하는 데 나처럼 고통스러워하는지 알고 싶었다. 막장에서 광부들을 많이 만나보지는 못했지만 그들은 민첩하게 움직였고 버팀목 사이를 엉금엉금 기면서도 개처럼 빨리 돌아다 녔다.

마침내 우리는 지상으로 올라와 옷에 수북이 쌓인 석탄가루를 털어내고 맥주를 마셨다. 집으로 가서 저녁을 먹고 욕조에 뜨거운 물을 받아 한참 동안 물속에 들어가 있었다. 내 몸에 묻은 석탄가루의 양에 놀랐고 또 그것을 전부 제거할 수 없어 한 번 더 놀랐다. 석탄가루가 작업복을 침투해 내의까지 파고들어 내 몸에 몇 센티미터 두께로 붙어 있는 느낌이었다. 물론 광부들은 집에 돌아와 좀체 목욕을 하지 않는다. 부엌 화덕 앞에서 물 한 통을 받아놓고 몸을 씻을 뿐이었다. 나는 욕조에 물을 가득 받아놓고 씻지 않으면 도저히 깨끗이 씻을 수 없다고 그들에게 말하고 싶다.

탄광 탈의실에는 카나리아 몇 마리가 들어 있는 서너 개의 새장이 있었다. 이 새장은 탄갱에서 폭발 위험을 점검하기 위해 법적으로 반드시 비치해놓아야 한다. 카나리아가 든 새장을 들고 탄갱에 들어가서 새들이 기절하지 않으면 공기는 오염되어 있지 않은 것이다.

데이비 등[26]은 밝은 빛을 발산한다. 맨 위에 공기흡입구가 달려 있지만 미세한 쇠그물이 공기흡입구 밖으로 불꽃이 나가지 못하도록 막는다. 불꽃은 일정한 지름 이하의 구멍은 통과할 수 없다. 그러므로 쇠그물은 불꽃을 유지시키기 위해 공기는 안으로 들여보내지만 불꽃은 공기흡입구 밖으로 나갈 수 없다. 공기 중에 떠도는 위험한 가스를 폭발시킬 염려가 없는 것이다. 최대 8시간에서 12시간까지 사용할 수 있고 잠금장치가 되어 있다. 탄갱에서 꺼지면 다시 점화할 수 없다. 위험성 때문에 광부들은 탄갱에 성냥을 가지고 내려갈 수 없기 때문이다.

2월 27일

수요일(25일)에 다이너 부부와 가렛을 만나러 리버풀로 갔다. 그날 저녁에 돌아올 거라고 생각했지만 리버풀에 도착하자 컨디션이 좋지 않았다. 그래서 다이너 부부가 나를 침대로 밀어 넣는 바람에 그날 저녁을 거기서 보낼 수밖에 없었다. 어제 저녁에 돌

---

26 Davy Lamp. 옛날 갱에서 광부들이 쓰던 안전등. 발명가 험프리 데이비의 이름에서 유래되었다.

아왔다.

　나는 가렛에게 깊은 인상을 받았다. 그가 〈어델피〉와 한두 군데의 다른 잡지에 마르 로우라는 가명으로 글을 쓰고 있다는 것을 알았더라면 더 빨리 그를 만나봤을 것이다. 그는 리버풀-아이리시[27] 출신으로 나이가 서른여섯 살 정도 되고 덩치가 크고 힘이 세 보였다. 가톨릭교도로 성장했지만 지금은 공산주의자가 되었다. 그는 지난 6년(내 생각으로 그 정도 되는 것 같다) 동안 약 9개월 정도만 일했다고 말했다. 그는 청년 시절 바다에 나가 10년 동안 선원생활을 했고 이후 부두노동자로 일을 했다. 전쟁 동안 그가 탄 배가 어뢰 공격을 받아 7분 만에 가라앉았다. 선원들은 배가 어뢰 공격을 받을 것을 예상하였기에 구명선을 빨리 바다에 내려 무선사를 제외하고 모두 구조될 수 있었다. 그 무선사는 끝까지 배에 남아 무선을 받겠다고 말했다는 거였다. 그는 또한 미국 금주법 시행 기간 동안 시카고에 있는 불법 양조장에서 일하면서 여러 강도행위를 목격했고, 배틀링 시키[28]가 거리 싸움에서 총을 맞고 쓰러져 있는 모습도 직접 보았다. 하지만 그의 최고 관심 분야는 공산주의 정치였다. 나는 그에게 자서전을 한번 써보라고 권유했지만 그의 대답은 이랬다. 얼마 안 되는 실업수당을 받으며 아내(그가 글을 쓰는 데 반대하는 듯하다)와 자식들과 함께

27　Liverpool-Irish. 1860년 의용 보병대로 설립된 영국방위군 소속 부대.
28　Battling Siki. 프랑스 태생의 헤비급 복싱선수.

방 두 개짜리 집에서 살면서 오랜 작업에 몰두하는 것은 불가능한 일이며, 기껏해야 짧은 이야기 몇 편밖에는 쓸 수 없다는 거였다. 리버풀에 거대한 실업 사태가 있긴 하지만, 그와 별도로 그는 어딜 가도 공산주의자 블랙리스트에 올라 있어 직장을 구하는 것이 사실상 불가능했다.

가렛은 짐을 하역하는 항만노동자들을 고용하는 현장을 보여주기 위해 나를 부두로 데려갔다. 우리가 그곳에 도착했을 때 약 200명의 사람들이 표시된 원 안에서 기다리고 있었고 경찰이 그들을 통제하고 있었다. 화물선에서 과일을 하역하기 위해 인부를 뽑을 것이라는 소식이 있었다. 하역인부들 사이에 싸움이 벌어졌고 경찰이 말리고 있었다. 얼마 후 회사(하역회사인 것 같았다) 대리인이 화물 창고에서 나와 이날 새벽에 고용했던 사람들의 이름, 혹은 번호를 부르기 시작했다. 그러고도 10명이 더 필요해 원주위를 돌아다니며 사람을 뽑아냈다. 그의 방식은 이리저리 돌아다니다가 잠시 멈추어 서서 어떤 사람을 선택해 그의 어깨를 잡아 앞으로 잡아당기는 식이었다. 그 모습은 흡사 가축 시장의 풍경과 다를 바 없었다. 남아 있던 인부들의 입에서 탄식 같은 신음소리가 흘러나왔다. 200명 중에서 약 50명이 뽑혔고 나머지는 느릿느릿 어딘가로 사라졌다. 일이 없는 인부들은 하루에 두 번 서명을 해야 한다. 그러지 않으면 그들은 일을 하는 것으로(그들이 하는 일은 단순 임시노동이다) 간주되어 그날 하루치 실업수당이 삭감되는 것 같아 보였다.

나는 리버풀이 여타 도시들에 비해 단순한 슬럼가 철거 이상을 진행하고 있다는 사실에 깊은 인상을 받았다. 슬럼가는 환경이 정말로 좋지 못한 곳이지만, 임대료가 저렴한 시영주택과 아파트가 많이 있다. 리버풀 외곽에는 시영주택만 들어차 있는 마을들이 적잖게 있다. 시영주택은 살기에 꽤 편하고 보기에도 산뜻했다. 단점이라면 일터와의 거리가 멀어 출퇴근 시간이 많이 걸린다는 점이다. 마을 중심부에는 빈처럼 노동자 아파트 단지가 있다. 5층짜리 아파트들이 거대한 원 형태로 지어져 있고 그 중심부에는 아이들의 놀이터로도 활용되는 지름 50미터의 잔디밭이 있다. 아파트 안쪽으로 발코니가 설치되어 있고, 커다란 창문이 있어 충분한 햇빛이 아파트 내부로 들어올 수 있다. 나는 아파트 내부를 구경할 기회가 없었다. 하지만 각 가구마다 두세 개의 방,* 부엌, 따뜻한 물이 나오는 욕실이 있을 거라고 추측된다. 임대료는 꼭대기 층이 7실링, 맨 아래층이 10실링으로 다양했다(물론 승강기는 없다). 리버풀 시민들은 아파트(그들은 다세대주택이라 부른다) 개념에 익숙해져 있다. 반면 위건과 같은 도시의 사람들은 아파트가 일터 가까이 있어 출근하기 쉬울 테지만 아무리 누추해도 자신들만의 단독주택을 더 선호한다고 말하고 있다.

리버풀에는 한두 가지 흥미로운 점이 있다. 재건축은 거의 전적으로 시 자치제 관할인데, 시 자치제는 개인 소유권에 대해서

---

* 내 생각으로 거실 하나에 침실이 두 개일 것이다.

는 지나칠 정도로 냉혹해 심지어 적절한 보상도 없이 슬럼가 주택들을 수용한다고 알려져 있다. 그리하여 비록 지방 정부에 의해 행해지고 있지만 이곳에서는 사실상 사회주의 법률이 적용되는 셈이었다. 그러나 리버풀 자치제는 보수적이다. 게다가 공적 자금이 투입되는 재건축 사업은 내가 말한 대로 사회주의 방식이지만 실질적 사업은 사적 계약자들에 의해 행해진다. 그래서 시 자치제 공무원들의 친구, 형제, 조카 등과 같은 사람들이 계약자가 된다고 쉽게 가정해볼 수 있다. 그러므로 일단 어느 선을 넘으면 사회주의와 자본주의는 구분하기가 쉽지 않으며 국가와 자본가는 하나로 합쳐지는 경향이 있다. 강 맞은쪽에 있는 버컨헤드(머지 강 터널로 왕래한다)에는 레버흄 비누공장이 소유하고 있는, 도시 안의 도시랄 수 있는 포트 선라이트라는 곳이 있다. 이곳의 집들 또한 깨끗하고 임대료도 상당히 저렴하다. 하지만 정부 소유 재산과 마찬가지로 제약이 좀 심한 편이다. 한쪽에 있는 리버풀 자치제 주택들과 그 반대편에 있는 레버흄 경의 건물을 바라보면 어느 건물이 어느 건물인지 분간하기 힘들 정도다.

또 다른 문제는 이것이다. 리버풀은 사실상 로마가톨릭이 지배하고 있는 곳이다. 로마가톨릭의 이상인 체스터튼[29] 스타일의 작가들이나 비치콤버[30]류의 글은, 예전에 언급한 바 있듯이 일반적

---

29 Gilbert Keith Chesterton(1874~1936), 영국의 비평가·소설가. 사회주의에 반대하고 소유의 집중을 옹호했으며, 영국 가톨릭교 지도자로 활약했다.

30 Beachcomber, 〈데일리 익스프레스〉 연재 칼럼으로, 윈덤 루이스가 시작하여 가톨

으로 사적 소유권에 찬성하고 사회주의와 진보에 반대한다. 체스터튼 스타일의 작가들은 설비가 잘되어 있는 시영주택에 살면서 위생관리에 엄격한 제약을 받는 임금노동자들보다는, 비위생적이라도 개인 소유 오두막에 살고 있는 자유 소농이나 소(小)소유자를 원할 것이다. 그러므로 리버풀에 사는 로마가톨릭교도들은 이른바 자신들의 종교가 미칠 영향에 대해 반대한다. 하지만 내가 보기엔 로마가톨릭교도들이 지방조직이나 다른 정부조직(사회주의 정부라도)을 차지할 가능성이 있다고 체스터튼류의 작가들이 알아차린다면, 그들은 태도를 바꿀 것이다.

리버풀에서는 나막신이나 머리 위에 쓰는 숄을 볼 수 없다. 자동차를 타고 돌아오면서 나는 이런 관습이 위건에서 조금만 서쪽으로 가면 급속히 사라진다는 것을 깨달았다.[*]

G가 나에게 화물선 승선권을 준다면 나는 배를 타고 런던으로 돌아갈 것이다.

황동 촛대 두 개와 유리병에 넣은 배(船) 한 개를 샀다. 촛대 값으로 9실링을 지불했다. G는 내가 바가지 썼다고 말했지만 내가 보기엔 괜찮은 촛대였다.

---

[*] 대부분의 사람들은 위건에서 나막신이 사라지고 있다고 말할 것이다. 그러나 빈민가에 가보면 두 명 중 한 명이 나막신을 신고 있다. 그리고 나막신만 파는 가게가 열 곳은 될 것이다.
릭교도 J. B. 모턴이 계승했다. 오웰은 이 잡지를 폄하하는 발언을 했다.

3월 2일

셰필드[31]의 월리스 로드 154번지. 언덕을 걷고 있을 때 눈이 두껍게 내렸다. 들판 사이의 돌담이 하얀 치마에 두른 가두리 장식처럼 눈 사이를 뚫고 뻗어 있었다. 하지만 날씨는 따뜻하고 맑았다. 떼까마귀가 교미하는 모습을 태어나서 처음 보았다. 그놈들은 나무 위에서가 아니고 땅에서 교미를 했다. 구애 방법은 독특했다. 암컷이 부리를 벌리고 서 있으면 수컷이 암컷 주위를 걷는데 그 모습이 암컷에게 먹이를 주는 것처럼 보였다.

위건에 대한 기억들은 산처럼 쌓여 있는 광재 더미, 연기에 휩싸인 채 늘어서 있는 시커먼 집들, 열십자 모양으로 나막신 자국이 나 있는 질척질척한 도로, 숄에 아기를 싸들고 도로 모퉁이에 서 있는 덩치 큰 젊은 아낙네들, 과자공장 창문에서 할인가격으로 팔리는 부서진 초콜릿 더미 같은 것들이다.

3월 3일

이 집은 위아래 층으로 각각 방이 두 개씩 있고 너비 4.2미터에 길이 3.5미터 되는 거실, 그리고 그보다 더 작은 응접실이 있었다. 거실에는 싱크대와 커다란 구리 솥이 있고 가스난로는 없었다. 또한 지하저장실도 두 개 있었고 변소는 밖에 있었다. 임대료는 대략 8실링 6페니였다. 남편은 실직(예전에는 공장에 딸린 가게 관

---

31 Sheffield. 잉글랜드 사우스요크셔 주의 공업도시.

리인이었는데 공장 문이 닫히는 바람에 노동자 전부가 해고당했다) 상태이며* 아내는 허드렛일을 해 시간당 6페니씩 번다. 다섯 살 된 자식이 한 명 있다.

B는 마흔다섯 살이었지만 나이에 비해 젊어 보였다. 오른쪽 손과 한쪽 다리가 흉하게 일그러져 있었다. 유전으로 이렇게 되었는데 그것이 대물림될까 봐 두려워 결혼도 못하고 있었다. 흉측한 모습 때문에 일정한 직업을 갖는 것은 불가능했다. 그는 서커스단에서 마부와 광대 노릇, '와일드 웨스트'[32]에서 기수 노릇(상처 난 손으로 고삐를 잡았다)을 몇 년 동안 했다. 이제는 어쩐 이유에서인지 실업수당도 받지 못하고 교구와 그의 형제로부터 약간의 도움을 받을 뿐이다. 그는 벽난로만 있고 조리시설은 없는 단칸방에 살고 있다. 그는 부르주아에 대한 증오로 원한에 사무쳐 있는데, 심지어 진정한 사회주의자에게는 사람들에 대한 개인적 반감이 필요하다고 주장하고 있다. 그럼에도 그는 남을 도와주려고 하는 괜찮은 사람이었다. 그의 정치적 소신은 요크셔 사람들의 흔한 지역주의와 뒤섞여 있었다. 그는 툭하면 런던과 셰필드를 비교하는 말을 했는데 주로 런던을 욕하고 셰필드 편을 들었다. 그는 셰필드가 모든 면에서 런던을 압도한다고 말하는데, 예컨대 셰필드의 주택 계획이 런던보다 훨씬 좋다고 말하면서도 다른 한

* 그는 지방자치제의 공공부조위원회(Public Assistance Committee)가 지급하는 실업수당을 받는다.

32 Wild West, 버팔로 빌 코디가 창단한 대형 서부극단.

편으로는 셰필드의 빈민가가 런던의 빈민가보다 더 더럽다고 말했다.

나는 북부인들과 남부인들 사이에 존재하는 일반적인 반감뿐 아니라 요크셔 사람들과 랭커셔 사람들 사이에도 그렇고, 다양한 요크셔 사람들 사이에서도 살인적인 반감이 존재한다는 것을 알게 되었다. 이곳 북부사람들은 런던을 제외하고는 영국 남부에 있는 어떤 지역에 대한 이야기도 들으려 하지 않는 것처럼 보였다. 만일 우리가 남부 출신이라면 아무리 부정해도 우리는 런던 사람으로 정해져버린다. 북부인이 남부인을 경멸하는 이유 중 하나는 남부인들이 세상물정을 더 많이 알고 있다고 으스대며 자신들을 자꾸 가르치려고 한다는 것이었다.

걷기도 하고 전차를 타기도 하면서 셰필드 구석구석을 둘러보았다. 길고도 지친 하루(이 이야기는 3월 4일자 일기로 계속된다)였다. 나는 이제 거의 도시 전체를 돌아다녔다. 낮 시간의 셰필드는 내가 여태껏 본 도시 중에서 가장 소름끼치는 도시로 보였다. 어딜 가도 괴물 같은 굴뚝에서 시커먼 연기를 뿜어내고, 때로는 유황 때문에 불그스레한 연기를 토해내고 있는 똑같은 풍경을 보았다. 공기 중에 떠도는 유황의 매캐한 냄새를 언제나 맡을 수 있다. 건물들은 건설된 지 1, 2년이 지나면 모조리 검게 변한다. 나는 길을 가다가 어느 지점에 멈추어 서서 눈에 들어오는 굴뚝을 전부 세어보았다. 서른세 개였다. 하지만 연기와 안개가 끼어 있어서, 맑은 날에 세어보면 더 많을 것이다. 나는 이 도시에 건축학적으로 괜찮은 건물이 있는지 의심스러웠다. 이 도시는 언덕(로마처럼 일곱 개의 언덕 위에 건설되었다)이 많고, 어딜 가봐도 연기로 검게 그을린 작고 허름한 집들이 줄지어 선 도로들이 경사를 이뤄 뻗어 있었다. 도로에는 말을 잘 몰 수 있도록 의도적으로 자갈을 울퉁불퉁하게 깔아놓았다. 그렇지만 밤의 경치는 훌륭했다. 밤에 언덕에 올라 아래를 내려다보면 등불이 별처럼 반짝반짝 빛나고 있었다. 화려한 장밋빛의 거대한 연기가 주물공장 지붕 위로 수증기를 뚫고 솟아오르고 있었다.

언덕을 내려와 공장 안을 슬쩍 들여다보니, 새빨갛게 혹은 하얗게(실제로는 레몬 색깔 같다) 단 쇠에서 뿜어 나오는 뱀 모양의 거대한 불꽃을 볼 수 있었다. 쇠가 레일 위로 굴러 나오고 있었다. 도시 중심 빈민가에는 '소(小)사장들'의 공장, 다시 말해 날붙이를 주로 제조하는 소규모 공장들이 있었다. 나는 창문들이 그렇게 많이 부서져 있는 건물을 처음 보았다. 어떤 공장들은 창문에 유리창을 끼워놓은 경우가 거의 없어 안에 사람이 과연 있을지 의문이 들 정도였다. 날붙이 공장에서 일하는 직공들은 대부분 나이어린 여자들이었다.

도시가 헐리고 빠른 속도로 다시 지어지고 있었다. 빈민가 어딜 가도 수용된 집들이 헐려 벽돌 더미가 추잡스럽게 쌓여 있었다. 그리고 외곽으로 가보면 새로운 시영주택 단지가 건설되고 있었다. 어쨌든 이런 집들은 외관상으로 리버풀의 집들보다 훨씬 못했다. 침울하고 살풍경스러운 분위기가 났다. 지금 내가 머물고 있는 집 바로 뒤의 주택단지는 언덕 꼭대기의 진득진득 달라붙는 진흙 땅에 지어져 있었고 찬바람이 쌩쌩 불었다. 빈민가에서 나와 이런 새집에 들어가는 사람들은 항상 높은 임대료를 내야 하고 비싼 난방비 지출을 감수해야 하는 것이다. 또한 직장까지 거리가 멀어 교통비 지출도 만만찮다.

저녁에 감리교회로 가보았다. 그곳에서 일주일에 한 번 만나 설교를 듣고 모임을 가진다는 청년회(그들은 형제단이라고 불렀다) 회원들을 만났다. 목사는 분명히 실망스러운 기색으로 다음 주에 어떤 공산주의자가 연설할 거라고 말했다. 이번 주에 목사는 '깨끗한 물과 더러운 물'에 관해 설교했다. 그는 버나드 쇼의 《흑인 소녀의 모험》에 대해 종잡을 수 없고 도통 이해할 수 없는 이야기를 늘어놓았다. 대부분의 청중은 한 마디도 이해하지 못했고 사실 거의 듣지도 않았다. 설교 후 좌담 시간이 있었는데 나는 도저히 견딜 수 없어 B와 그의 친구 빈스와 함께 건물을 조용히 빠져나와 빈스가 사는 연립주택을 둘러보았다. 나는 이 주택에 대해 상세히 메모했다. B는 이렇게 말했다. 대부분의 형제단 회원들은 실직자이며, 몇 시간만이라도 쉴 수 있는 따뜻한 공간을 가지기 위해서라면 어떤 것이라도 감내해낼 수 있으리라는 거였다.

셰필드 사람들의 악센트는 랭커셔만큼 강하지 않았다. 나막신을 신은 사람들은 드물었지만, 광부들은 대부분 나막신을 신고 있었다.

3월 5일

리즈[33] 헤딩글리 이스트코트 21번지. 오늘 아침 10시 30분에 셰필드를 떠났다. 셰필드가 정말로 소름끼치는 장소였음에도, 그리고 이제 편안한 집으로 돌아간다는 위안에도 불구하고 나는 셜 부부의 집을 떠나는 게 아쉬웠다. 나는 이들만큼 좋은 품성을 지닌 사람들을 거의 만나지 못했다. 그들은 나에게 정말로 친절했으며 나는 그들이 나를 정말로 좋아했다고 믿고 있다. 물론 나는 그들로부터 그들 삶의 전반적인 이야기를 조금 들었다. 셜은 서른세 살이고 외동아들이다. 그는 젊은 시절에 입대해서 육군 보급부대에 편입되어 점령군과 함께 팔레스타인과 이집트에 있었다. 그는 이집트에 관해 기억이 생생했고 그곳으로 다시 돌아가고 싶어 했다. 이후로 그는 가게 관리인, 채탄량 검량인, 철도 인부 등의 단기 직업만을 가졌다. 셜 부인은 돈이 좀 있는 집안 출신이었다. 그녀의 아버지는 불과 몇 주 전까지도 주급 5파운드를 버는 괜찮은 직업을 가지고 있었고* 낚싯대를 만들어 부수입이 쏠쏠했었다. 그러나 가족이 11명이나 되어 그녀도 일을 하기 시작했다. 그녀는 가족의 반대에도 불구하고 실업수당을 받고 있는 셜과 결혼해 단칸방에서 신혼생활을 시작했다. 그 집에서 두 명의 아이가 태어났고 한 명이 죽었다. 침대가 한 개밖에 없어 죽은

---

* 그가 갑작스레 죽는 바람에 그의 아내는 현재 노령연금 빼고는 아무런 수입도 없다.

33 오웰의 큰누나 마저리와 매형 험프리 다킨이 이곳에 살고 있었다.

아이를 유모차에 눕혀놓았다고 말했다. 마침내 갖은 어려움(집 주인들은 실업수당으로 사는 사람에게는 집을 사글세로 임대하는 것을 꺼리기 때문에 부동산 중개인들에게 상당한 뇌물을 주게 되는 경우가 허다하다)을 겪은 뒤 그들은 임대료가 8실링 6페니 하는 이 집을 임대했다. 셜 부인은 허드렛일을 해주고 주당 9실링 번다. 셜이 받는 실업수당에서 이것저것 공제하고 나면 잘은 모르지만 셜 부부의 주당 총 수입은 32실링 6페니 정도 되는 것 같았다. 내가 이곳에 머무는 동안 숙박료를 충분히 받으라고 말했지만, 그들은 월요일 저녁부터 목요일 아침까지 내 숙식비로 6실링만 받고 싶어 했다. 금슬이 좋은 그들 부부는 집을 청결하고 산뜻하게 관리했다. 집 안에 조그마한 뜰도 하나 있지만 땅이 척박한 데다 공장 굴뚝이 한쪽 면에 버티어 서 있고 반대편에는 가스 공장이 접해 있기 때문에 쓰임새가 별로 없었다. 나는 셜 부인의 경제 상황과 추상 개념에 대한 이해력(내가 알기로 그녀는 문맹에 가깝지만, 이곳 대부분의 노동자 계층 여성과는 상당히 달랐다)에 대해 적잖이 놀랐다. 그녀는 자신을 고용한 주인에 대해 화를 내지 않고(실제로 그녀는 그들이 친절하다고 말하고 있다) 가사일의 본질에 대해서도 정확히 파악하고 있었다. 일전에 그녀는 점심식사를 준비하면서 음식 가격(5인분 한 끼 식사)을 6실링 3페니로 계산했는데 그 금액은 공공부조위원회가 그녀 아이에게 지급하는 2주일치 돈과 맞먹는다고 말한 적이 있다.

B는 셰필드를 구경시켜달라는 나의 요청을 친절하게 들어주

었다. 나는 아침부터 저녁까지 걸으면서 공공건물, 빈민가, 주택단지 등 구석구석을 서둘러 살펴보았다. 하지만 그는 나와 함께 돌아다니는 게 너무 지루하다며 불만스러워했고 자신의 공산주의 신념을 지나치게 의식했다. 로더럼에서 퍼브를 찾을 수 없어 우리는 약간 비싼 식당에서 점심을 먹어야 했다. 그는 그곳의 '부르주아적 분위기'에 대해 불만을 터뜨리며 그런 종류의 음식은 절대 먹지 않겠노라고 말했다. 그가 부르주아는 증오해야 할 대상이라고 확고하게 말했을 때 나는 그가 나에 대해 어떻게 생각하는지 궁금했다. 왜냐하면 그는 나에게 처음부터 내가 부르주아이고 '사립기숙학교 냄새'가 난다고 말했기 때문이다. 하지만 내가 싱크대에서 세수하는 것에 반대하지 않은 데다 무엇보다 셰필드에 관심이 많았기 때문에, 그가 나를 일종의 명예 프롤레타리아로 대우하고 싶어 한다는 느낌을 받았다. 그는 마음이 매우 넓었고, 내가 처음에 그의 식사 값을 지불해주겠다고 말했지만 항상 자기 음식 값은 자기가 냈다. 그는 일주일에 10실링(셜한테

---

* 적은 수입으로 대가족을 부양하는 부모에 관한 기사를 1936년 3월 1일자 〈뉴스 오브 더 월드〉에 쓴 기자는, 식품 구입에 주당 4실링 이하의 돈을 쓰는 한 남성의 경우에 관심을 가졌다. 그가 구매하는 일주일치 식품과 그 대금은 다음과 같다.

	실링	페니
밀가루 빵 3개	1	0
마가린 ½파운드		2.5
고기국물 ½파운드		3
치즈 1파운드		7

들은 이야기인데 10실링이 정확히 어디서 나오는지는 모르겠다)으로 생활하는 것 같았는데, 집 임대료가 6실링이었다. 연료비를 고려해볼 때 나머지 돈으로 생활한다는 것은 불가능할 것이다. 연료비, 담배, 의복에 한 푼도 쓰지 않으면 4실링으로 일주일을 버틸 수 있을지도 모르겠다.* 나는 B가 셜 부부와 다른 친구들 집에서 가끔 밥을 얻어먹거나, 아니면 상대적으로 나은 곳에서 일하고 있는 그의 형제에게서 도움을 받는다고 짐작했다. 그의 방은 깨끗하고, 직접 만든 '고풍스러운' 가구 몇 개와 직접 그린 조잡하지만 보기 싫지 않은 서커스 그림 몇 점이 있어 문화적 교양미가 있는 것처럼 보였다. 상대방을 비꼬는 투인 그의 태도는 분명 성적으로 굶주려서 그럴 것이다. 그는 장애로 인해 여자들을 기피했고 자신의 기형을 보여주기 싫어 결국 결혼도 할 수 없었다. 그는 폐경기를 넘긴 나이든 여자와는 결혼할 수 있을 거라고 말하고 있지만 사실 돈을 벌 수 없어 그마저도 불가능한 것처럼 보였다. 하지만 내가 추측하기에 그는 어델피 하계학교에서 그를 가르쳤던 마흔세 살 된 여교사와 사귀기 시작했는데 그녀는 부모의 반

양파 1파운드		1.5
당근 1파운드		1.5
부서진 비스킷 1파운드		4
대추야자 2파운드		6
깡통 무가당 연유 1파운드		5
오렌지 10개		5
전체 금액	3	11.5

대에도 불구하고 그와 결혼하려고 마음먹은 것 같았다. 셜 부부의 말에 따르면 그가 그 여자와 교제한 후부터 건강이 상당히 좋아졌다(전에는 경련으로 고생하기도 했지만).

어느 날 저녁 우리는 셜 부부 집에서 논쟁을 벌였다. 이유는 내가 셜 부인의 설거지를 도와주었기 때문이다. 물론 셜과 나는 나의 이런 행위에 대해 서로 다른 입장이었다. 셜 부인은 난감해 했다. 그녀는 북부지역의 노동계층 남자들은 여성에게 어떤 호의도 베풀지 않는다고 말했다(여성들은 아무런 도움도 받지 않고 집안일을 혼자서 해야 한다. 심지어 남편이 실직해 안락의자에 앉아 빈둥거려도 절대 아내를 도와주는 법은 없다). 여성들은 자신들의 이런 처지를 당연하게 여겨 이런 관습이 왜 바뀌지 않는지에 대해 관심도 없었다. 그녀는 오늘날의 여성들, 특히 젊은 여성들은 자신이 방에 들어갈 때 남성들이 문을 열어주는 것과 같은 정중한 행동을 좋아한다고 말했다. 요즈음의 상황은 묘하다. 실제로 남성은 늘 실직 상태인 반면 여성은 가끔 일을 한다. 그러나 여성은 끊임없이 집안일을 하고, 남성은 목공일과 정원 가꾸기를 제외하고는 아내를 잘 도와주지 않는다. 하지만 남성이 실직했다는 이유만으로 '메리 앤'[34]이 된다면 남성이 체면을 잃게 된다고 남성과 여성 모두 무의식적으로 느끼고 있는 것 같다.

셰필드의 특별한 모습 하나가 내 앞에 펼쳐져 있다. 잔디밭이

---

34 Mary Ann. 가사를 도와주는 남편을 뜻하는 것 같다.

짓밟혀 맨땅이 훤히 보이고 신문지와 낡은 냄비 같은 것들이 어지러이 널려 있는 소름끼칠 정도의 황량한 땅(어쨌든 이곳의 황폐한 땅뙈기는 런던에서는 상상조차 할 수 없는 더러움으로 가득 차 있다)이다. 그 오른쪽에는 으스스해 보이는 방 네 개짜리 외딴 주택들이 연기 때문에 시커먼 진홍색을 띠고 있다. 왼쪽에는 굴뚝들이 끝없이 펼쳐져 있는 전경이 거무스름한 안개 속으로 사라져간다. 뒤로는 노(爐)에서 나온 슬래그로 뒤덮인 철로 제방이 뻗어 있다. 앞쪽 쓰레기장 건너에는 '존 그로콕, 화물수송 계약사무소'라는 간판이 걸려 있는 불그죽죽하고 누런 벽돌로 지은 입방체 건물이 하나 서 있다.

　셰필드에 대한 다른 기억으로는 연기에 그을린 돌담, 화학약품으로 누렇게 변한 얕은 강, 주물공장의 굴뚝 불똥막이에서 나오는 톱니모양의 불꽃, 증기 해머가 내리치는 날카로운 소리(쇠가 얻어맞을 때 날카로운 비명소리를 내는 것 같다), 유황 냄새, 노란색 점토, 여자들이 유모차를 언덕 위로 밀고 나아갈 때 좌우로 열심히 흔들어대는 엉덩이 등이 있다.

3월 7일

　다음 수요일까지 마저리, 험프리와 함께 헤딩글리 이스트코트가 21번지에서 보낼 것이다. 머무는 내내 중산층 가정과 노동계층 가정의 분위기 차이를 알 수 있었다. 본질적인 차이점은 이곳 중산층 가정은 어른 다섯 명, 아이들 세 명, 그리고 애완동물이 있지만 자유롭게 움직일 수 있을 만큼 집이 넓다는 것이었다. 아이들은 조용하기도 하고 때로는 시끄럽게 떠들기도 했지만, 이 집에서 혼자 조용히 있기를 원하면 그렇게 할 수 있었다. 노동자들의 집에서는 집이 비좁아 밤이나 낮이나 아이들과 함께 있어야만 한다.

노동자의 삶에서 뗄 수 없는 불편함 중의 하나는 기다리는 것이다. 월급의 경우 은행으로 입금되어 원할 때 언제든지 인출할 수 있다. 그러나 노동자들이 받는 임금의 경우 직접 사무실에 가서 받아야 한다. 사무실 주변을 서성거리다가 임금을 받게 되면 무슨 큰 은혜라도 입은 것처럼 행동해야 한다. 위건에서 H씨는 임금을 받기 위해 광산에 직접 갔다. 그는 매주 두 번 광산으로 찾아가 약 한 시간 동안 추위에 떨면서 기다린 후 임금을 받았다 (광산측이 왜 이런 식으로 임금을 지불하는지 도무지 이해되지 않았다). 광산까지 갔다 오는데 네 번 전차를 갈아타는 비용은 1실링으로, 결국 그의 주급이 29실링이지만 1실링을 뺀 28실링이 실제 소득이 되는 셈이다. 물론 그는 이런 식으로 돈 받는 것을 당연하게 여겼다. 이런 종류의 일에 오랫동안 익숙하다보면, 부르주아들은 자신들이 원하는 것을 어느 정도까지는 얻을 수 있다고 예상하면서 살아가는 반면 노동계급의 사람들은 항상 스스로를 뭔가 신비스러운 권위의 노예로 생각한다. 내가 어떤 통계자료를 얻기 위해 셰필드 시청에 갔을 때 B와 셜(그들 둘 다 나보다 훨씬 성격이 억세다)은 신경질적이었고, 사서가 자료를 보여주지 않을 거라고 말하며 나와 같이 사무실로 들어가려 하지 않았다. 그들은 "사서가 선생님한테는 보여줄 테지만 우리한테는 어림없을 겁니다"고 말했다. 실제로 그 사서는 거만한 데가 좀 있어 나 역시 요청한 정보를 모두 얻지 못했다. 그러나 문제는 나는 사서가 나한테 필요한 정보를 제공해줄 거라 생각하는 데 비해, 그들 둘은 정반대의 생각을 하고 있었다는 점이다.

이런 이유 때문에, 계급제도가 존재하는 국가에서 상층계급 사람들은 비록 다른 사람들보다 재능이 더 있는 것도 아닌데 힘드는 일이 있으면 항상 전면에 나서는 경향이 있다. 하층계급 사람들은 상층계급 사람들이 어려운 일을 잘 처리해줄 거라고 당연히 믿고 있는 것이다. 리사가레의《코뮌의 역사》에서 코뮌[35]이 붕괴된 후 살육장면을 묘사한 대목을 살펴보자. 그들은 재판도 없이 주모자들을 처형했는데, 사실 주모자들이 누군지 몰라 좀 더 나은 계급의 사람들이 주모자일 거라는 원칙하에 주모자를 색출했다. 시계를 차고 있다는 이유로, 또는 '지적인 얼굴의 소유자'라는 이유로 처형되기도 했다. 해당 대목을 읽어보면 잘 알게 될 것이다.

어제 험프리와 마저리와 함께 브론테 자매의 생가이자 지금은

35　commune. 여기서는 1871년 3월 28일부터 5월 28일 사이에 파리 시민과 노동자들이 봉기해서 수립한 혁명 자치정부를 가리킨다. 지상 최초의 노동자정부를 수립하려고 했던 코뮌은 '피의 1주일'이라 불리는 7일간의 시가전 끝에 붕괴되었다. 수만 명의 시민이 죽었고 많은 사람이 처형당하거나 유형 당했다.

박물관으로 사용되고 있는 하워스 목사관에 갔다. 발끝이 네모지고 윗부분이 천으로 덮였으며 측면을 끈으로 묶게 되어 있는 샬럿 브론테의 작은 부츠 한 켤레가 인상적이었다.

3월 9일

어제 험프리와 마저리와 함께 황무지 끝 언덕에 위치하고 있는 미들즈무어에 갔다. 어쩌면 일 년에 한 번 있을까 말까 한 일이지만, 산업도시에서 수 킬로미터 떨어져 있는 이런 고장에조차 이상하게도 연기가 자욱하게 깔려 있었다. 잔디는 색이 바랬고, 개천은 우중충한 색깔을 띠고 있었고, 집들은 모두 연기에 그을린 것처럼 새까매져 있었다. 여기저기 쌓여 있는 눈은 녹으면서 색깔이 거뭇거뭇했다. 양들은 더러웠고 새끼양은 보이지 않았다. 종려나무 가지가 잎을 벌리고 서 있었으며 앵초가 새순을 막 터뜨리고 있었다. 이것들을 제외하고 움직이는 것은 보이지 않았다.

3월 11일

지난 이틀 밤에 걸쳐, 매주 한 번씩 만나 라디오 좌담을 듣고 토론하는 '토론모임'에 참석했다. 월요일에 모인 사람들은 대부분 실직자들이었고, 이 토론모임은 실직자취업센터를 운영하고 있는 사회복지사들에 의해 시작되었거나 아니면 적어도 그들의 제안에 의해 시작되었을 거라고 나는 믿고 있다.

월요일 모임은 진지했지만 어떻게 보면 다소 무료했다. 우리(마

저리와 다른 여성 한 명)를 포함해 열세 명의 사람들이 공립 도서
실 옆방에 모였다. 골즈워디[36]의《스킨 게임》에 대한 라디오 좌담
을 듣고 토론이 이어졌다. 토론 후 퍼브로 자리를 옮겨 빵과 치즈
를 먹고 맥주를 마셨다. 두 명이 모임을 이끌었는데 한 명은 덩치
가 크고 고집이 센 로우라는 사람으로 마지막 연사의 말을 모조
리 걸고 넘어져 진흙탕 논쟁을 만들었고, 다른 한 명은 크리드라
는 사람으로 젊고 지적이고 상당히 박식해 보였다. 세련된 말투,
조용한 목소리, 박식함 때문에 나는 그가 도서관 사서쯤 될 거라
생각했는데 지방담당 판매원을 지냈고 지금은 담뱃가게를 운영
하고 있다고 들었다. 그는 전쟁 동안 양심적 병역 거부자로 투옥
된 적이 있었다. 또 다른 토론모임이 퍼브에서 개최되었는데 거기
모인 사람들은 상대적으로 신분이 높았다. 마저리와 험프리가
휴대용 라디오를 가지고 오면 장소를 빌려주겠다고 토론모임의
회원인 퍼브 주인이 얘기했었다. 이날의 라디오 좌담 주제는 '플
라톤이 살아 있다면'이었다. 그런데 실제로 마저리와 나를 빼고
라디오에 귀를 기울이는 사람들은 없었다. 험프리는 베드퍼드에
갔기 때문에 없었다. 라디오 좌담이 끝나고 술판이 벌어졌다. 머
리가 심하게 벗어진 캐나다 출신 야채장수이자 퍼브 주인은 이미
술에 만취해 있었고 다른 사람들도 거나하게 취해 있었다. 우리

---

36 John Galsworthy(1867~1933). 영국의 소설가이자 극작가. 자유주의와 인도주의
입장에서 사회 모순을 고발하고 인간의 미래에 대한 가능성을 제시하는 작품을 썼다.

는 약 한 시간 후에 어렵사리 빠져나왔다. 이틀 밤에 걸쳐 있었던 라디오 좌담 내용은 대부분 유럽 상황에 관한 거였고 사람들은 거의 다 확실히 전쟁이 벌어질 거라고 말했다(전쟁이 일어나면 좋겠다고 솔직하게 말한 사람들도 있었다). 친독(親獨) 성향이 있는 두 명을 제외하고.

오늘 반즐리로 가서 머물 장소를 찾아보았다. 노동자클럽 및 협동조합 남요크서 지부의 사무국장인 와일드가 많이 도와주었다. 내가 숙박할 장소는 아그네스 가 4번지였다. 셰필드에서와 마찬가지로 위와 아래층에 방이 두 개씩 있는 이층집으로 거실에 싱크대가 설치되어 있었다. 남편은 광부인데 우리가 도착했을 때는 일하러 가고 없었다. 집은 오늘이 청소하는 날인 것처럼 매우 어수선했지만 깨끗해 보였다. 와일드는 친절하고 남을 잘 도와주지만 이해할 수 없는 구석이 있었다. 1924년까지 막장 광부로 일했지만 지금은 부르주아가 다 되어 있었다. 그는 옷을 말쑥하게 차려입고 장갑을 끼고 우산까지 들고 다녔다. 악센트도 매우 부드러웠다. 외모를 보고 변호사로 착각할 정도니까.

반즐리는 인구가 대략 7만 명으로 위건보다 약간 작은 도시이다. 그러나 어쨌든 겉보기로는 위건보다 가난이 덜한 것처럼 보였다. 훌륭한 가게들이 많았고 사업도 활기차게 굴러갔다. 광부들이 오전 근무를 마치고 떼를 지어 집으로 돌아오고 있었다. 대부분은 나막신을 신고 있었지만, 네모진 발끝 모양은 랭커셔의 나막신과는 다른 형태였다.

3월 13일

　반즐리 아그네스 테라스 4번지. 이 집은 생각보다 컸다. 1층에
방이 두 개 있고, 2층으로 올라가는 계단 아래에 작은 식품보관
실이 있고, 2층에는 서너 개의 방이 있다. 어른 5명, 아이들 3명,
합쳐 8명의 사람들이 이 집에 살고 있다. 앞쪽 방은 응접실로 지
어졌지만 침실로 사용되고 있다. 가로 4미터, 세로 3.5미터 크기
의 거실에는 요리용 화덕, 싱크대, 취사용 보일러가 설치되어 있
다. 가스난로는 없다. 한 군데를 제외하고 모든 방에 전기가 들어
오고, 수세식 변소가 밖에 있다.

　가족. 마흔다섯 살인 집주인 G씨는 키는 작지만 다부지고 목
소리가 거칠었다. 코는 길쭉하고 얼굴은 매우 피곤하고 창백해 보
였다. 약간 대머리이고, 이는 빠지지 않았지만(그 나이 때 노동자
들이 자기 이를 가지고 있는 경우는 드물었다) 색깔이 누랬다. 귀가
약간 먹었지만 남과 이야기를 곧잘 했고 특히 광산업 기술에 대
한 이야기라면 물불 안 가리고 끼어들었다. 그는 어릴 적부터 탄
갱에서 일했다. 작업 도중 땅이 꺼지거나 바위가 떨어져 매몰되
기도 했다. 뼈는 부러지지 않았지만 그를 꺼내는 데 십 분이나 걸
렸고 승강기로 옮기는 데 두 시간이나 걸렸다. 그는 사고가 날 경
우 현장에서 부상자들을 밖으로 옮기는 데 어떤 기계장치(들것
등)도 없다고 말했다. 광차 선로 위를 달릴 수 있는 일종의 들것이
고안되었지만, 그것을 선로 위에서 이용하려면 석탄 운반 작업을
모두 멈춰야 하는 문제가 생기게 된다. 그래서 광부들이 부상당

하면 구조자들이 허리를 굽힌 채 느릿느릿 움직이며 부상자들을 갱도를 따라 승강기까지 운반해야 한다. G씨는 채벽에서 캐낸 석탄을 광차에 실어 담는 일을 한다(광부들은 이 일을 '스커프팅'이라 부른다). 그와 동료는 톤당 2실링 2페니를 받는다. 1인당 1실링 1페니씩 받는 셈이 된다. 근무 시간을 꽉 채워 일하면 주당 2파운드 10실링을 번다. 공제액은 6실링이다. 그가 일하는 광산은 집에서 6.5킬로미터 떨어진 다턴에 있어 버스를 타고 통근한다. 교통비로 하루 6페니 지출한다. 그래서 근무 시간을 다 채워 일했을 경우 그의 순수입은 주당 약 2파운드가 된다.

　남편보다 열 살 정도 연하*인 G부인은 늘 요리와 집안일로 바쁜 마음씨 고운 여성인데 남편보다 사투리를 덜 쓰는 것 같았다. 도린과 아이린이라고 하는 두 딸이 있는데 나이가 각각 열한 살과 열 살이다. 하숙인들로는 새로 생긴 경견장(競犬場)에서 목공일을 하는 젊은 과부와 열한 살쯤 되는 그녀의 아들, 그리고 퍼브를 전전하며 노래를 부르는 전업 가수 한 명이 있다. 반즐리에 있는 큰 퍼브는 가수들과 무희들(G부인은 이들 중 일부는 도덕성이 상당히 문란하다고 말한다)을 자주 고용해놓고 있다.

　이 하숙집은 상당히 깨끗해 품위가 있어 보였고, 내 방도 이 지역에서 묵었던 방 중에 가장 훌륭했다. 시트는 면 플란넬이다.

＊　남편과 아내의 정확한 나이는 각각 쉰 살과 서른여덟 살이다.

3월 14일

　어젯밤에 G씨와 그의 전쟁 경험에 관해 많은 이야기를 나눴다. 특히 다리에 부상을 입어 상이병으로 제대할 당시 그가 목격한 사병들의 꾀병과, 질병을 진단하는 의사들의 기민한 방식에 대한 이야기를 들려주었다. 어떤 사람이 완전한 귀머거리 행세를 해 두 시간 동안 진행되는 검사에서도 들키지 않았다. 마침내 그는 상이병으로 제대하라는 명령서를 받아 집에 갈 수 있었다. 그가 제대명령서를 들고 문을 나서려는 순간 의사가 무심코 "문 좀 닫아주시겠어요?"라고 말했다. 그 사람은 몸을 돌려 문을 닫았다. 그 바람에 그는 붙잡혀 현역병으로 끌려갔다. 또 어떤 사람은 미친 척하며 며칠을 버텼다. 며칠 동안 그는 굽은 핀을 매단 짧은 실을 가지고 돌아다니며 물고기를 잡는 시늉을 했다. 결국 그는 제대 허가를 받고 G와 헤어지면서, 제대 명령서를 흔들며 "이것이 내가 낚고자 했던 거야."라고 말했다. 나는 파리에 있는 코친 병원에서 목격한 꾀병이 생각났다. 그 병원에는 실직자들이 아픈 척하며 수개월 동안 죽치고 있는 경우가 허다했다.

　다시 지독하게 추워졌다. 오늘 아침에 진눈깨비가 내렸다. 그러나 어제 기차를 타고 들판을 지날 때 갈아놓은 밭에서 봄기운이 느껴졌다. 특히 주변에 흔한 점토질 땅과는 달리 색깔이 시커먼 들판에는 봄기운이 완연했다. 쟁기 날이 땅을 가를 때 그 모습은 칼로 초콜릿 과자를 얇게 자르는 것 같았다.

　나는 이 하숙집에서 편하게 보내고 있지만 반즐리에는 딱히 관심 둘 것이 없다. 정말로 흐리멍덩해 보이는 와일드를 제외하고 아는 사람이라곤 없다. 이곳에 전국실업노동자운동 지부가 있는지 모르겠다. 공립도서관은 자료가 빈약했다. 내가 찾아볼 자료는 더더욱 없고, 반즐리 주소 성명록도 따로 발행되지 않았다.

3월 15일

어젯밤 와일드와 다른 사람들과 함께 노동자클럽 및 협동조합 남요크셔 지부의 총회에 참석했다. 총회는 반즐리에 있는 어느 클럽에서 열렸다. 네 시 반밖에 되지 않았는데 200여 명의 사람들이 맥주와 샌드위치를 먹느라 여념이 없었다. 클럽 건물은 꽤나 컸다. 퍼브를 확장했는데 콘서트 따위가 열리는 큰 홀이 한쪽에 붙어 있었다. 총회는 그 홀에서 개최되었다. 총회장 안 여기저기에서 사람들이 시끄럽게 떠들고 있어 와일드와 의장이 조용히 시켰다. 그들은 총회 때 어떤 어법을 써야 할지 잘 알고 있었고 총회 절차에 대해서도 완벽히 숙지하고 있었다. 나는 대차대조표를 통해 W의 연봉이 260파운드라는 것을 알았다. 전에는 이런 노동자클럽, 특히 북부지역과 요크셔에 있는 노동자클럽의 수와 그 중요성에 대해 아는 바가 전혀 없었다. 이 모임에 참석한 사람들은 남요크셔의 모든 클럽에서 각각 두 명씩 보낸 대표자들이었다. 대충 계산해보면 75개 클럽과 약 만 명의 회원들을 대표해서 150명의 대표자들이 참석해야 했을 것이다. 남요크셔 하나만 해도 그렇다. 회의 후 나는 개중에도 좀 더 중요한 대표자들이라고 생각되는 30여 명과 함께 위원회 회의실에서 차를 마셨다. 차가운 햄, 버터 바른 빵, 케이크를 먹고 차에 위스키를 타서 마셨다. 총회를 마치고 나는 전에 가보았던 시내에 있는 급진자유클럽에 W와 다른 사람들과 함께 갔다. 주말에는 술집처럼 가수를 고용하고, 흡연을 허용하는 쇼가 열리고 있었다. 어느 코미디언이 몸개그를 해 관객들을 배꼽이 빠질 정도로 웃겼다. 와일드는 이런 곳에 오면 사투리를 많이 사용했다. 이런 클럽들은 19세기 중엽에 일종의 자선 행사로 처음 시작되었다. 물론 술은 마실 수 없었다. 그러나 재정적으로 독자 운영함으로써 옛 모습은 사라지고 조합 형태의 술집으로 발전되었다. 급진자유클럽 회원으로 있는 G는 분기별 회비로 1실링 6페니를 클럽에 내면 일반 술집보다 반 리터당 1페니 혹은 2페니 더 싸게 술을 마실 수 있다고 말했다. 스물한 살 이하의 젊은이는 입장불가이며 여성들은 회원이 될 수 없지만 남편과 함께라면 출입이 가능해 보였다. 대부분의 클럽은 분명히 비정치적이고 회원들은 대부분 일반 노동자들보다 상대적으로 부유한 노동자들(실직한 노동자들은 거의 없다)이었다. 이들은 반(反)사회주의 목적을 위해 정치적으로 동원될 위험성이 내포되어 있다고 예상해볼 수 있는 자들이었다.

전직 광부이자 지금은 조합 노동자로 일하고 있는 어떤 사람과 이야기를 나누었다. 그는 어린 시절 겪었던 반즐리의 주택사정에 대해 말해주었다. 그는 다닥다닥 붙어 있는 연립주택(추측컨대 방 두 개짜리)에 11명과 함께 살면서 어린 시절을 보냈다. 변소까지는 200미터나 걸어가야 했고, 그것도 36명의 사람들이 공동으로 사용해야 했다.

다음 토요일에 그림소프 탄갱에 내려갈 수 있게 얘기해두었다. 이 탄광은 현대식 탄광으로 잉글랜드의 다른 곳엔 없는 기계를 소유하고 있었다. 또한 목요일 오후에는 '막장'에 가볼 예정이다. 나와 이야기를 한 사람은 채벽까지 거리는 1.5킬로미터 정도 되는데, '여행'이 힘들면 갈 수 있는 데까지만 가면 된다고 말했다. 나는 오로지 '막장'이 어떻게 생겼는지 보고 싶었고 이번에는 지난번처럼 녹초가 되지 않을 자신이 있었다.

G가 탄광에서 돌아와 세수를 하고 밥을 먹었다. 그런데 늘 그런지는 모르지만 나는 광부들이 입술을 제외하고는 완전히 새까만 모습, 이를테면 크리스티 민스트럴 쇼[37]의 배우 같은 모습으로 식탁에 앉아 밥을 먹는 것을 자주 보았다. 사실 붉은 입술도 밥을 먹으면서 저절로 씻겨 깨끗해지는 것이다. G가 집에 도착했을 때 그의 모습은 머리는 말할 것도 없고 온몸이 잉크처럼 새까맸다. 그는 큰 대야에 뜨거운 물을 받아 몸을 씻는데 상의를 벗고 철저하게 씻어나간다. 우선 손부터 씻은 후 팔뚝, 이마, 가슴, 어깨, 얼굴, 머리 순으로 씻는다. 그런 다음 몸을 말리고 아내가 등을 씻어준다. 배꼽에는 아직 탄진이 가득 들어 있고, 상체만 씻은 셈

---

37 Christy Minstrel Show, 19세기 중·후반 미국에서 유행했던 일종의 버라이어티 쇼로 백인이 흑인으로 분장하고 노래와 춤을 추며 흑인 노예의 삶을 희화화했다.

이라 허리 아래는 여전히 새까말 거라는 생각이 들었다. 광부들은 공중목욕탕에 가는 경우도 있지만 대체로 일주일에 한 번 이상은 가지 않는다. 이 말에 너무 놀라지 마시라. 광부들은 일하고 자는 시간을 빼면 남는 시간이 거의 없다. 새롭게 지은 시영주택을 제외하고는 특별히 목욕시설이 갖춰진 광부의 집은 없다. 갱도 입구에 목욕시설을 갖춘 석탄회사들이 있긴 하지만 극히 드물다.

나는 G가 밥을 많이 먹지 않는다는 것을 알았다. 지금은 오후 작업반에서 일을 하고 있다. 그는 내가 먹은 것(계란 프라이 하나, 베이컨, 버터를 바르지 않은 빵, 차)과 똑같이 아침식사를 하고 12시 30분이 되면 치즈 바른 빵과 같은 가벼운 점심을 먹는다. 너무 많이 먹으면 일을 할 수 없다고 말했다. 탄갱에 들고 가는 음식은 육즙 바른 빵 약간과 차가운 차가 전부다. 이런 음식은 광부들이 일상적으로 먹는 것들이다. 광부들은 숨이 탁탁 막히는 탄갱 안에서 많이 먹지 못한다. 게다가 식사하는 시간도 길게 허용되지 않는다. 그는 저녁 10시에서 11시 사이에 집에 오는데 하루 중 유일하게 배불리 먹을 수 있는 시간이 그때였다.

3월 16일
어젯밤 극장처럼 생긴 공회당에서 모즐리[38]의 연설을 들었다.

---

[38] Oswald E. Mosley(1896~1980), 영국의 파시스트 운동가. 1932년 영국 파시스트동

700여 명의 사람들이 모여 입추의 여지가 없었다. 100여 명의 검은 셔츠[39] 단원들이 참석해 있었는데 그중 두세 명만 제외하고는 건달처럼 얼굴이 정말로 이상하게 생겼고, 소녀들은 〈액션〉[40]지를 팔고 있었다. 모즐리는 한 시간 반 가량 연설을 했는데 실망스럽게도 자기 이야기만 늘어놓았다. 처음에는 야유를 받았지만 끝에 가선 박수갈채를 받았다. 연설 서두에서 청중 몇 명이 연설을 방해하는 것처럼 자꾸 질문을 해대 연설장 밖으로 쫓겨났다. 그중 한 명은 자신의 질문에 답변해달라고 소란을 피우다가 다시 조용히 앉아 더 이상 떠들지 않았지만, 검은 셔츠 단원 몇 명이 그에게 달려가 몇 대 주먹질을 했다. 모즐리는 달변의 연설가였다. 그의 연설 내용은 유대인과 외국인이 좌지우지하는 제국의 자유무역, 높은 임금, 짧은 노동시간 등에 대한 시시콜콜한 것이었다. 처음에 야유를 보냈던 노동계급 청중은, 모즐리가 사회주의적 시각으로 노동자에 대한 역대 정부의 배신행위를 비난하자 쉽게 속아 넘어갔다. 우선 모즐리는 영국 노동당과 소련에 자금을 댄다고 알려진 유대인이라는 신비스런 국제집단을 비난하기 시작했다. 모즐리가 국제 정세에 관해 다음과 같이 언급했다. "우리는 전에 영국인들의 전쟁에서 독일과 맞서 싸웠습니다. 이제 유대인

맹을 설립했다.

39 Blackshirts, 원래는 무솔리니가 이끈 이탈리아 파시스트 전위활동대이다. 여기서는 영국 파시스트동맹을 가리킨다.

40 *Action*, 영국 파시스트동맹이 발행하던 잡지.

들의 전쟁에서도 그들과 싸우지는 않을 것입니다." 청중은 커다란 박수갈채를 보냈다. 흔히 그렇듯이 연설 뒤 질문과 답변 시간이 있었다. 나는 연설가가 답변 곤란한 질문에 대해 미리 재치 있는 대답을 준비해놓는다면 교육받지 못한 이런 청중을 자기편으로 끌어들이기가 얼마나 쉬운지 알고 놀랐다. 모즐리는 이탈리아와 독일을 극찬했지만, 포로수용소에 대한 질문을 받자 "우리는 외국을 모델로 삼고 있지 않습니다. 독일에서 벌어지는 일이 영국에서 벌어질 필요는 없습니다."라고 간단히 응수했다. "선생님 자신의 돈이 값싼 외국 노동력에 자금을 대고 있지 않은지 어떻게 알 수 있습니까?"(모즐리는 유대인 금융업자를 비난하고 있었다)라는 질문을 받자, 그는 "나의 모든 돈은 영국에 투자되고 있습니다."라고 응답했다. 그런데 나는 청중이 그의 답변에 일리가 있다고 맞장구치는 것을 보고 적잖이 놀랐다.

연설 서두에서 모즐리는 강연장에서 쫓겨난 사람에겐 공공집회법에 따라 벌금이 부과될 거라고 말했는데, 정말 그의 말대로 될지는 모르지만 아무튼 그렇게 만들려는 의지만은 분명해 보였다. 이것과 관련해서 건물 안에 경찰이 없다는 사실은 상당히 중요했다. 연설을 방해하는 사람은 누구든지 폭행을 당하고 쫓겨난다. 물론 홀 관리인들과 모즐리 자신이 누가 연설을 방해했는지 판단한다. 따라서 모즐리가 판단하기에 답변이 곤란한 질문을 하면 그 사람은 비난을 받고 벌금이 물려진다.

강연장 밖으로 쫓겨난 사람들의 분노가 사그라지지 않았기 때문에, 모임이 끝나고 나서도 많은 군중이 바깥에 모여 있었다. 나는 무슨 일이 벌어지는지 호기심이 생겨 오랫동안 군중에 섞여 기다려 보았다. 그러나 모즐리와 당원들은 나타나지 않았다. 경찰이 출동해 군중을 갈라놓는 바람에 나는 그만 군중 맨 앞에 서게 되었다. 경찰관이 내게 해산하라고 정중하게 명령했지만 나는 빙 둘러 다시 군중 뒤쪽으로 가서 기다려보았다. 하지만 모즐리는 나타나지 않아서, 나는 그가 뒷문으로 빠져나가 집에 가버렸다고 생각했다. 하지만 〈크로니클〉지 사무실에 밤사이 돌 투척이 있었고 두 명이 체포되어 유치장에 갇혔다는 이야기를 다음 날 아침에 들었다.

G가 오늘 아침부터 새벽근무조로 일하게 되었다. 그는 새벽 3시 45분에 일어나 6시경 막장에 도착해 작업을 하고 오후 2시 30분에 집에 온다. 그의 아내는 그에게 이른 새벽밥을 차려주지 않는다. 그는 아내가 일찍 일어나 아침을 차려주기를 바라는 광부는 거의 없으며, 출근하다가 여자를 만나면 집으로 돌아가는 광부들도 있다고 말했다. 여자를 만나면 재수가 없다는 것이다. 광부들은 새벽근무를 할 때만 이런 미신을 믿는 것 같았다.

3월 18일

반즐리의 공중목욕탕은 더러웠다. 욕조는 턱없이 부족했고 깨끗한 것이 하나도 없었다. 나는 목욕탕 크기를 보고 욕조가 기껏해야 50개* 정도밖에 되지 않을 거라 생각했다. 이곳 반즐리는 인구가 7만이나 8만 정도 되고 주민 대부분이 광부들이다. 새로 지은 시영주택을 빼고 목욕시설이 갖춰져 있는 집은 없다.

묘한 우연이었다. 내가 렌 케이를 만나러 갔을 때 그는 나에게 토미 데그난을 만나보라고 권했다. 데그난은 위건에서 패디 그레이디한테서도 추천받았던 인물이었다. 그러나 정말 묘한 것은, 내가 직접 보지는 못했지만 데그난은 모즐리 연설장에서 쫓겨난 사람들 중 한 명이었다. 어젯밤에 데그난을 보러 갔지만 찾을 수 없었다. 그는 가든 하우스의 형편없는 헛간에서 살고 있었다. 실직자들 대여섯 명이 거의 쓰러질 듯한 오두막을 지어 숙소로 사용하고 있었다. 데그난은 모즐리 회합에서 폭행을 당하기 며칠 전 갱도 천장에서 돌이 떨어져 경미한 부상을 당했기 때문에 회합 때는 '놀고' 있었지만, 지금은 다시 일을 하고 있었다. 나는 보고서를 쓰기 전에 그의 타박상을 눈으로 확인하고 자초지종을 들어보고 싶었다. 그래서 우리는 내가 직접 목격한, 연설장에서 쫓겨났던 그를 찾으러 돌아다녔지만 찾을 수 없었다. 오늘 그를 만나기로 했다. 그런데 연설장에서 쫓겨난 또 다른 사람을 거리에서 우연히 만났다. 그가 연설장에서 쫓겨난 것은 모즐리와 같은 스타일의 선동가들이 자신의 불리한 상황을 왜곡시키고 또 자신에게 유리하게 돌리는 흥미로운 예였다. 홀 뒤쪽에서 소동이 일어났을 때 그(이름이 헤네시*였던 것 같다)는 무대로 올라

---

* 실제로는 19개였다.

갔는데 청중은 그가 무언가 소리를 질러 모즐리의 연설을 방해할 거라고 생각했다. 그때 나는 헤네시가 무대 위에서 아무 소리도 지르지 않았는데 검은 셔츠 단원들이 무대로 뛰어올라 그를 붙잡아 강연장 밖으로 쫓아내는 것을 목격하고 정말 이상하다고 생각했다. 이 모습을 보고 모즐리가 "빨갱이들의 전형적인 전술이군."이라고 소리쳤다. 벌어진 상황은 다음과 같다. 헤네시는 검은 셔츠 단원들이 강연장 뒤에서 데그난을 때리는 것을 보았지만 그쪽으로 바로 가는 통로가 없어 그를 도와줄 수 없었다. 오른쪽에 통로가 있긴 했지만, 그리로 가려면 무대를 건너가는 도리밖에 없었다. 그리하여 헤네시가 무대를 건너가려다 사단이 난 것이었다.

데그난은 쫓겨난 뒤 공공집회법에 따라 벌금을 부과받았지만 헤네시한테는 부과되지 않았다. 마셜한테도 벌금형이 부과되었는지 모르겠다. 쫓겨나간 한 여성(강연장 뒤쪽 어딘가에 앉아 있어 잘 보이지 않았다)은 트럼펫으로 머리를 맞아 하루 동안 병원 신세를 져야 했다. 데그난과 헤네시는 함께 군복무를 했는데 헤네시는 다리에 부상을 입었고 데그난은 5사단이 1918년 전투에서 패하는 바람에 포로로 붙잡혔다가 나중에 광부가 되어 폴란드 광산으로 갔다는 것이다. 그는 그곳 광산에는 갱구에 목욕시설이

---

* 그의 이름은 퍼스이다. 헤네시라고 생각했던 이유는 누군가가 나에게 그를 헬리스 퍼스(Hellis Firth)라고 소개했기 때문이었다(실제로는 엘리스 퍼스였다. 이곳 사람들은 이름 앞의 /h/를 제멋대로 발음한다).

되어 있다고 말했고, 헤네시도 프랑스 광산들에도 그런 시설이 있다고 거들었다.

G는 탄광의 날품팔이 일꾼이었던 친구가 생매장당한 끔찍한 이야기를 내게 들려주었다. 그는 천장에서 떨어진 작은 돌무더기에 파묻혔는데, 구하기 위해 달려간 광부들이 그를 완전히 빼내지는 못했지만 그래도 머리와 어깨를 일단 빼내 숨을 자유롭게 쉬도록 해주었다. 그는 정신을 차려 그들에게 살아 있다고 말을 건넸다. 그 순간 천장이 다시 무너져 내려 그들은 급히 뒤로 물러나야 했다. 그는 다시 매몰되었고, 얼마 후 그들이 돌아와 그의 머리에 덮여 있던 돌을 치우자 그는 그들에게 살아 있다고 또다시 말했다. 그러자 또다시 천장이 내려앉아 그들은 몇 시간 동안 그에게 접근조차 할 수 없었다. 한참 후에 가보니 물론 그는 죽어 있었다. 그러나 G의 관점에서 볼 때 이 이야기의 핵심은, 그 날품팔이가 천장이 안전하지 못해 언젠가 무너져 내려 자신을 덮칠 거라는 불길한 예감을 이전부터 가지고 있었다는 점이었다. G는 "그래서 그는 죽은 날 출근하기 전 아내에게 키스를 해야겠다는 마음이 생겼나 봅니다. 그리고 아내는 남편이 수년 만에 처음 해준 키스였다고 후에 나한테 말했습니다."라고 말했다.

상당히 늙은 여성 한 명(랭커셔 출신이었다)이 이웃에 살고 있었는데 예전에는 막장에서 마구(馬具) 비슷한 쇠사슬을 몸에 묶고 석탄 통을 끄는 일을 했다고 한다. 그녀의 나이가 여든세 살이니 아마도 1870년대 이야기일 것이다.

3월 19일

'막장'에 도착한 후 나는 녹초가 되었지만, 채벽까지 가고 싶지 않다고 말할 용기가 없었다.

나는 오후 3시경 광산의 '보안위원'(로슨 씨)과 함께 탄갱으로 내려가 오후 6시 15분경 지상으로 올라왔다. 로슨은 우리가 걸은 거리가 3킬로미터도 안 된다고 말했다. 나는 걷기가 더 나았든지(아마도 갱도의 3분의 1 정도는 똑바로 서서 걸을 수 있었다) 아니면 L노인이 내가 걷는 속도에 맞추어 걸어주었기 때문인지, 아무튼 위건 광산보다는 그래도 걷기가 수월하다고 말했다. 막장의 큰 특징은 어딜 가도 습도가 엄청나게 높다는 것이다. 이곳저곳에 물 흐르는 도랑이 많이 있고 두 개의 거대한 펌프가 하루 종일 가동된다. 물은 지상으로 끌어올려져 엄청난 웅덩이를 만든다. 그러나 묘하게도 그 물은 정말 맑고 깨끗했으며(먹을 수도 있다고 L이 말했다) 쇠물닭들이 유유자적 헤엄치고 있었다. 우리는 아침조가 지상으로 올라왔을 때 아래로 내려갔다. 오후조의 숫자는 상대적으로 적었는데 그 이유를 알 수 없었다. 우리가 채벽에 도착하니 광부들이 석탄 절단기로 작업 준비를 하고 있었다. 석탄 절단기는 아직 작동하지 않고 있었지만 그들은 내게 보여주기 위해 시동을 걸었다. 돌아가는 체인의 톱니(엄밀하게 말해 이것은 엄청나게 크고 강력한 띠톱기계였다)가 채벽 아래쪽을 절단하자 큰 석탄 덩어리가 쉽게 굴러 떨어졌다. 그리고는 곡괭이로 잘게 쪼개진 다음 광차에 실린다. 쪼개지지 않은 석탄 덩어리는 길이가

2.5미터, 두께가 0.5미터, 높이가 1미터에 달하는 것도 있다(탄층은 가로 1미터, 세로 2미터 정도 되는 것 같다). 그리고 무게는 수 톤[*]에 이른다. 자체 발전기가 달려 있는 석탄 절단기는 작업자가 원하는 대로 앞뒤로 이동하면서 채벽을 절단한다. 절단기 작업자들과 부서진 석탄을 광차에 싣는 인부들이 일하고 있는 장소는 그야말로 지옥이 따로 없었다. 그 정도일 줄이야 상상조차 못 했다. 기계가 작업할 때면 탄진이 구름처럼 뿜어져 나와 질식할 정도였고 1미터 이상 앞은 보이지 않았다. 램프라고는 광도가 2, 3촉광밖에 되지 않는 구식 데비 등이 전부였다. 그래서 채탄부들이 작업할 때 바로 옆 사람 이외의 것을 어떻게 볼 수 있는지 도무지 이해가 되지 않았다. 채탄부들은 석탄층을 가로지르는 높이 1미터, 너비 0.6미터밖에 안 되는 좁다란 굴을 따라 한 채벽에서 다른 채벽으로 기어가서 산 같은 석탄더미 위에 배를 깔고 작업을 해야 한다.

나는 굴을 따라 기어가면서 램프를 떨어뜨려 불이 꺼져버렸다. L이 채탄부 한 명을 불러 그의 램프를 내게 주었다. 그러고 난 뒤 L은 "여기까지 온 기념으로 직접 석탄을 한번 캐보시지요."(방문객들은 항상 석탄을 캐보는 경험을 한다)라고 말했는데 내가 곡괭이로 석탄을 캐면서 램프를 다시 넘어뜨려 불이 또 꺼졌다. 우리 둘은 앞뒤로 램프 한 개만을 들고 600여 미터를 가야 했다. 정말로

---

[*] 석탄 1입방미터의 무게는 1.3톤에 이른다.

곤혹스러웠다. 이곳 지하에서는 길을 잘 모른다면 얼마나 쉽게 길을 잃어버릴 수 있는 것인지 절실히 느꼈댓.

우리는 전기로 움직이는 끝없는 벨트 위에서 버팀목 등을 싣고 왔다 갔다 하는 운반통 옆을 지나갔다. 운반통은 시간당 2.5킬로미터로 움직인다. 막장에서 일하는 모든 채탄부들은 지팡이를 들고 다니는데 나도 한 개 받아 큰 도움이 되었다. 지팡이는 길이가 약 70센티미터 정도 되고 손잡이 바로 아래부터는 속을 파내 비웠다. 손잡이를 쥐고 걷다가 쪼그려서 걸어야 하는 경우가 생기면 아래쪽 홈이 있는 부분을 잡는다. 지하는 대부분의 농가 뜰처럼 구질구질했다. 광부들은 갱도에서 이동하는 가장 좋은 방법은 한쪽 발로 선로 레일을 밟고, 침목이 보인다면 다른 발로 침목 위를 밟고 가는 것이라고 말했다. 광부들은 내가 비틀거리며 겨우 갈 수 있는 곳을 쪼그려 고개를 숙인 채 달리듯 간다. 선로가 내리막길이면 쪼그려서 미끄럼을 탄다. 그들은 요령만 익히면 걷는 것보다 달리듯 가는 것이 더 쉽다고 말했다.

돌아오는 길은 그야말로 고역이었다. 나는 광부들이라면 15분밖에 걸리지 않을 직선 갱도를 걸어 나오는 데 45분이나 걸렸다. 그러나 우리가 갔던 작업장은 맨 끝에 있는 막장의 절반 거리도 채 안 되는 가장 가까운 막장이었다. 가장 깊은 막장에서 작업하는 광부들은 그곳까지 가는 데 거의 한 시간 걸린다. 이번에 나는 광부들이 많이 쓰는 안전헬멧을 받았다. 겉모습은 프랑스나 이탈리아 군인의 철모와 흡사했다. 이런 헬멧은 금속으로 만들어질 거라고 생각했지만, 사실은 일종의 압축 섬유로 만들어 상당히 가벼웠다. 내 헬멧은 너무 작아 머리를 숙이면 자꾸 벗겨져서 불편했다. 그렇지만 그거라도 있으니 얼마나 다행한 일인가! 돌아오는 길에는 죽을 만큼 힘들어 머리를 제때 숙일 수 없었기에 스무 번이나 들보에 부딪쳤다. 한번은 튀어나온 돌에 너무 세게 부딪쳐서 순간 머리가 띵하고 아무 생각도 나지 않았다.

도드워스에서는 쉽게 버스를 탈 수 있기 때문에, 나는 L과 함께 그의 집이 있는 그곳까지 걸어갔다. 그가 직장까지 가는 거리는 가파른 언덕길을 포함해 3킬로미터쯤 된다. 거기에다 다시 지하탄갱까지 가는 거리도 있다. 그러나 그는 '보안위원'이라서 힘든 육체노동은 하지 않는 것 같았다. 그는 이 광산에서 22년 동안이나 일을 해오고 있기 때문에 갱도 지리를 손바닥처럼 훤히 꿰고 있으며 고개를 들어 쳐다보지 않아도 어디어디에 들보가 튀어나와 있는지 죄다 알고 있다고 말했다.

새들이 지저귀고 있었고 느릅나무 가지에선 분홍빛 새순이 돋아나고 있었다. 전에는 이런 초봄의 광경을 느껴본 적이 없었다. 개암나무에 암꽃이 많이 피어 있었지만 늘 그렇듯이 노처녀들이 부활절에 장식용으로 사용하기 위해 다 따 갈 것이다.

내가 책상 앞에 앉아 타이핑을 하고 있을 때 하숙집 가족, 특히 G부인과 아이들이 옆에 와 타이핑하는 모습을 신기한 듯 쳐다보았다. 그 모습은 마치 내가 광부들의 기술을 존경하는 것처럼, 나의 타이핑 기술을 존경하는 것처럼 보였다.

3월 20일

퍼스와 이야기를 나누었다. 그는 실업부조위원회[41]로부터 주당 32실링을 받는다. 퍼스 부인은 더비셔 출신이다. 나이가 두 살 반과 10개월 된 자식이 둘 있었다. 그들은 건강해 보였다. 사실 이런 아이들은 생후 3년 동안 유아 복지센터에서 도움을 받기 때문에 유아기 때에는 발육 상태가 꽤 양호해 보인다. 퍼스 부인은 일주일에 유아식으로 분유 세 봉지와 약간의 네슬레 우유를 지급받는다. 때로는 큰아이의 계란 값으로 한 달에 2실링의 수당을 받기도 했다. 하숙집에서 우리는 맥주를 사오라고 부탁하기도 했는데, 나는 그때마다 퍼스 부인이 아이들에게 컵에 따른 맥주를 조금 마시도록 해주는 것을 알았다.

하숙집을 들락거리며 퍼스 부인의 아기를 돌봐주는 아이가 한 명 있었다. 그 아이의 아버지는 4년 전에 살해되었다. 홀몸이 된 어머니는 주당 22실링의 생활수당을 받아 자신과 자식 네 명의 생계비로 쓰는데, 어느 단체로부터 돈을 받는지는 모르겠다.

광부들이 사용할 수 있도록 갱구 옆에 목욕탕이 설치되어 있는데 나는 그 목욕탕이 석탄회사가 설치해 놓은 것인 줄 알았다. 그러나 사실은 광부들이 출자한 복지기금으로 만든 것이라는 사실을 퍼스한테서 들어 알았다. 이곳의 경우도 마찬가지지만, 광

---

41 Unemployment Assistance Board, 1934년 영국 노동당 정부가 실업문제를 해결하기 위해 만든 위원회.

산의 목욕시설이 다 이런 식인지 좀 더 알아봐야겠다. 그런데 이 것은 광부들이 목욕탕을 원하지도 않고 고맙게 생각하지도 않는 다는 주장에 대한 반론이 된다. 모든 광산에 목욕탕을 설치하고 있지 않은 한 가지 이유는, 석탄을 거의 다 파낸 탄갱의 경우 목욕 탕을 지을 가치가 별로 없기 때문이다.

말하려고 했는데 잊은 것이 하나 있다. 웬트워스의 막장에서 본 것인데 습기 때문에 이상하게 생긴 곰팡이들이 갱도 버팀목에 탈지면처럼 덕지덕지 붙어 자라고 있었다. 만지기라도 하면 거품 처럼 사라져버리고 역겨운 냄새만 날 것이다. 그리고 랭커셔 광 부들은 램프를 목 주위에 느슨하게 매는 것이 아니고 팔꿈치 위 에 띠를 차서 매달았다.

요즈음 G는 거의 돈을 벌지 못하고 있다. 석탄 절단기가 고장 나 광차에 실어 담을 석탄이 없기 때문이다. 이런 일이 벌어지면 날품팔이 노동자는 부업으로 막노동을 해 1, 2실링 버는 것이 고 작이다.

나는 〈맨체스터 가디언〉[42]이 내가 쓴 모즐리에 관한 글을 싣지 않고 있다는 것을 알았고 앞으로도 그럴 거라 생각한다. 〈더 타 임스〉 역시 실어줄 거라 기대하지 않는다. 하지만 잡지의 평판을 고려해볼 때, 그래도 〈맨체스터 가디언〉은 실어줄지 모르겠다.

42 *Manchester Guardian*, 1821년 창간된 일간지로, 1952년에 현재의 <가디언(*The Guardian*)>으로 이름이 바뀌었다.

3월 21일

오늘 아침 그림소프 탄광의 막장에 내려갔다. 이번에는 그렇게 지치지 않았다. 왜냐하면 기술학교 학생들도 탄광을 방문했는데 그들의 방문과 겹치지 않게 하기 위해 가장 가까운 탄갱이 있는 400미터 정도만 걸어가서, 몸을 많이 구부릴 필요가 없었기 때문이다.

이 광산의 깊이는 우리가 내려간 지점에서 적어도 370미터 이상이나 되었다. 나는 젊은 기술자와 함께 시속 90킬로미터 이상의 속도로 달리는 승강기를 타고 아래로 내려갔다. 승강기 안에서의 체감 속도는 가장 빠를 때가 시속 130킬로미터 이상 되는 것 같았다. 물론 다소 과장이라고 생각되지만 기차보다 빠른 게 사실이었다.

이 광산에는 '스킵 왜건'이라는 특수 장비가 있는데, 광부가 광차에 가득 실린 석탄을 힘들게 케이지에 직접 퍼 담는 것이 아니라 이 장비에 의해 석탄을 광차로부터 곧장 케이지 안으로 보내게 된다. 석탄이 가득 실린 광차는 옆에 브레이크가 달려 있어 광부들이 속도를 줄이며 경사진 철로를 천천히 내려간다. 광차가 대형 계량기 앞에서 잠시 멈춰 무게를 재고 다시 움직여 한 번에 두 대씩 일종의 컨테이너 안으로 들어가면, 컨테이너가 광차 아랫부분을 꽉 움켜쥔다. 그런 다음 컨테이너는 오른쪽으로 기울어지고 석탄은 '슈트'라고 하는 활송 장치로 쏟아져 나와 케이지 안으로 옮겨진다. 케이지는 광차 16대의 분량인 석탄 8톤을 싣고 지상으로 올라와 땅속에 있는 것과 비슷한 슈트를 통해 쏟아진다. 그런 다음 다시 컨베이어 벨트에 실리며 체로 걸러져 자동적으로 분류되고 필요에 따라 세척되기도 한다. 공장 등으로 팔려가는 석탄은 아래 철로에 대기하고 있는 무개화차에 즉시 실리고, 그런 다음 화차의 무게를 잰다(무개화차의 자체 무게는 계산되어 있다).

이곳은 영국에서 이런 방식으로 운영되는 유일한 탄광이다(다른 탄광에서는 석탄을 광차에 퍼 담아 지상으로 옮기는 시간이 엄청 오래 걸리며 광차도 더 필요하다). 이 체계는 독일과 미국에서 오래 전부터 운용해오고 있는 방식이다. 그림소프 탄광은 하루에 석탄 5000톤을 생산한다고 알려져 있다.

이번에 나는 채벽에서 채탄부들이 실제로 일하는 모습을 보았는데 그들은 발파를 하지 않고 석탄 채취작업을 하고 있었다. 나는 그 작업이 어떻게 진행되는지를 대충이나마 알고 있다. 석탄 절단기가 채벽을 따라 깊이 1.5미터인 석탄 광맥의 밑바닥까지 절단한다. 그런 다음 곡괭이로 석탄 더미를 쪼아 바닥에 떨어뜨리는 방법이 있고, 아니면(이곳 그림소프 탄광의 석탄은 무척 단단하다) 폭약을 발파해 탄층을 무르게 한 다음 석탄을 캐는 방법도 있다. 채탄부들이 곡괭이로 석탄을 캐낸 뒤 그들 뒤에 있는 컨베이어벨트 위로 석탄을 던져 실으면 석탄은 슈트에 옮겨져 광차에 실린다.

이 세 작업과정은 가능한 한 3개 교대조로 이루어진다. 석탄 절단작업은 오후 근무조에서 하고, 발파작업은 밤 근무조에서 하는데 이 경우 최소한의 인원만 막장에 들어간다. 그리고 채탄작업은 아침조의 막장 채탄부들이 한다. 한 사람이 너비 4미터에서 5미터 정도의 공간에 박혀 있는 석탄을 모두 캐내야 한다. 그래서 절단기가 높이 1미터 정도의 탄층을 1.5미터 깊이로 잘라놓으면, 막장 채탄부 한 사람이 4×1.5×1세제곱미터, 즉 6세제곱미터쯤 되는 석탄을 캐내 벨트 위에 싣는다. 그렇다면 석탄 1세제곱미터를 3500파운드로 잡을 경우, 한 사람이 캐내 퍼 담는 석탄의 총량은 10톤이 족히 넘는다. 다시 말해 한 사람이 시간당 퍼 담은 석탄의 양은 1.5톤에 육박한다는 계산이다. 이 세 단계가 마무리되면 채벽은 1.5미터 전진한다. 그러면 다음 조가 들어가 컨베이어벨트를 해체해 1.5미터 앞으로 이동시킨 다음 조립하고 버팀목을 새로 설치한다.

막장 채탄부들이 일하고 있는 공간은 말로 표현할 수 없을 정도로 끔찍했다. 지하 막장은 특별히 덥지는 않았지만 막장 석탄층의 높이가 기껏해야 1미터 남짓밖에 안 되기 때문에 채탄부들은 절대 일어서지 못하고 무릎을 꿇거나 기어서 그곳까지 가야 한다. 무릎을 꿇은 자세로 석탄을 삽으로 퍼 왼쪽 어깨 1, 2미터 뒤로 끊임없이 보내는 작업은 익숙해져 있는 그들에게조차도 정말로 힘들어 보였다. 게다가 공중에 떠다니는 탄진 때문에 앞을 구분할 수 없을 뿐 아니라 그것이 채탄부들의 목구멍 속으로 계속 넘어간다. 그들은 하나같이 바지와 무릎보호대만 입었을 뿐

상의는 입고 있지 않았다. 컨베이어벨트를 통과해 채벽까지 가는 일은 쉽지 않았다. 기회를 엿보다가 벨트가 순간적으로 멈출 때 재빨리 빠져나가야 한다. 돌아오는 길에 우리는 움직이고 있는 벨트 쪽으로 기어갔다. 나는 벨트를 조심하라는 말을 듣지 못했지만, 빠르게 움직이는 벨트에 휩쓸려 아래쪽에 흩어져 있는 침목 더미로 몸이 내동댕이쳐지기 전에 재빨리 엎드려 뒤로 움찔 물러났다. 이렇게 위험하고 열악한 작업환경도 그렇거니와 단 일 분도 멈추지 않고 돌아가는 컨베이어 벨트에서 나는 소음 또한 참을 수 없었다.

이 광산은 전등을 사용했다(가스 검사할 때를 제외하고는 데이비 등은 사용되지 않았다). 데이비 등의 불꽃이 푸르게 변하면 가스가 탄갱 안에 있다는 증거이다. 광부들은 데이비 등의 푸른색 불꽃 높이에 따라 공기 중에 있는 가스의 양을 대략 측정한다. 지름 길로 사용되는 한두 개의 수평갱도를 제외하고 우리가 통과한 모든 갱도는 높게 잘 지어져 있었으며 심지어 포장까지 되어 있는 곳도 많았다.

마침내 나는 갱도에 왜 문이 설치되어 있는지 이유를 알았다. 팬을 통과한 공기는 한 입구에서 빨려들어와 저절로 다른 입구로 들어간다. 하지만 문이 설치되어 있지 않다면 공기는 광산 사방으로 퍼지지 않고 길이가 가장 짧은 갱도에 들어갔다가 되돌아올 뿐이다. 그래서 문은 공기가 짧은 갱도 쪽으로 가지 못하게 막는 역할을 하는 것이다.

이 탄광은 목욕시설이 잘 갖춰져 있었다. 찬물과 더운물이 나오는 샤워기가 적어도 1천 개쯤 되었다. 광부는 1인당 두 개의 라커를 할당받는데 각각 광부복과 평상복을 넣어둔다(이렇게 따로 보관되기 때문에 평상복을 깨끗이 입을 수 있다). 그래서 광부는 깨끗하고 말쑥한 차림으로 출퇴근할 수 있다. 목욕탕은 광부 복지기금으로 지어지는 경우도 있고, 인심 좋은 탄광 소유주와 탄광회사가 지어주는 경우도 있다.

이번 주 동안 G는 낙석에서 두 번이나 구사일생으로 살아남았다. 한번은 돌이 아래로 떨어지면서 그의 몸을 스쳐 지나갔다. 이런 위험한 상황에 익숙해져 있지 않거나 어려움을 피하는 시점을 잘 모르는 사람은 광부생활을 그렇게 오래 버텨낼 수 없다.

나는 광부들을 땅속에서 볼 때와 지상에서 볼 때의 차이점을 알고 감명받았다. 땅에 올라오면 그들은 몸에 맞지도 않는 두꺼운 옷을 입고 있는데 키가 작고 전혀 인상적이지 못하며 다른 사람들과 별반 차이가 없는 그저 평범한 사람들이다. 특이한 점이라고는 독특한 걸음걸이(어깨를 딱 벌리고 무겁게 터벅터벅 걷는 걸음걸이)와 코에 있는 푸른 반흔 정도다. 그러나 땅속에서는 늙었거나 젊었거나 할 것 없이 상의를 벗는데 모든 근육이 꿈틀거리고 허리는 매력적일 정도로 늘씬하며, 그야말로 눈부시다. 나는 광부들 몇 명이 목욕하는 장면을 본 적이 있었다. 예상대로 그들은 머리부터 발끝까지 모조리 새까맸다. 그러니 목욕탕에 출입하지 않는 광부라면 허리 아랫부분은 적어도 일주일 내내 새까

말 것이다.

나는 퍼스 부부 같은 사람들이 무엇을 먹고 사는지 잘 모르겠다. 그들의 총수입은 주당 32실링이다. 집세로 주당 9실링 반페니, 가스비로 1실링 3페니, 연료비(석탄 150킬로그램에 9페니)로 2실링 3페니를 지출한다. 18실링 6페니가 남는다. 그러나 퍼스 부인은 유아 복지센터로부터 상당량의 유아식을 무료로 제공받는다. 그래서 아이에게 들어가는 돈은 이것을 빼고 주당 1실링을 넘지 않는다. 이제 남는 돈은 17실링 6페니이다. 퍼스의 담뱃값으로 1실링(주당 우드바인 6갑)을 지출한다. 이제 정말로 16실링 6페니가 남는데 이 돈은 어른 두 명과 두 살 된 딸아이 한 명을 먹여 살리는 데 쓰이며, 정확히 말해 1인당 5실링 6페니 꼴이다. 이 금액에는 옷, 비누, 성냥 따위를 사는 돈은 포함되어 있지 않다. 퍼스 부인은 그들이 주로 잼 바른 빵을 먹는다고 말했다. 조심스럽겠지만, 퍼스 부인에게 그들의 하루치 식사비용이 정확히 얼마나 되는지 물어봐야겠다.

3월 22일

케이는 탄광 갱부였던 아버지(지금은 너무 늙어서 일을 하지 않는다)가 항상 상반신과 발부터 무릎까지만 씻는다고 말했다. 나머지 부분은 간혹 가다가 한 번씩 씻는데, 자주 씻으면 요통이 생긴다고 믿고 있다는 것이다.

마켓플레이스에서 열렸던 회합은 실망스러웠다. 공산주의 연사들의 문제는 일상적인 관용구를 사용하는 대신 가빈[43]의 어투처럼 '그렇지만', '그럼에도 불구하고', '그건 그렇다 치고'와 같은 문구들로 가득 찬 긴 문장을 사용하고 심한 지역 사투리(이번 경우엔 요크셔)나 런던 사투리를 쓴다는 것이다. 그들은 사전에 준비한 연설을 그대로 외어서 말하는 것 같았다. 방문 연사에 이어서 데그난이 일어서서 연설을 했다. 꽤 훌륭한 연사였다. 랭커셔 사투리를 심하게 사용했다. 그는 논설조로 연설할 수 있었지만 그렇게 하지 않았다. 남자들은 모두 완전히 무표정한 얼굴로 한숨을 내뱉고 있었고, 몇 안 되는 여자들은 남자들에 비해 더 생기 있어 보였다. 여성들은 특별히 정치에 관심을 가져야만 정치회합에 참석하기 때문일 것이다. 약 150명의 사람들이 모여 있었다. 모즐리 사건 때 체포된 젊은이들을 변호하기 위해 모금이 있었는데, 6실링이 거둬졌다.

나는 반즐리의 주 탄광을 돌아다니다가 퍼스와 이름을 잘 모르는 다른 광부 한 명이 수로를 따라 갱외작업을 하는 것을 지켜보았다. 그 광부의 어머니는 며칠 전에 죽어 집에 누워 있었다. 나이는 여든아홉이었고 50년 동안 산파로 일하고 있었다. 그는 가식 없이 잘 웃고 농담을 곧잘 하는 사람으로 술 한 잔 하기 위해 퍼브에 자주 들렀다. 반즐리의 주 탄광 주변에 쌓여 있는 엄청난

---

43 J. L. Garvin(1868~1947), 1908년에서 1942년까지 〈옵서버(*The Observer*)〉 편집인으로 일했다.

슬래그 더미 아래쪽에서 불이 솔솔 타오르고 있었다. 캄캄한 밤에는 불꽃이 위로 꾸불꾸불 기다랗게 솟아올랐다. 붉은색과 유황에서 나오는 섬뜩한 푸른색의 불꽃이 스러지다가 다시 반짝거린다.

박새처럼 보이지만, 어쨌든 작은 새의 이름이 서퍽[44]에서처럼 이곳에서도 되새로 불린다는 것을 알았다.

3월 23일

메이플웰[45]에 있다. 이곳의 집들은 내가 본 집 중에서 가장 허름해 보였다. 하지만 가장 누추한 집에 들어가보진 못했다. 지만, 방 한 개 혹은 두 개짜리로 길이와 너비가 대충 6미터와 4.5미터, 높이는 4.5미터 아니면 그보다 훨씬 낮아 쓰러질 듯 황폐해보였다. 광부들이 이런 집에 살고 있었는데 집세가 3실링 남짓 된다고 했다.

우리는 스프링 가든스라 불리는 거리에서 세입자들이 분노하고 있는 것을 보았다. 불과 몇 실링의 집세를 연체했다고 집주인들이 절반 정도의 세입자들에게 집을 비우라고 통보를 했기 때문이다(반즐리에 살고 있는 퍼스는 5실링을 연체해 집을 비우라는 통지를 받고 매주 3펜스씩 갚아나가고 있다). 이들은 우리를 집 안으로

---

44 Suffolk. 잉글랜드 남동부에 있는 주.
45 Mapplewell. 잉글랜드 사우스요크셔 주 반즐리 광역자치구의 마을.

안내해 구경시켜주었다. 실내는 지독스러웠다. 맨 처음 방문한 집에서는 실직한 늙은 아버지가 22년 동안 임대해서 살고 있는 집에서 나가라는 통보를 받고 절망스런 표정을 짓고 있었는데, 퍼스와 내가 자기를 도와줄지도 모른다는 눈빛으로 우리를 쳐다보았다. 그런데 어머니는 침착했다. 스물네 살 정도 되는 두 아들은 덩치가 크고 몸매는 균형이 잡혀 있고 얼굴이 갸름하며 머리카락은 붉었다. 하지만 영양 부족으로 말랐고 어두운 표정을 짓고 있어 얼굴에 생기가 없어 보였다. 그들보다 나이가 조금 더 많은 누나는 두 동생과 비슷하게 생겼고 나이에 맞지 않게 얼굴에 주름살이 져 있었다. 그녀는 어쩌면 우리가 그들을 도와줄지도 모른다는 기대감으로 퍼스와 나를 번갈아 쳐다보았다. 두 아들 중 한 명은 우리가 집 안에 들어온 줄 모른 채 난로 앞에서 양말을 천천히 벗고 있었다. 두 다리는 끈적끈적한 먼지 따위가 달라붙어 거의 새까맸다. 다른 아들은 일을 하고 있었다. 집 안에 세간이라곤 거의 없었지만(침구는 없었고, 외투 같은 것이 눈에 띄었다) 상당히 깨끗하고 산뜻했다. 집 뒤 쓰레기 더미 사이에서 아이들 두 명이 놀고 있었다. 나이는 다섯 살과 여섯 살로 맨발이었고 몸에 셔츠만 걸치고 있었다.

퍼스는 이들에게 집주인이 집을 비워달라고 계속 귀찮게 굴면 반즐리로 와 자기와 데그난을 찾아오라고 말했다. 나는 그들에게 집주인이 괜히 위협하는 것이니 집에서 한 발자국도 나가지 말라고 당부하고, 집주인이 법정에 고소하겠다고 위협하면 집수리를 제때 해주지 않았다고 맞고소하라고 당부했다. 일이 잘 해결되면 좋겠다.

B의 소설을 훑어보았다. 허튼소리밖에 없었다.

3월 25일

고버 탄갱으로 이어지는 전용 철로를 따라 인부들이 무개화차에서 분탄을 하역하고 있었다. 그들은 작업하면서 '분탄 때문에 광산의 문을 닫게 할 수는 없지요'라고 말했다. 분탄은 불길한 조짐으로 간주된다. 만약 탄갱에 분탄을 그대로 내버려둔다면 탄갱의 수명은 그만큼 짧아진다. 인부들은 분탄 1톤을 하역하는 데 4페니를 받는다. 무개화차 한 대에는 약 10톤의 분탄을 싣는다. 그래서 그들은 세 대의 무개화차에서 분탄을 하역해야 하루치 임금을 번다.

내가 광부들의 집에서 본 가장 더러운(그 무엇보다 더러운) 물건들은 한 번도 씻지 않은 오지그릇 더미, 리놀륨을 깐 식탁 위에 늘어져 있는 먹다 남은 음식 찌꺼기, 수년 동안 씻지 않아 빵 부스러기가 그대로 틈새에 박혀 있는 천으로 된 깔개 등이었다. 마룻바닥에 아무렇게나 흩어져 있는 신문지 조각이 나를 가장 우울하게 만들었다.

G는 기관지염으로 고생하고 있었다. 그는 어제 일하러 가지 못했다. 오늘 아침에도 여전히 몸 상태가 안 좋았지만 일터에 가겠다고 고집을 피웠다.

내일 리즈로 돌아가 월요일에 런던으로 갈 것이다.

고래 뱃속에서

헨리 밀러의《북회귀선》과
1930년대 영국의 문학 흐름을 논평한 글로
오웰 문학평론의 진수를 보여주고 있다.

OI

1935년 헨리 밀러의 소설 《북회귀선》이 나왔을 때, 어떤 사람들은 외설문학을 즐기는 것처럼 보일까 봐 두려워 조심스러운 평가를 내렸다. 이 소설을 호의적으로 평가한 사람들 중에는 T. S. 엘리엇, 허버트 리드, 올더스 헉슬리, 존 도스 패서스, 에즈라 파운드(대체로 이 시기에 인기를 끈 작가들은 아니었다)가 있었다. 사실 이 책의 주제는, 그리고 다소간 이 책의 정신적 분위기는 1930년대보다 1920년대에 속했다.

《북회귀선》은 보고 싶은 관점에 따라 1인칭 소설로 봐도 좋고 소설 형식으로 된 자서전으로 봐도 좋다. 밀러 자신은 전적으로 자서전이라 주장하지만, 스토리를 전개하는 템포와 방식은 소설 형식과 같다. 이 작품은 미국계 파리 사람에 대한 이야기지만 등장하는 미국인들이 가난한 사람들이라는 점에서 일반적 경향을 따르지 않고 있다. 달러가 넘쳐흐르고 프랑의 교환가치가 낮은 호황기 동안 예전에 본 적이 없을 정도로 온갖 예술가, 작가, 학생, 호사가, 관광객, 난봉꾼, 놈팡이 등이 파리에 떼거지로 몰려들어왔다. 도시의 어떤 구역에는 소위 예술가의 숫자가 생산 인구보다 더 많았다. 실제로 1920년대 말에는 파리에 3만 명이나 되는 화가들이 살고 있었는데 대부분이 사이비 화가들이었다. 파리 시민들은 예술가들에게 무감각해져 코르덴 반바지를 입은 거친 목소리의 레즈비언, 그리스 혹은 중세 복장을 한 젊은이들이 거리를 지나가도 눈길 한번 주지 않았다. 그리고 노트르담 성당 옆 센 강 제방을 따라 스케치용 의자들이 줄줄이 놓여 있어 걸어다니기가 불가능할 정도였다. 가히 다크호스와 무시당한 천재들의 시대였다. 이들이 한결같이 내뱉는 말은 '언젠가 나도 뜬다면'이었다. 나중에 밝혀졌지만 뜬 사람은 아무도 없었고, 불황이 또다른 빙하시대처럼 찾아왔다. 세계적인 예술가 무리는 사라져버렸고, 10년 전만 해도 그들이 허세를 부리며 새벽까지 고래고래 소리를 질러댔던 몽파르나스의 커다란 카페들은 유령조차 살지 않는 어두침침한 무덤으로 변해버렸다. 밀러가 이야기하고 있는 것이 바로 이런 세계(다른 소설로 윈덤 루이스[1]의 《타르(Tarr)》도 있다)이지만, 그는 언제나 그 세계의 밑바닥층, 특히 룸펜 프롤레타리아 주변을 다루고 있다. 이 계층의 사람들은 더러는 예술가이

---

1 Percy Wyndham Lewis(1884~1957). 미국 태생의 영국 소설가·비평가.

기도 하고 더러는 불한당이기도 하기 때문에 불황에서 살아남을 수가 있는 것이다. 무시당한 천재들, 언제나 프루스트의 코를 납작하게 만들어줄 소설을 쓰겠노라고 큰소리치는 편집증 환자들이 그곳에 있었지만, 그들은 다음 끼니를 해결하기 위해 이곳저곳을 기웃거리지 않아도 되는 때에만 천재였는데, 그런 때는 좀처럼 오지 않았다. 대체로 《북회귀선》은 벌레가 우글거리는 노동자 숙소의 방, 싸움, 술판, 싸구려 매음굴, 러시아 망명객, 구걸, 사기, 임시 일거리 등에 대한 이야기이다. 파리에 살고 있는 외국인으로서 본 파리 빈민가의 전반적 분위기는 자갈이 깔린 골목길, 시큼하게 풍기는 쓰레기 악취, 함석 카운터엔 기름때가 묻어 번질거리고 벽돌 바닥이 닳아빠진 작은 식당, 센의 녹색 강물, 공화국 수비대의 푸른 망토, 철판으로 된 허물어져가는 공중변소, 지하철역의 독특한 달착지근한 냄새, 산산조각 난 담배, 뤽상부르 공원의 비둘기 같은 것들이었다. 이 모든 것들이 이 소설에 나타나 있거나, 아니면 적어도 그런 느낌이 담겨 있다.

표면적으로 볼 때 《북회귀선》의 소재는 별로 가망성이 없을 것 같았다. 이 소설이 출간될 당시 이탈리아군이 아비시니아[2]로 진군하고 있었고 히틀러의 강제수용소가 이미 가득 차 있었다. 세계 지식인들의 관심은 로마, 모스크바, 베를린에 집중되어 있었다. 라탱 구역에서 술을 구걸하는 사회적 낙오자 미국인에 대

2 Abyssinia. 에티오피아의 1931년 이전 이름.

해 탁월한 소설이 쓰일 시대가 아닌 것처럼 보였다. 물론 소설가에게 동시대 역사를 정확히 기술해야 하는 의무는 없지만, 당대의 주요한 공적 사건들을 간단히 무시해버리는 소설가는 쓸데없는 말을 지껄이는 사람이거나 진짜 바보 둘 중 하나일 것이다.《북회귀선》의 주제만을 놓고 이야기해볼 때, 어쩌면 대다수 사람들은 이 작품이 1920년대의 잔재가 약간 남아 있는 외설물에 지나지 않는다고 짐작할 수 있을 것이다. 하지만 실제로 이 작품을 읽어본 사람들은 누구나 그런 종류의 책이 아니고 매우 주목할 만한 책이라는 사실을 즉시 알았다. 이 책은 얼마만큼, 혹은 왜 주목할 만한가? 이 질문에는 답하기가 쉽지 않다.《북회귀선》이 내 가슴속에 어떤 인상을 남겼는지부터 살펴보는 게 낫겠다.

처음으로《북회귀선》을 펼쳐보고 그 책이 저속하고 충격적인 단어들로 가득 차 있다는 걸 알았을 때, 즉시 나는 감명받을 수 없을 거라는 생각이 들었다. 대부분의 사람들도 같은 생각일 것이다. 그럼에도 얼마간 시간이 흐르고 나니, 그 책의 분위기가 수많은 세부 묘사와 함께 특유의 방식으로 내 기억에 오랫동안 남아 있는 듯했다. 일 년 뒤 밀러의 두 번째 작품인《검은 봄》이 출간되었다. 그 무렵《북회귀선》은 처음 읽었을 때보다도 더 생생하게 내 가슴속에 자리 잡고 있었다.《검은 봄》에 대한 나의 첫 느낌은 전작보다 질이 좀 떨어지고 통일성이 부족하다는 거였다. 하지만 또다시 일 년이 지난 뒤《검은 봄》의 많은 구절들이 내 뇌리속에 깊이 자리 잡고 있었다. 분명 이 두 작품은 읽은 뒤 여운이 많이 남는 그런 책이었다('독자적인 세계를 구축'한 책이었다). 이런 책들이 반드시 좋은 책은 아닐 것이며, 어쩌면《래플스》[3]나《셜록 홈스》처럼 좋으면서도 나쁜 책일 수 있고, 아니면《폭풍의 언덕》이나《초록 덧문이 있는 집》[4]처럼 왜곡되고 병적인 책일 수도 있다. 하지만 간혹 낯선 것이 아닌 익숙한 것들을 보여줌으로써 새로운 세계를 여는 소설이 등장하기도 한다. 이를테면《율리시스》가 정말로 탁월한 점은 소재의 평범함에 있다. 물론 조이스가 시인이기도 하고 세세한 것에 얽매이는 사람이기 때문에 이 작품에는 이것 말고도 탁월한 점들이 더 많이 있다. 하지만 그의 진정한 업적은 익숙한 것을 글로 옮겨놓았다는 데 있다. 그는 과감하게도(이는 기법의 문제만큼이나 '대담성'의 문제이다) 마음속의 바보짓을 끄집어냈고 그런 과정을 통해 눈앞에 있는 미국을 발견했다. 우리가 본질적으로 소통할 수 없다고 가정했던 세계 전체가 여기에 있고, 누군가가 그것을 소통하는 데 성공했다. 그 결과 아무튼 인간의 고독한 삶이 일시적으로 무너졌다.《율리시스》의 몇 구절을 읽다보면 조이스의 마음과 우리의 마음이 하나이고, 그가 우리 이름을 한 번도 들어본 적이 없어도 우리에 관해 모든 것을 알고 있으며, 우리와 그가 함께하는 시간과 공간 바깥에 어떤

---

3 *Raffles*, 호눙(Ernest W. Hornung)이 1880년대 말부터 영국 잡지에 연재한 아마추어 도둑 래플스를 주인공으로 한 연작 단편. 괴도 소설의 효시라 불린다.
4 *The House with the Green Shutters*, 스코틀랜드 작가 브라운(George Douglas Brown)이 1901년에 출간한 소설.

세계가 있다고 느낀다. 헨리 밀러는 다른 관점에서는 조이스와 닮지 않았지만, 같은 특성이 그의 작품에도 들어 있다. 그렇다고 모든 책에 다 들어 있는 것은 아니다. 그의 작품은 한결같지가 않고 이따금씩 특히 《검은 봄》에서처럼 장황함에 빠지거나 초현실주의자의 짓눌린 우주 속으로 들어가는 경향이 있기 때문이다. 하지만 그의 작품을 다섯 페이지나 열 페이지 남짓 읽다보면 우리가 이해하고 있다는 것이 아니라 **이해받고** 있다는 것에서 오는 특별한 안도감을 느끼게 된다. 우리는 '그는 나에 관해 모두 알고 있어'라든지 '이 소설은 특히 나를 위해 썼어'라고 느낀다. 우리에게 이야기를 거는 목소리를 들을 수 있는 것처럼 느껴진다. 협잡도 없고, 도덕적 목적도 없이 우리 모두 같은 사람이라는 암묵적 가정만을 지닌 다정한 미국인의 목소리이다. 그 순간 우리는 거짓과 단순화, 보통의 소설, 심지어 좋은 소설에도 들어 있는 양식화되고 꼭두각시 같은 특성으로부터 벗어나 쉽게 알아볼 수 있는 인간의 경험을 접하게 된다.

그러나 어떤 종류의 경험인가? 어떤 종류의 인간인가? 밀러는 거리의 사람에 대해 글을 썼다. 단지 매음굴이 가득한 거리라는 게 안된 일이다. 이것은 우리의 조국을 떠나는 데 대한 형벌이다. 이것은 우리의 뿌리를 깊이가 얕은 땅으로 옮겨 왔다는 것을 의미한다. 망명은 화가나 시인보다는 소설가에게 더 큰 피해를 끼치는 것 같다. 그의 영역은 노동의 삶으로부터 벗어나 거리, 카페, 교회, 매음굴, 작업실로 한정되기 때문이다. 대체로 밀러의 작품들에는 일하고 결혼하고 자녀를 키우는 사람들이 아니라 조국을 등지고 사는 사람들이나 술 마시고, 떠들고, 사색하고, 간통하는 사람들이 등장한다. 안타깝다. 그는 후자의 삶뿐만 아니라 전자의 삶도 묘사해냈을 것이기 때문이다.《검은 봄》에는 뉴욕을 회상하는 멋진 장면이 있다. 오 헨리 시대에 아일랜드 사람들이 우글거리며 모여 살던 뉴욕의 모습이다. 하지만 파리를 묘사한 장면이야말로 압권이며, 카페의 술주정뱅이와 사회낙오자들은 사회적 유형으로서 아무런 가치가 없음에도 불구하고 최근 어떤 소설도 성취하지 못한 인물에의 공감과 뛰어난 기법으로 잘 다루어져 있다. 이 모든 사람들은 설득력을 지니고 있을 뿐 아니라 우리 눈에 아주 익숙하다. 그래서 우리는 그들이 겪는 모든 모험들이 우리 자신에게 일어나고 있다는 느낌을 받는 것이다. 이들의 모험은 방식에 있어 그리 놀라운 것도 아니다. 헨리는 우울한 인도 학생한테서 일자리를 얻고, 변기가 얼어붙는 갑작스러운 겨울 추위 동안 프랑스 학교에서 또 다른 일자리를 얻으며, 르아브르에서 선장인 친구 콜린스와 계속 술판을 벌이고, 멋진 흑인 여자들이 있는 매음굴을 찾고, 머릿속에 위대한 소설이 들어 있지만 결코 글을 쓰지 못하는 소설가 반 노든과 이야기를 나눈다. 거의 굶어죽을 지경에 놓여 있는 칼은 그와 결혼하고 싶어 하는 부유한 과부에게 선택을 당한다. 그와 칼의 밑도 끝도 없는 햄릿식 대화가 이어지는데, 칼은 굶어죽는 쪽과 늙은 여자와 잠자리를 같이하는 쪽 중 어느 것이 더 나쁜지를 결정하려고 한다. 칼은 과부를 찾아갔던 일, 이를테면 옷을 멋지게 차려입고 호텔에 갔던 일, 호텔에 들어가기 전 소변 보는 것을 잊어버려 저녁 내내 고통이 점점 심해졌던 일 등등을 아주 상세히 설명한다. 그런데 결국 이 이야기는 사실이 아니며, 과부는 존재하지도 않는다. 그는 자신을 중요한 사람처럼 보이게 하려고 그녀를 꾸며낸 것이었다. 이 작품은 전반적으로 이런 식으로 무의미하게 진행된다. 도무지 말도 안 되는 이런 사소한 일들이 왜 마음을 사로잡는 것인가? 답은 간단하다. 전체적 분위기가 우리에게 너무나 익숙하기 때문이며, 또 이런 일들이 **우리에게도** 일어나고 있다는 느낌을 시종 받기 때문이다. 그리고 누군가가 보통 소설에서 사용되는 품위 있는 언어를 포기하고 마음 깊숙한 곳의 현실 정치를 밖으로 끄집어내기로 마음먹고 있기 때문에 이런 느낌이 드는 것이다. 밀러의 경우 이것은 마음의 메커니즘을 탐색하는 문제라기보다는 일상의 사실과 감정을 그대로 드러내는 문제이다. 사실 상당수의 보통 사람들, 어쩌면 대다수 사람들이 이 책에 기록되어 있는 방식과 똑같이 말하고 행동할지도 모른다. 《북회귀선》 등장인물들의 냉담하고 거친 말투는 소설에서는 거의 드문 경우지만 실생활에서는 너무 흔하다. 나는 자신들이 거칠게 말하고 있다는 걸 의식조차 하지 못하는 사람들로부터 이런 대화를 여러 번 들은 적이 있다. 이 소설의 작가가 젊지 않다는 사실에 주목할 필요가 있다. 이 소설이 출간되었을 당시 밀러의 나이는 사십대였고, 그는 이후로 서너 권의 다른 책을 출간했지만 여러 해 동안 이 첫 소설을 끼고 살았음이 분명하다. 이 소설은 무엇을 해야 할지를 알고 그러므로 기다릴 수 있는 사람에 의해 가난과 무명 속에서 서서히 숙성된 책들 중 하나이다. 산문체는 정말 놀랍고,《검은 봄》의 몇몇 부분에서는 더더욱 좋다. 그런데 안타깝게도 인용할 수가 없다. 옮겨 담을 수 없는 단어들이 여기저기에서 눈에 띈다. 하지만《북회귀선》과《검은 봄》을 붙들고 특히 첫 100쪽을 읽어보라. 이 두 작품은 지금, 심지어 후에 영어 산문체가 어떻게 쓰일 수 있는지에 대한 아이디어를 제공한다. 이 두 작품에서 영어는 구어로 처리되어 있지만 두려움, 이를테면 수사학 혹은 색다르거나 시적인 언어에 대한 **두려움 없이** 쓰이고 있다. 형용사가 10년간의 외출을 마치고 돌아왔다. 그것은 물 흐르듯 매끈한 문체, 감정이 가득한 문체, 리듬감이 담긴 문체이며, 요즈음 유행하는 단조롭고 신중한 서술과 스낵바 속어와는 완전히 다른 문체이다.

《북회귀선》과 같은 책이 나왔을 때, 사람들이 먼저 외설성에 주목하리라는 것은 당연할 수밖에 없다. 문학의 품위라는 개념이 현재 통용되고 있는 상황에서, 책에 담기 부적절한 것에 대해 초연한 자세로 접근하기란 쉽지 않다. 충격과 혐오를 느끼는가 하면 소름끼칠 정도로 전율을 느끼는 사람도 있고, 무엇보다 감명받지 않으려고 애를 쓰는 사람도 있을 것이다. 아마도 마지막 것이 가장 흔한 반응일 것이다. 그 결과 책으로 담기에 부적절한 내용의 책들은 종종 응당 받아야 할 것보다 주목을 덜 받는 경우가 있다. 외설 책을 쓰는 일보다 더 쉬운 것은 없으며, 오로지 사람들의 입에 오르내리고 돈을 벌기 위해 외설 책을 쓴다고 말하는 것은 유행이 되다시피 했다. 그런데 이것은 사실이 아니다. 즉 결재판소의 관점에서 보면 외설스러운 책이 극히 드물다는 데서 알 수 있다. 만일 지저분한 글을 써서 돈을 쉽게 벌 수 있다면 많은 사람들이 그렇게 할 것이다. 하지만 '외설스러운' 책들이 그리 흔하게 나오지 않기 때문에, 이런 작품들을 모조리 같은 것으로 취급하는 불합리한 경향이 있다. 《북회귀선》은 다른 두 작품, 이를테면 《율리시스》와 《밤 끝으로의 여행》[5]과 막연하게 서로 연결되기도 하지만 어느 경우도 유사성이 크지 않다. 밀러와 조이스의 공통점은 일상적 삶의 어리석고 지저분한 사실들을 기꺼이 언급했다는 점이다. 기법의 차이를 무시한다면, 예컨대 《율리시스》의 장례식 장면은 《북회귀선》에 넣을 수 있을 것이다. 이 장 전체는 인간의 끔찍한 내적 냉담함을 폭로하는 일종의 고백이다. 하지만 유사성은 여기서 끝난다. 소설로서 《북회귀선》은 《율리시스》에 훨씬 못 미친다. 조이스는 예술가이나, 밀러는 그런 의미의 예술가가 아니며 어쩌면 그런 예술가가 되고 싶은 마음도 없는 것 같다. 아무튼 조이스는 더욱 많은 것을 시도하고 있다. 그는 의식, 꿈, 몽상(《황금 옆 청동》 장), 취한 상태 등의 다양한 상태를 탐구해 그것들을 빅토리아 시대의 '플롯'처럼 하나의 거대한 복합

5 *Voyage au bout de la nuit*, 프랑스 작가 셀린(Louis-Ferdinand Céline)이 1934년 발표한 자전소설. 속어와 비어가 섞인 노골적인 묘사로 충격을 주었다.

패턴으로 만들었다. 밀러는 삶에 대해 이야기하는 비정한 남자, 특히 지적 용기와 언어적 재능을 지닌 평범한 미국인 사업가일 뿐이다. 밀러가 흔히 사람들이 생각하는 미국인 사업가 이미지와 꼭 닮았다는 점은 의미심장하다. 《밤 끝으로의 여행》과 비교해 봐도 차이점은 확연하다. 두 작품은 책으로 담기에 부적절한 단어를 사용하며 둘 다 어떤 의미에서 자전소설이지만 공통점은 그게 전부다. 《밤 끝으로의 여행》은 목적이 뚜렷한 책으로 현대의 삶, 실제로는 **삶 자체**의 공포와 무의미에 항의하는 데 목적이 있다. 이 소설은 참을 수 없는 혐오가 담겨 있는 목소리, 즉 하수구에서 들려오는 목소리이다. 《북회귀선》은 이와 정반대이다. 상황이 특이해 거의 변칙적일 정도지만, 그래도 행복한 사람에 대한 책이다. 《검은 봄》 또한 덜하지만 곳곳에 노스탤지어가 감돌고 있어 마찬가지다. 밀러는 배고픔, 방랑, 먼지, 실패, 노숙, 이민국 직원과의 싸움, 약간의 돈을 구하기 위한 끝없는 노력 등 몇 년 동안 룸펜 프롤레타리아로 살면서도 삶을 즐기고 있다고 생각한다. 셀린에게 공포감을 느끼도록 한 삶의 양상이 정확히 밀러에게는 매력처럼 느껴지는 것이다. 밀러는 항의하기는커녕 그것들을 **받아들이고** 있다. 그리고 '받아들임'이라는 단어에서 그의 진정한 혈육이라 할 또 다른 미국 작가 월트 휘트먼이 떠오른다.

하지만 1930년대에 휘트먼이 된다는 데는 다소 의심 드는 구석이 있다. 휘트먼이 이 순간에 살아 있다면 《풀잎》과 아주 조금이라도 닮은 걸 썼을지는 확실치 않다. 결국 휘트먼이 말하는 것은

'나는 받아들인다'이다. 그런데 지금 받아들이는 것과 당시에 받아들이는 것 사이에는 근본적인 차이가 있다. 휘트먼은 유례가 없는 번영기에 글을 썼지만, 그보다 더 중요한 것은 '자유'가 어떤 단어보다 더 큰 의미를 지녔던 나라에서 글을 썼다는 점이다. 그가 언제나 이야기하는 자유, 평등, 우애 등은 먼 이상이 아니라 바로 그의 눈앞에 존재한 것들이었다. 19세기 중반에 미국인들은 스스로 자유롭고 평등하다고 느꼈으며, 실제로도 순수한 공산주의 사회가 아닌 곳으로서는 최대한 자유롭고 평등했다. 빈곤이 있고 심지어 계급 차이도 존재했지만 흑인들을 제외하고 영원한 극빈계층은 없었다. 사람들은 모두 괜찮은 삶을 살 수 있었고, 아첨하지 않고도 벌어먹고 살 수 있다는 믿음을 일종의 원칙처럼 마음속에 간직하고 있었다. 마크 트웨인의 미시시피 뗏목꾼과 수로안내인, 그리고 브렛 하트[6]의 서부 금광 광부를 그린 이야기를 읽으면 그들은 석기시대의 식인종들보다도 더 우리와 거리가 멀어 보인다. 이유는 간단하다. 그들이 자유로운 인간이기 때문이다. 하지만 평화롭고 가정적인 미국 동부지역, 예컨대《작은 아씨들》,《헬렌의 아이들》[7], 〈뱅고르에서 기차를 타고 가며〉[8]에 묘사

---

6 Francis Bret Harte(1836~1902), 미국의 소설가, 시인. 캘리포니아 개척민의 삶을 다룬 작가로 유명하다.

7 *Helen's Babies*, 하버턴(John Habberton)이 1876년 발표한 유머 소설. 1924년에 코미디 영화로 만들어졌다.

8 Riding Down From Bangor. 오스본(Louis Shreve Osborne)이 작곡한 민요.

된 미국 역시 마찬가지다. 이런 작품들을 읽을 때 등장인물들은 마치 우리가 몸속에서 느끼는 육체적 전율과 같은 자신감에 차 있고 아무 걱정 없는 특성을 보이고 있다. 휘트먼은 바로 이 점을 찬양하고 있지만 실은 잘하지 못했다. 휘트먼은 우리가 그것을 느끼도록 해주는 것이 아니라 우리가 느껴야 하는 것을 말해주는 작가이기 때문이다. 어쩌면 그의 신념에는 다행스럽게도 그는 일찍 죽었다. 대규모 산업이 성장하고 값싼 이주 노동자들이 착취되면서 야기된 미국 삶의 악화를 보지 못하고 말이다.

밀러의 관점은 휘트먼의 관점과 상당히 유사하며, 밀러의 책을 읽는 사람이라면 모두 이 점에 주목하고 있다. 특히 《북회귀선》의 마지막 부분은 휘트먼식 구절로 끝을 맺는다. 이 대목에서 밀러는 음란행위, 협잡, 싸움, 술판, 어리석은 짓을 벌인 후 센 강가에 멍하니 앉아 흘러가는 강물을 바라보며 현실을 있는 그대로 받아들이는 일종의 신비주의적 태도를 보여준다. 그가 받아들인 것은 무엇인가? 우선 미국은 아니고, 땅의 모든 흙이 수없는 인간의 몸을 거쳐간 고대 유럽의 뼈 무덤이다. 둘째, 밀러는 팽창과 자유의 시대가 아닌 두려움과 독재와 통제의 시대를 받아들인다. 우리 시대와 같은 때에 '나는 받아들인다'라고 말하는 것은 강제수용소, 고무 경찰봉, 히틀러, 스탈린, 폭탄, 비행기, 통조림 식품, 기관총, 쿠데타, 숙청, 슬로건, 비도 벨트[9], 방독면, 잠수함,

---

9 Bedaux belt. 컨베이어벨트의 일종.

스파이, **선동가**, 언론 검열, 비밀 감옥, 아스피린, 할리우드 영화, 정치적 살인 등을 받아들인다고 말하는 것과 같다. 물론 다른 것들도 많다. 그리고 대체로 이런 게 헨리 밀러의 태도이다. 언제나 그런 것은 아니고 이따금씩, 그는 꽤 평범한 종류의 문학적 노스탤지어를 보여주기도 한다. 《검은 봄》 앞부분에 중세시대를 찬양하는 긴 구절이 있다. 이 구절은 산문으로서는 최근에 쓰인 가장 탁월한 대목임에는 틀림없지만, 체스터튼과 크게 다르지 않은 태도를 보여주고 있다. 《맥스와 흰색 포식세포》[10]에는 산업주의를 증오하는 문학가의 일상적 관점으로부터 현대 미국 문명(아침 식사용 시리얼, 셀로판 등)을 공격하는 대목이 있다. 하지만 일반적으로 이 태도는 '있는 그대로 받아들이자'는 방식을 보인다. 그는 이런 이유로 외설과 삶의 더러운 면에 몰두하는 것처럼 보인다. 사실 그것은 겉모습일 뿐이다. 사실 평범한 일상적 삶은 소설가가 대체로 인정하는 것보다 훨씬 더 많은 공포로 구성되어 있기 때문이다. 휘트먼 자신은 동시대 사람들이 입에 담기 민망하다고 생각했던 많은 부분을 '받아들였다.' 그는 대평원에 대해 글을 썼을 뿐 아니라, 도시를 돌아다니며 자살한 사람들의 부서진 해골과 '수음하는 사람들의 병든 잿빛 얼굴'에 주목했다. 하지만 분명코 서유럽의 우리 시대는 아무튼 휘트먼이 글을 썼던 시대보다 건강하지 않고 희망적이지도 않다. 휘트먼과 달리 우리는 **움츠러**

---

10   *Max and the White Phagocytes*, 헨리 밀러가 1938년 발표한 첫 단편집.

드는 세계에 살고 있다. '민주주의적 전망'은 철조망으로 끝이 났다. 창조와 성장에 대한 느낌은 줄어들었고, 끝없이 흔들리는 요람에 대한 강조는 더더욱 줄어들었으며, 대신 끝없이 끓고 있는 찻주전자에 대한 강조만이 점점 늘고 있다. 문명을 있는 그대로 받아들인다는 것은 실질적으로 쇠퇴를 받아들인다는 걸 의미한다. 열렬한 태도는 사라지고 수동적(이 단어에 의미가 있다면, 심지어 '데카당트'한) 태도가 그 자리를 메우고 있다.

하지만 정확히 말해 밀러는 어떤 의미에서 경험에 대해 수동적이라는 이유 때문에 오히려 목적이 뚜렷한 작가들보다 더 보통 사람들에게 가까이 다가갈 수 있었다. 보통 사람들 역시 수동적이기 때문이다. 보통 사람들은 좁은 범위(가정생활, 어쩌면 노동조합이나 지역정치) 안에서는 자신이 운명의 주인이라고 느끼지만 중대한 사건 앞에서는 폭풍우 앞에 선 사람처럼 무력함을 느낀다. 그래서 미래를 개척하려고 노력하기보다는 그저 누워 일이 자신에게 일어나도록 내버려둔다. 지난 10년 동안 문학은 정치에 점점 깊이 개입하게 되었고 그 결과 지난 200년에 걸쳐 어느 때보다도 보통 사람들을 위한 자리가 점점 줄어들었다. 스페인 내전에 관해 쓴 책을 1914~1918년 전쟁에 관해 쓴 책과 비교해보면 문학의 지배적 태도에 변화가 있음을 알 수 있다. 스페인 내전을 그린 책, 아무튼 영어로 쓴 책을 펼치자마자 눈에 띄는 점은 정말로 재미없고 별 볼일 없다는 것이다. 하지만 보다 의미 있는 점은, 우파의 글이든 좌파의 글이든 모든 글은 그들이 생각하는 바를 우리에게 전해주려는 자신만만한 신봉자들에 의해 정치적 관점에서 쓰였다는 점이다. 반면에 1차 세계대전에 관한 책은 일반 병사나 하급 장교에 의해 쓰였는데, 그들은 전반적인 상황을 이해하고 있는 척조차 하지 않았다. 《서부전선 이상 없다》, 《포화》, 《무기여 잘 있거라》, 《영웅의 죽음》, 《모든 것이여 안녕》, 《보병 장교의 회고록》, 《솜 강의 중위》 등은 선전가들이 아니라 **피해자**들이 쓴 작품들이다. 그들은 실제로 "도대체 이 모든 게 뭐란 말인가? 아무도 몰라. 우리가 할 수 있는 것이라곤 견디는 것밖에 없어."라고 말하고 있다. 밀러는 전쟁에 관해서도, 불행에 관해서도 쓰지 않았지만, 위 책들의 관점은 요즘 유행하는 박식함보다는 밀러의 태도에 더 가깝다. 밀러가 잠시 편집인으로 일했던 단명한 정기간행물 〈부스터〉는 광고에서 스스로를 '비정치적, 비교육적, 비진보적, 비협력적, 비윤리적, 비문학적, 비일관적, 비현대적' 잡지로 묘사한 적이 있는데, 밀러의 작품 평가 역시 이 평가와 거의 똑같다고 볼 수 있다. 그것은 군중의 목소리, 밑바닥 사람들의 목소리, 3등칸의 목소리, 평범하고 비정치적이고 비도덕적이고 수동적인 사람의 목소리다.

　나는 '보통 사람'이라는 말을 다소 느슨하게 사용하고 있는데, 요즘엔 부정하는 사람들도 일부 있겠지만 나는 '보통 사람'이 존재한다는 걸 당연하게 여긴다. 나는 밀러가 묘사하고 있는 사람들이 보통 사람들이라고는 생각하지 않는다. 더욱이 그는 프롤레타리아에 대해서도 쓰지 않았다. 어떤 영국 소설가나 미국 소설가도 지금까지 그것을 진지하게 시도하지 않았다. 게다가《북회귀선》에 등장하는 사람들은 게으르고, 평판이 안 좋고, 다소간 '예술가스러운' 부류로 평범함이 부족하다. 앞서 이야기했듯이 이것은 유감스런 일이지만 국외 거주로 나타난 필연적 결과이다. 밀러의 '보통 사람'은 육체노동자도 교외 거주자도 아니고 부랑자, 신분이 낮은 사람, 모험가, 뿌리도 없고 돈도 없는 미국 지식인이다. 하지만 이런 부류의 경험도 보다 일반적인 사람들의 경험과 상당 부분 폭넓게 겹친다. 밀러가 다소 제한된 소재를 최대한 이용할 수 있었던 것은 소재와 동일시할 수 있는 용기가 있었기 때문이다. 보통 사람, 즉 '쾌락적인 보통 사람'이 '발람의 나귀'[11]처럼 말하는 능력을 부여받았던 것이다.

　이런 관점은 시대에 뒤떨어진 것으로, 아무튼 한물간 것으로 보일 것이다. '쾌락적인 보통 사람'도 한물갔다. 수동적이고 비정치적인 태도도 한물갔다. 성에 대한 몰두와 내적 삶에 대한 진실도 한물갔다. 파리 거주 미국인도 한물갔다.《북회귀선》과 같은 책이 그런 시대에 발간된다면 지루한 점잔빼기 아니면 이상한 어떤 것으로 보일 것이며, 이 작품을 읽은 대다수 사람들은 이런 작

11　구약성서 민수기 22~25장에 나오는 이야기로, 선지자 발람이 이스라엘인들에게 저주를 퍼붓기 위해 가나안으로 나귀를 타고 가던 중 나귀가 세 차례나 방향을 바꾸자 발람이 나귀를 매질했다. 이어 나귀가 발람에게 "제가 주인어른께 무슨 잘못을 하였기에 저를 이렇게 세 번씩이나 때리십니까?"(민수기 22:28)라고 말했다. 이에 발람이 크게 놀라 깨우침을 얻고 이스라엘인들에게 저주 대신 축복을 내렸다고 한다.

품이 처음이 아니라는 데 동의할 것이다. 현재의 문학 유행으로부터 벗어나는 것이 무엇을 의미하는지 알아볼 필요가 있겠다. 하지만 이렇게 하기 위해서는 먼저 문학적 배경, 다시 말해 1차 세계대전 이후 20년에 걸쳐 영문학의 전반적 발전과정을 따라가며 살펴봐야 할 것이다.

02

작가가 인기 있다고 말하는 것은 실제로 그 작가가 서른 살 이하의 사람들에 의해 숭배받고 있다는 걸 의미한다. 내가 말하고 있는 시기의 초반부, 다시 말해 전쟁 기간과 전쟁 직후에 사색적인 젊은이들을 사로잡았던 작가는 확실히 하우스먼[12]일 것이다. 그는 1910~1925년 사이에 사춘기를 보낸 사람들에게 엄청난 영향을 끼쳤는데 지금으로선 좀체 이해하기가 쉽지 않다. 내 나이 열일곱 살이었던 1920년에 나는 《슈롭셔의 젊은이》시 전체를 외었던 것 같다. 요즘 같으면 《슈롭셔의 젊은이》가 그 나이 또래이고 다소간 같은 성향을 지닌 아이들에게 얼마나 큰 영향을 미칠

---

12   Alfred Edward Housman(1859~1936), 영국의 고전학자이자 시인. 《슈롭셔의 젊은이》는 전체 63편의 연작시 형식으로 그의 대표작 중 하나이다.

지 궁금하다. 분명 이 시에 대해 들어본 적이 있을 것이고 한번 슬쩍 보기도 했을 것이다. 얕은 재주가 있다는 느낌을 받았을지도 모른다(어쩌면 그게 전부일 것이다). 하지만 나와 나의 동년배들은 이 시집에 나오는 시들을 황홀경에 젖어 여러 차례 암송하곤 했다. 나보다 앞선 세대들이 메러디스[13]의 〈골짜기에서의 사랑〉이나 스윈번[14]의 〈프로세르피나의 정원〉과 같은 시를 암송했듯이 말이다.

내 마음은 후회로 가득하네
내가 사귀었던 황금빛 친구들,
장밋빛 입술의 많은 처녀들
날렵했던 많은 사내들.

뛰어 건너기에 너무 넓은 개울
날렵한 소년들이 누워 있네,
장밋빛 입술의 소녀들이 잠자고 있네
장미꽃이 시든 들판에서.

정말로 듣기좋은 울림이지만 그게 전부다. 하지만 1920년에는

---

13 George Meredith(1828~1909), 영국의 시인.
14 Algernon Charles Swinburne(1837~1909), 영국의 시인.

그렇게 들리지 않았다. 거품은 왜 항상 꺼지는 것일까? 이 물음에 답하기 위해서는 특정 시대에 특정 작가를 인기 있게 만드는 **외부적** 조건을 고려해봐야 한다. 하우스먼의 시는 처음 나왔을 때 크게 주목받지 못했다. 그의 시에 들어 있는 어떤 점들이 특정한 세대, 이를테면 1900년을 전후해 태어난 세대에게 그렇게 깊은 호소력을 가졌는가?

우선 하우스먼은 '전원' 시인이다. 그의 시에는 잊힌 마을의 매력이 가득 차 있다. 이를테면 클런턴, 클런버리, 나이턴, 러들로, '웬록 에지에서,' '브레던의 여름날' 등 지명에 대한 노스탤지어, 초가지붕과 대장간의 쨀랑거리는 소리, 풀밭의 노랑수선화, '기억 속의 푸른 언덕' 등으로 가득 차 있다. 전쟁 시를 빼고 1910~1925년 사이에 쓰인 영국 시는 대개가 '전원'적이다. 이유는 전문 **임대수익자** 계층이 토지와의 실질 관계를 최종적으로 끊고 있었기 때문이다. 하지만 아무튼 당시에는 전원에 속해 있으면서 도시를 경멸하는 일종의 속물주의가 지금보다 훨씬 더 널리 퍼져 있었다. 그 당시 영국이 지금보다 딱히 더 농업 국가는 아니었지만, 그래도 경공업이 퍼지기 전까지는 농업 국가였다고 말하는 편이 좋을 것이다. 대다수의 중산층 아이들은 농장이 보이는 풍경 속에서 자랐기에 자연스럽게 농장 생활의 그림 같은 모습, 이를테면 밭갈이, 추수, 탈곡 등은 그들에게 호소력을 지녔다. 아이들은 실제로 고된 일을 해야 했기 때문에, 순무를 캐고 새벽 네 시에 젖꼭지가 갈라진 암소의 젖을 짜는 고되고 단조로운 일에 관심을 보일 수 있었다. 전쟁 직전과 직후 그리고 이 문제에 관하여 전쟁 기간 동안은 '자연시'의 위대한 시기, 즉 리처드 제프리즈[15]와 W. H. 허드슨[16]의 전성기였다. 1913년의 최고 시였던 루퍼트 브룩[17]의 〈그랜체스터〉는 지명으로 가득한 토사물을 쌓아놓은 듯한 '전원'의 정서를 쏟아낸 것에 불과하다. 시로서 고려해볼 때 〈그랜체스터〉는 무가치를 넘어서 나쁜 점이 많지만, 그 당시 사색적인 중산층 젊은이의 **느낌**을 세부적으로 묘사한 가치 있는 자료이다.

하지만 허드슨은 브룩이나 다른 시인들처럼 주말 기분으로 들장미에 대해 열변을 토하지 않았다. '전원'이 언제나 주제가 되지만 주로 배경으로서 역할을 했다. 대부분의 시는 인간이 주제였는데, 이를테면 요즘 시대로 옮겨놓은 스트레폰[18]이나 코리돈[19]과 같은 이상화된 소박한 시골 사람이 주제였다. 이것은 그 자체로도 큰 호소력이 있었다. 경험에 의하면 지나치게 문명화된 사람들은 소박한 사람('흙에 가깝다'는 것이 핵심이다)에 대한 글을 즐겨 읽는데, 그들이 자신들보다 더 원시적이고 열정적이라고 생

---

15 John Richard Jefferies(1848~1887), 전원생활 묘사로 유명한 영국의 작가.
16 William Henry Hudson(1841~1922), 영국의 작가 · 자연주의자 · 조류학자.
17 Rupert Brooke(1887~1915), 영국의 시인. 전쟁 시로 명성을 얻었으며 1차 대전에 출정하였다가 병사하였다.
18 Strephon. 필립 시드니의 시 〈아카디아〉에 나오는 양치기 이름.
19 Corydon. 전통적으로 시에 등장하는 양치기나 사랑에 빠진 시골 청년 이름.

각하기 때문이다. 그리하여 실라 케이 스미스[20]와 같은 작가의 '검은 땅' 소설들이 나오는 것이다. 그리고 당시 '전원'에 대해 편견을 가지고 있는 중산층 소년이라면 자신을 도시노동자가 아닌 농촌노동자와 동일시했을 것이다. 대부분의 소년들은 쟁기질하는 사람, 집시, 밀렵꾼, 아니면 사냥터지기에 대한 이상화된 환상을 마음속에 품고 있었으며, 이 환상은 늘 덫으로 토끼를 잡고 닭싸움을 하고 말과 여자들이 있는 삶을 살며 자유롭게 방랑하는 거친 사내의 모습으로 그려졌다. 대략 전쟁 전후 소년들 사이에 엄청나게 인기를 끌었던 또 다른 가치 있는 시대물인 메이스필드[21]의 〈영원한 자비〉에도 이런 환상이 투박한 형태로 그려져 있다. 하지만 메이스필드의 솔 케인과 달리 하우스먼의 모리스와 테렌스는 진지하게 다루어질 수 있다. 이런 면에서 볼 때 하우스먼은 약간의 테오크리토스[22]적 면모를 지닌 메이스필드였다. 더욱이 하우스먼은 사춘기적인 것, 이를테면 살인, 자살, 불행한 사랑, 요절 같은 것을 주제로 다루었다. 이런 주제는 우리가 삶의 '근본적인 사실'에 봉착하고 있다는 느낌을 주는, 단순하고 쉽게 이해되는 재앙을 다룬다.

---

20 Sheila Kaye-Smith(1887~1956), 영국의 여성 소설가. 주로 서섹스와 켄트 지방을 배경으로 소설을 썼다.

21 John Masefield(1878~1967), 영국의 시인. 1930년 계관시인이 되었다.

22 Theocritus, 기원전 3세기 전반의 목가 시인. 고대 그리스 전원시의 창시자.

풀이 반쯤 베인 언덕에 태양이 불타고 있다,
지금쯤 이미 피는 말랐다.
모리스가 건초 사이에 꼼짝 않고 누워 있다
그리고 내 칼이 그의 옆구리에 꽂혀 있다.

하나 더 살펴보자.

지금 그들이 슈루즈베리 감옥에서 우리를 매달고 있다
기적소리가 쓸쓸하게 울린다,
그리고 기차가 밤새도록 선로에서 신음소리를 내고 있다
아침에 죽은 사람을 향해.

전부가 거의 같은 곡조이다. 모든 게 실패로 끝난다.
'딕은 교회 묘지에 길게 누워 있고 네드는 감옥에 길게 누워
있다.'
그리고 또한 강렬한 자기연민인 '아무도 나를 사랑하지 않는
다'는식의 느낌도 있다.

화려한 다이아몬드가 떨어진다
초원 위 그대의 야트막한 언덕,
이것들은 아침의 눈물,
하지만 그대를 위해 흘리는 것이 아니다.

그거 안됐군, 친구! 이런 시들은 특별히 사춘기 소년들을 위해 쓴 것인지도 모른다. 그리고 변함없는 성적 비관주의(소녀는 언제나 죽거나 다른 누군가와 결혼한다)는, 사립학교로 완전히 내몰려 여자들이란 닿을 수 없는 존재라고 생각하는 소년들에게 지혜롭게 보였다. 하우스먼이 소녀들에게도 같은 호소력을 지녔을지는 의문이다. 그의 시에서는 여성의 관점이 고려되지 않고 있다. 여성은 그저 님프이거나 사이렌, 다시 말해 우리를 멀리까지 데리고 가서 따돌리는 위험한 반(半)인간이다.

그러나 하우스먼에게 또 다른 경향이 없었더라면 그는 1920년대에 젊은이들에게 그렇게 깊은 호소력을 주지 못했을 것이다. 그것은 불경스럽고 도덕 폐기론적이며 '냉소적인' 경향이었다. 세대 간의 갈등은 언제나 일어나지만 1차 세계대전이 끝날 무렵에 특히 심했다. 이것은 한편으로는 전쟁 자체 때문이기도 했고, 다른 한편으로는 러시아 혁명의 간접적 결과이기도 했다. 어쨌든 지적 투쟁이 그 당시에 생겨날 수밖에 없었다. 어쩌면 영국에서는 전쟁으로도 흔들리지 않았던 편안하고 안전한 삶 덕분에, 많은 사람은 1880년대나 그 이전에 형성된 그들의 사고를 1920년대까지 변하지 않고 그대로 이어가고 있었다. 반면 젊은 세대의 경우 공인된 믿음이 모래성처럼 무너지고 있었다. 예컨대 종교적 믿음의 추락이 가장 주목할 만했다. 몇 년 동안 신구세대 사이의 반감은 증오의 형태를 띠었다. 전쟁 세대 중 살아남은 자들이 대학살로부터 빠져나와보니 그들의 연장자들은 여전히 1914년의 슬로건을 외치고 있었고, 더 어린 세대의 소년들은 음탕한 독신 교사들 밑에서 몸부림치고 있었다.

하우스먼은 함축된 성적 반란과 신에 대한 개인적 불만으로 이 세대의 소년들에게 호소해왔다. 분명 그는 애국주의자였지만 철모와 '카이저를 교수형에 처하라'는 식이 아닌 무해한 낡은 방식으로, 구식 군복과 '여왕폐하 만세'라는 국가(國歌)의 곡조에 따르는 애국주의자였다. 그리고 납득할 정도로 반(反)기독교적이었다. 그는 일종의 격렬하고 도전적인 이교도주의, 즉 삶은 짧고 신은 우리 편이 아니라는 신념을 견지하고 있었는데, 이것은 젊은이들 사이에 퍼져 있던 분위기와 정확히 일치했다. 그리고 그는 거의 한 음절 단어로 이루어진 매력적이고 섬세한 운문으로 그런 분위기를 연출했다.

내가 하우스먼을 마치 선전가, 격언 혹은 인용할 만한 '경구'나 말하는 사람처럼 평가했다고 비칠 수 있다. 분명 그는 그 이상이다. 그가 지난 몇 년 동안 과대평가되었다고 지금 그를 과소평가할 필요는 없다. 그렇게 말하면 요즈음엔 논란에 휩싸일 수도 있겠지만, 그의 많은 시들(예컨대 〈치명적 공기가 내 가슴속에 들어오네〉와 〈내 사람들이 쟁기질을 하고 있는가〉)은 오랫동안 독자들의 관심 밖에 있을 것 같지는 않다. 하지만 실제로 작가를 좋아하고 싫어하게 만드는 것은 언제나 작가의 성향, 그의 '목적', 그의 '메시지'가 뭐냐에 달려 있다. 우리의 깊은 믿음을 심하게 해치는 책에서 문학적 특질을 찾기가 무척 힘들다는 것이 이 사실을 입증하고 있다. 그리고 어떤 책도 중립적일 수 없다. 형식을 결정하고 이미지를 선택하는 것에 불과하더라도, 심지어 이런저런 경향은 산문뿐 아니라 운문에서도 언제나 확실히 나타나 있다. 하지만 두루 인기를 얻고 있는 시인은 하우스먼처럼 대체로 금언적인 작가이다.

전쟁이 끝나고 하우스먼과 다른 자연 시인들의 시대가 지난 뒤 전혀 다른 성향의 작가 집단, 이를테면 조이스, 엘리엇, 파운드, 로렌스, 윈덤 루이스, 올더스 헉슬리, 리턴 스트레이치 등이 등장했다. 오든-스펜더 그룹[23]이 지난 몇 년 동안 '운동'이었던 것처럼, 이들 역시 1920년대 중반과 후반에 확실히 '운동'에 속했다. 이 시대의 모든 재능 있는 작가들이 이 양식에 들어맞는 것은 물론 아니다. 이를테면 E. M. 포스터는 1923년 전후에 최고의 작품을 썼지만 본질적으로 전전(戰前) 작가이며, 예이츠는 활동 시기가 1920년대에 속하지 않는 것 같다. 현재 생존해 있는 무어, 콘래드, 베넷, 웰스, 노먼 더글러스 같은 사람들은 전쟁이 일어나기 전 이미 큰 화살을 날린 작가들이다. 반면 좁은 문학적 의미로 볼 때는 이 그룹에 '속하기'가 어려울 테지만 포함되어야 할 작가는 서머싯 몸이다. 물론 시기가 정확히 맞진 않다. 이들 작가들 중 대

---

23 Auden-Spender Group. 1930년대 영국에서 젊은 시인들로 구성된 그룹. 오든(W. H. Auden), 스펜더(Stephen Spender), 데이 루이스(Cecil Day-Lewis), 맥니스(Louis MacNe-ice) 등이 주도했다. 엘리엇과 조이스의 예술파적이고 내향적인 문학을 거부하고, 마르크스주의에 경도되어 문학의 정치성을 강조했다.

다수가 이미 전쟁 전에 책을 출간했지만, 요즈음 글을 쓰는 신진 작가들을 대공황 이후 작가로 일컫는 것과 같은 이치로 볼 때 이들은 전후 작가로 분류할 수 있다. 물론 이 시기 대부분의 문학 작품을 읽어도 이 작가들이 '운동'을 형성한다고 생각하지 않을 수도 있다. 당시에는 여느 때보다 문학계의 거물들이 지난 시대가 끝나지 않은 척 주장하느라 바빴다. 스콰이어가 〈런던 머큐리〉[24]를 지배했고 깁스와 월폴은 공공도서관의 신이었다. 사람들은 명랑함과 남자다움, 맥주와 크리켓, 브라이어 담배 파이프와 일부 일처제에 열광했다. 그리고 '지식인층'을 공격하는 글을 써서 약간의 돈을 버는 것은 어느 시대에나 가능했다. 그래도 젊은이들의 마음을 사로잡았던 것은 괄시받는 지식인층이었다. 유럽에서 바람이 불어왔고, 1930년 훨씬 이전에 맥주와 크리켓 유파에도 바람이 불어닥쳐 기사도 정신만 빼고 모든 것이 적나라하게 벗겨졌다.

하지만 위에 언급한 작가 그룹을 이야기할 때 우선 주목할 부분은, 그들이 그룹으로 보이지 않는다는 점이다. 더욱이 이들 중 몇몇은 다른 몇몇 작가들과 함께 한 그룹에 포함되는 데 강하게 반발할 것이다. 로렌스와 엘리엇은 실제로 서로 반감을 가지고 있는 사이고, 헉슬리는 로렌스를 숭배했지만 조이스는 헉슬리를

---

24 *The London Mercury*. 1919년에서 1939년까지 발간된 월간 문예지. 스콰이어(J. C. Squire)가 1919년부터 1934년까지 편집장으로 일했다.

싫어했으며, 이 그룹의 대부분이 헉슬리와 스트레이치, 몸을 얕잡아보았다. 그리고 루이스는 모든 작가를 차례차례 공격했는데, 실제로 그는 작가로서 이런 비판을 발판으로 삼아 명성을 얻었다. 하지만 이들 사이에는 기질상의 동질성이 분명히 있는 바, 비록 12년 전에는 보이지 않았지만 지금은 명백하게 드러나고 있다. 정리하면 이들의 동질성은 **관점의 비관주의**라 할 수 있다. 하지만 비관주의가 무엇인지 분명히 해둘 필요가 있다.

조지 왕조시대 시인들의 기조가 '자연의 아름다움'이었다면 전후 작가의 기조는 '삶의 비극적 의미'일 것이다. 이를테면 하우스먼 시의 정신은 비극적이지 않고 그저 불평하는 것이다. 다시 말해 실망한 쾌락주의다. 하디의 경우도 《패왕》[25]을 제외하고는 마찬가지이다. 하지만 조이스-엘리엇 그룹은 시기적으로 이후이고 청교도주의는 그들의 주된 적이 아니었다. 그들은 선배들이 얻고자 투쟁했던 대부분의 것들을 처음부터 '꿰뚫어볼' 수 있었다. 이들은 모두 기질적으로 '진보'라는 개념에 적대적이다. 진보는 이루어지지 않았고 이루어져서도 **안 된다**고 여겼다. 이런 일반적 동질성을 고려해볼 때 위에 언급된 작가들 사이에는 재능의 차이뿐 아니라 접근 방식의 차이도 당연히 존재한다. 엘리엇의 비관주의는 부분적으로 기독교의 비관주의로 인간의 고통에

---

25 *The dynasts*. 하디가 1903년에서 1908년에 걸쳐 쓴 장편 대서사극. 나폴레옹 전쟁 10년을 통해 당시 유럽의 상황 및 영국의 위기를 진단했다.

대한 모종의 무관심을 함축한다. 또 부분적으로 서구 문명의 쇠퇴에 대한 한탄("우리는 속이 빈 인간이다. 우리는 배부른 인간이다" 등등)인데, 이를테면 '신들의 황혼' 감정이다. 엘리엇은 이 감정에 이끌려 〈스위니 아고니스테스〉에서 현대적 삶을 실제보다 더 나쁘게 그리는 힘겨운 업적을 성취했다. 스트레이치의 경우 고상한 18세기의 회의주의와 폭로 문학 취향이 섞여 있다고 볼 수 있다. 몸의 경우는 일종의 사회적 체념, 다시 말해 안토니누스 황제[26]처럼 믿음 없이 자신의 일을 수행하는 수에즈 동쪽 어딘가에 있는 푸카 사히브[27]의 완강한 윗입술 같은 것이다. 로렌스는 얼핏 보기에는 비관주의 작가로 보이지 않는다. 디킨스처럼 그는 '심적 변화'를 묘사하며, 조금만 달리 바라본다면 현 시점에서의 삶은 괜찮아질 것이라고 끊임없이 주장한다. 하지만 로렌스가 요구하는 것은 기계화된 문명으로부터 벗어나는 것인데, 이것은 이루어질 수 없는 사실로 그 역시 그렇게 알고 있다. 그리하여 현재에 대한 그의 분노는 다시 한 번 과거의 이상화로 눈을 돌리는데, 이번에는 안전한 신화적인 과거, 즉 청동기 시대로 간다. 로렌스가 우리 자신보다 에트루리아[28] 사람(그가 생각하는 에트루리아 사람)에 대

---

26 Antoninus Pius(86~161), 로마의 황제(재위 138~161). 5현제(五賢帝) 중 네 번째로 재정을 튼튼히 하고 속주의 번영을 위하여 노력하는 등 제국의 전성기를 이루었다. 그가 죽은 뒤 마르쿠스 아우렐리우스가 즉위하였다.

27 pukka sahib, '주인 나리'라는 뜻으로, 인도 원주민들이 영국 식민지 당국이나 백인 지배자를 높여 부르던 말.

28 Etruria, 고대 이탈리아의 지명. 기원전 8세기 이후 열두 개의 도시국가를 건설하고

해 더 호감을 가지고 있다는 데 대해 동의하지 않을 수 없다. 결국 이것은 일종의 패배주의다. 그곳은 지금 세계가 나아가고 있는 방향이 아니기 때문이다. 그가 항상 가리키는 삶의 종류, 이를테면 성, 땅, 불, 물, 피 등 소박한 신비를 중심으로 이루어지는 삶은 실패할 수밖에 없는 것이다. 그래서 결국 그는 세상이 그런 식으로 나아가지 않을 것이 분명한데도 그런 식으로 이루어지기를 바라는 소망만을 보여주었다. "관대의 흐름이냐, 죽음의 흐름이냐"고 그가 말했지만, 수평선의 이쪽 편에는 관대의 흐름은 없다. 그래서 그는 죽음의 흐름이 밀려오기 몇 해 전, 멕시코로 건너가 마흔다섯 살에 죽었다.

또다시 나는 이 작가들을 예술가가 아니라 '메시지'를 전달하는 선전가에 불과한 것처럼 말하고 있다고 비춰질 수 있다. 그런데 다시 한 번 이들 작가들은 모두 그 이상의 존재들이라고 분명히 말해두고 싶다. 이를테면《율리시스》를 현대적 삶의 공포, 즉 파운드가 지적했듯이 "지저분한 〈데일리 메일〉 시대"를 보여줄 뿐이라고 평가하는 것은 있을 수 없는 일이다. 실제로 조이스는 어느 작가보다도 더 '순수 예술가'이다. 단어 배열에만 손대는 작가는《율리시스》를 쓸 수 없다.《율리시스》는 삶의 특별한 비전, 즉 믿음을 상실한 가톨릭교도의 비전을 담고 있는 작품이다. 조

문화적 발전을 이룩했으나 기원전 4세기경 로마제국에 의해 멸망되었다. 로렌스는 에트루리아 무덤의 벽화를 보고 깊은 감동을 받은 바 있다.

이스가 말하고 있는 것은 "이것이 신이 없는 삶이다. 한번 보라!"
는 것이며, 그의 기법상의 혁신은 중요하긴 해도 기본적으로 이
런 목적을 위한 것이다.

하지만 이들 작가 모두에게서 주목할 만한 점은 그들이 어떤
'목적'을 가지고 있는지 매우 불분명하다는 점이다. 그들은 당시
의 긴급한 문제, 무엇보다 좁은 의미의 정치에 관심을 두지 않았
다. 우리의 시선은 로마, 비잔티움, 몽파르나스, 멕시코, 에트루
리아 사람들, 무의식, 뱃속의 명치, 다시 말해 실제로 일이 벌어
지고 있는 곳을 제외한 모든 곳으로 향하고 있다. 1920년대를 회
고해볼 때, 가장 기이한 점은 영국 지식층이 유럽에서 벌어진 모
든 중요한 사건에 관심을 두고 있지 않다는 사실이다. 예컨대 레
닌의 사망과 우크라이나 기근 사이의 약 10년 동안 러시아 혁명
은 영국인의 의식 속에서 거의 사라졌다. 이 기간 내내 러시아 하
면 생각나는 것은 톨스토이, 도스토예프스키, 택시기사 노릇을
하는 망명 백작 등이었다. 이탈리아는 미술관, 유적, 교회, 박물
관 등을 의미했고 '검은 셔츠'단은 떠오르지 않았다. 독일은 영
화, 나체주의, 정신분석 등을 의미했지 히틀러를 의미하지 않았
고, 1931년까지 그의 이름을 들어본 사람은 거의 없었다. '교양
있는' 집단에서는 예술을 위한 예술이 실제로 무의미에 대한 숭
배로까지 확산되었다. 문학은 오로지 단어를 아름답고 교묘하
게 배열하는 것으로만 여겨졌다. 주제로 작품을 평가하는 것은
용서할 수 없는 죄악이며, 심지어 주제를 의식하는 것조차 잘못

된 취향으로 여겨졌다. 〈펀치〉지가 1차 세계대전 이후 보여준 정말로 재미있는 세 개의 재담 중 하나는 이렇다. 1928년 무렵 글을 쓰고 싶어 안달하는 한 젊은이가 숙모에게 '글을 쓸' 작정이라고 알린다. "뭐에 관해 글을 쓸 거니?" 숙모가 묻는다. 그 젊은이는 참담한 표정을 지으며 "숙모, 글은 무엇에 **대해** 쓰는 게 아니고 그냥 **쓰는** 거예요."라고 답한다.

　1920년대 최고의 작가들은 이 원칙에 동의하지 않았는데 그들의 '목적'은 대부분의 경우 상당히 명확했지만 대체로 도덕적·종교적·문화적 성향이었고, 정치 용어로 옮기면 '좌파'는 결코 아니었다. 어찌 되었건 이 그룹에 속하는 모든 작가들은 보수적이었다. 이를테면 루이스는 '볼셰비즘'의 냄새를 광적으로 맡으며 몇 년을 보냈는데 볼셰비즘이 전혀 없을 것 같은 장소에서도 그것을 찾을 수 있었다. 최근에 그는 어쩌면 예술가에 대한 히틀러의 태도에 영향을 받아 자신의 몇 가지 입장을 바꾸었지만 좌파 쪽으로 상당히 기울 것이라고는 믿지 않는 게 좋을 것이다. 파운드는 파시즘, 어쨌든 이탈리아식 파시즘을 분명히 선택한 것으로 보인다. 엘리엇은 거리를 두고 있지만 총을 겨누고 파시즘과 보다 민주적 형태의 사회주의 중 하나를 선택하라고 강요받는다면 아마도 파시즘을 선택할 것이다. 헉슬리는 삶의 일반적 절망으로 시작한 뒤 로렌스의 '캄캄한 뱃속'에 영향을 받아 생명 숭배라 불리는 것을 시도하다가 마침내 평화주의에 도달했다. 그의 입장은 설득력 있으며 이 시점에서 존경할 만한 것이기도 하지만, 어쩌면 결국 사회주의를 거부하는 쪽으로 가게 될 것이다. 또한 이 그룹에 속한 작가들은 대부분 정통 가톨릭교가 대체로 인정할 수 없는 종류의 사람들이지만 가톨릭교에 대해 유연한 태도를 취하고 있다는 점도 주목할 만하다.

비관주의와 반동적인 견해 사이에 심리적 연관성이 있다는 것은 분명하다. 그런데 1920년대의 주도적 작가들이 왜 다소간 비관주의 성향을 띠었는가 하는 이유는 분명하지 않다. 왜 항상 데카당스의 의미, 해골, 선인장, 잃어버린 신념과 불가능한 문명에 대한 갈망 같은 것이 나왔는가? 결국 이들이 엄청 편안한 시대에 글을 썼기 때문이 아닐까? '우주적 절망'이 융성하게 되는 때는 바로 이런 시대이다. 뱃속이 비어 있는 사람은 결코 우주에 대해 절망하지 않으며, 심지어 우주에 관해 생각조차 하지 않는다. 1910~1930년은 내내 번영의 시기였고, 심지어 전쟁 시기에도 연합국 국민들 중 참전하지 않은 사람들은 육체적으로 견딜 만했다. 1920년대에 대해 말하자면, 임대료나 투자수익으로 살아나가는 지식인의 황금시대였고 이제껏 이 세계에 한 번도 없었던 무책임의 시대였다. 전쟁은 끝났고, 새로운 전체주의 국가는 등장하지 않았으며, 모든 묘사에 관해 도덕적이고 종교적인 금기가 사라졌고, 돈이 굴러들어왔다. '환멸'이 크게 유행했다. 안전하게 일 년에 500파운드를 버는 사람이라면 모두 식자층이 되었고 **삶의 권태**를 익히기 시작했다. 독수리와 핫케이크의 시대, 안이한 절망의 시대, 뒤뜰의 햄릿들, 밤의 끝으로 여행하는 값싼 왕복

티켓의 시대였다. 《어느 바보가 전한 이야기》[29]와 같이 이 시기에 크게 주목받지 못했던 몇몇 성격소설에는 삶의 절망이 자기연민으로 가득 찬 분위기로 묘사되어 있다. 그리고 심지어 이 시대 최고의 작가들도 지나치게 위엄 있는 태도, 즉 당면한 실질적 문제에 관여하지 않겠다는 태도를 취한다고 의심받을 수 있었다. 그들은 그들의 바로 앞 세대나 뒤 세대보다 삶을 훨씬 더 포괄적으로 바라보지만 망원경을 거꾸로 들고 보고 있었다. 그래도 그 이유 때문에 그들의 작품이 작품으로서 유효성이 없다는 것은 아니다. 모든 예술 작품이 맨 처음 거치는 시험은 살아남느냐 하는 것인데, 실제로 1910년에서 1930년 사이에 쓴 많은 책들이 살아남았고 앞으로도 계속 살아남을 것 같다. 《율리시스》, 《인간의 굴레》, 로렌스의 초기 작품 대부분, 특히 단편들, 그리고 1930년 무렵까지 나온 엘리엇의 시 전체를 생각해보면, 지금 나오는 작품들은 그만큼 오래 살아남을지 모르겠다.

하지만 1930년에서 1935년 사이에 느닷없이 어떤 변화가 일어났다. 즉 문학계의 기류가 바뀌었다. 오든과 스펜더를 비롯한 작가 집단이 등장했고, 기법 면에서 이들 작가들은 선배 작가들에게 빚을 지고는 있지만 '경향'은 완전히 달랐다. 갑자기 우리는 신들의 황혼에서 나와 무릎을 드러내고 단체로 노래 부르는 일종의

---

29 *Told by an Idiot*, 영국 소설가 매콜리 부인(Dame Emilie Rose Macaulay)이 1923년에 발표한 소설.

보이스카우트 분위기 속으로 들어갔다. 전형적인 문학가들은 교회 쪽으로 기운 교양 있는 국외자의 모습이 더 이상 아니고 공산주의에 경도된 열성적인 학생의 모습이 되었다. 1920년대 문학가들의 기조가 '삶의 비극적 의미'라면 신진 작가들의 기조는 '진지한 목적'이었다.

두 유파의 차이점은 루이스 맥니스[30]의 《현대시》에 상세히 논의되고 있다. 물론 이 책은 전적으로 신진 작가들의 관점에서 기술되어 있어 당연히 그들의 기준이 우월하다고 전제하고 있다. 맥니스에 따르면 다음과 같다.

〈뉴 시그니처스〉에 실린 시들은 예이츠나 엘리엇의 시보다 감정 면에서 당파적이다. 예이츠는 욕망과 증오에 등을 돌리라고 제안하며, 엘리엇은 뒤편에 앉아 다른 사람들의 감정을 권태와 아이러니컬한 자기연민으로 쳐다본다 …(중략)… 반면 오든, 스펜더, 데이 루이스의 시 전체를 보면 그들 나름의 욕망과 증오가 있다는 점이 함축되어 있으며, 나아가 그들은 욕망해야 할 것도 있고 증오해야 할 것도 있다고 생각하고 있는 듯하다.

그리고 또 다른 글도 있다.

---

30 Frederick Louis MacNeice(1907~1963), 아일랜드 태생의 영국 시인. 현대적인 이미지와 관념을 구사해 아일랜드의 상황과 문제에 관한 시를 썼다.

〈뉴 시그니처스〉의 시들은 …(중략)… 정보를 취하고 표현을 잘하기 위해 그리스를 선호하는 방향으로 되돌아갔다. 그리하여 첫 요구는 말할 거리가 있어야 한다는 것이고, 그 다음은 그것을 최대한 잘 표현해야 한다는 것이다.

다시 말해 '목적'이 다시 왔고 신진 작가들은 '정치에 뛰어들었다.' 앞서 지적했듯이, 엘리엇과 같은 부류의 시인들은 맥니스가 지적하듯이 실제로 그렇게 초당파적이지 않았다. 하지만 1920년대 문학은 지금보다 기법에 강조점을 더 많이 두었고 주제는 그렇게 중요치 않았다.

이 그룹의 주도적 인물로는 오든, 스펜더, 데이 루이스, 맥니스이며 다소간 같은 성향을 지닌 일련의 작가들로는 이셔우드, 존 레만, 아서 콜더 마셜, 에드워드 업워드, 알렉 브라운, 필립 헨더슨 및 다른 작가들이 있다. 앞에도 그랬듯이 나는 단순히 경향에 따라 이 작가들을 한데 묶고 있다. 분명히 재능 면에서는 커다란 차이가 있다. 하지만 이들을 조이스-엘리엇 세대와 비교해볼 때 즉각 눈에 띄는 점은 하나의 그룹으로 묶기가 훨씬 더 쉽다는 점이다. 그들은 기법에 있어 매우 흡사하고, 정치적으로 거의 구분이 안 되고, 다른 작품에 대한 비평도 언제나 (부드럽게 말하면) 온화했다. 1920년대의 뛰어난 작가들은 태생이 매우 다양하고, 그들 중 일반적인 영국 교육 과정을 거친 작가는 거의 없으며(우연찮게도 로렌스를 제외하고 최고의 작가들은 잉글랜드 출신이 아니다), 대다수는 일정 기간 가난, 무지, 심지어 명백한 박해에 맞서 투쟁해야만 했었다. 반면 거의 모든 신진 작가들은 사립학교-대학-블룸즈버리[31]로 이어지는 패턴에 쉽게 들어맞았다. 얼마 안 되는 프롤레타리아 출신 작가들은 처음엔 장학금을 받고, 그 다음엔 런던 '문화'의 표백제 통에 의해 낮은 신분에서 벗어났다. 이 그룹에 속한 몇몇 작가들이 사립학교 출신이고 그 뒤 그곳에서 교사 생활을 했다는 점은 주목할 만하다. 몇 년 전에 나는 오든을 "일종의 배짱 없는 키플링"[32]이라고 말했다. 비평으로서 이것은 아무런 가치도 없고 실제로 악의적인 언급에 불과하지만 사실 오든의 작품, 특히 그의 초기 작품은 희망적 분위기(이를테면 키플링의 〈만일〉이나 뉴볼트의 〈힘내, 힘내, 정정당당하게 해!〉와 같은)와 그리 멀게 느껴지지 않는다. 예컨대 "너희들은 이제 떠난다. 너희 소년들에게 달려 있다"와 같은 구절을 살펴보자. 이것은 순전히 보이스카우트 단장이며, 정확히 말해 자위의 위험성에 관해 10분간 툭 터놓고 이야기를 하는 그런 분위기이다. 분명히 그는 패러디적 요소를 의도했을 테지만 또한 의도하지 않은 강한 유사점도 있

---

31 Bloomsbury, 학자들과 작가들이 많이 살고 있어 문학과 학문의 지구로 알려진 런던의 한 지역. 이곳에 모여 사는 일단의 작가, 예술가, 지식인 들을 블룸즈버리 그룹이라 불렀다. 작가인 울프(Virginia Woolf), 포스터(E. M. Forster), 미술평론가 프라이(Roger Frye), 경제학자 케인즈(J. M. Keynes) 등이 중요 인물이었다.
32 《위건 피어로 가는 길》 11장에 이렇게 묘사되어 있다.

다. 그리고 물론 이 작가들 대다수에게 공통적으로 보이는 다소 고상한 체하는 기조는 해방감에 따른 징후이다. 그들은 '순수예술'을 배 밖으로 던져버려 비웃음을 사지 않을까 하는 두려움에서 자유로워졌고 시야를 넓게 확대해나갔다. 이를테면 마르크스주의의 예언적 측면이 시의 새로운 소재가 되어 커다란 가능성을 보여주었다.

우리는 아무것도 아니다
우리는 어둠 속으로 떨어졌고
죽임을 당했다
하지만 생각하라, 이 어둠 속에서
우리는 사상의 비밀스런 중추를 잡고 있다
언젠가는 돌다가 밖으로 튀어나올 살아 있는 햇빛의 바퀴를.
— 스펜더, 〈어느 판사의 재판〉

하지만 동시에 문학이 마르크스적이라고 해서 대중에게 더 가까이 다가가는 것은 아니었다. 시차를 감안하더라도, 오든과 스펜더는 로렌스는 말할 것도 없고 조이스나 엘리엇보다도 더 인기 있는 작가들은 아니었다. 예전과 마찬가지로 시류에서 벗어나 있는 동시대 작가들이 많이 있었지만 무엇이 시류이냐에 관해서는 의문이 그다지 크지 않았다. 1930년대 중반과 후반 동안 오든-스펜더 그룹은 조이스-엘리엇 그룹이 1920년대에 그랬듯이 하나의 '운동'이었다. 그리고 이 운동은 공산주의라 부르는 다소 잘못 정의된 방향으로 나아갔다. 일찍이 1934년 혹은 1935년에는 문학계에서 어느 정도 '좌파' 성향을 띠지 않으면 좀 이상한 사람 취급받았고 이후 1, 2년이 지나자 좌파 정통성이 성장해 특정 주제에 관해 절대적으로 필요한 일련의 견해를 형성하게 되었다. 작가란 활동적인 '좌파'이거나, 아니면 글을 못 쓴다는 견해가 퍼지기 시작했다(에드워드 업워드와 같은 작가들을 보라). 1935년에서 1939년 사이에 공산당은 마흔 살 이하의 작가들에게 거의 저항할 수 없는 매력이 되었다. 로마가톨릭이 유행했던 몇 년 전 아무개가 '가톨릭교도가 되었다'는 이야기가 흔했듯이 이제는 아무개가 '입당했다'는 이야기가 흔하게 들려왔다. 사실 약 3년 동안 영문학의 중심 흐름은 다소간 공산주의 통제 하에 있었다. 어떻게 그런 일이 가능했을까? 그리고 공산주의란 무엇인가? 우선 두 번째 질문부터 답하는 게 좋겠다.

서구의 공산주의 운동은 자본주의를 폭력으로 전복하기 위한 운동으로 시작되었고 몇 년 사이에 러시아 외교 정책의 도구로 변질되었다. 이것은 어쩌면 1차 세계대전 후 혁명의 열기가 잦아들었을 때 불가피한 선택이었을 것이다. 내가 아는 한 영국에서 이 문제를 포괄적으로 다룬 유일한 책은 프란츠 보르케나우[33]

---

33   Franz Borkenau(1900~1957), 오스트리아 작가이자 선전가. 전체주의 이론의 틀을 짠 선구자로 알려져 있다.

의《공산주의 인터내셔널》뿐이다. 보르케나우가 자신의 추론보다는 직접 기록한 사실들을 통해 밝히고 있는 점은, 진정한 혁명적 감정이 산업화된 국가에서 존재했었더라면 공산주의는 결코 현재의 노선대로 발전하지 못했으리라는 것이다. 예컨대 영국에서 그런 감정은 과거 몇 년 동안 분명히 존재하지 않았다. 이 점은 극단주의적인 당원들의 무기력한 모습에 확연히 드러나 있다. 그러니 영국 공산주의 운동이 정신적으로 러시아에 굴종하고 영국 외교정책을 러시아의 이익을 위해 조정하는 것 말고는 아무런 실질적 목표가 없는 사람들에 의해 지배당하고 있다는 것은 당연한 일이었다. 물론 이런 목표는 공개적으로 인정될 순 없는데, 이런 사실로 인해 공산당은 매우 이상한 모습으로 바뀌었다. 목소리를 크게 내는 공산주의자는 국제 사회주의자인 체하지만 실제로는 러시아 홍보요원이다. 평상시에는 들키지 않고 쉽게 유지할 수 있지만 위기의 순간에는 어려워진다. 그 이유는 소련이 외교정책에 있어 여타 강대국들보다 더 신중하지 못하기 때문이다. 권력 게임의 일환으로서만 의미를 지니고 있는 동맹이나 전선의 변화 등은 국제 사회주의의 관점에서 설명되고 정당화되어야 한다. 스탈린이 파트너를 바꿀 때마다 '마르크스주의'는 새로운 형태로 변형되어야 한다. 그렇게 될 경우 갑작스럽고 격렬한 '노선'의 변화, 숙청, 비난, 당 문서의 조직적 파괴 등이 뒤따라 일어난다. 사실상 공산주의자들은 모두 어느 때고 자신의 근본적인 신념을 바꾸거나 당을 떠나야 한다. 월요일에는 명백한 신조가 화요일에는 저주받을 이단이 될 수도 있다. 지난 10년 동안 이런 일이 적어도 세 번이나 일어났다. 그래서 서구 국가에서 공산당은 늘 불안정하고 대체로 매우 소규모였던 것이다. 공산당원으로 오랫동안 남아 있던 사람들은 러시아 관료와 자신을 동일시해온 핵심 지식인층과, 소련의 정책을 잘 이해하지도 못하면서 소련에 대한 충성을 느끼는 제법 큰 노동계급 집단이다. 그 외에 공산당원들은 자주 바뀌는데, '노선'이 바뀔 때마다 한 무리의 당원들이 들어오고 또 다른 무리가 나가는 식이었다.

1930년의 영국 공산당은 합법적이지 못한 소규모 조직으로, 주된 활동은 노동당을 비난하는 일이었다. 하지만 1935년경 유럽의 상황이 변했고 그와 함께 좌파 정치도 바뀌었다. 히틀러가 권력을 잡아 재무장하기 시작했고, 러시아는 5개년 개발 계획이 성공을 거두어 군사 강국으로 재부상하기에 이르렀다. 히틀러가 공격 대상으로 삼은 세 국가는 어느 모로 보나 영국·프랑스·소련이었기 때문에, 이 세 국가는 불편하지만 모종의 **협력관계**를 유지해나갈 수밖에 없었다. 이것은 영국이나 프랑스의 공산당이 훌륭한 애국자나 제국주의자가 되어야 한다는 것을 의미했다. 즉 그들이 지난 15년 동안 공격해온 대상을 이제는 옹호해야 한다는 것이었다. 코민테른의 슬로건은 갑자기 붉은색에서 분홍빛으로 색이 바랬다. '세계혁명'과 '사회 파시즘' 대신 '민주주의 옹호'와 '히틀러를 막아라!'라는 구호로 바뀌었다. 1935년에서 1939년까지의 기간은 반(反)파시즘과 인민 전선의 시기였고

레프트 북클럽[34]의 전성기였으며 '빨갱이' 공작부인들과 '관용적인' 대성당 주임 사제들이 스페인 내전의 전쟁터를 순방하고 윈스턴 처칠이 〈데일리 워커〉[35]에서 귀여움을 받았던 때였다. 물론 그 후에도 '노선' 변화가 또 다시 있었다. 하지만 내가 보기에 중요한 것은 '반파시즘' 국면 동안 신진 영국 작가들이 공산주의에 경도되었다는 점이었다.

파시즘 대 민주주의의 격전은 분명히 그 자체로 매력적인 것이었지만, 어쨌든 당시에 신진 작가들은 공산주의로 방향을 바꾸게끔 되어 있었다. 자유방임주의가 끝나고 모종의 재편과정이 있어야 한다는 것은 분명했다. 1935년의 세계 상황으로 보아 정치적으로 무관심하게 남아 있는 것은 거의 불가능했다. 하지만 젊은 사람들은 왜 러시아 공산주의같이 생경한 것으로 향했을까? 왜 작가들은 정신적 정직성을 불가능하게 만드는 사회주의의 형태에 이끌렸을까? 이에 대한 답변은 공황 이전부터 그리고 히틀러 이전부터 이미 진행되고 있던 어떤 것, 즉 중산층의 실업에 숨어 있었다.

실업은 단지 일자리를 갖지 못한다는 문제만은 아니다. 대다

34 The Left Book Club. 영국에서 1936년 5월 설립되어 1940년대까지 활동했던 좌파 단체. 매달 정치 문제를 다룬 책을 선정해 회원들에게 읽도록 했다.
35 *Daily Worker*, 영국과 미국의 공산당 기관지. 미국에서는 1924년, 영국에서는 1939년에 창간되었다. 영국에서는 1966년《모닝 스타(*The Morning Star*)》로, 미국에서는 1968년《데일리 월드(*Daily World*)》로 이름이 바뀌었다.

수 사람들은 최악의 순간에도 보잘것없는 일자리라도 얻을 수 있다. 문제는 1930년 무렵에 과학 연구, 예술, 좌파 정치 등을 제외하고 생각 있는 사람들이 믿을 수 있는 활동이 없었다는 점이다. 서구 문명에 대한 폭로는 절정에 달했고 '환멸'이 광범위하게 퍼져 있었다. 이제 누가 군인으로, 목사로, 주식 중개인으로, 인도 공무원으로 혹은 그 밖의 직업인으로 평범한 중산층 생활방식을 이어나갈 수 있다고 당연하게 여길 수 있겠는가? 그리고 우리 선조들이 지키며 살았던 많은 가치들을 어떻게 진지하게 받아들일 수 있겠는가? 보통 교육을 받은 사람이라면 누구나 애국심, 종교, 제국, 가족, 결혼의 신성함, 학벌, 출산, 양육, 명예, 규율 이 모두를 3분이면 뒤집어놓을 수 있었다. 그런데 애국심과 종교와 같은 이런 태고의 것들을 없앤다면 과연 무엇을 얻는가? 본질적으로 **무언가를 믿으려는** 욕구마저 없앨 수는 없다. 몇 년 전 상당수의 재능 있는 작가들(이블린 워, 크리스토퍼 홀리스를 포함한 다른 작가들)을 포함해 여러 젊은 지식인들이 가톨릭교회로 도망가면서 모종의 헛된 기대가 나돌던 적이 있었다. 이들 대부분이 약속이라도 한 듯 영국 국교회나 그리스정교회, 프로테스탄트 종파로 가지 않고 로마가톨릭교회로 간 것은 의미심장하다. 즉 그들은 세계적인 조직을 갖춘 교회로, 엄격한 규율을 갖춘 교회로, 권력과 그 배후에 명망을 갖춘 교회로 갔던 것이다. 어쩌면 최고의 재능을 지닌 유일한 현대판 개종자인 엘리엇이 로마가톨릭교 대신 기독교의 트로츠키주의라 말할 수 있는 영국 국교회 가톨릭파를 받아들인 것은 주목할 만하다. 하지만 1930년대의 젊은 작가들이 왜 공산당에 들어갔거나 그쪽으로 경도되었는지에 대해서는 더 이상 깊이 살펴보지 않아도 알 수 있으리라고 생각한다. 그들에게 필요했던 것은 믿을 대상이었다. 그런 대상으로는 교회, 군대, 정통주의, 훈련 등이 있었다. 조국도 있었고, (아무튼 1935년 무렵 이후에는) '총통'도 있었다. 지식인들이 겉으로 보기에 추방했던 충성과 미신이 얄팍한 가면을 쓰고 시급히 돌아올 수도 있었다. 애국심, 종교, 제국, 무공(요컨대 이 모두는 러시아였다). 신부, 왕, 지도자, 영웅, 구세주(이 모두는 스탈린이었다). 하느님 ― 스탈린. 악마 ― 히틀러. 천국 ― 모스크바. 지옥 ― 베를린. 모든 공백이 채워졌다. 그래서 결국 영국 지식층의 '공산주의'는 충분히 설명 가능한 것으로, 그것은 쫓겨난 사람들의 애국심이었다.

하지만 근년에 영국 지식인들이 러시아를 숭배했던 또 다른 확실한 이유가 있었는데 그것은 영국의 삶 자체가 여유롭고 안정적이었기 때문이었다. 부당함이 존재하기도 했지만 영국은 여전히 '헤비어스 코퍼스'[36]의 나라였고 영국민들의 압도적인 다수가 폭력이나 불법을 경험하지 않고 있었다. 이런 환경에서 자란 사람들이라면 독재 정권이 어떤 것인지 쉽게 상상할 수 없다. 1930년

---

36 habeas corpus, '너는 몸이 있다'라는 뜻의 라틴어. 우리말로는 '인신보호영장'이다. 타인의 신체를 구속하는 사람에 대하여 피구금자의 신병을 법원에 제출하도록 명한 영장이다. 영국 국회가 1679년 인신보호법(Habeas Corpus Act)에서 규정했다.

대의 거의 모든 주도적 작가들은 1차 세계대전의 실질적 기억이 없는 젊은 세대들로 여유롭고 자유로운 중산층이었다. 이런 유의 사람들에게 숙청, 비밀경찰, 즉결처형, 재판 없는 투옥 등은 너무 동떨어진 이야기라 두려움의 존재가 되지 못했다. 그들은 자유주의를 빼고는 어떤 것도 경험해보지 않았기 때문에 전체주의를 쉽게 받아들일 수 있었던 것이다. 이를테면 오든의 시 〈스페인〉(참고로 이 시는 스페인 내전에 관해 쓴 시들 중 몇 안 되는 훌륭한 시에 속한다)에 나오는 구절을 살펴보자.

젊은이들을 위한 내일, 폭발적으로 증가하는 시인들,
호숫가의 산책, 몇 주간 계속되는 완벽한 교감,
내일 자전거를 타고
여름 저녁 교외를 지나가지만, 오늘은 투쟁한다.

오늘은 죽음의 가능성을 의도적으로 높이고,
필요한 살인의 죄의식을 의식적으로 받아들인다.
오늘은 힘을 소비한다
곧 사라져버릴 얇은 팸플릿을 쓰고 지루한 회의를 하면서.

두 번째 연은 의도적으로 '훌륭한 당원'의 하루 삶을 섬네일 스케치 방식으로 묘사해놓았다. 몇 차례의 정치적 살인을 벌인 아침에 '부르주아적' 후회를 억누르는 10분간의 막간, 급하게 먹는 점심식사, 바쁜 오후시간, 벽에 글을 쓰고 전단지를 뿌리는 저녁 시간, 모두가 의식을 고양시키는 내용이다. 하지만 '필요한 살인' 이라는 구절을 주목해보자. 이 구절은 살인이 고작 하나의 **단어** 에 불과한 사람만이 쓸 수 있다. 개인적으로 나는 살인이라는 말을 그렇게 가볍게 말하지 못한다. 나는 우연히도 살해당한 많은 사람들의 시신을 보아왔다. 전쟁터에서 죽은 것에 관해 말하고자 하는 것이 아니고 살해당한 사람들에 대해 말하는 것이다. 그러므로 나는 살인이 무엇을 뜻하는지 어느 정도 알고 있다(공포, 증오, 울부짖는 친척들, 검시, 피, 냄새). 나에게 살인은 피해야 할 존재이다. 보통 사람들에게도 마찬가지일 것이다. 히틀러와 스탈린은 살인을 필요한 것으로 생각하고 있지만 자신의 냉혹함을 드러내지 않으며, 자신이 하는 행위를 살인이라 말하지 않는다. '청산'이니 '제거'니 혹은 다른 부드러운 말로 대체한다. 만일 우리가 방아쇠를 당길 때 언제나 다른 곳에 있는 그런 유형의 사람이라면 오든의 비도덕 관념을 이해할 수도 있겠다.

　좌파적 사고의 상당 부분은 불이 뜨겁다는 사실을 알지 못한 채 불을 가지고 노는 것과 같다. 1935년에서 1939년 사이에 영국 지식인들이 푹 빠져 있던 전쟁 도발에 관한 이야기는 대체로 군복무를 면제받은 개인적 의식에 바탕을 두고 있었다. 프랑스에서는 전쟁을 바라보는 시각이 아주 달랐는데, 그곳에서는 군복무를 회피하기가 힘들었고 심지어 문학가들도 군용 배낭의 무게를 알고 있었다.

시릴 코널리[37]의 최근 저서인 《약속의 적들》 마지막 부분에 흥미로운 폭로성 구절이 하나 있다. 이 책의 전반부는 거의 현대 문학에 대한 평가가 주를 이루고 있다. 코널리는 정확히 '운동'에 참여한 작가 세대에 속하며 그들의 가치가 곧 그의 가치라는 데는 이의가 없다. 흥미로운 점은 코널리가 산문 작가들 중 폭력을 즐겨 다루는 작가들, 이를테면 헤밍웨이와 같이 거친 미국인 그룹이라고 할 만한 작가들을 칭찬하고 있다는 것이다. 하지만 이 책의 후반부는 자전적 글로 채워져 있는데, 1910년부터 1920년 사이 예비학교와 이튼 시절에 관한 매력적일 정도로 정확한 기록이 담겨 있다. 그는 다음과 같은 글로 끝을 맺고 있다.

이튼을 떠났을 때 나의 감정에서 뭔가를 추론해낸다면 그것은 **영원한 청소년기 이론**이라 부를 수 있을 것이다. 그것은 훌륭한 사립학교에서 소년들이 겪는 경험이 너무도 강렬해서 그들의 삶을 지배하고 그들의 발전을 저해시킬 거라는 이론이다.

위 지문의 두 번째 문장을 읽을 때면 자연스레 오자가 있는지 살펴볼 충동이 일어난다. '않다'라는 말이나 그와 비슷한 어떤 말이 생략되었는지도 모를 일이다. 하지만 조금도 그렇지 않다! 코

---

37 Cyril Vernon Connolly(1903~1974), 영국의 문예비평가, 작가. 1940년부터 1949년까지 〈호라이즌〉 편집장을 지냈다. 오웰과는 세인트 시프리언스와 이튼을 함께 다닌 문학적 절친 사이로, 오웰의 문학 활동에 든든한 버팀목이 되었다.

널리의 말은 진심이다! 그는 반어적 표현으로 진실을 말하고 있을 뿐이다. '교양 있는' 중산층의 삶이 안정된 수준까지 도달한 결과, 사립학교 교육(따뜻한 속물근성에 빠져 있던 5년간)을 사실상 중요한 시기로 되돌아볼 수 있게 된 것이다. 1930년대에 중요시되었던 대부분의 작가들에 대해 코널리가 《약속의 적들》에 기록해놓지 않은 것이 있을까? 언제나 같은 패턴이다. 사립학교, 대학교, 몇 차례의 해외여행에 이은 런던 생활이 기록되어 있다. 기아, 역경, 고독, 망명, 전쟁, 감옥, 박해, 육체노동, 이런 것들은 입에 담기조차 불가능할 것이다. '진정한 좌파'로 알려진 거대 집단이 러시아 정권의 숙청과 오그푸,[38] 그리고 1차 5개년 계획의 공포를 너무 쉽게 용납한 것은 놀랄 일이 아니다. 영광스럽게도 그들은 이 모든 것들이 의미하는 바를 이해하지 못했다.

1937년경 지식층 전체는 정신적으로 전쟁을 치렀다. 좌파 사상은 '반파시즘', 즉 파시즘에 대한 부정적 견해로 좁혀졌고, 독일과 독일에 우호적이라고 추정되는 정치인들을 겨냥한 증오문학이 급류처럼 쏟아져 나왔다. 나에게 있어 스페인 내전에 관해 정말로 두려웠던 것은 내가 목격한 폭력도 아니고 노선 배후에 놓인 정치적 갈등도 아니라, 1차 세계대전의 정신적 분위기가 좌파 집단 안에 갑자기 등장했다는 점이었다. 20년 동안 전쟁 히스

38　OGPU. 구소련의 국가비밀경찰 조직인 연방국가정치보안부.

테리 정도는 아무것도 아니라고 킬킬거렸던 사람들이 1915년이 되자 정신적 수렁 속으로 곧장 빠져들고 말았다. 너무나 익숙한 전시의 어리석은 짓, 첩자 사냥, 정통성에 코를 킁킁거리기(킁킁, 당신은 훌륭한 반파시스트인가?), 믿을 수 없는 잔혹한 이야기 등이 다시 유행하기 시작했는데, 그사이 몇 년 동안 다른 일들은 일어나지 않은 것처럼 보였다. 스페인 내전이 끝나기 전에, 심지어 뮌헨 협정이 있기 전에 몇몇 뛰어난 좌파 작가들이 서서히 움직이기 시작했다. 오든은 말할 것도 없고 전체적으로 스펜더도 내전에 관해 글을 쓰지 않았는데 그들에게 충분히 예상될 수 있는 경향이었다. 그 이후에 감정의 변화와 상당한 당혹감과 혼란이 있었다. 사건들의 실질적 흐름이 지난 몇 년 동안의 좌파 정통성을 무의미하게 만들었기 때문이다. 하지만 큰 통찰력 없이도 좌파 정통성의 많은 부분이 출발부터 말도 안 되는 것이었음을 충분히 알 수 있었다. 그러므로 지난번 것보다 더 나은 정통이 등장하리라는 보장도 없었다.

　1930년대의 문학사는 대체로 작가란 정치를 멀리하는 것이 좋다는 견해를 정당화시키는 것 같다. 정당의 규율을 받아들이거나 일부 받아들이는 작가는 조만간 다른 대안에 맞닥뜨리게 되는데, 이를테면 방침을 따르거나 아니면 입을 다물어야 한다. 물론 방침을 따르면서 글을 계속 쓸 수도 있다. 마르크스주의자라면 누구나 '부르주아' 사상의 자유가 환상이라는 걸 손쉽게 입증할 수 있다. 하지만 입증을 한 뒤에도, 이 '부르주아적' 자유 없이는 창작 능력이 시들어 말라버린다는 심리적 **사실**이 남게 된다. 앞으로 전체주의 문학이 생겨날 수도 있겠지만 우리가 지금 상상할 수 있는 것과는 완전히 다른 문학이 될 것이다. 우리가 알고 있는 문학은 개인적인 것으로 정신적 정직성이 요구되고 최소한의 검열만 이루어지는 것이다. 이것은 운문보다는 산문에 더 많이 해당된다. 1930년대 최고의 작가들이 시인이었다는 것은 우연의 일치가 아니다. 정통주의적 분위기는 언제나 산문에 피해를 주어왔는데, 무엇보다 모든 문학 형태 가운데 가장 무정부적인 소설에 파괴적인 영향을 끼쳤다. 로마가톨릭교도 중에 훌륭한 소설가는 얼마나 있는가? 설령 있다 해도 한 줌밖에 되지 않지만 그나마 모두 엉성한 가톨릭교도들뿐이다. 소설은 실제로 프로테스탄트적인 예술 형태이다. 자유로운 정신과 자발적인 개인의 산물이다. 과거 150년에 걸쳐 상상력이 풍부한 산문이 1930년대만큼 메말랐던 적은 없었다. 좋은 시, 훌륭한 사회 서적, 빛나는 팸플릿 등은 있었지만 약간의 가치라도 지닌 소설은 실제로 없었다. 1933년부터 정신적 풍토는 점점 소설에 반대되는 경향으로 흘러갔다. **시대정신**에 영향을 받을 만큼 민감한 사람들이라면 모두 정치에 관여했다. 물론 모든 사람들이 정치 소동에 관여한 것은 아니었지만 실제적으로 소동의 주변에 머물러 있었고 선전 운동과 지저분한 논쟁에 어느 정도 휘말려 있었다. 공산주의자와 친공산주의자들이 문학평론에서 균형이 맞지 않을 정도로 커다란 영향력을 행세했다. 꼬리표, 슬로건, 회피의 시대였다. 최악의 순간에는 오도 가도 못하는 거짓말의 우리 안에 스스로를 가두어야 했다. 가장 좋은 경우에도 자발적 검열(이 말을 해야만 할까? 친 파시스트적인 표현일까?)이 모든 사람들의 마음속에서 작동하고 있었다. 이런 분위기에서 훌륭한 소설은 결코 나올 수 없다. 훌륭한 소설은 정통의 냄새를 좇는 사람들이나 자신의 비정통에 양심의 가책을 받는 사람들에 의해 나올 수 없다. 훌륭한 소설은 **두려워하지 않는** 사람에 의해 나온다. 이 시점에서 다시 헨리 밀러가 떠오른다.

03

이 시점이 문학 '유파'가 시작될 때라면, 헨리 밀러가 새로운 '유파'의 출발점이 될지도 모르겠다. 아무튼 그는 시계추가 예상하지 못한 방향으로 움직일 것을 보여주고 있다. 그의 작품을 보면 그가 '정치적 동물'에서 탈피해 개인주의적일 뿐 아니라 완전히 수동적인 관점으로 되돌아가고 있다는 걸 알 수 있는데, 세계과정이 자신의 통제 밖에 있고 어떤 경우에도 그것을 통제하고 싶어 하지 않는 사람의 관점이다.

나는 1936년 말에 처음으로 밀러를 만났다. 스페인으로 가기 위해 파리를 지나고 있던 중이었다. 내가 그에 대해 강한 흥미를 느꼈던 부분은 그가 스페인 내전에 관해 전혀 흥미가 없다는 사실이었다. 밀러는 이런 시기에 스페인에 가는 것은 바보 같은 짓이라고 강한 어조로 나에게 말했다. 예컨대 호기심과 같은 순전히 이기적 동기 때문에 스페인에 가는 사람은 이해되지만 의무감 때문에 그런 일에 발을 들여놓는다는 것은 정말로 어리석은 행위라는 거였다. 어쨌든 파시즘에 대항해 싸우고 민주주의를 지키겠다는 나의 생각은 모두 헛소리라고 말했다. 우리 문명이 사라지고 그 대신 인간적이라고 말할 수 없는 너무나 이질적인 어떤 것이 들어설 운명에 놓여 있지만, 그는 그런 전망 따위에는 신경 쓰지 않는다고 말했다.

이런 전망이 그의 작품 전체에 함축되어 있다. 다가올 대격변에 대한 의식이 작품 여기저기에서 발견되지만, 상관없다는 함축적 믿음 또한 도처에 드러나 있다. 내가 알기로 그가 글로써 밝힌 유일한 정치적 선언은 순전히 부정적인 견해였다. 약 일 년 전에 미국 잡지인 〈마르크시스트 쿼털리〉가 미국 작가들에게 전쟁이라는 주제에 관한 태도를 묻는 설문지를 보냈다. 밀러는 극단적인 평화주의 관점에서 대답을 했는데 그것은 전쟁에 반대하는 개인적 의견일 뿐이었고, 다른 사람들에게 자신과 같은 의견을 가지도록 설득하려는 적극적 태도도 보이지 않았다. 그의 답변은 실질적으로 무책임한 선언이었다.

하지만 무책임의 종류도 여러 가지가 있다. 대체로 자신과 당대의 역사과정을 동일시하고 싶지 않은 작가는 역사과정을 무시하거나, 아니면 그것에 맞서 싸운다. 그런데 역사과정을 무시할 수 있다고 생각한다면 아마 바보짓일 것이다. 그리고 역사과정을 잘 이해해 그것에 맞서 싸우기를 원하는 작가라면 승리할 수 없을 거라는 전망을 가지고 있을 것이다. 이를테면 〈학자 집시〉[39] 같은 시를 보라. 마지막 연에는 '현대 삶의 낯선 질병'에 대한 비난과 감명 깊은 패배주의자적인 직유가 들어 있다. 이 시는 흔한 문학적 태도 중 하나를 보여주는데, 어쩌면 사실상 지난 100년 동안 퍼져 있던 태도일 것이다. 다른 한편 쇼-웰스 유형의 긍정론자인 '진보주의자들'이 있다. 그들은 언제나 앞으로 달려가 자기 투영을 미래라고 착각하며 포옹하고 있다. 대체로 1920년대의 작가들은 첫 번째 노선을 취했고 1930년대의 작가들은 두 번째 노선을 취했다. 그리고 어느 시기든 무슨 일이 일어나는지 도통 모르는 배리[40] 부류, 디핑 부류, 델 부류 같은 거대 집단도 당연히 존재하고 있다. 밀러의 작품이 이런 태도 모두와 거리를 두고 있다는 점은 징후로서 중요성을 띠고 있다고 말할 수 있다. 그는 세계과정을 전진시키지도 않고 후퇴시키지도 않았지만 그렇다고 그 문제를 결코 도외시하지도 않았다. 내가 보기에 그는 눈앞에 닥친 서구 문명의 파멸을 '혁명적'인 대다수의 작가들보다 더 확고히 믿었는데, 다만 그것에 관해 무언가를 해야 한다는 의무감 같은 것은 느끼지 않았던 것이다. 그는 로마가 불타고 있는 동안 빈둥거리긴 해도, 빈둥대는 대다수의 사람들과는 달리 얼굴만은 화염을 향하고 있었다.

---

39 The Scholar Gipsy, 아놀드(Matthew Arnold)가 1853년 발표한 시.
40 James Matthew Barrie(1860~1937), 영국의 소설가·극작가.《피터 팬》으로 크게 인기를 얻었다.

《맥스와 하얀 포식세포》에는 작가가 다른 누군가에 관해 이야기하는 동안 상당 부분 자신의 이야기를 들려주는 대목이 있다. 이 소설에는 아직 출간되지 않은 아나이스 닌[41]의 일기에 관한 긴 에세이가 들어 있는데, 나는 전부 읽어보지 않고 몇 대목만 읽어보았다. 밀러는 (여성적 글쓰기가 무엇을 의미하든 간에) 이 일기가 바로 지금까지 나온 것 중에 유일하게 진정한 여성적 글쓰기라고 주장하고 있다. 하지만 나의 관심을 끄는 부분은 그가 닌(분명히 그녀는 완전히 주관적이고 내성적인 작가이다)을 고래 뱃속에 있는 요나에 비유한 대목이다. 밀러는 올더스 헉슬리가 몇 년 전에 엘 그레코의 그림 〈필립 2세의 꿈〉에 대해 쓴 에세이를 지나가는 말로 언급했다. 헉슬리는 엘 그레코의 그림에 나오는 인물들이 언제나 고래 뱃속에 있는 것처럼 보인다고 언급하며, '몸속 감옥'에 있다는 관념에는 특이하게도 무서운 뭔가가 있다고 단언하고 있다는 것이다. 밀러는 고래에게 잡아먹히는 것보다 더 끔찍한 일이 많다고 반박하고 있는데, 이 구절은 밀러가 그 관념을 얼마나 매력적으로 여기는지를 여실히 보여준다. 여기서 그는 어쩌면 널리 알려진 판타지라 할 수 있는 이야기를 들려주고 있다. 모든 사람들, 적어도 영어권에 있는 모든 사람들은 요나와 **고래**에 대해 줄곧 말하고 있다는 것에 주목할 필요가 있다. 물론 요나를 삼킨

---

41 Anaïs Nin(1903~1977), 프랑스 태생의 미국 작가. 1930년대에 파리에서 지내면서 헨리 밀러 부부와 가깝게 지냈으며, 밀러의 연인이기도 했다.

것은 물고기이며, 성서(요나서 1장 17절)에도 그렇게 묘사되어 있다. 하지만 아이들은 당연히 물고기와 고래를 혼동하며 그러한 아이들의 말은 어른이 되어도 습관적으로 이어진다(어쩌면 요나 신화가 우리의 상상력을 사로잡았다는 의미일 것이다). 사실 고래 뱃속에 있는 것은 집처럼 편안하고 아늑할 거라고 여겨진다. 그렇게 불러도 좋을지 모르지만 역사 속의 요나는 기꺼이 고래 뱃속으로 도망쳤으나, 수많은 사람들은 상상이나 몽상 속에서 그를 부러워하고 있다. 물론 이유는 분명하다. 고래 뱃속은 어른도 들어갈 만큼 큰 자궁이다. 우리에게 꼭 맞는 이 어둡고 푹신한 공간에서는 우리와 현실 사이에 몇 미터의 지방이 끼어 있어 바깥에 **무슨 일이 일어나든** 상관없이 완전히 무관심한 태도를 유지할 수 있는 것이다. 세계의 모든 전함을 침몰시킬 수 있을 만큼의 폭풍우도 우리에게는 메아리로도 전달되지 않을 것이다. 심지어 어쩌면 고래 자신의 움직임도 감지할 수 없을 것이다. 고래가 수면의 파도 속에서 뒹굴거나 바다의 깊은 어둠 속으로 돌진해 내려가더라도(허먼 멜빌에 의하면 1.5킬로미터는 내려간다고 한다) 우리는 그 변화를 결코 느끼지 못한다. 죽지 않는 한 그곳은 어느 것도 능가할 수 없는 무책임의 마지막 단계이다. 아나이스 닌에 관한 이야기일지 모르지만, 밀러 자신도 고래 뱃속에 있다는 데는 의심의 여지가 없다. 그의 가장 특징적이고 뛰어난 구절들은 모두 요나의 시각에서 쓰였다. 밀러는 특별히 내성적이지 않고 오히려 그 반대이다. 밀러의 경우 공교롭게도 고래는 투명했다. 다만 그는 자신이 겪고 있는 과정을 바꾸거나 통제하려는 충동을 느끼지 않았을 뿐이다. 그는 순전히 삼켜지도록 몸을 맡긴 요나의 기본 행동을 수행하며, 현실을 **받아들이는** 수동적인 자세를 유지했다.

밀러의 이런 태도가 어떻게 결말이 날지는 곧 알게 될 것이다. 이는 정적주의의 일종으로, 신비주의로 이어지는 완전한 불신 아니면 약간의 믿음을 함축한다. 이런 태도는 '관심 없어' 혹은 '그분이 나를 죽일지라도 나는 그분을 신뢰할지니'[42] 같은 식인데 독자들은 어느 쪽으로 보든 관계없다. 실질적인 목적에서는 양쪽 모두 같은 것으로 '가만히 있으라'는 도덕이 담겨져 있다. 하지만 우리 시대에 이런 태도는 용서받을 수 있을까? 이런 질문을 억제하는 것은 거의 불가능하다. 이 글을 쓰는 순간에도 우리는 책이란 언제나 긍정적이고 진지하고 '건설적'이어야 한다는 걸 당연히 여기는 시대에 살고 있다. 12년 전이었다면 이런 생각은 비웃음을 샀을 것이다("숙모, 글은 무엇에 대해 쓰는 게 아니고 그냥 **쓰는** 거예요"). 그 후 시계추는 예술이란 기법에 불과하다는 경솔한 생각에서 멀어지기 시작했다. 하지만 너무 멀리 떨어져, 책은 삶에 대한 '진실한' 비전을 기반으로 해야만 '훌륭한' 것이라는 주장으로까지 확대되었다. 이렇게 믿는 사람들은 당연히 자신들이 진

---

42 구약성서 욥기 13장 15절에 "그가 나를 죽이시리니 내가 희망이 없노라 그러나 그의 앞에서 내 행위를 아뢰리라"는 내용이 있다.

실을 쥐고 있다고 믿게 되는 것이다. 이를테면 가톨릭교도 비평가들은 가톨릭교 성향을 띠어야만 '훌륭한' 책이라고 주장하는 경향이 있다. 마르크스주의 평론가들은 마르크스주의적 책에 대해 더 대담하게 똑같은 주장을 할 것이다. 예를 들어 에드워드 업워드는《속박당한 마음》에 들어 있는 〈문학의 마르크스주의적 해석〉에서 다음과 같이 말하고 있다.

마르크스주의를 지향하는 문학비평은 …(중략)… 요즈음 마르크스주의나 그에 가까운 관점에서 쓰이지 않은 책은 '훌륭한' 작품이 될 수 없다고 주장해야 한다.

여타 작가들도 이와 비슷하거나 비교될 만한 의견을 내놓았다. 업워드는 '요즈음'이라는 단어를 굵은 글씨로 강조했다. 이를테면 셰익스피어가 마르크스주의자가 아니라는 이유로《햄릿》을 배척할 수 없다는 걸 깨달았기 때문이다. 그럼에도 불구하고 업워드의 흥미로운 에세이는 이런 어려움에 잠깐 눈길을 줄 뿐이다. 과거에서부터 우리에게 내려오는 많은 문학 작품들은 지금 우리들에게 거짓처럼 보이거나 어떤 경우에는 경멸스러울 정도로 어리석은 믿음(예컨대 영혼 불멸에 대한 믿음)이 침투되어 있으며, 실제로 그런 믿음을 바탕으로 하고 있다. 그러나 생존 여부를 기준으로 삼는다면 이런 작품은 '훌륭한' 문학이다. 업워드는 수백 년 전에 적합했던 믿음이 지금은 부적절한 믿음이 되어버려 사람들을 멍청하게 만들고 있다고 분명히 대답할 것이다. 그렇다고 그의 대답이 더 이상 나아가지는 못한다. 어느 시대든 진실에 가까운 **하나의** 믿음 체계가 있고, 당대의 훌륭한 문학은 대체로 이 믿음 체계와 조화를 이룬다고 가정하기 때문이다. 그런데 실제로 그런 일치를 보인 적은 없었다. 예컨대 17세기 영국에는 오늘날의 좌파와 우파의 반목과 상당히 유사한 종교적·정치적 분열이 있었다. 되돌아보면 대다수의 현대인들은 부르주아 청교도 관점이 봉건 가톨릭 관점보다 진실에 더 가깝다고 느낄 것이다. 하지만 당시의 모든, 혹은 다수의 뛰어난 작가들은 청교도가 아니었다.

뿐만 아니라 시대를 막론하고 '훌륭한' 작가지만 그의 세계관이 잘못되고 어리석은 것으로 여겨지는 경우도 있다. 에드거 앨런 포가 그 예이다. 포의 세계관은 기껏해야 거친 낭만주의이고, 최악일 경우에는 문학의 임상적 의미에서 미친 것이라 할 수 있다. 그렇다면 〈검은 고양이〉, 〈숨길 수 없는 마음〉, 〈어셔 가의 몰락〉 등과 같은 단편은 미치광이가 썼을 가능성이 꽤 높은데도 왜 거짓된 느낌이 들지 않는가? 이 작품들은 어떤 틀 안에서는 사실이기 때문에 일본 그림처럼 나름대로의 고유한 세계를 지키고 있다. 하지만 그런 세계에 관해 글을 성공적으로 쓰기 위해서는 그것을 믿어야만 하는 것이다. 내 생각에는 포의 《단편집》과, 진실하지 않은 시도지만 비슷한 분위기를 만들려고 했던 줄리앙 그린의 《자정》을 비교해본다면 그 차이를 금세 알 수 있다. 《자정》을 읽자마자 드는 느낌은 작품 속의 사건들이 왜 일어나는지에 대한 이유가 없다는 점이다. 모든 게 완전히 자의적인데, 이를테면 감정적인 연결성이 없다. 하지만 포의 이야기에서는 그런 느낌이 **전혀** 들지 않는다. 포의 단편의 완벽한 논리는 그 자체의 환경에서는 놀라운 설득력을 지니고 있다. 이를테면 술주정뱅이가 검은 고양이를 잡아 주머니칼로 눈을 오려낼 때 우리는 그 이유를 정확히 알고 있으며, 심지어 우리도 똑같이 했을 것이라고 느끼기까지 한다. 그러므로 독창적 작가에게는 '진실'보다는 감정적인 진심이 더 중요한 것 같다. 업워드도 작가에게 마르크스주의 훈련 빼고는 아무것도 필요 없다고는 주장하지 않을 것이다. 작가에겐 재능도 필요하다. 하지만 재능이란 분명히 관심을 가질 수 있는가, 다시 말해 믿음이 사실이든 거짓이든 그것을 정말로 **믿는가** 하는 문제이다. 이를테면 셀린과 이블린 워의 차이는 감정의 강도 차이이다. 그것은 진정한 절망과 적어도 부분적으로 그런 척하는 절망 사이의 차이이다. 그리고 이것과 더불어 어쩌면 다소 명확하지는 않지만 또 다른 고려사항이 있는데, 그것은 '사실이 아닌' 믿음이 '사실인' 믿음보다 더 진심으로 간직될 것 같은 경우이다.

1914년에서 1918년 사이의 전쟁에 관한 개인적 회상을 적은 책들을 살펴볼 때, 시간이 흘러도 여전히 읽힐 만한 책들은 거의 모두 수동적이고 부정적인 관점에서 쓰였다. 그런 책들은 전혀 의미 없는 것들과 텅 비어 있는 곳에서 벌어지는 악몽에 대한 기록이다. 전쟁에 관해서는 진실이 아니고 개인적 반응에 대해서는 진실이었다. 기관총의 집중포화를 뚫고 전진하거나 물이 허리까지 찬 참호에 서 있는 병사는, 자기로서는 손을 전혀 써볼 도리가 없는 끔찍한 일을 겪고 있다는 것만 알 뿐이다. 이런 병사는 한 눈으로 전체적인 것을 보는 척하는 능력에서가 아니라 그의 절망감과 무지를 통해 더 좋은 책을 쓸 수 있는 것 같다. 전쟁 동안 쓰인 책들 중에서 가장 훌륭한 것은 거의 대부분 전쟁에 등을 돌려 무슨 일이 벌어지고 있는지 알려고 하지 않는 사람들이 쓴 작품들이다. E. M. 포스터는 1917년에 엘리엇의 〈프루프록의 연가〉와 다른 초기 시들을 어떻게 읽었는지, 그리고 그런 시기에 '투철한 공공심에서 자유로운' 시들을 발견한 것이 얼마나 고무적이었는지를 묘사했다.

이 시들은 개인적 혐오, 수줍음, 그리고 매력적이지 않거나 약하기 때문에 진실해 보일 것 같은 사람들에 대해 노래하고 있다 …(중략)… 이것은 하나의 항의, 연약한 항의, 희미하기에 더욱 마음에 드는 항의이다 …(중략)… 옆으로 비켜나 숙녀와 거실에 대해 불평할 수 있는 사람은 우리의 최소한의 자존감을 지켜 냈으며 인류의 유산을 계속 전해주고 있다.

이것은 매우 탁월한 평가이다. 맥니스는 앞서 언급한 책에서 포스터의 위 구절을 인용하면서 의기양양하게 아래와 같이 덧붙이고 있다.

10년 후 시인들의 항의는 연약하지 않았고 인류의 유산은 다소 다른 방향으로 흘러갔다 …(중략)… 분열된 세계에 대한 사색이 지루해지자 엘리엇의 계승자들은 이 분열된 세계를 정리하는 데 관심이 있었다.

맥니스의 책 여기저기에 비슷한 언급이 발견되고 있다. 맥니스는 연합군이 힌덴부르크선(線)[43]을 공격했을 때, 엘리엇의 후계자들(맥니스와 그의 동료들)이 〈프루프록의 연가〉를 발표했던 엘리엇보다 어떤 면에서는 더 효과적으로 '항의'했다고 우리가 믿기를 바라고 있다. 나는 이 '항의'를 어디에서 찾을 수 있는지 모르겠다. 하지만 포스터의 논평과 맥니스의 논평의 대조에는 1914~1918년 전쟁이 어떠했는지 아는 사람과 거의 기억하지 못하는 사람의 차이가 있다. 사실 1917년에 분별력 있고 감성적인 사람이 할 수 있는 것은 가능한 한 오직 인간적으로 남아 있는 길밖에는 없었다. 그리고 절망의 몸짓, 심지어 경박함의 몸짓이 인간적으로 남아 있는 최선의 방법이었는지도 몰랐다. 내가 1차 세계대전에서 전투를 벌이는 병사였더라면 《최초의 10만 명》이나

---

[43] 1차 세계대전 당시 1916년에서 1917년 겨울에 독일군이 프랑스 릴(Lille)에서 동남쪽 메츠(Metz)에 이르는 프랑스와의 국경 가까이에 구축한 요새선.

호레이쇼 보텀리의 《참호 속의 소년에게 보내는 편지》보다는 〈프루프록의 연가〉를 집어 들었을 것이다. 나는 분명히 포스터와 마찬가지로 엘리엇이 멀리 떨어져서 전쟁 전의 정서를 그대로 간직함으로써 인류의 유산을 계승하고 있다고 느꼈을 것이다. 그런 시기에 대머리 중년 지식인의 머뭇거림에 관한 글을 읽는다는 게 얼마나 큰 안도감을 주겠는가! 총검술 훈련과는 너무나 다르지 않은가! 폭탄, 식량배급 줄, 신병모집 포스터 등이 끝난 뒤에 들리는 인간의 목소리 아닌가! 얼마나 큰 안도감인가!

결국 1914~1918년 전쟁은 계속되어온 위기가 고조된 순간에 불과했다. 오늘날 군이 전쟁이 아니더라도 우리 사회가 분열되고 모든 점잖은 사람들이 점점 무기력에 빠지는 걸 절실히 느낄 수 있다. 이런 이유 때문에 나는 헨리 밀러의 작품에 함축된 수동적이고 비협조적인 태도가 정당화될 수 있다고 생각한다. 사람들이 느껴야 **하는** 감정을 표현했든 하지 않았든 간에 이 소설은 어쩌면 사람들이 느끼고 **있는** 감정에 가깝게 접근해 있을 것이다. 폭탄이 터지는 가운데서도 인간의 목소리, 이를테면 '투철한 공공심에서 자유로운' 미국인의 친근한 목소리가 다시 들린다. 설교도 없고 단지 주관적인 진실이 있을 뿐이다. 그리고 이런 방향을 계속 따른다면 분명히 훌륭한 소설을 쓸 가능성은 여전히 있다. 반드시 의식을 고양시키는 소설은 아니더라도 읽을 가치가 있고 읽은 뒤에 기억에 남을 만한 소설을 쓸 수 있을 것이다.

내가 이 에세이를 쓰고 있는 동안 유럽 전쟁이 또 다시 일어났다. 이번 전쟁은 몇 년간 계속된 후 서구 문명을 산산조각 내거나, 아니면 결론 없이 끝나 최종적으로 모든 것을 끝내게 될 또 다른 전쟁을 준비시킬 것이다. 하지만 전쟁이란 '격렬해진 평화'일 뿐이다. 전쟁이 일어나든 일어나지 않든, 작금에 명백하게 벌어지고 있는 것은 자유방임적 자본주의와 자유주의 기독교 문화의 붕괴이다. 최근까지 이것이 의미하는 함축은 완전히 예견되지 못했다. 사회주의가 자유주의의 분위기를 보존하고 심지어 확대시킬 거라는 생각이 퍼져 있었기 때문이다. 그런데 이제 이런 생각이 얼마나 거짓이었는지를 깨닫기 시작하고 있다. 우리는 거의 확실히 전체주의 독재 시대로 들어가고 있다. 이를테면 사상의 자유가 처음에는 치명적인 죄악이 되다가 나중에는 의미 없는 추상이 되는 시대가 올 것이다. 자율적인 인간은 짓밟혀 존재하지 않을 것이다. 하지만 이것은 우리가 알고 있는 형태로서의 문학이 적어도 일시적인 죽음을 겪어야 한다는 걸 의미한다. 자유주의 문학은 끝나가고, 전체주의 문학은 아직 도래하지 않았지만 상상하기 힘들다. 작가로서는 녹는 빙하에 앉아 있는 셈이다. 다시 말해 작가는 시대착오적인 사람이며, 부르주아 시대의 쓸모없는 유물이고, 하마처럼 운명 지어진 존재이다. 밀러는 나에게 탁월한 사람으로 비친다. 그 이유는 그가 동시대의 사람들보다도 훨씬 앞서서, 그들 중 많은 사람들이 문학의 르네상스에 관해 지껄여대고 있을 때 이미 이 사실을 직시하고 깨달았기 때문이다. 윈덤 루이스는 몇 년 전에 영어의 주된 역사는 끝났다고 말한 적이 있다. 하지만 그는 좀더 사소한 다른 이유로 이런 주장을 했다. 그러나 지금부터 창조적인 작가들에게 지극히 중요한 사실은 이제는 작가들의 세상이 아니라는 것이다. 그렇다고 작가가 새로운 사회를 만드는 데 도움을 줄 수 없다는 뜻은 아니고 **작가로서** 그 과정에 참여할 수 없다는 의미다. 작가는 자유주의자인데 지금 자유주의가 파괴되고 있기 때문이다. 그리하여 언론의 자유가 남아 있는 몇 년 동안 읽을 가치가 있는 소설은 전부 대체로 밀러가 추구했던 방향을 따라갈 것이다. 기법이나 주제 면에서가 아니고 작품이 함축하는 세계관에서 그렇게 될 것이다. 수동적인 태도가 다시 등장할 것인데 예전보다도 더 의식적으로 수동적이될 것이다. 진보와 반동은 모두 사기로 드러났다. 정적주의 말고는 남아 있는 게 없는 듯하다. 이를테면 현실에 그저 복종함으로써 현실의 공포를 없애는 것이다. 고래 뱃속으로 들어가라, 아니면 고래 뱃속에 있다는 걸 인정하라(물론 **실제로** 고래 뱃속에 있기 때문이다). 자신을 세계과정에 맡겨라. 세계과정에 맞서 싸우거나 통제하는 척하지 마라. 그저 세계과정을 받아들이고 감내하고 기록하라. 민감한 소설가라면 이것이 바로 지금 채택할 공식인 것 같다. 보다 적극적이고 '건설적인' 노선을 바탕으로 하면서 감정적 면에서 가짜가 아닌 소설은 현재로선 상상하기 어렵다.

그렇다면 이 말이 밀러가 '위대한 작가', 즉 영어 산문의 새로운 희망이라는 뜻일까? 그런 말은 아니다. 밀러 자신도 그런 주장을 하지도 않았고 원치도 않을 것이다. 분명코 그는 글을 계속 쓸 것

이고(한번 글을 쓰기 시작한 사람은 변함없이 계속 쓴다) 거의 같은
경향을 지닌 많은 작가들, 이를테면 로렌스 더럴[44], 마이클 프랜
켈[45]을 위시한 다른 작가들과 관계를 맺으며 거의 하나의 '유파'
를 형성할 것이다. 하지만 내가 보기에 밀러 자신은 본질적으로
같은 성향의 작품을 쓰는 사람이다. 조만간 그는 난해함 때문에
내리막을 걷거나 엉터리로 전락할 것으로 예상된다. 이후에 나온
작품들에서 이 두 가지 징후가 보인다. 나는 그의 가장 최근 소
설인《남회귀선》을 아직 읽어보지 않았다. 읽고 싶지 않기 때문
이 아니고 경찰과 세관 당국으로 인해 지금까지 그 책을 입수하
지 못하고 있기 때문이다. 하지만 나는 이 작품이《북회귀선》이
나《검은 봄》서두 부분에 근접한 수준이라면 놀랄 것이다. 다른
자전적 소설가들과 마찬가지로 밀러는 자신 안에서 한 가지만을
완벽히 해내는 역량이 있었고, 또 그렇게 했다. 1930년대의 소설
이 어떠했는지를 고려해 볼 때 밀러의 성취는 대단한 것이다.

밀러의 작품들은 파리에 있는 오벨리스크 출판사에서 출간되
었다. 전쟁이 일어나고 발행인인 잭 카하네가 죽었으니 그 출판
사에 앞으로 무슨 일이 일어날지는 잘 모르겠지만, 아무튼 밀러
의 작품은 구할 수 있을 것이다. 나는 밀러의 작품을 읽어보지 않
은 사람들에게《북회귀선》만큼은 읽어보라고 진심으로 권하고

---

44 Lawrence Durrell(1912~1990), 아일랜드 혈통의 영국 소설가이자 여행기 작가.
45 Michael Fraenkel(1896~1957), 1차 세계대전 후 프랑스로 망명한 미국 작가. 사상
적·성적 자유가 미국보다 프랑스에 더 많다고 주장했다.

싶다. 약간의 기지를 발휘하거나 정가보다 약간 더 준다면 그 책을 입수할 수 있을 것이며, 설령 몇몇 부분에서 혐오감이 든다 하더라도 그 책은 우리의 기억에 남아 있을 것이다. 또한 이 소설은 일반적으로 통용되는 의미와 다른 의미에서 '중요한' 책이다. 대체로 소설은 이런저런 것을 '지독할 정도로 고발'하거나 기법상의 혁신을 도입할 때 '중요하다'고 여겨진다. 그런데 《북회귀선》은 이 두 가지 경우 중 어디에도 해당되지 않는다. 《북회귀선》은 징후적인 경우에서만 중요하다. 밀러는 내가 보기에 지난 몇 년 동안 영어권에 등장한 작가들 중 유일하게 어느 정도의 가치를 지녔고, 상상력이 있는 산문 작가이다. 내 말이 좀 과장되었다고 반대할 수도 있겠지만, 밀러가 한번 슬쩍 보는 것 이상의 가치를 지니고 있고 평범함을 초월한 작가, 그러면서도 결국 요나에 불과하며 악을 수동적으로 받아들이는 사람, 시체들 속에 있는 일종의 휘트먼 같은 사람으로 철저하게 부정적이고, 비건설적이고, 비도덕적 작가라는 점이 결국은 인정받게 될 것이다. 징후적으로 볼 때 이 소설은 영국에서 매년 5000권의 소설이 출간되고 그중 4900권이 시시한 글이라는 단순한 사실보다 더 중요하다. 이 작품은 세상이 뒤집혀 다시 새로운 형태가 나타날 때까지는 어떤 중요한 문학도 불가능하다는 것을 입증하고 있는 것이다.

— 1940년, 〈산문과 시의 새로운 방향

(*New Directions in Prose and Poetry*)〉

아돌프 히틀러의《나의 투쟁》

오웰은 1940년 한 해에만 100권 이상에 대한 서평을 썼다.
"요즘 비평을 쓸 때 타자기 앞에 앉아서, 바로 타이핑한다."고
말할 정도로 비평의 달인이 되어 있었다.
이 서평도 이때 쓴 것이다.

일 년 전 허스트 앤 블랙켓[1]에서 출간한《나의 투쟁》무삭제판이 친(親)나치 관점에서 편집되었다는 것은 상황이 빨리 진행되고 있다는 증거이다. 역자 서문과 주석의 의도는 분명히 이 책의 잔인성을 완화시키고 히틀러를 가능한 호의적으로 묘사하기 위함일 것이다. 당시에 히틀러는 여전히 존경받고 있었기 때문이다. 그는 독일 노동운동을 분쇄했고, 재산 소유층 사람들은 뭐든 그를 용서하고 있었다. 좌파와 우파 모두 국가사회주의는 보수주의의 한 형태에 불과하다는 얄팍한 생각으로 서로 의견 일치를 보이고 있었다.

---

1 Hurst and Blackett, 1812년 설립된 영국의 출판사. 허친슨(Hutchinson)에 인수되었다가 나중에 랜덤하우스(Random House)로 넘어갔다.

그런데 갑자기 히틀러는 존경할 만한 사람이 전혀 아니라고 밝혀졌다. 이에 따른 하나의 결과로서, 허스트 앤 블랙켓은 이 책의 모든 수익금을 적십자사에 기부할 거라는 설명을 단 표지를 새롭게 씌워 재발간했다. 그럼에도 불구하고, 《나의 투쟁》의 내재적 증거에 대해 말하자면 히틀러의 목표와 주장에 정말로 중요한 변화가 있었다고 믿기가 어렵다. 그가 1, 2년 전에 언급한 것과 그보다 15년 전에 언급한 것들을 비교해볼 때, 우리의 관심을 끄는 것은 그의 경직된 정신, 다시 말해 그의 세계관이 그 자리에 그대로 머물러 있다는 것이다. 그의 세계관은 한 편집광의 고착화된 시각으로, 무력 외교의 일시적 움직임에 의해 크게 영향을 받을 것 같지 않다. 어쩌면 히틀러 자신이 볼 때 독소 불가침조약은 시간표 변경에 불과한 것이다. 《나의 투쟁》에 기술되어 있는 이 계획은 일차적으로 러시아를 박살내고 그 후 영국을 분쇄하는 함축적 의도를 담고 있다. 지금 밝혀지고 있듯이 독일은 일차적으로 영국을 상대해야 한다. 러시아는 영국보다 더 쉽게 매수될 수 있기 때문이다. 하지만 영국이 고려되지 않을 때 러시아 차례가 올 것이다.[2] 분명히 이것은 히틀러가 본 관점이다. 물론 결과가 그렇게 되든 그렇지 않든 간에 그건 별개의 문제이다.

히틀러의 계획이 실행될 수 있다고 가정해보자. 그의 야욕은

---

2   나치 독일은 1940년 9월 7일부터 런던을 폭격하기 시작했고 1941년 6월 22일에 소련을 침공했다.

지금부터 100년 후 '넓은 거실'(이를테면 아프가니스탄이나 그 주변지역까지 확대된)을 갖춘 인구 2억5천만 명의 거대 국가를 만드는 것이다. 이런 국가는 본질적으로 전쟁터에 내보내기 위해 젊은이들을 훈련시키고 새로운 총알받이를 위해 끊임없이 아이를 낳게 하는 것 빼고는 아무 일도 일어나지 않는 정말로 허황한 제국이라 할 수 있다. 그는 이런 무모한 꿈을 어떻게 실행할 수 있을까? 한때 그는 기업가들로부터 후원을 받았으며, 그들은 그를 사회주의와 공산주의를 박살낼 수 있는 사람으로 보았던 것 같다. 그들은 히틀러가 어떤 거창한 운동을 실행에 옮기지 않았더라면 그를 후원해주지 않았을 것이다. 다시 한 번, 700만 명이 실업상태에 놓여 있는 독일의 상황은 확실히 선동정치가들이 판을 칠 수 있는 방향으로 흐르고 있다. 하지만 히틀러 자신의 인격에 매력이 없었더라면 그는 많은 정적을 누르고 승리할 수 없었을 것이다. 사람들은 《나의 투쟁》의 서툰 글쓰기에서조차도 그의 인격을 느끼고 있으며, 그의 연설에서는 그 점이 분명 더욱 강력히 드러난다. 나는 지금까지 히틀러를 결코 싫어해본 적이 없다고 말하고 싶다. 그가 권력을 잡은 이후로(그때까지 나는 대다수의 사람들처럼 그가 그다지 중요한 인물이 아니라고 속아 넘어가 있었다) 나는 그가 내 옆에 있다면 그를 죽여버릴 거라고 생각하고 있지만, 개인적 원한 관계는 없다. 사실 그에게는 매력적인 뭔가가 있다. 그의 사진을 보면 그것을 느낄 수 있다. 특히 허스트 앤 블랙켓판 첫 페이지에 실린 나치 돌격대 초기의 사진을 보면 금세 알 수 있다. 이 사진에 나오는 히틀러의 얼굴은, 용서할 수 없는 비행으로 고통받고 있는 사람 혹은 애처로운 개의 얼굴처럼 보인다. 다른 한편으로 마치 십자가에 못 박힌 그리스도의 표정을 좀 더 남성적인 방식으로 재현하고 있는 듯하며, 히틀러 자신도 스스로를 그렇게 생각하고 있는 게 분명하다. 그가 우주에 대해 불만을 터뜨린 애초의 개인적 이유가 무엇인지는 추측만 할 뿐이지만, 아무튼 그 불만은 이 사진 속에 나타나 있다. 그는 순교자요, 희생자요, 바위에 사슬로 묶여 있는 프로메테우스요, 불가능한 일에 맞서 홀로 투쟁하는 자기희생적 영웅이다. 쥐 한 마리를 죽이더라도 그는 그것이 사람들의 눈에 용처럼 비치게 하는 법을 알고 있을 것이다. 사람들은 나폴레옹의 경우처럼, 그가 승리할 수는 없지만 어쨌든 싸울 만한 가치가 있는 운명에 맞서 싸우고 있다고 느낀다. 이런 모습의 매력은 물론 엄청나다. 우리가 보는 영화의 절반 정도가 이런 주제를 담고 있다.

또한 히틀러는 삶에 있어 쾌락주의적 태도의 허위를 완벽히 이해하고 있다. 지난 전쟁[3] 이후 거의 모든 서구 사상, 특히 '진보' 사상은 인간이 용이함, 안전, 고통 회피 이외에는 어떤 것도 바라지 않는다고 하는 암묵적 태도를 취하고 있다. 예컨대 삶에 대한 이런 견해에는 애국주의라든지 군사적 미덕이 들어갈 틈이 없다. 사회주의자들은 자식이 양철로 만든 장난감 병정을 가지고 노

---

3 1차 세계대전을 가리킨다.

는 것을 보면 대체로 속이 상할 테지만, 그 양철 병정들의 대용품
은 결코 생각해낼 수 없을 것이다. 그리고 양철 장난감 평화주의
자들은 쓸모가 없을 것이다. 그런데 히틀러는 자신의 기쁨 없는
정신 상태에서 뛰어난 능력으로 이것을 느끼기 때문에 인간들
은 안락, 안전, 노동시간, 위생, 산아 제한, 상식 같은 것만을 원
하지 않는다는 걸 알고 있다. 그들은 또한 적어도 북, 깃발, 충성
퍼레이드는 말할 것도 없이 힘과 자기희생을 간간히 원한다는 것
이다. 파시즘과 나치즘이 경제이론으로서는 어떨지 몰라도, 정
신적인 면에서는 삶의 쾌락주의 관점보다 훨씬 건전하다는 것이
다. 어쩌면 스탈린의 군국화된 사회주의 형태도 같을지 모르겠
다. 세 명의 독재자들[4]은 모두 국민들에게 견딜 수 없는 부담을 지
움으로써 자신의 권력을 강화한다. 반면 사회주의와, 썩 내키진
않지만 자본주의는 '당신에게 즐거운 시간을 제공한다'고 사람
들에게 말해왔다. 히틀러는 '당신에게 고통, 위험, 죽음을 제공한
다'고 말해왔다. 그 결과 국가 전체는 그의 발밑으로 달려들어 아
첨하고 있다. 어쩌면 그들은 나중에 전쟁이 끝나갈 무렵 이 말에
염증을 느껴 생각을 바꿀 것이다. 몇 년 간의 학살과 굶주림이 있
은 후에는 '최대 다수의 최대 행복'이 훌륭한 슬로건이 될 테지만,
이 순간은 '끝없는 두려움보다 두려움 있는 끝이 더 낫다'는 것이
대세이다. 우리는 이 말을 만든 사람에 맞서 싸우고 있기 때문에,

---

4 히틀러, 스탈린, 무솔리니를 가리킨다.

이 말의 감정적 호소를 과소평가해서는 안 된다.

- 1940년 3월 21일, 〈뉴 잉글리시 위클리(*New English Weekly*)〉

시민들을 무장시켜라

2차 세계대전 중 독일의 공격에 대비하기 위해
오웰이 나름대로 제안한 방법을 적은 글이다.

영국이 앞으로 며칠이나 몇 주 이내에 공격받으리라는 것은 거의 확실하며, 해군에 의한 대규모 침략이 쉽게 예상된다. 이런 시기에 우리의 슬로건은 **시민들을 무장시켜라**가 되어야 한다. 내게 독일의 침략을 격퇴하는 문제 전반을 다룰 만한 능력은 딱히 없지만, 프랑스에서의 군사작전과 최근의 스페인 내전은 두 가지 사실을 분명히 말해주고 있는 듯하다. 하나는 일반 시민들이 무장하지 않고 있을 때 낙하산 부대, 자전거 부대, 탱크 부대는 끔찍한 피해를 입힐 뿐만 아니라 주적(主敵)을 공격해야 하는 대규모 정규부대를 무력화시킬 수 있다는 점이다. 다른 하나는(스페인 내전에서 드러났는데) 시민들을 무장시키는 이점이 무기를 나쁜 자들의 손에 쥐어주는 위험보다 훨씬 더 크다. 전쟁이 시작된 이래로 보궐선거 결과를 보면 영국의 일반 시민들 중 극히 일부만

이 불만을 드러내고 있고, 상당수는 이미 불만을 거두어들이고 있는 상태이다.

시민들을 무장시켜라는 말은 그 자체로는 모호한 문구인데, 물론 나로서는 어떤 종류의 무기가 즉시 지급 가능할지 모른다. 하지만 아무튼 앞으로 사흘 이내에 지급할 수 있고 또 지급해야만 하는 몇 가지 무기와 물건 들이 있다.

첫째는 수류탄이다. 이것은 빠르고 쉽게 제조할 수 있는 유일한 현대식 전쟁무기로 가장 유용하게 사용될 수 있다. 수십만 명의 영국인들이 수류탄 사용에 익숙해 있으므로 다른 사람들에게 쉽게 가르칠 수 있다. 수류탄은 탱크에도 사용할 수 있는가 하면, 기관총으로 무장한 적의 낙하산 부대가 우리의 대도시에서 진지를 구축하려 할 때 반드시 필요한 무기가 될 수 있다. 나는 1937년 5월 바르셀로나에서 벌어진 시가전을 바로 코앞에서 목격한 적이 있었는데, 기관총으로 무장된 몇백 명만 있다면 도시 전체를 마비시킬 수 있다는 확신이 들었다. 총알 한 발 가지고는 벽돌을 뚫을 수 없을 것이기 때문이다. 대포라면 기관총을 박살 낼 수도 있지만, 대포를 준비한다는 게 언제나 가능한 일은 아니다. 반면 스페인에서의 새벽 시가전을 목격한 결과, 전술을 올바르게 사용한다면 수류탄이나 심지어 다이너마이트를 가지고 총을 든 사람들을 석조 건물 밖으로 몰아낼 수도 있을 것이다.

두 번째는 산탄총이다. 지역방어 자원파견대 일부를 산탄총으로 무장시키자는 이야기가 있었다. 정규군이 소총과 경기관총 모두를 필요로 한다면 그럴 수도 있겠지만, 우선 산탄총 지급이 지금 이루어져야 하고 총은 모두 총포사로부터 즉시 징발되어야 한다. 몇 주 전 그렇게 하자는 말이 있었다. 그러나 아직도 많은 총이 총포사 진열대에만 전시되어 있는데, 이는 아무런 소용이 없을 뿐 아니라 또 쉽게 약탈될 위험이 있다. 산탄총의 위력과 유효 사거리(산탄은 대략 55미터 이내에서는 치명적이다)가 라디오를 통해 전국에 알려져야 한다.

세 번째는 항공기가 착륙하지 못하게 만드는 비행장 봉쇄작업이다. 이것에 대한 많은 이야기가 있었지만 산발적으로 있었을 뿐이다. 이유는 시간도 충분치 않았고 자재를 징발할 권한도 없는 사람들이 모여 자발적으로 노력을 하자는 이야기만 했기 때문이다. 영국과 같이 인구밀도가 높고 작은 나라에서는 며칠 안에 항공기가 비행장을 제외한 다른 곳에 착륙하지 못하도록 만들 수 있다. 필요한 것은 노동력이다. 그러므로 지역 당국은 노동력과 필요한 자재 같은 것들을 징발할 권한을 가지고 있어야 한다.

네 번째는 지명 표지판 지우기이다. 잘 진행되고 있지만, 곳곳에 지명이 새겨진 점포와 소매상인 배달차가 아직 눈에 띈다. 지역 당국은 이런 이름을 즉시 강제로 지울 수 있는 권한을 가지고 있어야 한다. 주점에 붙어 있는 양조회사 이름 같은 것도 포함되어야 한다. 양조회사 이름은 대부분 꽤 작은 마을에서도 발견되는데, 어쩌면 독일인들은 이를 인지하고 있을 만큼 체계적일지도 모른다.

다섯 번째는 무전기이다. 모든 지역방어 자원파견대는 필요시 공중으로 명령을 전달받을 수 있도록 무전기를 소지하고 있어야 한다. 긴급 시 전화에 의존하는 것은 치명적 위험이 될 수 있다. 무기와 마찬가지로 영국 정부는 필요한 숫자의 무전기를 시급히 확보해야 한다.

지금까지 언급한 것들은 모두 며칠 내에 확보될 수 있다. 더욱 많은 목소리가 점차 힘을 얻도록, **시민들을 무장시켜라**고 다시 한 번 외치자. 수십 년 만에 처음으로 상상력을 지닌 정부[1]를 갖게 되었으니, 적어도 그들이 귀를 기울여줄 시간은 있을 것이다.

— 1940년 6월 22일, 〈타임 앤 타이드(*Time and Tide*)〉

편집자에게 보내는 편지

---

1   1940년 5월 10일 영국에서는 독일의 노르웨이 점령에 대한 책임을 져 체임벌린 내각이 물러나고, 독일에 대한 강경론자인 윈스턴 처칠이 노동당을 포함한 거국 내각을 조직해 전시상황을 이끌었다.

스페인 내전을 돌아보며

오웰은 스페인 내전 시
마르크스주의 통일노동자당 의용군으로 아라곤 전선에서 복무했다.
그때의 경험을 적은 이 글은 1942년에 쓰였고
이듬해에 1, 2, 3, 7장이 〈뉴 로드(*New Road*)〉에 실렸다.

OI

무엇보다 소리, 냄새, 사물의 표면과 같은 물리적 기억들이 떠오른다.

스페인 내전에서의 경험 중 가장 생생한 것은 묘하게도 전선에 투입되기 전 일주일 동안 받았던 이른바 훈련에 대한 기억이다. 바르셀로나에 있는 넓은 기병대 병영에는 찬바람이 숭숭 들어오는 마구간과 자갈이 깔린 마당, 세면장의 얼음장처럼 차가운 펌프물, 맛이 없고 더럽지만 금속 잔에 따라주는 포도주가 있어 그런대로 견딜 만한 식사, 바지를 입고 장작을 패는 여성 민병대원, 그리고 이른 아침 점호가 있었다. 나의 단조로운 영국 이름은 마누엘 곤살레스, 페드로 아길라르, 라몬 페네요사, 로케 바야스테르, 하이메 도메네츠, 세바스티안 빌트론, 라몬 누보 보시와 같이 울림이 좋은 스페인 이름들 사이에서 일종의 우스꽝스러운 간주곡처럼 들렸다. 내가 이 이름들을 특별히 언급한 이유는 그들의 얼굴이 하나같이 기억나기 때문이다. 별 볼일 없는 놈들이었지만 지금쯤 분명히 훌륭한 팔랑헤당[1] 전사가 되어 있을 두 사람을 제외하고는, 아마도 모두 죽었을 것이다. 두 명은 확실히 죽은 것으로 알고 있다. 그들 중 제일 나이 많은 훈련병이 스물다섯 살이었고, 제일 어린 친구가 열여섯 살이었다.

전쟁의 경험 중 필연적인 것 중 하나는 사람한테서 풍겨 나오는 지독한 냄새를 결코 피할 수 없다는 점이다. 변소는 전쟁문학에서 지겨울 정도로 써먹은 소재지만, 우리 병영의 변소가 스페인 내전에 대한 나의 환상을 무참히 깨는 데 중요한 역할을 했기에 언급해보겠다. 쪼그려 앉아서 볼일을 봐야 하는 라틴식 변소는 상태가 좋다 해도 지독했고, 매끈한 돌로 만들어져 있어 미끄러지기 십상이라 온 힘을 다해 두 발로 단단히 딛고 있어야만 했다. 더구나 통풍이 전혀 안 되었다. 지금 다른 역겨운 것들도 많이 기억나지만, 처음으로 다음과 같은 생각이 내 마음에 떠오른 것은 순전히 이 변소 때문이었다고 믿고 있다. 나는 이런 생각을 자주 했다. "파시즘에 맞서 민주주의를 수호하고 명분 있는 싸움을 하기 위해 혁명 전사들이 이곳에 모여 있다. 그런데 우리 삶의 사소한 부분들은 부르주아 군대는 고사하고 감옥에서나 있을 법할

---

1 Falange. 1933년 호세 안토니오 프리모 데 리베라에 의해 창당된 스페인 파시즘 정당. 국가 지상주의를 주장하였으며, 1937년에 다른 우익 정당들과 통합하여 프랑코를 총통으로 하는 스페인 유일의 정당이 되었다.

정도로 더럽고 비천하다." 이런 인상을 강화시켜준 것은 그 후에도 많았다. 이를테면 참호 생활의 따분함과 동물적 허기, 남은 음식을 서로 차지하려는 추잡한 음모, 수면 부족으로 녹초가 된 사람들이 벌이는 비열하고 치사한 다툼 같은 것들이다.

군대 생활의 본질적 공포(군대를 갔다와본 사람이라면 이것이 과연 무엇인지 알 것이다)는 우리가 싸우게 되는 전쟁의 성격에 의해 달라지는 것이 아니다. 예컨대 군기라는 것은 모든 군대에서 궁극적으로 같은 것이다. 명령에 복종해야 하고 필요하다면 처벌로 강화되며, 장교와 사병의 관계는 상급자와 하급자의 관계가 되어야 한다. 《서부전선 이상 없다》와 같은 책들에 나오는 전쟁 묘사는 대체로 사실이다. 총탄에 맞아 부상을 입고, 시체에서 썩은 악취가 진동하고, 교전 중 너무 무서워 바지에 오줌을 싸기도 한다. 군대가 만들어진 그 사회적 배경이 훈련, 전략, 그리고 전반적인 능력에 영향을 끼치고, 정의롭다는 의식이 사기를 북돋아줄 수 있다는 것은 사실이다. 그런 의식이 군인들보다는 민간인들에게 더 큰 영향을 끼치긴 해도 말이다(사람들은 전선 가까이에 있는 군인들이 대체로 너무 배고프거나, 두렵거나, 추위에 떨거나, 무엇보다 너무 피곤해 전쟁의 정치적 근원에는 신경 쓰지 않고 있다는 것을 잊어버린다). 하지만 자연 법칙은 '백'군의 경우와 마찬가지로 '적'군에게도 유보되지 않는다. 전쟁의 대의명분이 공교롭게도 옳은 것이라 해도, 벼룩은 벼룩이고 폭탄은 폭탄인 것이다.

이렇게 뻔한 사실을 언급할 필요가 있겠는가? 그것은 당시 영국과 미국의 많은 지식인들이 분명히 그것을 알지 못했고, 지금도 모르기 때문이다. 요즘 우리의 기억은 충분하지 않지만, 약간 거슬러 올라가 〈뉴 매시스〉[2]나 〈데일리 워커〉[3] 신문철을 찾아내 그 당시 좌파들이 퍼뜨린 낭만적인 전쟁 예찬론을 읽어보라. 모두 하나같이 진부하고 낡은 구절이 아니던가! 상상력도 없고 또 얼마나 무감각한가! 마드리드 폭격을 대하는 런던의 그 냉정함! 여기서 나는 우파의 역선전주의자들인 런[4]과 가빈과 같은 사람들에 대해 말하려고 하는 것이 아니다. 그들은 말할 가치조차 없는 사람들이다. 하지만 20년 동안 전쟁의 '영광'에 대해, 잔혹한 이야기, 애국심, 심지어 육체적 용기에 콧방귀를 뀌고 야유를 퍼부었던 사람들이 여기 있는데, 그들은 이름만 살짝 바꾸면 1918년의 〈데일리 메일〉[5]에 꼭 들어맞을 이야기를 늘어놓을 수 있다. 영국 지식인들이 전념한 한 가지가 있다면 그것은 전쟁의 정체를 폭로하는 것, 다시 말해 전쟁은 온통 시체와 변소밖에 없고 결코 좋은 결과를 내지 못한다는 이론을 알리는 것이었다. 그런데 놀랍게도 같은 사람들이 1933년에는, '상황에 따라 다르지만' 조국을 위해 싸울 것이라고 우리가 말하면 동정하듯 비웃었

---

2 *New Masses*, 1926년부터 1948년까지 미국에서 발행된 마르크스주의 잡지.
3 *Daily Worker*, 영국과 미국의 공산당 기관지. 1941년 1월 2차 세계대전에 반대하여 발행금지 처분을 받아 이듬해 9월까지 휴간되었다.
4 Sir Arnold H. M. Lunn(1888~1974), 영국의 스키 선수, 작가. 불가지론자였으나 45세에 가톨릭으로 개종했으며 스페인 내전 당시 우파를 옹호했다.
5 *Daily Mail*, 1896년 런던에서 창간된 영국의 대표적 조간신문.

고, 1937년에는 막 부상을 입은 군인이 전쟁터로 다시 보내달라고 큰 소리로 요구했다는 〈뉴 매시스〉의 기사가 과장되었을지도 모른다고 말하면 우리를 트로츠키 파시스트라고 비난했던 것이다. 그리고 좌파 지식인들은 어떤 모순도 느끼지 않을 뿐더러 중간단계도 거의 거치지 않고 '전쟁은 지옥이다'에서 '전쟁은 영광이다'라는 입장으로 선회했다. 후에 그들 대부분은 다른 입장도 똑같이 극단적으로 바꾸었다. 일종의 지식계급 중핵이라고 할 수 있는 이들 중 상당수가 1935년에 '왕과 조국'⁶ 선언을 인정했고, 1937년엔 '독일에 대한 강경 노선'을 외쳐댔고, 1940년엔 '인민회의'⁷를 지지했고, 지금은 제2전선⁸을 요구하고 있는 것이다.

오늘날 일반 대중 사이에 의견이 갈팡질팡하는 기이한 현상, 다시 말해 수도꼭지를 틀고 잠그듯 변덕스러운 정서는 신문과 라디오 최면의 결과이다. 지식인들의 경우에는 상당 부분 돈과 단순한 신체적 안위 때문일 것이라는 생각이 든다. 그들은 주어진 상황에 따라 '전쟁 찬성'편에 서거나 '전쟁 반대'편에 서기도 하지만, 어느 편에 서든 그들의 머릿속에는 전쟁에 대한 실제적인

6 King and Country, 옥스퍼드 대학교 학생회가 주도한 반전운동.
7 The People's Convention, 1940년에서 1941년 사이 영국의 일부 공산주의자들이 제안한 인민 정부. 노동당과 노동조합회의의 반대로 순조롭게 출발을 못 했고, 결국 1942년 영국 공산당과 결별했다.
8 Second Front, 2차 세계대전 당시 소련이 미국과 영국에 구축해줄 것을 강력히 요구한 전선. 1944년 6월 미군과 영국군이 프랑스 중부 해안 노르망디에 상륙함으로써 구축되었다.

그림이 없다. 물론 그들은 스페인 내전에 대해 열광하면서도 사람들이 죽어가고 있고, 또 죽어가는 것은 불쾌하다는 사실을 알고 있었다. 하지만 그들은 스페인 공화군 장병의 전쟁 체험이 어쨌거나 불명예스러운 게 아니라고 느꼈다. 어떻든 변소는 악취가 덜 났고 군기는 덜 짜증스러웠다. 〈뉴 스테이츠먼〉[9]을 슬쩍 들여다보기만 해도 그들이 그렇게 믿고 있는 걸 알 수 있다. 예컨대 정확히 똑같은 어쩌고저쩌고 하는 기사가 이 순간 붉은 군대에 대해 쓰이고 있는 것이다. 우리는 너무 문명화되어 있어 분명한 사실을 잘 이해하지 못한다. 그 이유는 진실은 아주 단순하기 때문이다. 살기 위해서는 종종 싸워야 하고, 싸우기 위해서는 자신을 더럽혀야 한다. 전쟁은 악이며, 차악인 경우도 더러 있다. 칼을 손에 쥔 자는 칼로서 망하며, 칼을 쥐지 않은 자는 악취가 코를 찌르는 병으로 망하는 것이다. 여기서 이런 고리타분한 이야기를 들먹일 필요가 있는 것은, 임대료나 받아먹고 사는 사람들의 자본주의가 우리에게 어떤 짓을 했는지를 보여주고 있기 때문이다.

9 *New Statesman*, 1913년 시드니 · 비어트리스 웨브 부부가 창간한 영국의 정치 · 학예 주간지. 명쾌한 논설과 풍자적인 분석으로 지식인 독자층을 많이 확보하고 있다.

02

위에서 말한 것과 관련해서, 잔학행위에 관해 부가설명을 하겠다.

스페인 내전에서 잔학행위에 대해 내가 가지고 있는 직접적인 증거는 별로 없다. 내가 알고 있는 사실은 공화파가 저지른 잔학행위가 좀 있고, 파시스트가 저지른 것(그들은 지금도 그 짓을 계속하고 있다)은 훨씬 더 많다는 점이다. 하지만 당시에도 그랬고 그 이후에도 줄곧 나에게 인상적이었던 점은, 잔학행위를 믿고 안 믿고 하는 것은 완전히 정치적 편향에 따라 좌우된다는 사실이다. 모두가 증거 조사에는 신경 쓰지 않고, 적의 잔학행위는 믿고 자신들이 저지른 것은 믿지 않았던 것이다. 최근에 나는 1918년부터 지금까지 있었던 잔학행위를 표로 만들어보았다. 잔학행위가 어디에선가 발생하지 않은 해가 없고, 좌파와 우파가 같은 이야기를 두고 똑같이 믿는 경우는 거의 없었다. 그리고 이상한 점은 단지 정치 상황이 바뀌었다는 이유로 상황이 언제라도 갑자기 역전될 수 있고, 어제 사실로 증명된 잔학행위가 오늘은 터무니없는 거짓말이 될 수도 있다는 것이다.

지금의 전쟁에서 우리는 우리의 '잔학행위 캠페인'이 대체로 전쟁 전에 시작되었고, 그것도 자신들의 미심쩍은 성향을 자랑하는 좌파가 이끌고 있다는 묘한 상황에 놓여 있다. 같은 기간에 1914~1918년 전쟁에서 잔학행위 소문을 퍼뜨린 적이 있던 우파는 나치 독일을 지켜보면서 그들이 저지른 악에 대해서는 침묵을 지켰다. 그런데 전쟁이 터지자마자 어제의 친나치주의자들은 잔학행위에 대한 이야기를 반복한 반면, 반나치주의자들은 게슈타포가 정말로 존재하는지 의심하는 입장으로 돌변했다. 그 원인은 독소 불가침조약[10] 때문만은 아니었다. 전쟁 전에 좌파가 영국과 독일은 절대 싸우지 않을 것이므로 독일과 영국을 동시에 반대할 수 있다고 잘못 생각했던 것이 부분적으로 원인이 되었고, 또 역겨운 위선과 독선이 난무하는 공식적인 전쟁선전으로 인해 지각 있는 사람들이 적을 동정하게 된 경향도 일부 원인이 되었다. 1914~1918년 전쟁에서 체계적인 거짓 선전으로 인해 우리가 치른 대가 중 일부는 그 후에 이어진 과장된 친독일적 반응이었다. 1918년부터 1933년까지의 상황은 좌파집단 내에서 독일이

---

10 1938년 8월 23일, 나치 독일과 소련이 상호불가침을 목적으로 조인한 조약. 1941년 6월 22일 독일이 소련을 침공함으로써 불과 2년여 만에 파기되었다.

전쟁에 대한 약간의 책임이 있다고 주장한다면 야유를 당하기 쉬운 분위기였다. 그 당시 나는 베르사유 조약[11]에 대한 맹렬한 비난의 소리를 들으면서, '만일 독일이 이겼다면 어떻게 되었을까?'라는 질문이 논의되기는커녕 언급조차 되는 걸 한 번이라도 들어본 적이 없었다. 잔학행위의 경우도 마찬가지다. 진실이란 적이 그것을 말하는 순간 거짓이 되어버리는 것 같다. 최근에 나는 1937년에 일본이 저지른 난징대학살에 대한 끔찍한 이야기라면 무조건 받아들이던 사람들이 1942년 홍콩에서 일어난 똑같은 잔학행위에 대한 이야기를 믿지 않으려 하는 걸 알고 있다. 심지어 지금 영국 정부가 관심을 보이자, 말하자면 난징대학살도 돌이켜 보건대 거짓이었다고 보는 경향마저 있었다.

하지만 안타깝게도 잔학행위에 대한 진실은 그것에 대해 거짓말을 하고 선전화되는 것보다 훨씬 심각한 문제다. 사실인즉 잔학행위는 벌어지고 있다. 회의론의 근거로 종종 제시되는 사실, 즉 전쟁 때마다 그런 똑같은 끔찍한 일들이 벌어진다는 사실은 이런 이야기들이 사실일 가능성을 훨씬 더 높여줄 뿐이다. 분명히 그것들은 광범위하게 퍼진 공상이지만, 전쟁은 그런 공상을 실제로 행할 기회를 제공해준다. 게다가 이렇게 말하는 것이 유행에 뒤진다고는 하지만, 대략 '백군'이라고 불리는 쪽이 '적군'보

11 1차 세계대전 후의 국제관계를 확정하기 위해 프랑스 베르사유 궁에서 1919년 31개 연합국과 독일이 맺은 강화조약.

다 훨씬 많고도 심한 잔학행위를 저지른다고 말해도 의심의 여지가 없을 것이다. 예컨대 일본인들이 중국에서 저지른 행위에 대해서는 의심의 여지가 없다. 지난 10년 동안 유럽에서 파시스트들이 저지른 잔학행위에 대한 이야기들도 명백한 사실이다. 증언은 어마어마할 정도로 많이 있고 그중 상당량은 독일의 언론과 라디오에서 나오고 있다. 이런 일들이 실제로 벌어졌고 우리는 그것에 주목해야 한다. 그런 일들이 일어났다고 말하는 사람이 핼리팩스 경[12]이라 해도, 그런 일은 실제로 일어난 자명한 사실이었다. 중국의 도시에서 벌어진 강간과 학살, 게슈타포의 지하 감옥에서 자행된 고문, 나이든 유대인 교수들이 시궁창에 처박힌 일, 스페인에서 길을 따라가던 피난민 행렬에 기관총을 난사한 일, 이 모든 일들이 실제로 일어났으며, 〈데일리 텔레그래프〉가 5년이나 지난 후에 갑자기 그 사실을 발견했다고 해서 일어난 사건은 아니다.

---

12 Lord Halifax(1881~1959), 영국의 인도 총독(1926~1931), 외무장관(1938~1940)을 역임했다. 체임벌린 내각의 독일에 대한 유화정책에 동조해 외무장관이 되었다.

03

두 개의 기억이 있다. 첫 번째 기억은 특별한 것은 아니지만, 두 번째 기억은 혁명기의 분위기를 어느 정도 드러낼 수 있으리라 짐작된다.

어느 이른 아침 나는 다른 대원 한 명과 우에스카 외곽의 참호에 있는 파시스트들을 저격하기 위해 참호에서 나섰다. 그들의 전선은 우리 쪽과 300미터 남짓 떨어져 있어 우리의 고물 총으로는 정확히 맞힐 수 없었다. 하지만 파시스트 참호 쪽으로 100미터 남짓 살금살금 접근해서 총을 쏘면 운이 좋을 경우 흉벽 틈새로 누구를 맞힐 수도 있었다. 그런데 아쉽게도 양 진영 사이에 도랑 몇 개를 제외하고는 은폐할 곳이 없는 평평한 사탕무 밭밖에 없어, 우리는 어두울 때 출발해 날이 밝아오기 전에 돌아올 생각이었다. 그런데 이번엔 파시스트가 나타나지 않아 우리는 동이

틀 때까지 너무 오래 머물러 있었다. 우리는 도랑에 숨어들었지만 우리 뒤로는 토끼 한 마리 숨을 곳도 없는 평평한 땅이 200미터나 뻗어 있었다. 우리가 용기를 내 200미터를 내달릴 시도를 하고 있던 차에 갑자기 파시스트 참호 쪽에서 소란이 일었고 호루라기 소리가 울렸다. 우리 군대의 비행기 몇 대가 다가오고 있었다. 그 순간 짐작컨대 파시스트 병사 한 명이 장교에게 보고를 하려는 듯 참호에서 뛰쳐나와 흙벽 꼭대기를 향해 냅다 달리기 시작했다. 그의 모습이 그대로 다 보였다. 그는 반쯤 벗은 상태로 양손으로 바지춤을 움켜쥐고 달리고 있었다. 나는 그를 쏘지 않기로 했다. 사실 총 쏘는 실력이 신통찮아 전방 1킬로미터에서 달리고 있는 병사를 맞힐 순 없을 것 같았다. 파시스트들이 비행기에 온통 정신이 팔려 있는 동안 우리 참호로 돌아갈 생각만 하고 있었던 것 또한 사실이었다. 그렇지만 바지춤을 쥐고 뛰는 그 모습 때문에 총을 쏘지 않은 것도 있었다. 나는 파시스트를 쏘기 위해 이곳까지 왔지만, 바지춤을 잡고 있는 그 병사는 파시스트가 아니었다. 그는 분명히 나 자신과 다를 바 없는 인간이었다. 난 똑같은 인간을 쏘고 싶은 마음이 없었다.

　이 사건이 보여주는 것은 무엇인가? 이것은 모든 전쟁에서 언제나 일어나는 유의 일이기 때문에 대단한 것은 아닐 것이다. 그런데 다른 점이 있다. 이런 이야기를 해서 독자들을 감동시킬 수 있을 것 같진 않다. 하지만 이것은 특정 시점의 도덕적 분위기를 자아내는 특별한 사건으로, 나한테는 충분히 감동적이었다고 말해두고 싶다.

내가 병영에 있을 때 입대한 신병 중 바르셀로나 뒷골목 출신의 거칠어 보이는 소년이 한 명 있었다. 그는 누더기 옷을 걸치고 있었고 맨발이었다. 또 피부색이 검었고(확실히 아랍 혈통인 것 같았다) 유럽인들이 잘 하지 않는 제스처를 했다. 특히 인도인 특유의 팔을 죽 뻗고 손바닥을 수직으로 세우는 몸짓을 했다. 어느 날, 당시에 헐값으로 살 수 있던 시가 한 다발이 내 침상에서 없어졌다. 어리석게도 나는 이 사실을 장교에게 알렸고, 내가 언급했던 말썽쟁이 중 한 명이 앞으로 나오더니 자기 침상에서 25페세타를 도둑맞았다고 거짓말을 해댔다. 무슨 이유에서인지 장교는 즉시 그 갈색 얼굴의 소년을 도둑으로 단정했다. 민병대는 절도에 대해서 상당히 엄격했고 이론상으로 절도범에게는 총살도 가능했다. 그 불쌍한 소년은 위병소로 순순히 따라가 몸수색을 받았다. 나에게 엄청 충격적인 것은 그가 결백을 주장하려는 시도를 하지 않았다는 점이었다. 숙명적인 그의 태도에서 나는 그가 겪어온 지독한 가난을 읽을 수 있었다. 장교가 그에게 옷을 벗으라고 명령했다. 그는 옷을 완전히 벗었고 옷가지가 수색되었다. 그의 벌거벗은 모습을 보니 오히려 내가 굴욕감이 들 정도였다. 물론 시가도 돈도 거기에 없었다. 사실 그가 훔친 것이 아니었다. 무엇보다 보기에 가장 고통스러운 것은 그의 결백이 입증되었는데도 그가 계속 부끄러워하고 있다는 점이었다. 그날 밤 나는 그를 영화관에 데려갔고 브랜디와 초콜릿을 사주었다. 하지만 내 처

245

신 또한 올바른 게 아니었다. 남의 상처를 돈으로 지우려 했던 것이다. 몇 분 동안 나는 그가 도둑일지도 모른다고 믿었었고, 그런 나의 오해는 씻어낼 수 없었다.

전선에서 몇 주를 보낸 뒤 나는 분대원 중 한 명 때문에 곤란한 처지에 놓인 적이 있었다. 그 무렵 나는 12명을 지휘하는 상병에 해당되는 '카보'였다. 전쟁은 정체상태였고, 추위는 지독했으며, 나의 주된 임무는 사병들이 자기 초소에서 자지 않고 보초를 서게 하는 것이었다. 어느 날 병사 한 명이 갑자기 어느 초소에는 가지 않겠다고 고집을 피웠다. 그가 말하기를 그 초소는 적의 총격에 그대로 노출되는 곳이라는 것이었다. 그는 힘이 약한 편이어서, 나는 그를 붙잡고 그의 초소 쪽으로 끌고 가기 시작했다. 다른 병사들은 나의 행동을 보고 불편한 감정을 드러냈다. 스페인 사람들은 몸에 손대는 것을 상당히 싫어하기 때문인 듯했다. 즉시 나는 소리를 지르는 사람들에게 둘러싸이게 되었다. "파시스트! 파시스트! 그 친구 놔줘! 이곳은 부르주아 군대가 아니야. 파시스트!" 그들은 이런 말을 지껄여댔다. 나는 형편없는 스페인어로 나름 최선을 다해 그 친구들에게 명령에 복종해야 한다고 맞대응했고, 이제 소란은 엄청난 논쟁으로 발전했다. 사실 혁명군에서는 이런 논쟁을 통해 규율이 서서히 만들어지는 것이다. 내가 옳다고 말하는 사람들도 있었고, 또 내가 틀렸다고 하는 사람들도 있었다. 하지만 가장 중요한 것은 무엇보다도, 가장 열심히 내 편을 든 사람이 바로 그 갈색 얼굴의 소년이었다는 점이다. 그는 무슨 일이 벌어졌는지 보자마자 우리 가운데로 뛰어들어 나를 열렬히 옹호하기 시작했다. 그는 이상하고 거친 인도인 특유의 몸짓을 해대며 외쳤다. "이분은 최고의 상병이요!(노 하이 카보 코모 엘!)" 후에 그는 내 분대에 들어오기 위해 전속 신청을 했다.

이 사건이 왜 내게 감동적으로 느껴질까? 정상적 상황이라면 이 소년과 나 사이에 좋은 감정이 다시 생긴다는 게 불가능했을 것이기 때문이다. 내가 뭔가를 보상해주려고 노력을 했다 하더라도 도둑으로 몰린 은연중의 모욕감은 나아지지 않았을 것이며, 어쩌면 더 커졌을지도 모를 일이다. 안전하고 문명화된 삶의 결과 중 하나는 모든 기본 감정을 역겨운 것으로 만들어버리는 지나친 민감함이다. 아량이 비열함처럼 불쾌한 것이 되고, 감사가 배은망덕처럼 혐오스럽게 느껴지는 것이다. 하지만 1936년 스페인에서 우리는 평범한 시간을 보내지 않았다. 우리가 보낸 시간은 너그러운 감정과 제스처가 평상시보다 더 쉽게 다가왔던 때였다. 나는 비슷한 사건을 열 개라도 댈 수 있다. 이것들은 말로 표현되기보다는 내 마음속에 들어 있는 것들이다. 이를테면 당시의 특별한 분위기, 남루한 옷과 화려한 색깔의 혁명 포스터, 널리 통용되었던 '동지'라는 단어, 얇은 종이에 찍어 서푼에 팔리는 반파시스트 가요, 무지한 사람들이 중요한 말이라고 믿으며 애절하게 반복적으로 외치는 '국제 프롤레타리아 연대'와 같은 말 등이다. 당신이라면 누군가의 물건을 훔쳤다고 의심을 받아 그 사람이 보는 앞에서 수치스럽게 몸수색을 당한 후 그 사람에게 친근감을 느끼고 논쟁에서 그 사람 편을 들 수 있겠는가? 아니, 그러지 못할 것이다. 하지만 두 사람 모두 아량 깊은 체험을 한다면 가능할지 모르겠다. 비록 이번 경우에 혁명은 시작단계에 불과하고 분명히 실패할 운명에 놓여 있었지만, 그런 체험은 혁명의 한 부산물이다.

04

스페인 공화국 정당들 사이의 권력투쟁은 슬픈 일이며, 지금 되살리고 싶지 않은 먼 지난날의 일이 되었다. 내가 이를 언급하고자 하는 것은 단지 다음과 같이 말하기 위해서이다. 스페인 정부 측 내부 문제에 대해 읽은 것이 있다면 믿지 말거나 아니면 아주 조금만 믿으라는 것이다. 그것은 모두 출처가 어디냐에 관계없이 당의 선전, 다시 말해 거짓말이다. 전쟁의 전반적인 진실은 간단하다. 스페인 부르주아들이 나치와 세계 각지에 있는 반동세력의 도움을 받아 노동운동을 탄압할 기회를 엿보다가 잡은 것이었다. 이보다 더한 사실이 규명될 수 있을지 의문스럽다.

언젠가 아서 쾨슬러[13]에게 '역사는 1936년에 멈추었다'고 말한

---

13 Arthur Koestler(1905~1983). 헝가리 출생의 영국 소설가이자 언론인. 독일 및 영국

기억이 난다. 그는 이해한다는 표시로 즉시 고개를 끄덕였다. 우리는 둘 다 전체주의 일반에 대해 생각하고 있었지만 특히 스페인 내전에 관심이 있었다. 나는 어릴 때부터 어떤 사건도 신문에 정확히 보도되지 않는다는 사실에 주목해오고 있었지만 스페인에서 처음으로 사실과 아무런 상관도 없고, 심지어 일상적인 거짓말에서 넌지시 비쳐지는 그런 관련성조차 없는 신문기사를 보았다. 싸움이 벌어지지 않았는데 커다란 전투가 있었다고 하는 보도도 보았고, 수백 명이 목숨을 잃었는데도 완전히 침묵하는 것도 보았다. 용감하게 싸운 군인들이 비겁자와 반역자로 매도당하는 것도 보았고, 총 한 번 쏜 적이 없는 사람들을 상상의 승리를 거둔 영웅으로 환호하는 것도 보았다. 그리고 런던의 신문들이 이런 거짓을 그대로 전달하는 것도 보았고, 열렬한 지식인들이 결코 일어난 적이 없는 사건에 감정적으로 덧칠을 입히는 것도 보았다. 사실 나는 역사가 실제로 일어난 것에 대해서가 아니라 이런저런 '당의 노선'에 따라 일어났어야 했던 그런 관점으로 기술되는 것을 목격했던 것이다. 그렇지만 어떻게 보면 이런 모든 일들은 충격적이긴 했어도 중요한 것은 아니었고 부차적인 문제와 관련이 있었다. 이를테면 코민테른[14]과 스페인 좌파 정당들 간

신문의 특파원으로 활약하였고 공산당에 입당했다. 대표작으로 공산주의 정치체제에 대한 20세기의 가장 뛰어난 작품으로 평가받는 《한낮의 어둠(Darkness at Noon)》이 있다. 오웰과 오랫동안 문학적 친교를 맺었다.

14 Comintern. 공산주의 인터내셔널(Communist International)의 약칭. 1919년 레닌의

의 권력투쟁과, 스페인에서의 혁명을 막으려는 러시아 정부의 노력 말이다. 그렇지만 스페인 정부가 세계에 제시하는 전쟁의 큰 그림이 사실과 다른 것은 아니었다. 중요한 문제는 그 그림이 무엇을 말하고 있느냐 하는 점이었다. 그러나 파시스트와 그 추종 세력의 경우, 그들은 그만큼이라도 진실에 가깝게 접근할 수 있었을까? 그들은 자신의 진짜 목표를 언급이나 할 수 있었을까? 그들이 생각하는 전쟁은 순전히 공상이었는데, 그런 상황에서 그들은 다른 방법이 없었을 것이다.

나치와 파시스트가 전략적으로 사용하는 선전 노선은 그들을 러시아 독재로부터 스페인을 구하는 기독교 애국지사로 표현하는 것이었다. 이런 선전 활동 중에는 스페인 공화국에서의 삶은 기나긴 하나의 학살이라고 가장하는 것도 있었고(〈가톨릭 헤럴드〉나 〈데일리 메일〉을 보라), 러시아의 개입 수준을 엄청나게 과장하기도 했다. 전 세계 가톨릭과 반동 언론이 구축해놓은 거대한 거짓의 피라미드 중에서 한 가지를 말해보겠다. 스페인에 주둔해 있었다는 러시아 군대에 관한 것이다. 열렬한 프랑코 당원들은 모두 이것을 사실로 믿었는데 스페인 주둔 러시아 군대가 거의 50만 명에 달한다는 것이었다. 그런데 스페인에 러시아 군대는 없었다. 몇 안 되는 비행기 조종사와 기껏해야 수백 명밖에 되지 않는 기술자들이 스페인에 있을 뿐 러시아 군대는 없었

지도하에 창설된 공산주의 국제연합으로 1943년 해산되었다.

다. 수백만 명의 스페인 사람들은 물론이고 스페인에서 싸운 수천 명의 외국인들이 이에 대한 증인이었다. 그런데 이들의 증언은 프랑코 선전가들에게는 아무런 영향도 끼치지 못했다. 이는 이들 선전가들 중 한 명도 공화국 정부에 발을 들여놓지 않았다는 데서 알 수 있다. 동시에 선전가들은 독일과 이탈리아 언론들이 그들 군대의 무공에 대해 공공연하게 자랑하고 있었는데도 이 국가들이 개입한 사실을 전혀 인정하려 하지 않았다. 나는 한 가지 예만 들었지만, 사실 전쟁에 대한 파시스트 선전은 모두 이런 수준이었다.

나는 이런 것들이 두렵다. 왜냐하면 객관적 진실이라는 개념 자체가 이 세상에서 사라져가고 있다는 느낌이 종종 들기 때문이다. 결국 그런 거짓들, 아니면 그와 비슷한 거짓들이 역사가 되어버릴 가능성이 있다. 스페인 내전의 역사는 어떻게 기술될까? 만일 프랑코가 권력을 계속 유지한다면 그가 지명한 사람들이 역사를 기술할 것인데, (내 주장대로라면) 존재하지도 않았던 러시아 군대가 역사적 사실이 될 것이고, 수십 년 후에 학생들은 그것을 사실로 배우게 될 것이다. 하지만 파시즘이 결국 패하고 꽤 가까운 미래에 스페인에서 모종의 민주정부가 회복된다면, 그때에는 전쟁의 역사가 어떻게 기록될까? 프랑코에 대한 기록은 어떻게 남게 될까? 공화국 정부쪽에 보관되어 있는 기록들이 되찾아진다 하더라도, 전쟁에 대한 참된 역사가 쓰일 수 있을까? 내가 이미 지적했듯이 공화국 정부 또한 광범위하게 거짓을 저질러왔다. 반파시스트 시각으로 전쟁의 참된 역사를 광범위하게 기술할 수 있겠지만, 세세한 부분에서는 신뢰성을 담보할 수 없는 편파적인 역사가 될 것이다. 어쨌든 결국에 가서 모종의 역사가 기록될 터인데, 그 전쟁을 실제로 기억하는 사람들이 죽은 후에 그 역사는 보편적으로 받아들여질 것이다. 그러므로 온갖 실질적 목적을 위해 거짓은 사실로 둔갑해 있을 것이다.

　기록된 역사 대부분이 어떤 식으로든 거짓이라고 말하는 것이 유행이라는 걸 나는 알고 있다. 나는 역사가 대체로 부정확하고 편파적이라는 것을 기꺼이 믿고 있다. 그런데 우리 시대에 특별한 점은 역사가 진실하게 쓰일 수 있다는 개념 자체를 포기하는 데 있다. 과거에 사람들은 의도적으로 거짓말을 하거나, 자신들이 쓴 것을 무의식적으로 윤색하거나, 아니면 그들이 실수를 할 수밖에 없다는 사실을 잘 알고 있으면서도 진리를 추구하려고 노력했었다. 그들은 어느 경우에든 '사실'은 존재하며 그것을 어느 정도 밝혀낼 수 있다고 믿었다. 그리고 실제로 거의 모든 사람들이 동의할 수 있는 사실이 언제나 상당 부분 존재하고 있었다. 예컨대 《브리태니커 백과사전》에서 지난 전쟁의 역사를 찾아보면 상당한 자료의 출처가 독일임을 알 수 있을 것이다. 영국과 독일의 역사가들은 많은 사안, 심지어 기본적인 것들에 대해서는 의견이 크게 다를 테지만, 어느 쪽도 상대측에게 심하게 이의를 제기하지 못할 이를테면 중립적인 사실도 있을 것이다. 인류는 모두 하나의 동물종이라고 암시하는 이 합의의 공통기반을 바로 전체주의가 파괴하려고 하는 것이다. 나치 이론은 실제로 '진실'과 같은 것이 존재한다는 사실을 명시적으로 부인하고 있는 것이다. 예컨대 '과학'이라는 것은 없다. '독일 과학'이니 '유대인 과학' 같은 것만 있을 뿐이다. 이런 사고방식이 함축하는 목표는 지도자, 또는 어떤 집권 세력이 미래뿐 아니라 과거도 통제하는 악몽 같은 세계이다. '지도자'가 이러이러한 사건에 대해 '그것은 일어나지 않았다'라고 말하면 그것은 일어난 적이 없게 된다. 그리고 둘 더하기 둘은 다섯이라고 말하면 둘 더하기 둘은 다섯이 되는 것이다. 나한테 이런 전망은 폭탄보다 더 두렵다. 그리고 지난 몇 년간 우리가 겪은 경험에 비추어 볼 때 이런 언급은 경솔한 것이 아니다.

하지만 전체주의적 미래에 대한 전망에 너무 겁을 집어먹는 것은 유치하거나 병적인 태도일 것이다. 전체주의 세계를 실현될 수 없는 악몽으로 묘사하기 전에 먼저, 1925년에는 지금의 세상이 실현될 수 없는 악몽 같아 보였을 거라는 사실을 기억하기 바란다. 검은색이 내일은 흰색이 될 수 있고 어제의 날씨가 명령에 의해 바뀔 수 있는 변화무쌍한 세상에 대비할 안전장치는 사실상 두 개밖에 없다. 하나는 우리가 진실을 아무리 부인한다 해도, 진실은 이를테면 우리 배후에 계속 존재하고 있는데 궁극적으로 군사력을 쓰는 방식으로는 진실을 훼손할 수 없다. 또 하나는 지구의 일부가 정복되지 않고 있는 한, 자유주의 전통은 계속 살아 있을 거라는 점이다. 파시즘 또는 가능한 일로서 여러 파시즘의 연합체가 전 세계를 정복한다면, 이 두 가지 조건은 더 이상 존재하지 않게 된다. 영국에 살고 있는 우리는 이런 유의 위험을 과소평가하고 있다. 그 이유는 우리의 전통과 과거의 안전으로 인해 결국 잘될 것이고 우리가 가장 두려워하는 위험은 실제로 일어나지 않을 것이라는 감상적인 믿음을 가지고 있기 때문이다. 결국 정의가 언제나 승리하는 문학에서 수백 년 동안 자양분을 공급받아 온 우리는, 결국 악은 언제나 저절로 패배하고 만다는 사실을 거의 본능적으로 믿고 있다. 예컨대 평화주의는 대체로 이런 신념을 바탕으로 하고 있다. 악에 저항하지 마라. 어쨌든 저절로 망할 것이다. 하지만 왜 그렇단 말인가? 그렇게 되리라는 증거라도 있는가? 외세의 군사력에 의한 정복을 제외하고 현대 산업국가가 붕괴된 사례가 있는가?

노예제도가 다시 시행된다고 생각해보자. 노예제가 유럽에 다시 나타난다고 20년 전에는 누가 상상할 수 있었겠는가? 그런데, 사실 노예제도는 우리 코밑까지 와 있다. 폴란드인, 러시아인, 유대인을 비롯해 온갖 인종의 정치범들이 유럽과 북아프리카 전역에 있는 강제노동수용소에서 입에 풀칠할 정도로만 배급받으며 도로 건설이나 습지 배수 공사에 동원되고 있다. 이들의 강제노역은 노예제도에 다름없다. 그나마 낫다고 할 수 있는 것은 노예를 개별적으로 사고파는 것이 아직 금지되어 있다는 점뿐이다. 다른 면에서(예컨대 가족의 파탄) 그들의 조건은 아메리카 면화농장의 경우보다 어쩌면 더 열악할 것이다. 어떤 전체주의적 지배가 계속되는 한 이런 상황은 어떤 근거를 대도 바뀌지 않을 것이다. 우리는 노예제를 기반으로 하는 정권은 반드시 붕괴되고 만다는 신비적인 생각을 하고 있기 때문에, 전체주의 지배가 암시하는 것을 완전히 이해하지 못하고 있다. 하지만 고대 노예제국들의 존속기간과 현대 국가의 존립기간을 비교해볼 필요가 있다. 노예제를 바탕으로 한 문명들은 무려 4천 년이라는 세월 동안 지속되었던 것이다.

　고대에 관해 생각해보자. 대대로 등 위에 문명이라는 것을 짊어져온 수억 명의 노예들에 대해서는 어떤 기록도 남겨져 있지 않다는 점이 그저 놀라울 따름이다. 우리는 그들의 이름조차 모른다. 그리스 및 로마 역사 전체를 통해 우리가 이름을 아는 노예들은 몇이나 되는가? 내 경우 두셋 정도가 고작이다. 한 명은 스파르타쿠스이고 다른 한 명은 에픽테토스[15]다. 또한 대영박물관 로마 전시실에는 '펠릭스가 만들다'라고 제작자 서명이 새겨진 유리 항아리가 있다. 나는 가련한 펠릭스를 마음속에 그려보는데(머리카락이 붉고 목에 쇠고리를 찬 갈리아인) 사실 그는 노예가 아니었을지도 모를 일이다. 그렇다면 내가 이름을 확실히 알고 있는 노예는 단 둘뿐인데, 아마 나보다 더 많이 알고 있는 사람은 드물 것이다. 나머지는 완전한 침묵 속으로 빠져버린 것이다.

15　Epictetus(55?~135?), 고대 그리스의 철학자. 노예 출신이었지만 스토아학파의 대가가 되었다.

05

프랑코에 대한 저항의 중추는 스페인 노동계급, 특히 도시 노동조합원이었다. 길게 보았을 때(길게 보았을 때 그렇다는 걸 명심하라) 노동계급은 파시즘에 대해 가장 신뢰할 만한 대항세력이다. 그 이유는 간단히 말해 노동계급이야말로 사회를 품위 있게 재건함으로써 가장 많은 이익을 내기 때문이다. 다른 계급이나 부류와는 달리 노동계급은 영원히 매수당할 수 없는 계층이다.

이렇게 말한다고 노동계급이 이상화되는 것은 아니다. 러시아혁명에 이은 오랜 투쟁 속에서 육체노동자들은 패배해오고 있는데, 분명히 그들 자신의 잘못이다. 조직화된 노동계급 운동은 공공연하고 불법적인 폭력에 분쇄되고 있으며, 시대와 국가를 불문하고 이론적 연대로 그들과 연결되어 있는 외국의 동지들은 구경만 할 뿐 아무것도 하지 않고 있다. 그리고 그 저변에는 많은 배신의 숨겨진 이유, 즉 백인 노동자들과 유색인종 노동자들 사이에 말뿐인 연대조차 없다는 사실이 깔려 있다. 지난 10년간의 사건들을 돌이켜볼 때 계급의식적인 국제 프롤레타리아 연대를 누가 믿을 수 있겠는가? 영국의 노동계급에게 빈, 베를린, 마드리드 등에서 동지들이 학살당하고 있다는 소식은 어제의 축구시합보다 흥미롭지도 중요하지도 않을지 모른다. 그럼에도 노동계급은 다른 계급이 굴복한 이후에도 계속해서 파시즘에 투쟁하리라는 사실은 자명하다. 나치가 프랑스를 정복한 후 드러난 하나의 특징은, 좌파 정치인들을 포함해 지식인들 사이에 놀랄 정도로 변절자가 많았다는 점이었다. 지식인들은 파시즘에 반대하여 가장 큰 목소리를 내는 사람들이다. 그런데 상황이 절박해지면 그들 중 상당수가 패배주의에 빠진다. 그들은 자신의 이익과 손해를 따질 만큼 멀리 내다보는 자들이기도 하고 또 쉽게 매수당하기도 한다(그래서 나치는 그들을 매수하는 것에 상당한 가치를 두고 있다). 노동계급의 경우에는 전혀 다르다. 그들은 너무 무지해 그들에게 행해지는 수법을 눈치채지 못하며 또 파시즘의 약속을 쉽게 받아들이기도 하지만, 언제나 조만간 다시 투쟁을 계속한다. 파시즘의 약속이 실현될 수 없다는 것을 언제나 직접 몸으로 알게 되기 때문에 그럴 수밖에 없는 것이다. 파시스트들은 노동계급을 영원히 자기 편으로 만들기 위해 노동계급의 전반적인 생활수준을 끌어올려야 한다. 그런데 그들은 그렇게 할 능력도 없고 그럴 의지도 없는 것 같다. 노동계급의 투쟁은 식물의 성장과 같다. 식물은 맹목적이고 어리석지만 빛을 향해 계속 위로 뻗어나가야 된다는 것을 알고 있으며 끝없는 좌절에도 불구하고 이것을 계속한다. 노동자들은 무엇을 위해 투쟁하는가? 간단히 말해 그 이유는 그들이 인간다운 삶이 이제 기술적으로 가능하다고 점점 깨닫고 있기 때문이다. 이런 삶의 목표에 대한 의식은 조수처럼 빠져나갔다가 밀려오기도 한다. 스페인 사람들은 잠시 동안 의식 있게 행동하며 자신들이 도달하고자 원하는 목표를 향해 나아갔고 또 도달할 수 있을 것이라고 믿었다. 그런 이유로 공화국 정부 아래에서 전쟁 초기 몇 달 동안 삶은 묘한 활력을 띤 것이었다. 민중은 공화파가 그들의 동지이고 프랑코가 적이라는 사실을 분명히 알았다. 그들은 세상이 자신에게 빚지고 있어서 그들이 받을 수 있는 어떤 것을 위해 스스로 싸워왔기 때문에, 자신들이 옳다는 것을 알았다.

올바른 관점에서 스페인 내전을 관찰하기 위해 이 점을 명심해야 한다. 전쟁의 잔인함, 더러움, 헛됨(이 특별한 전쟁의 경우에서는 음모, 박해, 거짓말, 오해)을 생각하면 다음과 같이 말하고 싶은 유혹에 빠진다. "이쪽도 저쪽만큼 나쁘다. 나는 중립이다." 하지만 실제로 중립은 있을 수 없고, 누가 이기든 상관없는 그런 전쟁은 거의 없다. 거의 항상 한 편은 다소간 진보 쪽에 서고 다른 편은 반동 쪽에 서게 된다. 스페인 공화파가 백만장자, 공작, 추기경, 한량, 늙은 보수주의자 등에게 불러일으키는 증오는 그 자체로서 이 나라의 상황이 어떠한지를 충분히 보여줄 것이다. 본질적으

259

로 이 전쟁은 계급전쟁이었다. 이 전쟁에서 이겼더라면 민중의 대의명분은 강화되었을 것이다. 그런데 전쟁은 졌고, 세계 도처의 불로소득자들은 득의의 표정으로 두 손을 비빌 것이다. 그것이 실질적 문제였으며 나머지 모두는 그 표면에 뜬 거품이었다.

06

아무튼 스페인 내전의 결과는 스페인이 아닌 런던, 파리, 로마, 베를린에서 결정되었다. 1937년 여름 이후로 안목 있는 사람들은 국제적 판도에 엄청난 변화가 일어나지 않는 한 공화파 정부가 전쟁에서 승리하지 못할 것임을 알고 있었다. 그리고 계속 싸울지 어떨지를 결정했을 때, 네그린[16]과 다른 사람들은 실제로는 1939년에 발발한 세계대전이 1938년 발발할 거라던 예상에 부분적으로 영향을 받았을지도 모른다. 널리 알려진 공화국 측의 내분은 패배의 주된 원인이 아니었다. 공화국 민병대들은 급히 꾸려졌고 무장도 빈약했고 군사적 식견도 부족했지만, 정치적 합

16 Juan Negrín(1894~1956), 스페인의 생리학자·정치가. 내전 중인 1936년에 재무장관을 역임하고 이듬해 총리에 취임하였다. 1939년 내전이 프랑코의 승리로 끝나자 피신하였고 파리에서 사망했다.

의가 처음부터 완벽히 이루어졌다 해도 결과는 똑같았을 것이다. 전쟁 발발 당시 스페인의 공장 노동자들은 일반적으로 총 쏘는 법을 알고 있지 못했고(그때까지 스페인에서 국민개병제도는 없었다), 좌파의 전통적인 평화주의도 큰 장애였다. 스페인에서 복무한 수천 명의 외국인들은 보병대 역할을 훌륭히 수행했지만, 그들 중 특정 분야의 전문가들은 극히 드물었다. 혁명이 방해받지 않았더라면 전쟁에서 승리할 수 있었을 것이라는 트로츠키주의자들의 주장은 아마도 틀렸을 것이다. 공장을 국유화하고, 교회를 파괴하고, 혁명 선언문을 발표했다 하더라도 군대는 더 강해지지 않았을 것이다. 파시스트들이 승리를 거둔 이유는 그들이 더 강했기 때문이다. 그들은 현대식 무기로 무장되어 있었고 반대쪽은 그렇지 못했다. 어떤 정치 전략도 그 점을 상쇄할 수 없었을 것이다.

스페인 내전에서 가장 당혹스러웠던 점은 세계열강들의 대응이었다. 이 전쟁은 사실상 독일과 이탈리아가 프랑코를 밀어준 덕분에 승리가 그에게 돌아간 것이다. 이 두 국가의 동기는 분명했다. 반면 프랑스와 영국의 동기는 선뜻 이해하기 어려웠다. 1936년에 영국이 스페인 정부에 수백만 파운드어치의 무기 지원을 했더라면 프랑코는 패배했을 테고 독일의 전략이 심각한 혼란에 빠지게 되었을 거라는 것은 누가 봐도 알 수 있는 사실이었다. 그 당시 영국과 독일 사이에 전쟁이 일어날 거라고 예상해보는 데엔 천리안을 가질 필요가 없었다. 1, 2년 안에 전쟁이 일어날 거라고 누구나 쉽게 예상할 수 있었다. 그러나 영국의 지배계급은 가장 비열하고 비겁하고 위선적인 방법을 동원해 스페인을 프랑코와 나치에게 넘겨주기 위해 할 수 있는 일을 다 했다. 왜 그랬을까? 정답은 그들이 바로 친파시스트였기 때문이다. 분명히 그들은 친파시스트였지만, 마지막에 가서는 독일에 맞서는 쪽에 섰다. 그들이 프랑코를 밀어주면서 무슨 계획을 가지고 있었는지는 지금까지도 불분명하다. 글쎄, 아무 계획 없이 그랬을지도 모를 일이지만. 영국의 지배계급이 사악한지 아니면 단순히 어리석은지는 우리 시대에서 가장 풀기 어려운 문제 중 하나이며, 때에 따라 상당히 중요한 문제이기도 하다. 그리고 러시아에 대해 말하자면, 그 나라가 스페인 내전에 뛰어든 동기가 무엇인지 도무지 알 수 없다. 빨간 물이 든 사람들이 믿는 것처럼, 그들이 민주주의를 수호하고 나치를 물리치기 위해 스페인 내전에 개입했는가? 그렇다면 그들은 왜 인색할 정도로만 개입하고 결국에는 곤경에 빠진 스페인 땅을 떠났는가? 아니면 가톨릭교도들이 주장하듯 스페인에서 혁명을 조성하기 위해 개입했는가? 그렇다면 왜 그들은 최선을 다해 스페인 혁명운동을 분쇄하고, 사유재산을 보호하고, 노동계층보다는 중산계층에 힘을 실어주었을까? 아니면 트로츠키주의자들이 주장하듯, 단순히 스페인 혁명을 **방해**하기 위해 개입했는가? 그렇다면 왜 프랑코를 밀어주지 않았는가? 실제로 그들이 몇 가지 모순적인 동기로 행동했다고 가정해본다면 그들의 행동이 쉽게 이해될 수 있다. 나는 스탈린의 외교

정책이 대부분의 사람들이 생각하듯 극악할 정도로 영리하다기보다는, 기회주의적이고 어리석었을 뿐이라고 생각하게 될 날이 언젠가 오리라고 믿고 있다. 어쨌든 스페인 내전에서, 나치는 자신들이 무슨 일을 하고 있는지 알았고 그들의 적들은 몰랐다는 것이 입증되었다. 이 전쟁은 기술 수준도 낮았고 주요 전략도 매우 단순했다. 무기를 가진 자들이 이길 것이었다. 나치와 이탈리아는 스페인 파시스트 동지들에게 무기를 제공했고, 서구 민주국가들과 러시아는 동지였어야 했던 자들에게 무기를 내놓지 않았다. 그래서 스페인 공화국은 '어느 공화국도 아쉬워하지 않은 것을 얻고서' 무너졌다.

의심할 여지없이, 다른 나라의 좌파들도 그랬듯이 이길 승산이 없는 상황에서 스페인 사람들에게 계속 싸우도록 격려한 것이 옳았는지 어떤지는 대답하기 곤란한 질문이다. 내 생각이지만 생존의 관점에서 볼 때 싸우지 않고 항복하기보다는 싸우다 정복당하는 쪽이 낫다고 믿고 있기 때문에 그렇게 한 것은 옳은 일이다. 파시즘에 대항한 투쟁이 큰 전략에 어떤 영향을 미쳤는지에 대해서는 아직 평가할 단계가 아니다. 누더기를 걸친 공화국의 무기 없는 군대는 2년 반이나 버텼는데 이는 적들이 예상했던 것보다 확실히 더 긴 기간이었다. 하지만 그것이 파시스트의 계획에 차질을 빚게 했는지, 아니면 다른 한편으로 단순히 전쟁이 뒤로 미루어져 나치에게 군수(軍需)를 정비하도록 여분의 시간을 제공해주었는지는 아직 분명치 않다.

07

스페인 내전을 생각하면 반드시 떠오르는 기억이 두 가지 있다. 하나는 레리다의 후방 병원 병동에서 부상당한 민병대원들이 구슬픈 목소리로 불렀던 노래다. 후렴은 다음과 같이 끝난다.

우나 레솔루시온,
루차르 하스트 알 핀[17]

그렇다. 그들은 끝까지 싸웠다. 전쟁 막바지 18개월 동안 공화국 군대는 담배도 없이, 식량도 거의 떨어진 상태로 싸운 게 분명했다. 내가 1937년 중반 스페인을 떠날 때에도 고기와 빵이 부족

17 '한번 한 결심, 끝까지 싸워라!'라는 뜻.

했고, 담배는 귀했으며, 커피와 설탕은 거의 구할 수가 없었다.

또 다른 하나는 내가 민병대에 입소하던 날 위병소에서 내 손을 잡아준 이탈리아 민병대원에 관한 기억이다. 그에 대한 이야기는 스페인 내전을 다룬 책[18]의 첫머리에 묘사되어 있어 여기서 재차 이야기하고 싶지 않다. 남루한 군복을 입은 그의 행색과 강인해 보이면서도 애처롭고 순박한 얼굴을 기억하노라면(아, 정말로 생생하다!) 전쟁의 복잡하고 부차적인 문제들은 사라지는 것 같으며, 어쨌든 나는 누가 옳았는지에 대해서는 의심의 여지가 없다는 걸 분명히 안다. 권력 정치와 언론의 거짓에도 불구하고, 전쟁의 핵심 이슈는 이런 사람들이 그들의 타고난 권리라고 알고 있던 인간다운 삶을 쟁취하려는 시도였던 것이다. 나는 이 특별한 민병대원의 최후를 생각하면 이런저런 비통함에 사로잡힌다. 내가 레닌 병영에서 그를 만났으니, 그는 어쩌면 트로츠키주의자 아니면 무정부주의자였을 것이다. 우리 시대의 특수한 상황에서라면 그런 종류의 사람들은 게슈타포한테 살해되든지 아니면 대개 국가정치보안부에 의해 죽게 된다. 하지만 장기적인 문제의 경우는 영향을 받지 않는다. 내가 고작 1, 2분 동안 보았던 그 대원의 얼굴은 나에게 이 전쟁이 정말로 어떤 것이었는지 생각하게 만드는 일종의 기억장치로 남아 있다. 그는 나에게 많은 나라에서 경찰에 시달리는 유럽 노동자계급과, 스페인 전장의 거대

---

18 1938년에 발간된 《카탈로니아 찬가》를 가리킨다.

한 공동묘지를 가득 메우고 있고 지금은 강제수용소에서 썩어가고 있는 수백만 명이나 되는 사람들의 꽃을 상징한다.

　현재 파시즘을 지지하고 있거나 이전에 지지한 적이 있는 사람들을 생각해보면 그 다양성에 깜짝 놀라게 된다. 얼마나 다양한지! 어쨌든 히틀러, 페탱, 몬터규 노먼, 파벨리치, 윌리엄 랜돌프 허스트, 슈트라이허, 북먼, 에즈라 파운드, 후안 마르치, 콕토, 티센, 코글린 신부, 예루살렘의 이슬람 법률가들, 아놀드 런, 안토네스쿠, 슈펭글러, 베벌리 니콜스, 휴스턴 부인, 마리네티를 모두 같은 배에 태울 수 있는 프로그램을 생각해보라. 하지만 단서는 아주 간단하다. 그들은 모두 잃을 게 있는 사람들, 또는 계급사회를 염원하고 인류의 자유롭고 평등한 세계 지향을 두려워하는 자들인 것이다. '신을 믿지 않는' 러시아와 노동계급의 '물질주의'에 대해 이러쿵저러쿵 말을 해대는 떠들썩한 선전 뒤에는 돈이나 특권에 탐욕스럽게 매달려 있는 사람들의 단순한 의도가 숨어 있는 것이다. 부분적으로 사실이긴 하지만, '마음의 변화'가 수반되지 않는 사회 재건은 무가치하다는 이야기도 모두 마찬가지다. 로마의 교황에서부터 캘리포니아의 요가 수행자에 이르기까지 경건한 자들은 마음의 변화에 큰 관심을 가지고 있다. 그들의 관점에서 보면 마음의 변화가 경제 체제의 변화보다 훨씬 더 안심할 만한 방법인 것이다. 페탱은 독일의 프랑스 점령을 프랑스 민중의 '쾌락 애호' 탓으로 돌리고 있다. 프랑스의 평범한 농민이나 노동자의 삶이 페탱 자신의 삶보다 얼마나 쾌락적인지 잠시 생각해본다면 이 말을 올바른 관점에서 평가할 수 있을 것이다. 노동자계급 사회주의자의 '물질주의'를 운운하는 정치인, 성직자, 문인 같은 빌어먹을 사람들의 오만함이란! 노동계급 사람들이 요구하는 것들은 모두, 이런 자들의 입장에서는 없으면 인간적인 삶이 도저히 불가능하다고 간주할 불가결한 최소한도의 것들이다. 충분한 식량, 끔찍한 실업의 공포로부터의 자유, 그들의 자식은 공정한 기회를 누릴 것이라는 생각, 하루 한 번의 목욕, 적절히 세탁된 깨끗한 시트, 빗물이 새지 않는 지붕, 일과가 끝나도 약간의 에너지가 남아 있을 만한 길이의 노동시간 등이다. '물질주의'에 반대하는 설교를 해대는 이런 사람들치고, 이런 것들이 없는 삶이 살 만하다고 생각하는 사람은 한 명도 없을 것이다. 우리가 20년 동안만 관심을 가지고 마음 쓴다면 그런 최소한의 것들은 쉽게 얻을 수 있을 것이리라! 전 세계의 생활수준을 영국만큼 끌어올리는 것은 우리가 지금 치르고 있는 전쟁보다는 더 힘들지 않을 것이다. 나는 그 자체로 모든 것이 해결될 수 있다고 주장하지도 않고 누가 그런 주장을 하는지도 모른다. 단지 내가 지적하고 싶은 것은 인류의 진정한 문제를 다루기 전에 우선 궁핍과 가혹한 노동이 없어져야 한다는 것이다. 우리 시대의 가장 큰 문제는 개인적 영속성에 대한 믿음이 퇴락하고 있다는 점인데, 보통의 인간들이 소처럼 일을 하거나 비밀경찰의 공포에 떨고 있는 한 그 문제는 해결될 수 없다. 노동계급의 '물질주의'는 얼마나 정당한가! 가치의 척도에서가 아니라 시간의 관점에서 정신보다는 굶주린

배가 우선이라는 것을 인식하는 그들은 얼마나 옳은가! 이런 사실을 이해한다면 우리가 견디고 있는 긴 공포감은 적어도 이해될 수 있다. 우리를 흔들리게 만들 것 같은 모든 문제들, 이를테면 페탱 혹은 간디의 유혹적인 발언들, 싸우기 위해 자신의 품위를 떨어뜨려야 한다는 불가피한 사실, 민주주의라는 말을 외쳐대지만 쿨리[19] 제국을 가지고 있는 영국의 이중적인 도덕적 입장, 소련의 불길한 성장, 좌파 정치인들의 지저분한 익살극, 이 모든 것들이 사라져버리고, 재산가와 그들이 고용한 거짓말쟁이들과 아첨꾼들에 대항해 서서히 자각해가는 민중의 몸부림만 보이게 된다. 문제는 아주 간단하다. 그 이탈리아 병사와 같은 사람들이 이제 기술적으로 가능한 품위 있고 충분히 인간다운 삶을 살도록 인정받을까, 그렇지 않을까? 민중들이 다시 진흙탕 속에 처박히게 될까, 그렇지 않을까? 근거는 충분하지 않지만 나는 어쩌면 민중이 조만간 투쟁에서 승리하리라 믿고 있다. 그 승리가 늦지 않고 빨리 이루어지기를 바란다. 말하자면 앞으로 100년 이내이지 1만 년 이내이기를 바라지 않는다. 그것이 스페인 내전과 작금에 벌어지고 있는 전쟁의 진정한 이슈였고, 어쩌면 다가올 다른 전쟁에서도 마찬가지리라.

　나는 그 이탈리아 민병대원을 다시는 만나보지 못했고 그의 이

19　coolie. 2차 세계대전 이전 중국과 인도의 짐꾼, 인력거꾼 따위의 노동자. 여기서는 영국 식민지인 인도 원주민들을 가리킨다.

름조차도 알지 못했다. 그는 지금 죽었을 가능성이 꽤 높다. 2년
여가 지난 뒤 전쟁이 거의 패해가고 있을 무렵, 나는 그를 기억하
며 이 시를 써보았다.

이탈리아 병사가 내 손을 잡았네
위병소 탁자 곁에서,
억센 손과 부드러운 손
그 손바닥들이 만날 수 있는 곳

총성 울리는 곳뿐이네.
하지만 아! 그때 난 얼마나 평화로웠던가!
어떤 여인보다 더 순수한
초췌한 그의 얼굴을 바라보며.

구역질나는 더러운 말들
그의 귀엔 성스러웠고,
그는 나면서부터 알고 있었네
내가 책에서 서서히 익힌 것들을.

믿을 수 없는 총은 제 말을 다 했고
우리 둘 다 그것을 샀지만,
내가 산 금붙이는 진짜 금이었네ㅡ

아! 누가 그것을 생각이나 할 수 있었으랴?

그대에게 행운이 있기를, 이탈리아 병사여!
하지만 행운은 용감한 자의 것이 아니네
세상 사람들이 그대에게 무엇을 갚으리?
그대가 준 것보다 언제나 적으리.

그림자와 유령 사이에서,
하얀색과 붉은색 사이에서,
총탄과 거짓 사이에서,
그대 고개를 어디에 숨길 것인가?

마누엘 곤살레스는 어디 있는가,
페드로 아길라르는 어디 있는가,
라몬 페네요사는 어디 있는가?
지렁이는 그것을 알지니.

그대의 이름과 행적은 잊혔네
그대의 뼈가 마르기도 전에,
그대를 살해한 거짓도 묻혔네
더 깊은 거짓 밑으로.

하지만 그대 얼굴에서 보았던 것

어떤 권력도 앗아갈 수 없네,

작열했던 어떤 폭탄도

수정 같은 그 정신을 흐트리지 못하리.

사회주의자는 행복할 수 있을까

오웰은 존 프리먼(John Freeman)이라는 가명으로
이 산문을 썼다.

크리스마스를 생각하면 거의 자동적으로 찰스 디킨스가 떠오르는데, 적절한 이유가 두 개 있다. 우선 디킨스는 실제로 크리스마스에 대해 글을 쓴 몇 안 되는 영국 작가 중 한 명이다. 크리스마스는 영국인들이 즐기는 가장 인기 있는 축제지만 놀랍게도 이것을 다룬 문학작품은 별로 없다. 주로 중세에 기원을 둔 크리스마스 캐럴이 있고, 디킨스의 작품을 포함해 로버트 브리지스[1], T. S. 엘리엇, 이외의 다른 작가들이 쓴 얼마 안 되는 시가 있을 뿐 그밖에는 거의 없다. 둘째로 디킨스는 **행복**이라는 문제를 설득력 있게 묘사할 수 있는 근대 작가들 중에서도 탁월한데, 사실상 거의

---

1 Robert Bridges(1844~1930), 영국의 시인. 크리스마스에 관한 시 〈노엘, 크리스마스 이브 1913〉를 썼다.

유일한 예라고 볼 수 있다.

디킨스는《피크윅 페이퍼즈》의 한 장(章)과《크리스마스 캐럴》에서 크리스마스라는 소재를 성공적으로 다루었다. 레닌의 아내에 따르면 남편이 죽음에 임박했을 때《크리스마스 캐럴》을 읽어주었는데, 그는 '부르주아적 감상'을 도저히 참을 수 없어 했다는 것이다. 어떤 의미에서 보면 레닌의 말이 맞을 수도 있지만, 그가 좀 더 건강했더라면 아마도 이 이야기 속에 흥미로운 사회적 함축이 있다는 점을 알아차렸을 것이다. 우선 디킨스가 아무리 두껍게 색칠해놓았을지라도, 타이니 팀²의 '페이소스'가 아무리 구역질이 날지라도 크래칫 가족은 삶을 즐겁게 살고 있다는 인상을 준다. 예컨대 윌리엄 모리스³의《유토피아에서 온 소식》에 등장하는 시민들이 행복해 보이지 않는 것만큼 크래칫 가족은 행복해 보인다. 게다가(디킨스가 이 점을 이해하고 있다는 것은 그가 지닌 힘의 비밀 중 하나이다) 크래칫 가족의 행복은 대체로 대비에서 나온다. 그들이 배불리 먹을 수 있는 날은 이날밖에 없기 때문에 그들은 기분이 좋은 것이다. 늑대가 문 앞에 와 있긴 하지만, 꼬리를 살랑살랑 흔들고 있다.⁴ 전당포와 땀 흘리는 노동과 대비

2《크리스마스 캐럴》에 등장하는 크래칫의 아들.

3 William Morris(1834~1896), 영국의 예술가·정치가·사회운동가. 러스킨의 영향으로 산업혁명이 가져온 예술의 기계화를 반대하고 노동의 즐거움을 예찬하였다.《유토피아에서 온 소식(*News from Nowhere*)》은 21세기 후반 사회주의가 실현되어 중앙정치가 없고 법이 존재하지 않는 사회를 그리고 있다.

4 '늑대가 문 앞에 와 있다'는 영국 속담은 몹시 굶주려 있다는 뜻이다.

되어 크리스마스 푸딩에서 구수한 냄새가 솟아오르고, 이중적 의미로 스크루지의 유령이 저녁 식탁 옆에 서 있다. 밥 크래칫은 스크루지의 건강을 위해 건배를 하자고까지 하지만, 크래칫 부인은 당연히 거절한다. 크래칫 가족이 크리스마스를 즐길 수 있는 것은 크리스마스가 일 년에 딱 한 번밖에 없기 때문이다. 그들의 행복은 오로지 불완전한 것으로 묘사되기 때문에 설득력이 있는 것이다.

다른 한편으로, **영원한** 행복을 그리려는 시도는 모두 지금까지 실패로 끝났다. 유토피아(참고로 유토피아라는 신조어는 '좋은 곳'이 아니라 '존재하지 않는 곳'을 의미한다)는 지난 3, 4백 년 동안 문학에서 보편적으로 다루어져왔지만, 이것을 긍정적으로 다룬 작품들은 예외 없이 재미가 없고 대개 생동감도 부족하다.

가장 유명한 현대의 유토피아는 H. G. 웰스의 유토피아이다. 웰스가 그리는 미래의 모습은 그의 초기 작품 전반에 함축적으로 묘사되었고, 《예상》과 《현대의 유토피아》에도 부분적으로 제시되어 있지만 20세기 초에 쓴 《꿈》과 《신을 닮은 인간》에 가장 완벽하게 표현되어 있다. 웰스가 보고 싶어 하는(혹은 보고 싶다고 생각하는) 세상의 모습이 이 책 두 권에 그려져 있다. 그런 세계의 기조는 계몽적 쾌락주의와 과학적 호기심이다. 우리가 지금 겪고 있는 악과 비참함이 모두 사라진 세계이며 무지, 전쟁, 빈곤, 더러움, 질병, 좌절, 기아, 두려움, 과로, 미신 등이 없는 세상이다.

이런 식으로 묘사되어 있기 때문에, 그런 세상은 우리 모두가 바라는 종류의 세상이라는 점을 부정하기 어렵다. 웰스가 없애고 싶은 것들은 우리 역시 없애고 싶은 것들이다. 하지만, 정말로 웰스식의 유토피아에서 살고 싶은 사람이 있을까? 반대로 그와 같은 세상에 살지 **않는** 것, 노골적이고 고루한 선생들로 가득한, 잡초 하나 없는 깨끗한 전원주택지에서 아침을 맞지 **않는** 것, 이런 것들이 사실상 의식적인 정치적 동기가 되었다. 《멋진 신세계》와 같은 책은 자신이 만들어낼 수 있는 합리화된 쾌락주의 사회에 대한 현대인의 실질적인 두려움을 표현한다. 어느 가톨릭 작가가 최근에 이렇게 말한 적이 있다. 유토피아는 이제 기술적으로 실현 가능하며 그 결과 유토피아가 오지 않도록 하는 것이 심각한 문제가 되었다는 것이다. 파시스트 운동이 우리 눈앞에 와 있는 지금 우리는 이 작가의 이야기를 단순히 어리석은 한마디로 무시할 수 없다. 파시스트 운동이 생겨난 원천 중 하나가 지나치게 합리적이고 안락한 세상을 피하고자 하는 욕망이었기 때문이다.

'긍정적인' 유토피아는 모두 하나같이 완벽함을 상정하지만 행복은 제시하지 못하고 있다. 이를테면 《유토피아에서 온 소식》은 웰스식 유토피아의 비위를 잘 맞춘 책이다. 모든 사람은 친절하고 합리적이며 모든 가구는 리버티 백화점[5]에서 사온 것 같지만,

---

5　런던의 가장 오래된 개인 백화점. 윌리엄 모리스의 자연주의·미술공예운동에 영향

그 뒷면에 남겨진 인상은 희미한 우울감이다. 최근 새뮤얼 경이 이런 방향으로 시도한 작품인 《미지의 국가》는 훨씬 더 음울하다. 벤살렘[6](프랜시스 베이컨에게서 빌려온 단어)에 살고 있는 주민들은 삶을 가능한 야단법석을 떨지 않고 살아나가야 할 악에 불과한 것으로 여기고 있는 듯이 보인다. 그들의 지혜가 그들에게 가져다준 것이라고는 영원한 무기력밖에 없다. 하지만 지금까지 상상력이 가장 풍부한 작가 중 한 명인 조나단 스위프트도 '긍정적인' 유토피아를 건설하는 데 큰 성공을 거두지 못했다는 점은 인상적이다.

《걸리버 여행기》의 초반부는 어쩌면 지금까지 나온 책 중에서 가장 통렬하게 인간사회를 공격하고 있다. 단어 하나하나가 오늘날과 연관이 있고 곳곳에 우리 시대의 정치적 공포에 대한 매우 상세한 예언이 들어 있다. 하지만 작가가 실패한 대목은 그가 존경하는 종족을 묘사할 때이다. 마지막 장에 가면 고귀한 휴이넘은 혐오스러운 야후들과는 대조적으로 인간의 결점을 가지고 있지 않은 지성적인 말 종족이라는 것을 알 수 있다. 이 말들은 높은 품성과 변함없는 상식을 지녔음에도 상당히 음울한 동물들이다. 다른 여러 유토피아에 살고 있는 존재들처럼 이 말들도 주로 소란을 피우지 않고 조용히 사는 데 관심을 보인다. 그들은 일

받은 아르누보 양식을 유행시킨 곳이기도 하다.
6 Bensalem, 베이컨의 《뉴 아틀란티스(*The New Atlantis*)》에 나오는 왕국 이름.

체의 싸움이나 무질서, 혹은 위험요소는 물론이고 육체적 사랑과 같은 '열정'도 없이 무사 태평스럽고 차분하고 '합리적인' 삶을 살아나간다. 말들은 우생학 원리에 따라 짝을 선택하는 데 과도한 애정을 멀리하고, 때가 오면 어느 정도 기꺼이 죽음을 맞이한다. 이 소설의 초반부에서 스위프트는 인간들의 어리석음과 나쁜 행동 때문에 어떤 결과가 나타나는지를 보여주었다. 하지만 어리석음과 나쁜 행동을 없애니, 살 만한 가치가 거의 없어진 미적지근한 상태가 되어버렸다.

확실하게 다른 세상의 행복을 묘사하려는 시도는 지금까지 성공을 거둔 적이 없었다. 천국을 그리려 한 시도도 유토피아만큼 크게 실패했다. 그렇지만 지옥은 문학에서 꽤 괜찮은 위치를 차지하고 있으며 세밀하고 설득력 있게 묘사되기도 했다는 것을 언급하고 싶다.

대개 그렇게 묘사되듯이 기독교의 천국은 사람들의 마음을 사로잡지 못한다. 천국을 다루는 거의 모든 기독교 작가들은 천국은 묘사할 수 없다고 솔직하게 말하거나 혹은 황금, 값진 보석, 끊임없이 울려 퍼지는 찬송가로 이루어진 희미한 모습 정도만 생각해내고 있다. 이런 모습이 세계 최고의 몇몇 시에 영감을 불러일으킨 것은 사실이다.

그대의 벽은 옥수(玉髓)로 만들어져 있고,
그대의 방벽은 사각형의 다이아몬드,

그대의 문은 화려한 동양의 진주
부와 진기한 것들로 넘치도다!

아니면,

신성하도다, 신성하도다, 신성하도다, 모든 성인들이 그대를 사
모하네
그들의 황금 왕관을 유리 같은 바다 주위에 던지네.
케루빔과 세라핌[7]이 그대 앞에 쓰러지네,
과거에도 그랬고, 현재도 그러하고, 앞으로도 그럴지니라!

　하지만 위 시들의 결점은 보통의 인간이 적극적으로 원하는 장
소나 조건을 묘사하지 못했다는 점이다. 많은 종교부흥운동가
목사들, 많은 예수회 사제들(예컨대 제임스 조이스의《젊은 예술가
의 초상》에 등장하는 끔찍한 설교를 보라)은 지옥을 생생하게 묘사
해 신자들을 털끝이 쭈뼛 설 만큼 두려움에 떨도록 만들고 있다.
하지만 천국 이야기가 나오면 그 즉시 '황홀'이니 '더없는 행복'과
같은 단어만 나열할 뿐, 그런 단어가 무엇을 담고 있는지 말하려
는 시도는 거의 하지 않는다. 이런 주제에 대해 가장 중요한 대목

7　cherubim은 구약성서에 나오는 사람 얼굴 또는 짐승 얼굴에 날개를 가진 천사. sera-
phim은 가톨릭 천사 중에서 최고 지위에 속하며, 케루빔과 더불어 신과 가장 가까운 위
치에 있다.

을 들자면 아마도 테르툴리아누스[8]가 설명했던 유명한 구절일 것이다. 즉 천국의 주된 기쁨은 저주받은 자들이 고문받는 장면을 지켜보는 것이라고.

여러 이교들의 천국도 나을 게 없다. 조금 나은 부분이 있다면, 사람들이 천국은 늘 황혼녘이라는 느낌을 갖고 있다는 점이다. 넥타를 마시며 산해진미를 즐기는 신들이 살고 있고 요정들과 D. H. 로렌스가 '불멸의 매춘부'라 불렀던 여신들이 있는 올림포스 산은 기독교의 천국보다는 그런대로 더 편안하게 보일지 모르지만, 그래도 그곳에 오랫동안 머물고 싶지는 않을 것이다. 이슬람교의 천국은 남자 한 명이 77명의 미녀를 거느리고 있는데, 이 미녀들은 저마다 남자의 관심을 끌기 위해 시끄럽게 떠들어댄다. 그것은 악몽일 뿐이다. 강신론자들도 '모든 것이 찬란하고 아름답다'고 끊임없이 장담하고 있지만, 실은 지적인 사람들에게 매력적인 것은 고사하고 견딜 만하다고 여겨지는 내세 활동에 대해서는 하나도 묘사하지 못하고 있다.

유토피아도 아니고 다른 세상도 아닌, 단지 감각적으로 완벽한 행복을 묘사하려는 시도도 똑같다. 이런 묘사는 대체로 공허하거나 통속적이거나 아니면 두 가지 모두를 느끼게 한다. 볼테르는 〈성처녀〉의 서두에서 샤를 9세가 정부 아네스 소렐과 함께

---

8 Tertullian(155?~230?), 고대 로마의 종교가. 삼위일체라는 신학 용어를 맨 처음 사용한 것으로 알려져 있다.

사는 모습을 묘사했다. 볼테르는 그들이 '언제나 행복했다'고 말하고 있다. 그렇다면 그들을 행복하게 만든 것은 무엇이었을까? 분명히 그들은 연회를 열어 마음껏 먹고, 마시고, 사냥하고, 사랑을 나누었을 것이다. 몇 주간 그런 생활을 보낸 뒤에는 지겨워하지 않을 사람이 누가 있겠는가? 라블레는 현세에서 어려운 삶을 살았던 것에 대한 위로의 일환으로 다음 세상에서 좋은 시간을 보내고 있는 복 받은 사람들에 대해 묘사했다. 그들은 어떤 노래를 부르고 있는데 대략 옮겨보면 이것이다. "뛰고, 춤추고, 장난치고, 백포도주와 적포도주를 마시고, 황금 왕관을 세는 것 말고는 하루 종일 하는 일이 아무것도 없네." 결국 이것도 얼마나 지루한 삶인가! 브뤼헐[9]이 그린 〈나태한 사람들의 땅〉이라는 작품에도, 영원히 지속되는 '좋은 시간'이라는 개념은 전반적으로 공허하다는 것이 드러나 보인다. 이 그림 속에는 살찐 사람의 거대한 몸뚱이 셋이 머리를 맞댄 채 잠을 자고 있고, 삶은 달걀과 구운 돼지다리가 먹히기를 기다리고 있다.

인간은 대비의 관점을 이용하지 않고서는 행복을 묘사하지 못하고 어쩌면 상상도 하지 못하는 것 같다. 이런 이유로 천국이나 유토피아에 대한 개념은 시대마다 다르다. 산업화 이전 사회에서 천국은 끝없는 휴식의 장소로, 그리고 황금으로 뒤덮여 있는 것으로 묘사되었다. 보통 사람들이 흔히 경험하는 것은 과로와 가

---

9 Pieter Bruegel the Elder(1525~1569), 네덜란드의 화가.

난이었기 때문이다. 이슬람교 천국에 있는 미인들은 대다수의 여성들이 부자의 하렘 안으로 사라지는 일부다처제 사회를 반영했다. 그러나 '영원한 행복'을 보여주는 이런 모습은 늘 실패했다. 더없는 행복이 영원해지는 순간(영원이란 끝없는 시간으로 여겨졌다) 대비는 더 이상 효력을 내지 못한다.

우리 문학에 깊숙이 박혀 있는 몇몇 관습들은 지금은 존재하지 않는 물질적 조건으로부터 처음 생겨난 것들이다. 봄에 대한 찬양이 하나의 예가 될 수 있다. 중세에 봄은 주로 제비와 들꽃을 뜻하지 않았다. 그보다는 몇 달 동안 연기가 자욱한 창문 없는 오두막에서 소금에 절인 돼지고기를 먹다가 드디어 초록색 야채, 우유, 신선한 고기를 먹을 수 있다는 것을 의미했다. 아래 노래처럼 봄노래는 즐거웠다.

먹고 마시며 유쾌하게 노는 것 말고는 아무 것도 하지 마라
그리고 즐거운 한 해를 주신 하늘에 감사하라
이때가 되면 고기는 값싸고 여성들은 사랑스럽고
건장한 사내들이 이곳저곳을 돌아다니네,
매우 즐겁게
함께 어울리며 즐거운 시간을 보내네!

이들은 즐거워할 거리가 있기 때문에 즐거워하는 것이다. 겨울이 지나간 것은 그들에게 대단한 일이었다. 견디기 힘든 북부지

방의 겨울철에 잠시 손을 놓고 배불리 먹고 노래 부르는 떠들썩한 잔치가 있어야 했기 때문에 크리스마스가 기독교 이전부터 축제의 형태로 시작되었을 것이다.

노고든 고통이든 무엇인가로부터 **벗어나는** 형태를 제외하고는 행복을 상상할 수 없기 때문에, 사회주의자들은 이 문제를 심각하게 여긴다. 디킨스는 가난에 찌든 가족이 구운 거위 고기를 입안에 밀어 넣는 장면을 묘사해서 그들이 행복하게 보이도록 만들 수 있었다. 그런데 완벽한 세상에 사는 사람들에게는 자연스럽게 생겨나는 흥겨움이 없는 것처럼 보이며, 대개가 역겨워 보인다. 하지만 분명히 우리는 디킨스가 그리는 그런 세상, 어쩌면 그가 상상할 수 있는 세상을 목표로 하지 않는다. 사회주의자들이 생각하는 목표는 친절한 늙은 신사가 칠면조 고기를 적선하기 때문에 모든 게 잘되어 나가는 그런 사회가 아니다.

'자선'이 없어도 되는 사회가 아니라면, 우리가 목표로 하는 사회는 어떤 사회인가? 우리는 배당금을 받는 스크루지와 다리에 결핵이 걸린 타이니 팀도 상상할 수 없는 그런 세상을 원한다. 그렇다면, 고통 없고 힘들지 않은 유토피아를 목표로 삼는 것을 의미하는가?

〈트리뷴〉 편집자들이 반대할지 모르겠지만, 나는 그런 위험을 무릅쓰고서라도 사회주의의 진정한 목표가 행복이 아니라고 주장한다. 지금까지 행복은 하나의 부산물이었고, 우리가 알고 있는 한 언제까지나 그렇게 남아 있을지도 모른다. 사회주의의 진정한 목표는 인류애이다. 대체로 이런 말은 입 밖에 나오지 않거나 나오더라도 충분히 큰 소리로 말해지지 않지만, 그래도 많은 사람들은 이것을 사실로 받아들이고 있다. 사람들은 지루한 정치 투쟁으로 삶을 소모하고, 내전에서 죽임을 당하거나 게슈타포의 비밀 감옥에서 고문을 당한다. 그들이 이런 삶을 사는 이유는 중앙난방, 냉방시설, 기다란 형광등 조명을 갖춘 파라다이스를 세우기 위해서가 아니라, 인류가 서로를 속이고 죽이는 대신 서로를 사랑하는 세상을 원하기 때문인 것이다. 그리고 그들은 첫 단계로서 그런 세상을 원한다. 그 다음 그들이 어디로 나아갈지는 확신할 수 없으며, 그것을 면밀하게 예상하게 되면 오히려 문제를 혼란스럽게 만들 뿐이다.

사회주의 사상은 예측은 하지만 어디까지나 넓은 관점으로 할 뿐이다. 매우 희미하게 보이는 목표를 겨냥해야 하는 경우도 있다. 예컨대 지금 이 순간 세계는 전쟁 중이고 평화를 원한다. 하지만 세계는 평화를 누린 경험이 없고, 고결한 야만인[10]이 존재하지 않는 한 결코 그런 경험을 한 적이 없다. 세상은 존재했을 수 있다고 희미하게 인식은 하지만 정확하게 규정할 수 없는 뭔가를 원하고 있는 것이다. 이번 크리스마스 날 수천 명의 사람들이 러시아 눈밭에서 피를 흘리며 죽어갈 것이고, 얼음같이 찬 물속에 빠

---

10 Noble Savage. 낭만주의 문학에서 묘사했던, 문명에 오염되지 않은 무구한 인간성을 지닌 이상적 인간.

져 죽을 것이며, 태평양의 어느 습지대 섬에서 수류탄을 터뜨려 서로를 산산조각 내 죽일 것이며, 집 없는 아이들은 먹을 것을 찾아 폐허가 된 독일의 도시들을 헤매고 돌아다닐 것이다. 이런 일이 일어나지 못하게 하는 것은 훌륭한 목표이다. 그러나 평화로운 세상이 어떤 모습일지를 자세하게 말하는 것은 별개의 문제이며, 그런 시도를 하면 결국 제럴드 허드[11]가 열정적으로 제시한 공포로 이어지게 된다.

유토피아를 창조한 사람들은, 거의 대부분 치통 없는 세상이 행복이라고 생각하는 치통 환자들과 비슷하다. 그들은 일시적이기 때문에 소중했던 뭔가를 끝없이 영속화함으로써 완벽한 사회를 만들기를 원했다. 하지만 그것은 잘못되었다. 인류는 계속 나아가야 하고, 거대한 전략이 준비되어 있지만 자세한 예언은 우리가 관여할 일이 아니라고 말하는 것이 더 현명한 처신일 것이다.

완벽을 상상하려고 애쓰는 사람은 누구든지 자신의 공허함을 드러낼 뿐이다. 스위프트와 같은 위대한 작가도 마찬가지이다. 그는 주교나 정치인을 멋지게 후려칠 수 있었지만, 초인을 창조하려고 했을 때 하나의 인상(그는 그럴 의도가 없었을 것이다)만을 남겼을 뿐이다. 그 인상이란 악취 나는 야후족이 계몽된 휴이넘족

---

11 Gerald Heard(1889~1971), 영국 출신의 미국 역사학자·교육가·철학자. 《멋진 신세계》에 영향을 받은 반(反)유토피아 소설 《도플갱어》를 남겼다.

보다 더 큰 발전 가능성을 갖고 있다는 거였다.

- 1943년 12월 24일, 〈트리뷴〉

시골 빈민가는
유럽을 도울 수 없다

패망 독일의 미래

오웰이 〈옵서버〉와 〈맨체스터 이브닝 뉴스〉의
전쟁 특파원으로
파리와 독일에 체류하면서 쓴 글이다.

독일로의 진격이 계속되고, 연합군 폭격기에 의한 독일에서의 대대적인 파괴행위가 갈수록 적나라하게 드러남에 따라 거의 모든 관찰자가 하게 되는 세 가지 논평이 있다. 첫째는 "영국에 있는 사람들은 이 폭격에 관해 잘 모르고 있다"는 것이고, 둘째는 "그들이 계속 싸워왔던 것은 기적이다"라는 것이며, 셋째는 "이 모든 것들의 복구 작업을 생각해보라"는 것이다.

요즈음 영국 사람들은 독일에 대한 연합군 대공세의 규모가 얼마나 되는지 모르고 있으며, 독일의 저항을 분쇄하는 데 대공세가 한 역할은 아마도 상당 부분 과소평가되어 있는 것이 사실이다. 공중전에 대한 보도는 그대로 믿기 어렵고, 일반인들이 지난 4년 동안 영국이 독일에게 한 짓이 1940년에 독일이 영국에게 저지른 짓과 별반 다르지 않다고 생각한다 해도 어쩔 수 없는 일이다.

하지만 미국 사람들이 더 많이 가지고 있을 것 같은 이런 잘못된 시각에는 잠재적 위험이 내재되어 있으며, 무차별 폭격에 대한 평화주의자와 인도주의자 들의 강한 반대는 이 문제에 혼란만 가중시키고 있을 뿐이다.

폭격은 특별히 비인도적인 것은 아니다. 전쟁 자체가 비인도적이고, 산업과 운송을 마비시키는 데 이용되는 폭격기는 상대적으로 문명화된 무기이다. '정상적'이고 '합법적'인 전쟁은 무생물을 파괴시키는 것과 마찬가지로 인간의 생명도 엄청나게 파괴시킨다.

더욱이 폭탄은 많은 수의 사람들을 무심히 살상하지만, 사람들이 전쟁터에서 싸우다가 죽는 경우에 공동체 사회는 그 손실을 감당할 수 없게 된다. 영국인들은 민간인 폭격에 대해 줄곧 불편하게 느끼고 있으며, 분명히 독일을 패배시키는 즉시 독일 사람들에 대해 기꺼이 연민의 정을 느낄 것이다. 하지만 그들이 (그들 자신의 상대적 면역 덕택에) 깨닫지 못하고 있는 점은 현대 전쟁의 끔찍한 파괴성과, 세계가 지금 직면하고 있는 장기간의 빈곤화이다.

독일의 황폐한 도시를 걸으면, 과연 문명이 지속할지에 대해 사실상 의심이 든다. 폭격을 당한 것이 독일만이 아님을 명심해야 하기 때문이다. 아무튼 똑같은 황량함이 브뤼셀에서 스탈린그라드에 이르기까지 넓은 지역에 걸쳐 있다. 그리고 지상전이 있었던 곳의 파괴는 훨씬 더 참혹하다. 마른 강과 라인 강 사이에 걸쳐 있는 300여 마일 지역에 파괴되지 않은 다리나 수로 같은 것은 하나도 없다.

우리는 영국에서만 해도 주택 300만 호가 필요한데, 적절한 기간 내에 그 모두를 건설하기는 불가능하리라는 것을 알고 있다. 하지만 독일, 폴란드, 러시아, 혹은 이탈리아에는 과연 얼마나 많은 주택이 필요할 것인가? 수백 개의 유럽 도시를 재건한다는 거대한 사업을 생각해볼 때, 우리는 그저 1939년의 생활수준을 회복하는 데까지도 상당한 기간이 지나야만 하리라는 걸 잘 알고 있다.

우리가 독일에게 당한 피해 정도는 정확히 얼마인지 아직 모르지만 지금까지 진격한 독일 지역들을 놓고 볼 때, 독일은 재화나 노동 둘 중 어떤 형태로든 전쟁 배상금을 지급할 능력이 없을 것 같다. 간단히 말해 집을 다시 짓고, 파괴된 공장을 가동시키고, 외국 노동자들이 자유를 얻어 떠난 뒤 독일 농업이 붕괴되지 않도록 하는 데만 해도 독일은 가용할 수 있는 노동력을 총동원해야 할 것이다.

계획대로 그들 중 수백만 명이 전후복구사업 쪽으로 강제 투입되더라도, 독일 자체의 회복은 더디게 진행될 것이다. 전쟁이 끝난 뒤 상당량의 전쟁 배상금을 받지 못할 가능성이 점쳐지고 있지만, 어느 한 나라의 가난은 전 세계에 좋지 않은 영향을 미치게 된다. 독일을 일종의 시골 빈민가로 전락시킬 경우 영국에게 돌아올 이득은 없을 것이다.

- 1945년 4월 8일, 〈옵서버〉

자유와 행복

예브게니 자미아틴의 《우리들》

자미아틴의 《우리들》은
오웰의 《1984년》, 헉슬리의 《멋진 신세계》와 함께
세계 3대 디스토피아 소설로 불리며,
나머지 두 소설에 큰 영향을 끼쳤다.
오웰은 이 작품에 남달리 관심이 많았으며
1944년에 러시아 시인이자 문학사가인 글레프 슈트루페에게 보낸
서한에서 《우리들》이 조만간 자신이 쓰게 될 소설(《1984년》)에
영향을 끼쳤음을 밝히고 있다.

자미아틴[1]의 《우리들》이 출간되었다는 소식을 들은 지 수년이 지난 후에야 나는 이 소설을 손에 넣을 수 있었다. 이 소설은 금서의 시대인 현대에 값진 문학작품 중 하나이다. 글레프 슈트루페의 《소비에트 러시아 문학 25년사》를 통해 나는 이 소설의 내력을 알 수 있었다.

1937년 파리에서 사망한 자미아틴은 러시아 혁명 전후로 많은 작품을 발표한 소설가이자 비평가이다. 1923년경 쓰인 《우리들》은 러시아에 관한 내용도 아니고 당시의 정치와 직접적인 관

---

1 Yevgeny Zamyatin(1884~1937), 러시아의 공상과학 및 정치풍자 작가. 소련 최초의 반체제인사 중 한 명으로 간주된다.

계도 없지만(이 소설은 서기 26세기를 다룬 판타지이다) 이념적으로 바람직하지 못하다는 이유로 출간 금지당한 작품이다. 이소설은 원고가 러시아 밖으로 유출되는 바람에 영어, 프랑스어, 체코어 번역본으로 출간되었지만 러시아에서는 결코 출간이 되지 못했다. 영역본은 미국에서 출간되었지만 나는 영역본을 입수할 수 없었다. 하지만 프랑스어 번역본(제목은《우리들은》이다)이 있어서 드디어 한 권을 사는 데 성공했다. 내가 판단하건대 이 소설은 일류 작품은 아니지만 분명히 심상치 않은 작품이고, 놀랍게도 어떤 영어권 출판사도 이 소설을 적극적으로 재발간할 움직임을 보이지 않고 있다.

《우리들》에 대해 우선 주목할 만한 것은, 올더스 헉슬리의《멋진 신세계》가 부분적으로 이 작품으로부터 유래되었다는 사실(아무도 이에 대해 언급하지 않았다)이다. 이 두 소설은 조직화되고 기계화되고 고통 없는 세계에 대한 원초적인 인간 정신의 반역을 다루고 있으며, 시간적 배경도 둘 다 지금부터 약 600년 후를 상정하고 있다. 두 소설의 분위기는 비슷하며, 개략적으로《멋진 신세계》가 정치적 인식을 덜 드러내고 현대 생물학 및 정신학적 이론으로부터 더 많은 영향을 받았지만 묘사되는 사회의 종류는 본질적으로 같다.

자미아틴이 예견하는 26세기의 유토피아 거주자들은 개성을 완전히 상실한 채 숫자에 의해서만 신원이 알려질 뿐이다. 그들은 '수호자'로 알려진 정치경찰이 보다 쉽게 감시할 수 있도록 안이 훤히 보이는 유리 집에 산다. 그들은 하나같이 똑같은 제복을 입고 있으며, 흔히 이름은 없고 '숫자'로 불리거나 '제복'으로 구별된다. 그들은 합성식품을 먹고 살며, 대체로 '싱글 스테이트'의 국가(國歌)가 확성기를 통해 울려 퍼지는 가운데 무리를 지어 행진하는 것이 여가를 대신하고 있다. 그들은 정기적으로 한 시간(성생활 시간으로 알려져 있다) 동안 유리로 된 아파트 벽을 커튼으로 가리는 것을 허락받는다. 물론 결혼이라는 것은 없지만, 성생활이 크게 문란해 보이지도 않는다. 사람들은 모두 성행위를 목적으로 핑크 티켓이라고 하는 일종의 배급표를 가지고 있으며, 할당받은 시간 동안 성행위를 함께 한 파트너가 배급표의 한쪽에 서명한다. '싱글 스테이트'는 '은인'이라고 알려진 유명인물에 의해 통치되는데, 그는 일 년에 한 번 전체 국민에 의해 재선된다. 투표는 언제나 만장일치이다. 국가의 지도 원리는 '행복과 자유는 양립할 수 없다'는 것이다. 에덴동산에서 사람들은 행복했지만 어리석게도 자유를 요구하는 바람에 황야에 내몰렸다. 이제 '싱글 스테이트'는 자유를 제거함으로써 행복을 되찾았다.

지금까지 한 이야기를 놓고 볼 때 이 소설과 《멋진 신세계》의 유사성은 뚜렷하다. 하지만 자미아틴의 소설은 《멋진 신세계》보다 짜임새는 덜해도(플롯은 약하고 단편적인 사건 위주로 되어 있고, 너무 복잡해 요약할 수 없다)《멋진 신세계》가 가지고 있지 않은 정치적 함의를 담고 있다.《멋진 신세계》에서 '본성'의 문제는 어느 정도 해결된다. 인체 구조는 태아기 치료, 약물, 최면 암시 등에 의해 전문적이고 바람직한 방법으로 다루어질 수 있다. 일류 과학자는 엡실론[2] 멍청이만큼이나 쉽게 생산되며, 이 두 가지 중 어느 경우든 모성애나 자유에 대한 욕구 같은 원초적 본능이 조금이라도 있다면 손쉽게 제거된다. 동시에 왜 사회가 정교한 방식으로 계층화되었는가에 대한 명확한 이유는 제시되어 있지 않다. 목표는 경제적 착취가 아니지만 그렇다고 협박하고 지배하려는 욕구 또한 아니다. 권력에 대한 굶주림도 없고 사디즘도 없고 가혹함도 전혀 없다. 맨 윗부분에 위치하는 사람들에게 그 위치에 머물고자 하는 강한 욕구도 없으며, 모든 사람들이 멍청할 정도로 행복하지만 삶에 방향이 없어서 그런 사회가 유지될 거라고 믿기는 힘들다.

《우리들》은 대체로 좀 더 우리 자신의 상황과 많이 닮아 있다. 교육과 수호자들의 감시에도 불구하고 인간 옛 시절의 본능이 아직 많이 남아 있다. 재능 있는 엔지니어지만 지극히 평범하고 가련한 피조물, 이를테면 런던 타운의 낙천적인 빌리 브라운[3]

---

2 Epsilon, 《멋진 신세계》에 등장하는, 공장에서 인공적으로 부화되고 기계적 조작에 의해 양육되는 인간의 다섯 등급 중 지능이 가장 낮은 등급. 유리관 속에서 배양되는 태아는 알파, 베타, 감마, 델타, 엡실론 등 각기 지능과 능력이 다른 5등급으로 분류되어 차등 양육된다. 태어날 때부터 감정과 개성이 인위적으로 조작되고 사랑과 신앙은 철저히 금지된다. 이들에게 가장 큰 욕은 '어머니를 가진 놈'이라는 말이다.
3 Billy Brown of London Town, 데이비드 랭던(David Langdon)이 창조한 만화 캐릭터. 2차 세계대전 동안 런던 교통국은 승객들에게 전시 안전 문제를 알리기 위해 빌리 브라운 포스터와 광고를 제작했다.

과 같은 인물인 소설의 화자 D-503은 자신을 붙잡고 있는 인간 본연의 충동에 의해 끊임없이 몸서리친다. 그는 지하 저항운동 원이자 후에 얼마동안 그를 반역단체에 끌어들이는 데 성공한 I-330과 사랑(물론 이곳에서 사랑은 죄악이다)에 빠지게 된다. 반역이 일어난다면 '은인'에 맞서는 적들의 숫자는 사실상 엄청날 것 같으며, 이들은 국가를 전복하려는 음모를 꾸미는 것 외에도 흡연과 음주와 같은 악에 빠진다. D-503은 결국 자신의 어처구니없는 행위의 결과로부터 구원받는다. 당국은 최근의 소요사태의 원인을 찾아냈다고 발표한다. 그 원인이란 몇몇 인간들이 상상력이라는 질병에 시달리고 있다는 것이며, 상상력을 관장하고 있는 신경 중추를 찾아내 엑스레이 치료로 치유될 수 있다고 말이다. D-503은 이 치료법을 받았고 그 후 자신이 알고 있는 사실을 모두 실토했는데, 즉 자신의 동지들을 쉽게 경찰에 밀고해버린 것이다. 그는 아주 침착하게 I-330이 종 모양 유리덮개 아래에서 압축 공기에 고문당하는 장면을 지켜본다.

그녀는 두 손으로 의자 팔걸이를 꼭 잡고 나를 쳐다보았다. 마침내 그녀의 두 눈이 완전히 감겼다. 그들은 그녀를 끌고 나가 전기 충격으로 정신을 차리게 한 후 유리덮개 아래에 다시 앉혔다. 이 과정은 세 번 반복되었고 그녀는 말 한마디 하지 않았다. 그녀와 함께 끌려온 다른 사람들은 스스로 좀 더 정직한 사람임을 증명해 보였다. 그들 중 많은 사람들이 고문 장면을 보고

죄를 자백했다. 내일 그들은 '은인의 기계'로 보내질 것이다.

'은인의 기계'는 단두대이다. 자미아틴의 유토피아에서는 많은 사람들이 처형당한다. 처형은 '은인'이 보는 앞에서 공개적으로 이루어지며 공식 시인들이 승리의 시를 낭송한다. 물론 단두대는 옛날에 사용했던 잔인한 도구가 아니라 훨씬 개량되어, 말 그대로 희생자를 청산해 순식간에 내뿜어지는 한 모금의 연기와 깨끗한 물웅덩이로 만들어버린다. 처형은 사실상 인간 제물이며, 처형을 묘사하는 장면은 고대 세계의 불길한 야만 문명의 색채를 의도적으로 드러내고 있다. 전체주의의 비이성적 측면, 이를테면 인간 제물과 그것 자체가 목표가 되는 잔인성, 본질적으로 신의 능력을 가지고 있다고 하는 지도자 숭배, 이런 것들 때문에 이 소설이 헉슬리의 소설보다 더 높이 평가될 수 있다.

이 소설이 왜 출간 금지를 당했는지 이유는 분명하다. D-503과 I-330 사이에 오간 아래 대화(약간 축약했다)를 보더라도 이 소설은 검열당하기 충분했다.

"당신이 제안하는 것이 혁명이란 걸 알고 있어?"

"물론이지, 혁명이야. 문제라도 있어?"

"혁명이란 있을 수 없어. **우리** 혁명은 마지막으로 끝났고 다시는 일어날 수 없어. 모두들 그 사실을 알고 있는걸."

"이봐, 당신은 수학자야. 마지막 숫자가 무엇인지 말해봐."

"무슨 말 하는 거야, 마지막 숫자라니?"

"그럼, 가장 큰 숫자는?"

"그것 참 터무니없군. 숫자는 무한대야. 마지막 숫자는 있을 수 없어."

"그렇다면 왜 마지막 혁명이라는 말을 들먹이지?"

이와 비슷한 다른 단락도 있다. 하지만 자미아틴은 소련 정권을 풍자의 목표로 삼지 않았다. 자미아틴은 레닌이 죽을 때쯤 이 소설을 썼기 때문에 스탈린 독재를 결코 염두에 두지 않았고, 1923년 러시아의 생활은 안정적이고 평안하다고 여겨졌기 때문에 누구든 반역을 일으킬 계제는 아니었다. 자미아틴이 목표물로 두고 있던 것은 특정 국가가 아니라 산업 문명에 대한 함축이었다. 나는 그의 다른 소설은 아직 읽어보지 못했지만, 그가 영국에 수년간 머물면서 영국생활에 대한 신랄한 풍자의 글을 썼다는 사실을 글레프 슈트루페의 책에서 보았다.《우리들》에 나타난 분명한 점은 그가 원시주의 쪽으로 강하게 기울고 있다는 점이다. 1906년 러시아 제정정부에 의해 투옥되고 그 후 1922년 볼셰비키에 의해 같은 감옥의 같은 통로에 있는 감방에 또다시 투옥되었을 때, 그는 자신이 살고 있는 정치체제를 혐오할 명분을 가지게 되었다. 하지만 그의 소설《우리들》은 그저 불만의 표출 이상이다. 이 소설은 실제로 기계, 다시 말해 인간이 병에서 무분별하게 꺼내지만 도로 집어넣을 수 없는 정령에 대한 연구이다. 영역판이 나오면 꼭 찾아봐야 할 책이다.

- 1946년 1월 4일, 〈트리뷴〉

고물의 저항할 수 없는 매력

고물상은 과거를 상징한다.
과거는 오웰 문학에서 중요한 의미를 지닌다.
《1984년》의 주인공 윈스턴은 고물상에서 과거에 대한 감정을 회복해
잃어버린 인간성을 다시 찾으려 한다.

런던에서 가장 매력적인 고물상이 어디냐 하는 점은 취향의 문제이거나 아니면 토론의 여지가 있는 문제이다. 어쨌든 나는 그리니치의 우중충한 지역에, 엔젤 근처의 이즐링턴에, 할로웨이에, 패딩턴에, 그리고 에지웨어로드의 배후지역에 있는 일급 고물상으로 여러분을 안내할 수 있다. 로즈[1] 근처에 있는 두어 개의 고물상(이 고물상들조차도 쇠퇴하고 있는 거리의 한 구역에 자리 잡고 있다)을 제외하고, 이른바 '살 만한' 동네에서 내가 두 번 눈길을 줄 만한 고물상은 없다.

고물상은 골동품점과 혼돈되지 않는다. 골동품점은 깨끗하고 상품들이 보기 좋게 진열되어 있고 가치에 비해 두 배 정도 가격

---

1 Lord's, 런던의 크리켓 경기장 Lord's Cricket Ground의 약칭.

이 책정되어 있으며, 일단 가게에 들어가면 대체로 주인의 상술에 홀려 뭔가를 사게 된다.

고물상은 창문 위에 먼지가 두껍게 쌓여 있고, 물건들은 말 그대로 손상될 염려가 없는 것들이다. 대체로 가게 뒤쪽 조그만 방에서 꾸벅꾸벅 졸고 있는 주인은 물건을 팔려는 열의도 없다.

또한 고물상에 처박혀 있는 보물은 한번 봐서 눈에 잘 띄지 않는다. 그것들은 대나무로 만든 케이크 스탠드에 쌓인 잡동사니, 이를테면 브리타니아 합금²으로 만든 접시 덮개, 회중시계, 모서리가 접힌 책, 타조 알, 제조사가 더 이상 존재하지 않는 오래된 타자기, 알 없는 안경, 마개 없는 포도주 병, 박제된 새, 철사로 만든 벽난로 불막이, 열쇠 꾸러미, 너트와 볼트 상자, 인도양에서 가져온 소라고둥, 나무로 만든 구두골, 중국산 단지, 하일랜드 캐틀³을 그린 그림들 사이에 아무렇게나 놓여 있기 때문이다.

고물상에서 찾아봐야 할 것들 중에는 마노나 준보석으로 만든 빅토리아 시대 브로치와 로켓⁴ 같은 것이 있다.

아마도 이런 것들 중 여섯에 다섯 정도가 조잡하게 생겼겠지만, 개중에는 몹시 아름다운 것들도 있다. 은, 혹은 어떤 이유인지 더 이상 만들어지지 않고 있는 매력적인 합금인 황동에 박혀 있는 것들이 있다.

---

2 은과 비슷하게 가공된 백랍 합금.
3 Highland cattle, 털이 길고 거칠며 뿔이 큰 소.
4 locket, 사진 등을 넣어 목걸이에 다는 작은 갑.

찾아볼 만한 다른 것들로는 뚜껑에 그림이 그려져 있는 종이 반죽으로 만든 코담뱃갑, 러스터[5] 물병, 1830년 전후에 만든 전장식(前裝式) 피스톨, 보틀십[6] 등이 있다. 보틀십은 지금도 만들어 지지만 옛것이 언제나 가격이 훨씬 더 높다. 빅토리아 시대의 병이 모양이 우아하고 색깔도 은은한 녹색을 띠고 있기 때문이다.

아니면 오르골, 마구(馬具)에 다는 놋쇠 장식, 구리로 만든 뿔 모양 화약통, 빅토리아 여왕 즉위 기념 머그잔(어떤 이유인지 몰라도, 1887년의 50년 축전 때는 10년 후 다이아몬드 주빌리[7] 때보다 훨씬 더 많은 기념품을 만들었다), 바닥에 그림이 그려져 있는 유리 문진 등도 볼 만하다.

유리 안에 산호 한 조각이 들어 있는 문진도 있다. 하지만 이런 것들은 언제나 터무니없이 비싸다. 아니면 빅토리아풍의 신형 의상 그림이 가득한 스크랩북과, 압축한 꽃도 발견할 수 있다. 정말로 운이 좋다면 스크랩북의 큰형님격인 스크랩 스크린을 찾을 수도 있다.

스크랩 스크린(요즈음에도 상당히 희귀하다)은 대체로 색깔 있는 사진이나 그림 조각을 잘라 나무 혹은 캔버스천 스크린에 붙여 어느 정도 일관성을 갖춘 그림을 만든 것이다. 최고의 것들은

---

5 lustre-ware, 유약을 바른 금속성 광택이 있는 도자기.
6 bottleship, 투명한 병 안에 넣은 배 모형.
7 Diamond Jubilee, 1897년에 열린 빅토리아 여왕(Queen Victoria)의 즉위 60주년 기념 축전. 1887년 50년 축전은 골든 주빌리(Golden Jubilee)라 한다.

1880년을 전후해 만든 것이지만, 고물상에서 살 경우 결함 있는 것을 살 수밖에 없는데, 이런 결함 있는 것을 사서 직접 수선하는 재미도 쏠쏠한 매력이 될 수 있다.

미술 잡지, 크리스마스카드, 우편엽서, 광고지, 책 표지, 심지어 담뱃갑 속에 들어 있는 그림 카드를 떼 붙일 수도 있다. 언제나 한 군데 이상 결함이 있게 마련인데, 조심스럽게 붙이면 무엇이든 전체적으로 조화가 잘 들어맞는다.

그래서 내가 가지고 있는 스크랩 스크린의 한구석에는 두 남자 사이에 검은 병이 놓여 있는 세잔의 〈카드놀이를 하는 사람들〉 그림이 중세 피렌체의 가두풍경을 침범하고 있고, 가두풍경의 반대쪽에는 고갱의 그림 〈남쪽 바다 섬사람들〉에 그려진 한 사람이 레그오브머튼 소매[8]의 숙녀가 카누를 젓고 있는 영국의 어느 호수 옆에 앉아 있다. 함께 모여 있는 이들의 모습은 아주 편안해 보인다.

고물상에 있는 물건들은 다 신기한 것들이지만, 또한 유용한 것들도 찾을 수 있다.

나는 독일의 대공습 이후 켄티시타운에 있는 어느 고물상에서 오래된 프랑스제 총검 하나를 6펜스를 주고 사 4년 동안 부지깽이로 사용한 적이 있었다. 그리고 지난 몇 년간 그 고물상은 목공

---

8 leg of mutton sleeve, 소매 윗부분을 부풀리고 아래는 좁혀 팔에 꼭 끼게 한 형태. 소매 모양이 양의 다리와 닮았다고 하여 이름 붙여졌다.

연장(건목 대패 같은 것)이나 코르크 마개뽑이, 시계태엽 감개, 스케이트, 포도주잔, 구리냄비, 여벌 손수레 바퀴와 같은 유용한 물건을 살 수 있는 유일한 장소가 되었다.

어느 고물상에 가면 어떤 자물쇠라도 열 수 있는 만능 열쇠도 찾을 수 있고, 그림을 전문으로 하는 가게도 있어 액자가 필요할 때는 그곳에 가면 된다. 실제로 나는 그림 액자를 사서 그림을 빼버리는 것이 액자를 사는 가장 값싼 방법임을 알게 되었다.

하지만 고물상의 매력은 싼 물건을 찾아내는 데 있는 것도 아니고, 전체 고물 중 5퍼센트 남짓만 가지고 있는(후하게 잡아 그렇다) 미학적 가치에 있는 것도 아니다. 그것의 매력은 아이에게 구리 못, 시계태엽, 레모네이드 병을 깨서 갈아 만든 유리구슬 등을 모으도록 하는 우리 내면의 본능에 있는 것이다. 고물상에서 즐거움을 얻기 위해 우리는 어떤 것을 사야겠다는 의무감을 가질 필요도, 사고 싶어 할 필요도 없다.

나는 토트넘 코트 로드에 있는 어느 고물상을 알고 있는데 그곳에서는 여러 해 동안 추잡하지 않은 물건을 본 적이 없고, 베이커 가에서 얼마 떨어지지 않은 또 다른 고물상에는 언제나 유혹적인 물건들이 있다. 그렇지만 이 두 고물상이 주는 매력은 나한테 똑같다.

초크팜 지역에 있는 고물상은 쓰레기 같은 낡은 쇠붙이 조각을 판다. 내가 기억하기로는 낡아빠진 도구와 납 배관 몇 개가 쟁반에 담겨 있고, 가스난로가 문간에서 썩어가고 있다. 나는 그곳에서 어떤 물건도 사지 않았고 사고 싶은 충동도 전혀 느낀 적이 없다. 하지만 나는 고물상이 있는 거리를 지나게 되면, 반드시 길을 건너 고물상의 진풍경을 보고 싶은 마음을 억누를 수 없다.

– 1946년 1월 5일, 〈이브닝 스탠다드(*Evening Standard*)〉

영국식 살인의 쇠퇴

1945년 아내 에일린을 잃은 슬픔을 달래기 위해
오웰은 이듬해에 130편 이상의 기사와 서평을 썼다.
이 글도 이때 쓴 것이다.

때는 전쟁이 일어나기 전 어느 일요일 오후, 아내는 소파에서 낮잠을 자고 있고 아이들은 놀러나갔다. 소파에 두 다리를 쭉 뻗고 안경을 코에 걸치고 〈뉴스 오브 더 월드〉[1]를 펼친다. 로스트비프와 요크셔푸딩, 아니면 로스트포크와 애플소스를 먹은 뒤 슈에트 푸딩으로 입가심하고 홍차 한 잔을 마시니 분위기가 한껏 고조된다. 담배 파이프를 기분 좋게 끌어당기고, 소파 쿠션을 허리 밑에 밀어 넣고, 난롯불이 활활 타오르고 있어 공기는 따스하고 아늑하다. 이런 기분 좋은 분위기에서 당신이 읽고 싶어 하는 기사는 무엇일까?

---

1 *News of the World*, 1843년 런던에서 창간된 영국 최대의 일요신문. 흥미 위주의 가십성 기사로 인기를 끌었다. 2011년 7월 폐간되었다.

당연히 살인사건 기사에 눈길이 간다. 하지만 어떤 종류의 살인사건인가? 영국 대중에게 엄청난 즐거움을 안겨준 살인사건, 다시 말해 거의 모든 사람들이 줄거리를 거의 알고 있고, 소설로도 쓰였고, 또 일요신문과 같은 잡지에 재탕 삼탕된 살인사건을 조사해본다면, 살인사건에 가족이 연루된 경우가 상당히 많이 있다는 걸 알게 된다. 영국 살인사건의 전성기는 대충 말해서 1850년과 1925년 사이인 듯하며, 그중에서 오늘날까지도 사람들의 입에 오르내리는 살인자들로는 러글리의 파머 의사, 잭 더 리퍼, 닐 크림, 메이브릭 부인, 크리펜 의사, 세든, 조지프 스미스, 암스트롱, 바이워터스와 톰슨 등이 있다. 뿐만 아니라 1919년쯤 일반적 패턴에 꼭 들어맞는 또 다른 유명한 사건이 있었지만, 기소된 사람이 무죄 석방되었기 때문에 그 이름은 거론하지 않는 게 좋겠다.[2]

위에 언급된 아홉 사건 중 적어도 네 건이 소설로 재구성되어 성공을 거두었고, 하나는 인기 통속극으로 만들어졌으며, 신문 논평, 범죄학 논문, 변호사와 경찰 회고록 등의 형태로 된 문헌들도 상당수에 이를 것이다. 그런데 최근의 영국 범죄는 그렇게 오랫동안 뚜렷하게 기억되진 않는 것 같다. 외부 사건[3]의 폭력성이 부각되면서 살인이 중요치 않게 된 이유도 있고, 살인의 일반적

---

2 아내를 비소로 독살한 혐의를 받았으나 증거 불충분으로 풀려난 해럴드 그린우드 (Harold Greenwood)를 가리킨다.
3 1, 2차 세계대전을 가리킨다.

유형이 바뀌고 있기 때문이기도 하다. 2차 세계대전 당시 사람들의 입에 오르내렸던 최고의 이야기는 소위 '갈라진 턱 살인'이었다. 이 사건은 소책자[4]로 쓰여 인기를 끌었고, 재판의 구술 기록은 작년에 제롤즈 출판사가 베크호퍼 로버츠의 서문과 함께 출간하였다.

사회학적, 어쩌면 법적 관점에서만 흥미가 생길 법한 측은하고 추악한 사건을 말하기 전에, 일요신문 독자들이 "요즈음엔 제대로 된 살인사건이 없는 것 같아."라고 조바심 내며 말할 때 그것들이 의미하는 것이 무엇인지 정의해보자.

내가 위에 언급한 살인사건 아홉 건 중에서 타의 추종을 불허하는 잭 더 리퍼를 빼고 말해보자. 여덟 건 중 여섯은 독살 사건이고, 범죄자 열 명 중 여덟이 중산층 사람들이다. 어떻든 두 건을 제외한 사건은 모두 성(性)이 강력한 범죄 동기였다. 그리고 적어도 네 건에서 품위(삶에서 안정된 지위를 획득하고자 하는 욕구, 혹은 이혼과 같은 스캔들로 사회적 체면을 잃지 않으려는 욕구)가 살인을 저지르게 한 주된 이유 중 하나였다. 유산이나 보험금과 같은 돈을 노리고 자행된 범죄도 절반 이상이었지만, 돈의 액수는 거의 언제나 크지 않았다.

대부분의 사건에서 범죄행각은 이웃이나 친척의 의심에서 비

---

4 알윈 레이몬드(R. Alwyn Raymond)가 쓴 《갈라진 턱 살인(The Cleft Chin Murder)》을 가리킨다. 마지막 피해자이자 범인 체포의 결정적 계기가 된 택시 기사가 턱에 보조개가 있는 '갈라진 턱'을 갖고 있었기에 이런 이름이 붙었다.

롯되어, 조심스런 수사의 결과로 서서히 전모가 밝혀지게 되었다. 그리고 거의 모든 사건에서 섭리의 손길이 확실히 미치는 극적인 우연의 일치가 있었고, 혹은 어느 소설가도 쓰고 싶어 하지 않은 이야기도 있었다. 이를테면 애인을 소년으로 변장시켜 함께 대서양을 건너 도주한 크리펜 의사 이야기, 혹은 중혼한 아내 중 한 명이 옆방에서 죽어가고 있는데도 풍금으로 〈내 주를 가까이 하게 함은〉을 연주했던 조지프 스미스 이야기가 그것이다. 닐 크림의 경우를 제외하고 범죄자들은 모두 희생자와 같은 집안 사람이었다. 희생자 열두 명 중 일곱 명이 살인자의 아내이거나 남편이었다.

이런 사실을 모두 염두에 두고, 〈뉴스 오브 더 월드〉 독자의 관점에서 무엇이 '완벽한' 살인인지 구성해볼 수 있다. 살인범은 근교 어딘가의 반(半)단독주택에 살면서 존경받는 전문 직종에 종사하는 사람(이를테면 치과의사나 변호사)이다. 반단독주택은 한쪽 벽이 다른 집과 접해 있어 이웃이 벽 너머의 의심스런 소리를 듣게 되는 것이다. 또 그는 지역 보수당 지부의 회장이든지, 아니면 비국교도 지도자이자 강력한 금주 옹호자이다. 그는 비서나 경쟁자의 아내와 불륜을 저질러 인생을 망치는데, 오랫동안 양심의 가책으로 괴로워하다가 결국 살인을 저지르게 되는 순간까지 간다. 일단 살인을 하겠다고 결심이 선 이상 그는 완벽하게 계획을 짜는데, 예측할 수 없는 매우 세부적인 항목에서 그만 실수를 저지른다. 물론 살인방법은 독살이다. 결국 마지막에 가면 살인을 저지르게 되는데, 그로서는 살인이 간통으로 추궁당하는 것보다 오히려 덜 모욕적이고 자신의 경력에 피해가 덜하기 때문이다.

이런 배경을 가진 살인사건은 기억에 오래 남고, 희생자와 살인자 모두에게 동정심을 느끼게 되는 극적이고 심지어 비극적인 특질을 가질 수 있다. 위에 언급된 대부분의 살인들은 이런 분위기가 섞여 있고, 언급했지만 이름을 밝히지 않은 한 건을 포함하여 세 건의 줄거리가 내가 말한 것과 흡사하다.

이제 '갈라진 턱 살인'을 살펴보자. 이 사건은 독자들에게 깊은 감정을 불러일으키지는 않았다. 관련된 두 사람이 문제의 살인을 저지른 것은 거의 우연의 일치였으며, 추가 범죄를 저지르지 않은 것도 엄청나게 운이 좋았던 탓이었다. 사건의 배경도 가정이 아니고, 댄스홀을 전전하고 미국영화의 그릇된 가치관을 흉내 내며 살아나가는 익명의 삶이었다. 두 범죄자들은 엘리자베스 존스라고 하는 열여덟 살의 전(前) 술집 여종업원과, 장교 행세를 했지만 실은 미군 탈영병인 칼 헐튼이었다. 이들은 고작해야 엿새간 알고 지낸 사이로, 체포될 때까지 서로의 이름을 알고 있었는지 의심스러울 정도였다. 이들은 찻집에서 우연히 만나 그날 밤 훔친 군용 트럭을 타고 돌아다녔다. 존스는 자신을 스트립쇼 댄서라 말했는데 엄격히 말해 사실이 아니었다(그녀는 이 분야에서 딱 한 번의 성공적이지 못한 경력이 있다). 그리고 그녀는 서부영화에 나오는 총잡이의 정부(情婦)라도 된 양 뭔가 위험한 일을 해

보고 싶다고 말했다. 헐튼은 자신이 시카고의 거물 갱이라고 소개했다. 이것 역시 거짓이었다.

그들이 트럭을 몰고 가다가 자전거를 타고 가는 소녀가 보이자 헐튼은 자신이 얼마나 터프한지 보여주기 위해 트럭으로 그 소녀를 치었다. 그런 다음 소녀가 가지고 있던 몇 실링을 훔쳤다. 다른 날 그들은 또 어느 소녀를 유혹해 트럭에 태워 기절시킨 후 코트와 핸드백을 훔치고서는 강에 던져버렸다. 마지막으로, 그들은 마침 8파운드를 갖고 있었던 택시 기사를 가장 잔인하게 살해했다. 그런 뒤 그들은 곧 헤어졌다. 헐튼은 어리석게도 그 택시를 몰고 다니다가 붙잡혔고, 존스는 경찰에 자수했다. 법정에서 이들은 각각 상대방에게 죄를 덮어씌웠다. 범행을 저지른 뒤 둘은 아무 일도 일어나지 않았다는 듯 극도로 냉담하게 행동했던 것 같다. 이들은 죽은 택시 기사에게서 훔친 8파운드를 개 경주에서 탕진했다.

존스의 자술서로 판단해볼 때 이 여자의 경우는 어느 정도 심리학적 호기심을 불러일으키지만, 이 살인사건은 일명 '개미귀신'이라 일컬어지던 독일 폭탄과 프랑스에서의 전투로 인해 시민의 불안이 커지는 가운데 관심을 딴 데로 돌리는 계기를 제공해주었기 때문에 신문 1면 머리기사를 장식하게 된 듯하다. 존스와 헐튼은 V1공격이 있을 무렵 범죄를 저질렀고 V2[5] 공격이 있었을

---

5 독일이 개발한 무인 비행폭탄으로 V1은 1944년 7월부터, V2는 1944년 9월부터 런

때 유죄 판결을 받았다.

영국에서 흔한 일이기도 하지만, 남자는 사형선고를 받았고 여자는 징역형을 받았기 때문에 다시 한 번 커다란 반향을 불러일으켰다. 레이몬드에 따르면 존스에게 사형선고를 내리지 않은 것에 대해 시민들은 공분했고, 내무부장관에게 보내는 항의 전보가 홍수를 이루었다. 그녀의 고향에서는 '그녀를 목매달아라'라는 문구와 함께 그녀가 교수대에 매달려 있는 그림이 담벼락에 분필로 그려지기도 했다. 금세기 동안 영국에서 사형당한 여성의 숫자가 고작 10명밖에 되지 않고 사형에 반대하는 대중의 감정 때문에 사형선고가 어려워지고 있다는 사실을 고려해볼 때, 열여덟 살 소녀를 사형에 처하라는 대중의 요구가 부분적으로 전쟁의 잔인한 영향 때문이 아니라고 생각하기는 어렵다. 실제로 댄스홀, 대형 영화관, 값싼 향수, 가짜 이름, 훔친 차 등의 분위기가 나고 전체적으로 무의미한 이 이야기는 본질적으로 전쟁기의 산물이다.

최근에 가장 유명했던 이 영국 살인사건이 어느 미국 남성과 부분적으로 미국사람이 된 영국 여성에 의해 저질러졌다는 점은 어쩌면 의미심장하다. 하지만 이 사건은, 살인과 같은 중대 범죄가 적어도 시대의 지배적 위선으로 인해 배후에 강력한 감정이 숨어 있는 안정된 사회의 산물이었던 옛날의 가정 독살 사건만

던 공습에 사용되었다.

큼은 오랫동안 기억에 남을 것 같지 않다.

– 1946년 2월 15일, 〈트리뷴〉

코앞에서

이 글에서 오웰은 2차 세계대전이 끝난 뒤
영국인들의 앞에서 벌어지고 있는 상황들을
냉철하게 인식할 것을 촉구하고 있다.

최근 언론에 보도된 많은 기사들은, 영국의 국내 수요와 수출 물량에 필요한 양의 석탄을 채굴하기가 거의 불가능할 거라고 주장하고 있다. 탄광이 충분한 광부들을 확보하기가 불가능할 것이기 때문이다. 지난 주 내가 본 어떤 통계에 의하면, 그만두는 광부의 숫자가 연간 6만 명에 달하는 반면 유입되는 광부들은 1만명에 불과하다는 것이다.

동시에(이따금씩 같은 신문의 같은 칼럼에) 폴란드 광부와 독일 광부를 데려오는 것은 바람직하지 않을 거라는 단언도 있다. 그렇게 할 경우 석탄 산업에 실업 사태를 유발시킬지도 모르기 때문이다.

이 두 기사는 동일 신문에 나온 것은 아니지만, 완전히 서로 상반된 논리를 머릿속에서 동시에 믿을 수 있는 사람들이 많은 듯하다. 이것은 어쩌면 언제나 퍼져 있는 자연성에 대한 하나의 예에 불과하다. 버나드 쇼는 《안드로클레스와 사자》[1] 서문에서 또 다른 예로 마태복음 1장을 인용하고 있다. 마태복음은 예수의 아버지인 요셉의 계보부터 시작된다. 1절을 보면 예수는 "다윗과 아브라함의 자손"이라고 묘사되어 있고, 이후 계보는 15절까지 계속되다가 16절에 이르러 사실인즉 예수는 아브라함의 자손이 아니라는 것이다. 실은 예수가 요셉의 아들이 **아니기** 때문이다.[2] 쇼는 신앙심이 깊은 사람에게는 이런 것이 별 문제가 되지 않는다고 말한다. 또한 그는 아주 비슷한 사건을 언급하고 있는데, 영국 노동자의 권리가 박탈당하고 있다고 주장했던 티크본 상속자[3]의 지지자들이 런던의 이스트엔드에서 일으켰던 폭동에 대해서이다.

이러한 사고방식은 의학적으로 볼 때 정신분열증이라 부른다. 아무튼 이것은 상반되는 두 가지 신념을 동시에 믿는 힘이다. 분

---

1 *Androcles and the Lion*, 1912년 초연된 초기 기독교에 관한 철학적 희곡.

2 "야곱은 마리아의 남편 요셉을 낳았으니 마리아에게서 그리스도라 칭하는 예수가 나시니라." (마태복음 1:16)

3 Roger Charles Tichborne(1829~1854), 햄프셔의 귀족 집안 장남으로 유산 상속자였다. 1854년 바다에서 실종되는 바람에 그의 동생이 유산을 상속받고 준남작 지위를 세습했다. 그러던 중 호주의 어느 푸줏간에서 일하고 있던 한 남자가 나타나 자신이 장남이라고 주장했는데, 후계 문제가 법정까지 간 끝에 결국 그는 사기꾼으로 판명이 나서 유죄 판결을 받았다. 그의 원래 이름은 아서 오턴(Arthur Orton)이었다. 이 사건은 영국에서 떠들썩할 정도로 인기가 있었으며, 특히 노동계층의 사람들이 그를 좋아하고 지지했다.

명하고 바꿀 수 없으며 조만간 직면하게 될 사실을 무시하는 힘은 이것과 깊은 연관성이 있다. 특히 우리의 정치적 사고에 이런 신념의 목소리가 널리 퍼져 있다. 내 마음대로 선택한 몇 가지 사례를 들어보겠다. 이 예들은 서로 어떤 유기적 관계도 없다. 다시 말해 거의 무작위로 고른 것인데, 사람들이 틀림없이 분명한 사실을 믿고 있지만 그들 정신의 또 다른 부분에서는 그것을 회피한다는 사례들이다.

홍콩. 전쟁[4]이 터지기 몇 년 전부터 극동지역의 사정을 알고 있는 사람이라면 누구나, 홍콩의 상황이 우리에게 유리하지 않아 큰 전쟁이 나면 바로 홍콩에 대한 지배권이 상실될 거라는 걸 잘 알고 있었다. 하지만 영국의 정권은 이런 사실을 인정하지 않았고 홍콩을 중국에 이양해주는 대신 계속 붙잡고 있었다. 심지어 일본이 재차 공격하기 몇 주 전부터, 개죽음당할 게 불 보듯 뻔한데도 신예부대를 홍콩에 계속 파견하고 있었다. 전쟁이 터졌고 홍콩은 바로 함락되었다(모든 사람들은 그렇게 되리라는 걸 진작부터 알고 있었다).[5]

징병제. 전쟁이 일어나기 몇 년 전부터 지식인들은 거의 모두

4 일본이 동남아시아를 침략한 대동아전쟁을 가리킨다.
5 일본은 중국과 전쟁을 하던 중 '대동아 공영권'이라는 구실을 내세워 동남아시아를 침략하기 시작했다. 1941년 12월 영국령 홍콩을 점령하고, 이듬해 2월 영국령 싱가포르를 함락시키고, 같은 해 3월 버마의 랭군을 점령하였다.

가 독일에 대항하는 쪽에 서 있었지만, 또한 그들 중 대다수는 그런 입장을 실질적으로 고수하기 위해 필요한 군비확장에는 반대했다. 나는 이런 태도를 방어하기 위해 내세워지는 주장들을 잘 알고 있다. 어떤 주장은 정당했지만 대부분의 경우 수사적 변명에 불과했다. 1939년 무렵 노동당은 징병제에 반대했는데 어쩌면 그것은 독소 불가침조약을 체결하는 데도 일정부분 영향을 제공했고, 확실히 프랑스에서는 사기가 바닥에 떨어졌다. 그런 다음 1940년이 왔고, 우리는 유능한 대규모 군대가 없었기에 거의 패망 직전까지 갔었다. 적어도 3년 전에 징병제를 실시했더라면 강력한 군대를 가질 수 있었을 것이다.

출산율. 20년 혹은 25년 전에 피임과 계몽은 거의 동의어로 여겨졌다. 오늘날까지 대다수 사람들은 대가족이 경제적 이유 때문에 불가능하다고 주장한다(그 주장은 다양하게 표출되고 있지만 언제나 거의 똑같이 유야무야되어버린다). 동시에 대체로 출산율은 생활수준이 낮은 국가에서 가장 높으며 우리나라의 경우 저소득층 집단에서 제일 높다고 알려져 있다. 인구가 적은 국가는 실업도 그만큼 적을 테고 모든 사람들이 더 안락할 거라고들 말한다. 반면에 인구가 줄어들고 노년 인구가 많을 경우는 재앙에 가깝고 해결 불가능한 경제 문제에 봉착하게 되리라는 것은 잘 알려진 사실이다. 그런데 분명 일어나지 않을 것 같은 추측이지만 70년 후 우리나라 인구는 대략 1천1백만 명밖에 되지 않고 그중 절반 이상이 노령연금 수령자들일 거라고 생각할 수 있다. 이런저런 이유로 사람들은 대부분 대가족을 원치 않기 때문에, 이 놀랄 만한 사실은 알듯 모를 듯 그들의 의식 어딘가에 자리 잡고 있을 수 있다.

유엔. 유엔이 조금이라도 효력을 가지려면 작은 국가들뿐 아니라 강대국들까지도 통제할 수 있어야 한다. 유엔은 군비를 사찰하고 제한하는 힘이 있어야 한다. 그것은 유엔 당국자들이 모든 국가의 어디라도 접근할 수 있어야 한다는 것을 의미한다. 또한 유엔은 마음만 먹으면 어떤 다른 군사력보다 더 강력해지며 유엔 자체에 대해서만 책임이 있는 군대를 가지고 있어야 한다. 중요한 두세 개의 초강대국들은 이런 조건에 동의하는 척도 하지 않고 있으며, 그들 자신의 활동이 유엔에서 논의될 수 없도록 유엔 헌장을 잘 정비해 놓았다. 달리 말해서, 세계 평화의 수단으로서 유엔의 유용성은 제로에 가깝다. 이것은 지금도 그렇지만 유엔이 제 기능을 하기 전부터 분명한 사실이었다. 그럼에도 불구하고, 불과 몇 달 전만 하더라도 사정에 밝은 사람들 상당수가 유엔이 성공할 거라고 믿었다.

예를 더 들어봐야 소용없을 것이다. 문제는 우리 모두가, 스스로 거짓이라고 **알고** 있는 것들을 믿을 수 있다는 사실이다. 그러다가 결국 틀렸다고 증명이 되면 사실을 뻔뻔스럽게 왜곡해가면서 자신이 옳다는 것을 보여주려 한다. 이론적으로는 이 과정을 영원히 지속하는 것도 가능하다. 이를 멈추게 할 수 있는 유일한 것은, 왜곡된 신념이 조만간 전쟁터에서 강력한 현실과 맞닥뜨리는 것이다.

민주주의 사회에 널리 퍼진 정신분열증, 이를테면 표를 얻기 위한 목적으로 말해야만 하는 거짓 공약, 중요한 이슈에 대한 침묵, 언론의 왜곡 등을 볼 때 오히려 전체주의 국가들이 덜 기만적이고 더 사실을 직시할 거라고 믿는 유혹에 빠지게 된다. 그곳에서는 적어도 지배 계급이 대중적 인기에 영합하지 않고 진실을 있는 그대로 냉정하게 말할 수 있다. 괴링[6]이라면 "버터보다는 무기를"이라고 말할 수 있겠으나, 나치에 반대하던 민주주의 국가들은 똑같은 감정을 여러 가지 위선적인 말투로 포장해야 했었다.

하지만 실제적으로 현실 회피는 어디에서나 똑같았고 거의 같은 결과를 낳았다. 러시아 사람들은 몇 년 동안 그들이 누구보다도 더 잘 산다고 교육받았고, 선전 포스터도 러시아 가족이 잘 차려진 식탁에 앉아 배불리 먹고 있는 반면 다른 나라 프롤레타리아들은 시궁창에서 굶어죽고 있는 모습을 보여주었다. 그런데 실은 서방 국가 노동자들이 소련 노동자들보다 훨씬 더 잘살아서, 자국 시민과 서방국가 시민 사이의 접촉을 금지시키는 것은 소련 정책의 주된 원칙이었다. 그래서 전쟁의 결과 수백만 명의 러시아

---

6 Hermann Göring(1893~1946), 독일의 군인·정치가. 나치 돌격대장이자 2차 세계대전 당시 독일 공군의 최고 지휘관.

인들이 유럽 깊숙이 들어온 뒤 다시 자국으로 돌아가게 될 때, 원래 존재했던 현실 회피는 결국 다양한 종류의 저항으로 이어질 것이다. 독일과 일본은 전쟁에서 졌다. 대체로 그들의 지도자들이, 냉정한 눈으로 보면 분명해 보이는 사실들을 직시하지 못했기 때문이기도 하다.

우리 코앞에서 벌어지고 있는 상황을 인식하기 위해서는 끊임없는 노력이 요구된다. 그렇게 하기 위한 하나의 방법은 일기를 쓰는 것이다. 아니면 아무튼 중요한 사건에 대해 나름대로의 의견을 견지하고 있는 것이다. 그렇지 않으면 어떤 사건에 대해 굉장히 터무니없는 믿음이 생겨날 때 우리는 자신도 모르게 그 믿음을 추종할지 모른다. 대체로 정치적 예측은 틀리게 마련이지만, 예측이 맞을 때에도 그 **이유**를 대야 그런 의견이 분명한 타당성을 지닐 수 있다. 대체로 소망 혹은 두려움 중 하나가 현실과 일치할 때 자신의 정치적 판단은 옳게 된다. 이런 사실을 인식하더라도 물론 자신의 주관적 감정을 제거할 수는 없지만, 그런 감정을 자신의 사고와 어느 정도 분리시켜 수학 교과서대로 상황을 냉철하게 판단할 수 있다. 개인사에서 사람들은 대부분 꽤 현실적이다. 우리가 주간 예산을 짤 때, 2 더하기 2는 당연히 4가 된다. 반면 정치는 일종의 소립자 혹은 비(非)유클리드의 세계이다. 그곳은 부분이 전체보다 더 크거나 두 물체가 한 공간에 동시에 존재하는 것이 가능한 세계이다. 그래서 내가 이 글 전체에서 모순과 부조리에 대해 이야기했지만, 주간 예산과는 달리 정치적 의

견은 현실에 대해 확고하게 검증받을 필요가 없는 비밀스러운 신념에서부터 비롯된다.

– 1946년 3월 22일, 〈트리뷴〉

어느 서평가의 고백

오웰은 1930년 〈어델피〉지에 처음으로 서평을 쓰기 시작한 후
죽을 때까지 서평을 썼다.
그는 이 글에서 '엄청난 양의 서평 쓰기'에 대한
올바른 방식을 제시한다.

담배꽁초와 반쯤 비운 찻잔들이 흩어져 있는 춥고도 답답한, 거실 겸 침실로 쓰는 방에 한 남자가 좀먹은 실내복을 걸치고 쓰러질 듯한 탁자 앞에 앉아 먼지 쌓인 종이 더미 사이에 타자기를 놓을 자리를 찾아내려고 애쓴다. 그렇지만 그 종이들을 버릴 순 없는 노릇이다. 쓰레기통이 벌써 넘쳐나는 데다가, 답장 못한 편지들과 납부하지 못한 고지서들 사이 어딘가에 현금으로 바꾸지 못한 게 거의 확실한 2기니 수표가 틀어박혀 있을지 모르기 때문이다. 게다가 주소록에 옮겨 적어야 할 편지들도 있다. 그는 주소록, 아니 무엇이든 찾을 생각을 하면 극심한 자살 충동을 느낀다.

그는 서른다섯 살이지만 쉰 살처럼 보인다. 그는 대머리이고 하지정맥류를 앓고 있으며 안경을 쓰고 있다. 아니, 하나뿐인 안경을 습관적으로 잃어버리지 않았다면 지금 쓰고 있을 것이다.

보통의 경우라면 영양실조에 걸려 있을 테지만, 최근에 운이 좋았다면 숙취로 고생하고 있을 것이다. 지금 시간은 오전 11시 30분으로, 계획대로라면 그는 두 시간 전부터 일을 하고 있어야 한다. 하지만 일을 하려고 애를 써보았다 해도 곧 좌절하고 말았을 것이다. 전화벨은 시도 때도 없이 울리고, 아기는 칭얼대고, 바깥 도로에선 전기 드릴이 귀에 거슬리게 덜거덕거리고, 빚쟁이들이 구둣발로 쿵쿵거리며 계단을 오르내렸던 것이다. 귀찮게도 우편배달부가 금방 다녀갔는데, 광고 전단지 두 장과 빨간 글씨가 적힌 소득세 독촉장을 그에게 건네주었다.

이 사람은 두말할 필요도 없이 작가이다. 시인일 수도 있고 소설가일 수도, 시나리오 작가일 수도, 라디오 방송작가일 수도 있다. 글을 써서 먹고사는 사람들은 모두 비슷비슷하지만 일단 이 사람을 서평가라고 해두자. '서로 잘 어울리는 내용'이라고 쓰여 있는 쪽지와 함께 편집자가 보낸 책 다섯 권이 든 묵직한 소포 하나가 종이 더미 속에 반쯤 감춰져 있다. 이것은 나흘 전에 도착했지만, 서평가는 48시간 동안 도덕성이 마비되어 이 소포를 개봉할 엄두도 내지 못했다. 어제서야 큰마음을 먹고 끈을 확 풀어 제치고 다섯 권을 확인했다. 《갈림길의 팔레스타인》, 《과학적인 낙농》, 《유럽 민주주의의 짧은 역사》(이 책은 680쪽에 무게가 1.8킬로그램이나 되었다), 《포르투갈령 동아프리카의 부족 관습》, 그리고 어쩌면 실수로 포함되었을지도 모르는 《눕는 게 더 좋아》라는 소설이었다. 그의 서평(800단어 분량 정도) 입고 마감시간은 다음 날

정오까지였다.

　그중 세 권은 그도 잘 모르는 분야의 책이다. 저자들(물론 그들
은 서평가들의 습성을 훤히 다 알고 있다)뿐 아니라 일반 독자들에
게까지 자신을 드러내 보이는 어이없는 실수를 피하기 위해선 적
어도 50쪽 정도는 읽어봐야 할 것이다. 오후 4시쯤, 그는 종이 꾸
러미에서 책을 끄집어내 놓겠지만 신경이 어지러운 탓에 책장을
넘겨볼 용기를 여전히 내지 못할 것이다. 그것들을 읽어야 한다
는 생각만 해도, 심지어 종이 냄새만 맡아도, 아주까리기름 맛이
나는 차가운 쌀가루 푸딩을 먹는 느낌이 든다. 그런데 신기하게
도 그의 원고는 제시간에 편집자의 사무실에 도착해 있을 것이
다. 어쨌든 원고는 늘 제시간에 도착하는 것이다. 저녁 9시쯤 되
면 정신이 비교적 맑아질 것이고, 한밤중이 될 때까지 점점 추워
지고 담배연기가 꽉 찬 방에 앉아 능숙하게 책을 차례대로 대충
읽고서 내려놓으며 "아니, 이것도 책이라고!"라는 코멘트를 마지
막으로 내뱉는다. 아침이 되면 침침한 눈에 면도를 하지 못한 초
췌한 얼굴로 한두 시간 동안 빈 종이를 바라보다가, 시곗바늘의
위협에 그는 행동을 개시할 것이다. 그렇게 해서 그는 타자기 앞
에 앉아 갑자기 일을 시작한다. 이를테면 '놓쳐서는 안 될 책'이
니, '페이지마다 기억에 남을 어떤 것이 들어 있는 책'이니, '무엇
무엇을 다룬 장이 특히 가치 있다'는 식의 진부하고 상투적인 표
현들이 자석에 따라 움직이는 쇳가루처럼 제자리에 올라탄다.
그리고 서평은 마감시간 3분 전에 정확한 분량에서 끝난다. 그사

이 마구잡이로 선택된 또 다른 재미없는 책 뭉치가 우편으로 도착해 있을 것이다. 일은 또 그렇게 반복된다. 하지만 이렇게 심신이 혹사당하고 짓밟히는 서평가도 불과 몇 년 전에는 대단한 포부를 가지고 이 일을 시작했을 것이다.

내 말이 과장처럼 들리는가? 정기적으로 서평을 쓰는 사람(이를테면 1년에 최소 100여 권의 책을 논평하는 사람)이라면 누구에게나, 그의 습관과 스타일이 내가 묘사하는 방식과 다르다고 솔직하게 말할 수 있는지 묻고 싶다. 어쨌든 모든 작가들은 다소 그런 부류의 사람들이다. 하지만 오랫동안 무차별적으로 책을 논평한다는 것은 대우도 제대로 못 받는 짜증스럽고 피곤한 일이다. 그것은 쓰레기를 칭찬하는 것일 뿐 아니라(조금 뒤에 다시 얘기하겠지만 사실이다) 저절로 어떤 감흥도 나지 않을 책에 대해 계속해서 인위적 반응을 하는 것이다. 아무리 싫증이 났더라도 서평가는 책에 대해 각별한 관심을 가지고 있는 사람이며, 매년 발행되는 수천 권의 책 중에 대략 50권에서 100권 정도에 대해서는 기꺼이 논평을 쓸 것이다. 서평 분야에서 최고 수준이라면 10권이나 20권 정도를 택할 것이다. 어쩌면 두세 권 정도를 택할지도 모른다. 나머지 책에 대한 서평은 아무리 양심적으로 칭찬을 하건 욕을 하건 간에 본질적으로 사기다. 그는 자신의 불멸의 영혼을 하수구 속으로 한 번에 한 컵씩 흘려보내는 것이다.

대다수의 서평가들은 소개하는 책에 대해 부적절하거나 호도하는 서평을 한다. 전쟁 이후 출판사들은 문학 담당기자들의 비위를 거스르는 행동도, 출판하는 책마다 찬사를 불러일으키는 일도 예전에 비해 많이 할 수 없게 되었다. 다른 한편으로 지면 부족과 다른 불편한 문제 때문에 서평의 수준이 떨어졌다. 이런 결과를 지켜보면서, 그러면 서평을 삼류 글쟁이들에게 맡기지 않으면 해결되지 않겠느냐고 말하는 사람들도 있다. 전문 서적의 경우는 전문 서평가에게 맡겨야 하지만 대다수의 서적, 특히 소설의 경우 아마추어 서평가가 더 잘할 수도 있다. 거의 모든 책은 이런저런 독자들에게 (격렬한 반감일 수도 있겠지만) 열정적인 감흥을 불러 일으킬 수 있으며, 그들의 아이디어는 타성에 젖은 전문 서평가들보다 확실히 더 값질 것이다. 그렇지만 안타깝게도 모든 편집자들이 알고 있듯이, 그렇게 하기란 무척 어렵다. 그리하여 실제로 편집자들은 언제나 그들이 관리하는 삼류 글쟁이들, 그들의 용어를 빌리자면 '고정 선수들'에게 의존하게 되는 것이다.

모든 책이 서평을 받아야 할 가치가 있다고 여겨지는 한, 어떤 문제도 해결되지 않는다. 많은 책을 대충대충 평하다보면 그 대부분에 대해 과찬하지 않는 것이 거의 불가능하게 된다. 책과 어떤 전문적인 관계를 맺게 되면, 그때 비로소 대부분의 책이 얼마나 형편없는 것인가를 알게 된다. 객관적으로 솔직한 비평이라면 십중팔구 '이 책은 쓸모없다'라고 말할 것이다. 서평가의 솔직한 심정은 어쩌면 '이 책은 나의 흥미를 전혀 끌지 못하고 돈 때문이 아니라면 이 책에 대해 글을 쓰지 않을 것이다'일 것이다. 하지만 대중은 그런 책을 사보려 하지 않을 것이다. 무엇 때문에 사보겠는가? 그들은 어떤 책들을 읽어보라고 권유하는 안내를 받고 싶어 하고 어떤 식의 평가를 원한다. 그러나 가치라는 문제가 언급되면 그 즉시 평가 기준은 와르르 무너진다. 《리어 왕》은 훌륭한 희곡이고, 《정의의 용사 네 사람》은 훌륭한 스릴러라고 말한다면 (거의 모든 서평가들은 이런 투의 말을 적어도 일주일에 한 번은 한다) '훌륭한'이라는 말에 무슨 의미가 있겠는가?

내가 보기에 가장 좋은 방법은 대다수의 책을 그저 무시해버리고, 중요해 보이는 소수의 책에만 아주 긴 서평(최소한 1천 단어 정도)을 쓰는 것이다. 곧 나올 책에 한두 줄의 짧은 소개 정도는 유익할 수 있지만, 대략 600단어 분량의 중간 길이 서평은 설사 서평가가 그것을 정말로 쓰고 싶어 한다고 해도 가치가 없게 마련이다. 대체로 서평가는 그런 서평을 쓰고 싶어 하지 않으며, 매주 별 볼일 없는 책에 대해 서평을 쓰다보면 이 글 첫머리에 나오는 실내복 차림의 압박감에 시달리는 그런 사람으로 전락하고 말 것이다. 그러나 이 세상 모든 이들에겐 자기들보다 더 불쌍한 처지의 사람이 있게 마련이다. 두 가지 직업을 다 해본 경험이 있는 사람으로서 말하지만, 서평가는 집에서 일할 수도 없고 특별한 경우 한두 번을 제외하고는 오전 11시에 시사회에 참석해야 하는 영화평론가보다는 그래도 나은 편이다. 영화평론가는 싸구려 세리주 한 잔에 자신의 명예를 팔아야 할 테니 말이다.

- 1946년 5월 3일, 〈트리뷴〉

내 좋을 대로

크리스마스 만찬

《내 좋을 대로(As I Please)》는
오웰이 〈트리뷴〉의 문예 편집장으로 있으면서
1943년부터 썼던 고정 칼럼이다.
(이 책에 실린 두 글의 부제는 편집자가 임의로 붙인 것이다.)

내가 구독하는 일요신문에, 크리스마스를 성공적으로 보내기 위해 필요한 네 가지 사항을 한 장의 그림 형태로 만든 광고가 실렸다. 그림 맨 위쪽에는 구운 칠면조 한 마리, 그 아래에는 크리스마스 푸딩, 또 그 아래엔 민스파이, 맨 아래에는 아무개 회사에서 만든 미네랄 염제 한 통이 보였다.

　행복을 위한 간단한 레시피다. 먼저 식사를 하고 해독제를 먹고, 또 그 다음에 식사를 하는 순서이다. 고대 로마인들은 이런 방식의 위대한 전문가들이었다. 하지만 라틴어 사전에서 '보미토리엄'[1]이라는 단어를 찾아보니 결국 이 단어는 식사 후 구토한 내용물을 담는 그릇을 뜻하지 않는다는 것을 알게 되었다. 그러니

1　vomitorium. 출입구. 드물게 구토물을 담는 용기를 뜻하기도 한다.

어쩌면 이 단어는 흔히 간주되고 있는 것처럼 모든 로마 가정의 보편적 특성은 **아니었던** 것 같다.

위에 언급된 광고에는 훌륭한 식사란 과식하는 것을 의미한다는 개념이 함축되어 있다. 나도 원칙적으로는 동의한다. 말이 나온 김에, 우리가 배불리 먹을 기회가 있어 크리스마스 때 실컷 먹는다면 그런 음식을 먹지 못하는 10억 명 가량의 사람들에 대해 생각해볼 필요가 있다는 사실을 덧붙이고 싶을 뿐이다. 결국 다른 사람들도 우리처럼 크리스마스 만찬을 먹는다는 걸 확신할 수 있다면 우리는 크리스마스 만찬을 보다 안심하고 즐길 수 있을 것이다. 이 문제는 나중에 다시 이야기하겠다.

크리스마스 때 우리가 배불리 먹지 않는 단 하나의 온당한 동기는 다른 누군가가 우리보다 더 많은 음식을 필요로 한다는 점이 아닐까. 크리스마스를 의도적으로 소박하게 보내는 것은 어리석은 짓일 것이다. 크리스마스의 중요한 특징은 폭식과 폭음이다. 이런 관습은 그리스도의 탄생일이 임의적으로 12월 25일로 정해기기 오래 전부터 있어왔다. 아이들은 이것을 잘 알고 있다. 그들의 입장에서 보면 크리스마스는 즐거운 시간을 차분하게 보내는 날이 아니라 어느 정도 고통스러울 만큼, 격렬하게 즐기고 싶어 하는 날이다. 새벽 네 시에 깨어나 양말 안을 확인한다. 아침 내내 장난감을 갖고 싸움을 벌이며, 민스미트[2]의 자극적인 냄

---

2 mincemeat. 주로 크리스마스 때 만들어 먹는 민스파이에 들어가는 재료. 말린 과일.

새와 양파, 세이지 냄새가 부엌문 사이로 훅 하고 풍긴다. 큰 접시
에 가득 담긴 큼지막한 칠면조 요리를 먹고 가슴뼈를 잡아당긴
다. 창밖이 깜깜해지고, 불을 붙인 건포도 푸딩[3]이 들어온다. 브
랜디에 붙은 불이 꺼지기 전에, 각자 자기 접시에 한 조각씩 놓였
는지 서둘러 확인한다. 아기가 3펜스짜리 동전이 든 푸딩을 삼켰
다는 얘기가 돌자 순간적으로 모두 어찌할 줄 모르고 공포상태
에 빠진다. 다음으로 3센티미터 두께의 아몬드 당의(糖衣)가 입
혀진 크리스마스 케이크를 먹는다. 다음 날 아침에는 짜증이 나
고, 12월 27일에는 결국 피마자유를 먹는다.[4] 병 주고 약 주는 식
으로 결코 즐거운 일이 아니지만, 보다 극적인 순간을 위해 가치
있는 일이기도 하다.

술을 안 마시는 사람들과 채식주의자들은 언제나 이런 태도를
못마땅해 한다. 그들의 생각으로 유일한 이성적인 목표는 고통을
피하고 가능한 한 정신을 말짱하게 하는 것이다. 우리가 술을 마
시지 않거나 고기 혹은 그 비슷한 것을 먹지 않는다면 5년은 더
살 수 있을 것이다. 반면에 과식이나 과음을 하면 다음 날 격심한
신체적 고통에 대한 대가를 치를 것이다. 확실히 모든 지나침, 심

양념 등을 섞어 놓은 것.
3 흔히 크리스마스 정찬 후에 먹는 영국의 크리스마스 푸딩은 반죽에 동전을 넣어, 자
신이 받은 푸딩에 동전이 있으면 다음 해 운이 좋다고 한다. 또한 식탁에 낼 때 브랜디를
뿌리고 불을 붙인다.
4 피마자유를 마시면 설사가 촉진된다. 크리스마스 때 과식한 것이 탈이 나 속을 비우
기 위한 것이다.

지어 크리스마스처럼 일 년에 한 번 있는 휴일은 두말할 것도 없이 피해야 한다는 결론이 나온다.

사실 반드시 그런 것만은 아니다. 우리는 가끔씩 좋은 시간이 오면 우리가 무슨 일을 하고 있는지 잘 알고 있으면서도 우리의 간에 미치는 피해를 감수할 가치가 있다고 생각할 수도 있다. 왜냐하면 건강만이 중요한 것이 아니기 때문이다. 우리가 좋은 사람들과 함께 먹고 마시면서 얻는 우정, 환대, 고조된 기분, 관점의 변화 등도 또한 가치 있는 것들이다. 모든 것을 감안할 때 자주가 아니라면, 말하자면 일 년에 두 번 정도라면 완전히 술에 취한 상태도 해롭다고는 생각하지 않는다. 다음 날의 후회를 포함해 크리스마스 때 보낸 전반적 경험은, 외국에서 보낸 주말에 맞먹는 일종의 정신적인 일상으로부터의 휴식이 된다.

사람들은 연령층에 관계없이 다음 사실을 잘 알고 있다. 옛날부터 사람들은 습관적으로 술에 취하는 것은 나쁘고 이따금씩 다음 날 아침 후회스러운 마음이 들지만 술 마시는 것은 역시 좋은 것이라는 데 대해 광범위한 합의를 하고 있다. 식사와 음주, 특히 음주에 대한 문학 작품은 셀 수 없을 정도로 많지만, 반대로 더 가치 있는 물을 언급한 작품은 거의 없다. 확인해보지 않았지만 물, 이를테면 음료로 간주되는 물을 찬양하는 시는 단 한 편도 기억나지 않는다. 사람들이 물에 대해 뭐라고 말할지는 분명하다. 물은 목마름을 해소시킨다. 이것이 전부다. 반면 와인을 찬양하는 시는 현재 서가를 가득 채울 정도로 많이 남아 있다. 시인들은 포도의 발효가 처음 발견되었던 그날부터 술에 대한 시를 쓰기 시작했다. 위스키와 브랜디를 포함해 기타 증류주는 상대적으로 덜 찬양되고 있다. 부분적인 이유지만 이런 종류의 술이 한참 후에 나왔기 때문이다. 하지만 맥주는 홉을 심는 법을 배우기 오래 전, 중세시대부터 훌륭한 호평을 받고 있었다. 이상하게도 흑맥주를 찬양하는 시는 기억나지 않는다. 내 생각으로 병맥주보다 더 나은 생 흑맥주에 대해서도 마찬가지다. 《율리시스》에 흑맥주통을 혐오스럽게 묘사하는 대목이 있다. 하지만 이런 묘사가 있다고 해서 아일랜드 사람들은 그들이 좋아하는 음료인 흑맥주를 멀리하진 않는다.

식사를 묘사하고 있는 산문작품 또한 상당히 많다. 하지만 라블레에서 디킨스까지, 페트로니우스에서 비턴 부인[5]에 이르기까지 음식을 즐겨 묘사하고 있는 많은 작가들의 작품에서 식이요법을 우선 고려한 단락은 단 한 군데서도 읽은 기억이 없다. 언제나 음식은 그것 자체가 목표로 간주된다. 비타민 혹은 과도한 단백질 섭취의 위험, 음식을 서른두 번 씹어야 하는 중요성에 대해 산문을 쓴 작가들은 없다. 과식과 과음이 자주는 아니고 특정한 날에 행해진다면, 대체로 그것들을 편드는 증거들은 수없이 많은 것 같다.

---

5 Isabella Mary Beeton(1836~1865), 빅토리아 시대 중기의 영국 작가. 대표작인 《가정관리서(The Book of Household Management)》는 오늘날까지 요리책의 대명사로 자리 잡고 있다.

하지만 우리는 이번 크리스마스에 과식하고 과음을 해야 하는 가? 그렇게 해서는 안 되고, 우리 대부분은 그렇게 할 기회도 없을 것이다. 나는 크리스마스를 찬양하는 글을 쓰고 있지만 내년이나 내후년의 크리스마스를 찬양하고 있는 것이다. 올해 전 세계는 축제를 즐길 상황이 되지 못한다. 라인 강과 태평양 사이에 살고 있는 수많은 사람들에게 미네랄 염제가 필요할 리 없다. 인도에서는 대략 1억 명의 사람들이 하루에 한 끼만 제대로 된 식사를 하고 있다. 중국에서도 상황은 크게 다르지 않다. 독일, 오스트리아, 그리스를 비롯해 어딘가 다른 곳에서 수천만 명의 사람들은 겨우 입에 풀칠만 하며 목숨을 연명해나갈 뿐이고 노동은 생각조차 할 수 없다. 브뤼셀에서 스탈린그라드에 이르기까지 전쟁으로 파괴된 지역 곳곳에 수백만 명의 사람들이 폭격당한 집의 지하실에서, 숲속 은신처에서, 혹은 철조망 뒤의 누추한 오두막에서 살고 있다. 우리의 크리스마스용 칠면조 상당량이 헝가리에서 수입된다는 사실과, 헝가리 작가들과 저널리스트들(추측컨대 최악의 급료를 받는 부류는 아니다)이 절망적인 궁핍 상태에 있어 영국의 동정론자들부터 사카린이나 헌옷을 기꺼이 받을 것이라는 사실을 동시에 알게 된 것은 썩 유쾌하지 못하다. 이런 상황에서 우리는 크리스마스 때 즐겨 먹을 음식이 있다 해도 그날을 '제대로' 보낼 수 없는 것이다.

하지만 우리는 곧, 1947년이나 1948년에, 아니면 1949년에도 크리스마스를 즐길 것이다. 그리고 크리스마스를 즐길 때, 우리가 우리의 뱃속에 무슨 행위를 하고 있는지 가르쳐주려는 채식주의자나 금주주의자 들의 우울한 목소리가 없기를 바란다. 우리는 우리의 위를 건강하게 해주기 위해서가 아니라 우리 자신들을 위해 축제를 즐긴다. 그럭저럭 크리스마스가 가까이 다가왔다. 산타클로스는 사슴을 찾고 있고, 집배원은 크리스마스카드가 든 불룩한 가방을 메고 이 집 저 집을 돌아다니고, 암시장은 북적거리며, 영국은 겨우살이[6] 7천 상자 이상을 프랑스에서 수입한다. 그래서 나는 모든 사람들이 1947년에는 크리스마스를 옛날식대로 즐기게 되기를 바란다. 칠면조 반 마리, 오렌지 세 개, 많아야 법정가격의 두 배밖에 되지 않는 위스키 한 병이면 충분할 것이다.

– 1946년 12월 20일, 〈트리뷴〉

---

6 mistletoe, 줄기를 크리스마스 장식에 사용하는 덩굴식물. 영국에서는 크리스마스 때 장식으로 걸어 놓은 겨우살이 아래서 키스를 하면 사랑이 이루어진다는 미신이 있다.

내 좋을 대로

소련 문학과 숙청

거의 25년 전 나는 버마행 기선을 타고 여행 중이었다. 배는 크지 않았지만 안락했으며 사치스럽기까지 했다. 승객들은 잠을 자지 않거나 갑판 위에서 게임을 하지 않으면 대체로 뭔가를 먹고 있는 듯했다. 기선 회사들이 서로 경쟁관계에 놓여 있어 배에서 제공되는 식사는 푸짐했다. 그리고 승객들이 허기를 느끼지 않도록 틈틈이 사과, 아이스크림, 비스킷, 컵 스프 등도 제공되었다. 게다가 바가 오전 열 시부터 문을 열어놓고 있는데 항해 중일 때는 술값이 상대적으로 저렴했다.

이런 종류의 배는 대부분 인도인들을 채용하고 있지만 내가 탄 배는 상급 선원과 남자 승무원 외에도 유럽인 갑판원 네 명을 채용하고 있었는데, 이들이 하는 일은 키를 잡고 배를 모는 일이었다. 내 느낌으로 나이가 마흔 살쯤 되어 보이는 갑판원 한 명은 등에 따개비가 붙어 자랄 정도로 오랫동안 선원생활을 한 뱃사람이었다. 키는 작지만 힘이 세었고, 굵은 팔뚝은 온통 황금빛 털로 덮여 있어 원숭이를 연상케 했다. 그는 입을 완전히 가릴 정도의 금발 코밑수염을 기르고 있어 흡사 샤를마뉴 대제처럼 보였다. 당시 나는 나이가 스무 살에 불과했고 스스로 아주 하찮은 한 명의 승객에 지나지 않는다고 생각하였기에 갑판원들을 우러러보았는데, 특히 그 금발 갑판원을 상급 선원과 동등하게 신적인 사람으로 존경했었다. 그들이 먼저 나한테 말을 걸지 않았더라면 나는 그들 중 한 사람과 이야기할 엄두조차 내지 못했을 것이다.

어느 날 어떤 이유에서인지 나는 일찍 점심식사를 하고 갑판에 나와 있었다. 갑판 위에는 그 금발 갑판원밖에 없었다. 그는 무지막지하게 생긴 양손 안에 뭔가를 숨기고서 쥐처럼 갑판실 옆을 허둥지둥 걷고 있었다. 그의 손 안에 무엇이 있는지 간신히 확인한 순간 그는 내 옆을 휙 지나 출입구로 사라져버렸다. 그는 먹다 남은 커스터드푸딩이 든 파이 접시를 들고 있었던 것이다.

그를 흘깃 보았을 때 나는 분위기로 보아 그가 분명히 뭔가 잘못을 저질렀다는 느낌을 받았다. 푸딩은 승객이 먹다가 남긴 것이었다. 주방장이 남은 음식을 승무원에게 주는 것은 금지되어 있었는데, 그는 나중에 먹기 위해 그 접시를 슬쩍해 선원실로 후다닥 가져갔던 것이다. 이십 년이 훌쩍 지난 지금도 그 순간 내가 느꼈던 놀라움을 희미하게나마 느낄 수 있다. 오랜 시간이 지나서야 이 사건을 여러 방면에서 살펴볼 수 있었다. 하지만 나는 기능과 보상 사이의 격차(말 그대로 그의 손에 우리 모두의 목숨이 달려 있는 고도로 숙련된 기술자가 우리 테이블에 있는 음식 부스러기를 기꺼이 훔친다는 사실)를 갑작스레 깨달았기 때문에, 대여섯 장의 사회주의 팸플릿에서 배울 수 있는 것보다 더 많은 것을 배웠다고 말하면 과장되어 보이는가?

나는 유고슬라비아가 지금 작가와 예술가들을 숙청하고 있다는 취지의 기사를 접한 뒤 소련에서 있었던 문학인들의 숙청에 대한 기사를 한 번 훑어보았다. 조셴코,[1] 아흐마토바[2] 및 다른 작가들이 작가연맹에서 추방되었다.

영국에서 이런 일은 아직 일어나지 않아 우리는 이 문제에 관해 다소간 무심한 태도를 보이고 있다. 그런데 이상하게도 나는 이 기사를 다시 읽었을 때 희생자들에 대해서보다는 박해자들에 대해 더 큰 안쓰러움을 느꼈다.

박해자들 중 으뜸은 스탈린의 후계자로 여겨지는 안드레이 즈

---

1 Mikhail Mikhailovich Zoshchenko(1895~1958), 소련의 작가. 1920년대 풍자작가로 명성을 얻었다. 《원숭이의 모험》을 문예지 〈즈베즈다〉에 발표 후 1946년 소비에트 작가연맹에서 추방당했다.
2 Anna Akhmatova(1889~1966), 제정 러시아의 여성 시인. 1946년 즈다노프의 비판을 받았으며, 끝내 사회주의 노선을 거부하고 개인주의적 고뇌와 신비 사상을 기초로 한 시를 썼다.

다노프³이다. 전에도 문학가들에 대한 숙청을 자행했지만, 그는 전문 정치가(그의 연설로 판단해볼 때)이며 내가 공기역학에 대해 아는 바가 없듯이 문학에 대해 아는 바가 없는 인물이다. 그는 자신의 기준에 따르면 사악하거나 정직하지 못한 사람이라는 인상은 주지 않는다. 그는 특정 소련 작가들의 변절에 확실히 충격을 받았다. 그가 보기에 이런 변절은 전쟁 중의 군대 폭동처럼 이해할 수 없는 배신행위이다. 문학의 목표는 소련을 찬양하는 것이다. 그것은 누가 봐도 분명하지 않은가? 하지만 잘못 이해한 작가들은 명백한 의무를 다하는 대신 선전이라는 길에서 벗어나 헤매기 시작했으며 비정치적인 작품을 썼다. 심지어 조셴코의 작품에는 풍자적 분위기가 들어 있다. 당국이 볼 때 이것은 상당히 고통스럽고 당혹스러운 일이다. 이는 마치 에어컨 시설이 잘 되어 있고, 노동 시간은 짧고 급료는 많이 주고, 구내식당도 훌륭하고, 휴게실도 잘 마련되어 있고, 기숙사는 안락하고, 아이들을 위한 탁아소도 설치되어 있고, 완벽한 사회보험도 갖추어져 있고, 일하는 동안 음악도 틀어주는 최신식 공장에서 어떤 사람을 일하도록 해주었는데 그 못된 사람이 근무 첫날 스패너를 기계에 던

---

3 Andrei Zhdanov(1896~1948), 소련 공산당의 활동가. 1915년에 입당해 1939년에 정치국원이 되었다. 2차 세계대전 직후 구소련의 문화정책 지도자로 임명되어 자본주의적이거나 개인주의적인 작품을 출판 금지시켰고 예술가들의 창작활동을 탄압하기 시작했다. 소련의 문화이론을 가리키는 즈다노비즘(Zhdanovism)이라는 용어가 그의 이름에서 비롯되었다.

져버린 상황과 같다.

러시아 문학이 대체로 바람직한 방향으로 흐르지 않고 있다는 것은 암묵적으로 인정(소련 출판업자들이 그들의 국가를 비난하는 데 익숙해져 있지 않다는 사실을 고려해볼 때 솔직한 인정이다)되고 있기 때문에, 러시아 문학의 전반적 상황은 애처로워 보인다. 소련은 현존하는 최고의 문명 형태를 보여주고 있기 때문에, 다른 분야에서도 마찬가지지만 문학 분야에서도 세계를 이끌고 가야 함은 분명한 사실이다. 즈다노프는 "확실히 인류 문명과 문화의 역사에서 최고의 것들을 구현하는 우리의 새로운 사회체제는 가장 진보된 문학을 창조할 수 있고, 따라서 옛 시대의 문학을 훨씬 앞지르게 될 것이다."라고 말하고 있다. 〈이즈베스티야〉[4](뉴욕 신문에는 〈정치학〉으로 번역되어 있다)는 한 술 더 뜨고 있다. "우리 문화는 부르주아 문화보다 비교할 수 없을 정도로 더 높은 수준에 서 있다 …(중략)… 우리 문화는 학생과 모방자로서의 역할을 해서는 안 되고 인류의 일반 도덕을 다른 문화에 가르쳐야 한다." 하지만 어찌된 일인지 그들이 예견한 것들은 결코 일어나지 않고 있다. 지시가 내려지고, 결의안이 만장일치로 통과되고, 저항 작가들은 입을 다물었다. 그렇지만 어떤 이유에서인지 명백히 자본주의 국가의 문학보다 더 우위에 있었으며 왕성하고 독창적이

---

4 *Izvestia*, 구소련 정부 기관지로 소비에트 연방의 주력 일간지 역할을 했다. 1917년부터 1991년까지 발간되었고 이후 독립지로 전환되었다.

었던 러시아 문학은 시들어가고 있다.

　이런 일들이 전에도 여러 차례 일어났었다. 표현의 자유는 소련에서 부침을 겪어왔지만, 일반적 경향은 검열이 더 강화되는 쪽이었다. 겉으로 보기에 정치가들이 이해하지 못하는 한 가지 사실은, 모든 작가들을 협박해서 따르도록 한다고 해서 왜 문학 작품이 활발하게 생산될 수 없느냐 하는 점이었다. 작가는 자신이 느끼는 것을 거의 정확하게 말하도록 허용받지 않는다면 창조적 재능을 발휘하지 못하는 법이다.

　우리는 작가들에게 자발성을 파괴시켜 정통이지만 나약한 작품을 쓰라고 하든지, 아니면 그들이 선택한 것을 자유롭게 말하게 하고 몇몇에게는 철저히 이단이라는 위험을 무릅쓰라고 말할 수 있다. 책은 개인에 의해 쓰이는 한 이 딜레마에서 빠져나올 방법이 없다.

　그래서 어떤 면에서 나는 희생자들보다는 박해자들을 더 안스럽게 생각한다. 조셴코와 다른 작가들은 적어도 그들에게 일어나고 있는 일을 이해하고 만족해하는 것 같다. 그들을 방해하는 정치가들은 불가능한 것을 시도할 뿐이다. 즈다노프와 그와 같은 유의 정치가들이 "소련은 문학 없이는 존재할 수 없다."라고 말하는 것은 옳은 일이다. 하지만 그것이야말로 그들이 할 수 없는 말이다. 그들은 문학이 무엇인지 모르지만, 문학은 중요하고 소중한 가치를 지니고 있으며 선전 목적에 필요하다는 점은 분명히 알고 있다. 그래서 그들은 오직 방법만 알고 있다면 문학을 장려

하고 싶어 하는 것이다. 그리하여 그들은 숙청과 명령을 계속하고 있는데, 너무 우둔해서 유리와 물이 같은 것이 아니라는 걸 알아차리지 못하고 수족관 벽 쪽으로 코를 계속해서 부딪치는 물고기와 같다고 하겠다.

아래 인용문은 마르쿠스 아우렐리우스의 명상록에서 발췌한 것이다.

그대가 아침에 일어나기 싫을 때는 '나는 인간으로서 일을 하기 위해 일어난다'고 생각하라. 나를 존재케 하고 나를 이 세상에 태어나게 해준 것들을 위해 일을 할 것이라면 왜 내가 불만족스러워 하는가? 아니면 내가 따스한 이불 속에 누워 있기 위해 태어났단 말인가? 하지만 다음과 같은 말이 더 즐거운 일이다. 그대는 그대가 편하기 위해서만 존재하고 활동이나 노력을 위해서는 존재하지 않는가? 그대는 우주의 질서를 이루기 위해 일하는 조그만 식물, 작은 새, 개미, 거미, 벌을 보지 못하는가? 그리고 그대는 인간의 일을 하는 데 마음이 내키지 않으며, 그대의 본성에 따르는 일을 기꺼이 하고 싶지 않은가?

이 좋은 글귀를 큰 글씨로 적어 침대 맞은편 벽에 걸어두면 좋을 것이다. 그리고 이따금씩 그렇다고 들었듯이 이 교훈이 효력이 없다면, 다른 좋은 방법으로 시끄러운 자명종을 사서 적절한

곳에 놓아두라. 소리를 멈추게 하려면 침대에서 일어나 가구들
사이를 이리저리 돌아다녀야 하는 곳 말이다.

-1947년 1월 3일, 〈트리뷴〉

유럽 통합을 위하여

이 에세이를 쓴 1947년은
오웰이 폐결핵에 맞서 투병생활을 했던 어려운 시기였다.
침상에서 원고를 써《1984년》을 완성한 시기이기도 하다.
이 에세이는《1984년》의 내용처럼
미래사회에 대해 암울한 전망을 내놓고 있다.

오늘날의 사회주의자는 절망적인 경우를 제외한 모든 질병을 치유하는 의사의 위치에 있다. 의사로서 사회주의의 임무는 환자를 살려내는 것이며, 그리하여 환자는 적어도 회복할 가능성이 있다고 희망하는 것이다. 과학자의 임무는 사실을 직시하는 것이며, 그리하여 환자는 어쩌면 죽을지 모른다는 걸 인정하는 것이다. 사회주의자로서 우리의 성취는 사회주의가 수립될 수 **있다**고 가정할 때만 의미를 지니지만, 내가 보기에 무엇이 일어나게 될지에 대해 고려해보지 않는다면 분명코 상황은 우리에게 불리할 것이다. 만일 내가 개인적인 이익을 배제하고 단순히 확률만 계산하는 마권업자라면, 앞으로 몇백 년 이내에 문명 유지가 멈출 것이라는 데 걸겠다. 내가 보건대 아래 세 가지 가능성이 우리 앞에 놓여 있다.

첫째, 미국은 러시아가 핵폭탄을 가지고 있지 않을 때 핵폭탄 사용을 결정할 것이다. 이것은 어떤 해결책도 될 수 없을 것이다. 이것은 오늘날 소련이 가하는 특정한 위험을 없앨 수는 있지만 새로운 제국, 새로운 경쟁자, 더 많은 전쟁, 더 많은 핵무기 등의 등장으로 이어질 것이다. 어떤 경우에도 이것은 세 가지 중 가능성이 거의 희박한 결과라고 생각한다. 예방전쟁은 최소한의 민주주의를 지키고 있는 국가가 쉽게 저지를 수 없는 범죄행위이기 때문이다.

둘째, 현재의 '냉전'은 소련을 위시한 몇몇 다른 국가들 또한 핵폭탄을 보유할 때까지 지속될 것이다. 그런 뒤 숨 돌릴 시간밖에 안 되는 짧은 기간이 지나면, 로켓과 폭탄이 쌩 하고 날아가 폭발하여 세계의 산업 중심지역은 초토화되고 회복불능 상태가 될 것이다. 한 국가, 심지어 국가집단이 이 전쟁으로부터 기술적 승자로 등장하더라도 기계 문명을 회복할 수는 없을 것이다. 그리하여 이 세계는 다시 수백만 혹은 수천만 명의 사람들이 자급농업으로 생계를 이어가게 될 것이며, 어쩌면 두 세대가 지나도 고작 철 제련법을 익히는 수준 정도로 과거 문화를 회복할 것이다. 생각건대 이것은 당연한 결과이지만 분명히 사회주의와는 아무 관계가 없다.

셋째, 아직은 나타나지 않았지만 핵폭탄 및 다른 무기가 불러일으키는 공포가 너무 커 사람들은 이 무기의 사용을 자제하게 될이다. 이것은 내가 보기에 세 가능성 중 최악이다. 이것은 세계가 두세 개의 초강대국으로 분할되어 서로를 정복할 수 없으며 어떤 내부 반란으로도 전복될 수 없는 상태를 의미한다. 십중팔구 이들 국가의 구조는 맨 상층에는 반신성(半神聖) 계급이, 맨 아래층에는 완전한 노예들이 자리 잡고 있는 계급사회가 될 것이며, 자유의 파괴는 유례없을 정도로 끔찍하게 자행될 것이다. 각 국가 내부에서 필요한 심리적 환경은 외부세계와의 완벽한 차단과 경쟁 국가와의 지속적인 가짜 전쟁에 의해 유지될 것이다. 이런 식의 문명이 수천 년 동안 바뀌지 않고 지속될 것이다.

　내가 개략적으로 설명한 이 위험들은 대부분 현재 존재하고 있으며 핵폭탄이 개발되기 훨씬 이전부터 예측해볼 수 있었다. 내 생각인데 이 위험을 피하는 유일한 방법은, 사람들이 상대적으로 자유롭고 행복하며 삶의 주된 목표가 물질이나 권력 추구가 아닌 사회의 모습을 어딘가에서 대규모로 보여주는 것이다. 다시 말해, 민주적 사회주의가 어떤 광대한 지역 도처에 생겨나도록 해야 하는 것이다. 하지만 가까운 미래에 민주적 사회주의가 작동하도록 할 수 있는 지역은 서유럽밖에는 없다. 호주와 뉴질랜드를 제외하고 민주적 사회주의의 전통은 스칸디나비아, 독일, 오스트리아, 체코슬로바키아, 스위스, 저지대 국가들,[1] 프랑스, 영국, 스페인. 이탈리아 등에만 존재한다고 보면 된다(그것도 불안정하게 존재할 뿐이다). '사회주의'라는 용어는 이 국가들에 살

---

1 Low Countries. 유럽 북해 연안의 벨기에·네덜란드·룩셈부르크.

고 있는 여러 사람들에만 매력을 띠고 있으며, 그들에게 사회주의란 자유·평등·국제주의와 깊은 관계가 있다. 이들 이외의 국가에서는 사회주의의 토대가 없거나 아니면 다른 무언가가 있을 뿐이다. 북미에서 대중은 자본주의에 만족하고 있으며, 자본주의가 붕괴되기 시작하면 무엇을 취할 것인가에 대해서는 알지 못하고 있다. 소련에는 일종의 과두집산주의가 퍼져 있는데, 이것은 지배 소수계급에 반대하는 민주적 사회주의로 발전될 수 있다. 아시아에서 '사회주의'라는 용어는 거의 알려지지 않고 있다. 아시아 민족운동들은 성격상 파시스트이거나, 모스크바를 바라보고 있거나, 아니면 두 가지 태도를 결합시켜 놓은 형태이다. 현재 유색인들이 벌이는 운동은 하나같이 인종적 신비주의의 색채를 띠고 있다. 대다수 남미 국가들의 위치도 본질적으로 이와 비슷하다. 아프리카와 중동도 이와 다르지 않다. 사회주의는 어디에서나 존재하는 것이 아니고, 현재 하나의 신념으로서는 유럽에서만 유효하다. 물론 사회주의가 전 세계에 퍼질 때까지는 제대로 수립되었다고 말할 수 없지만, 그 과정은 어딘가에서 시작되어야 한다. 그리고 나는 서유럽 국가들이 연합을 통해서만이 식민지 보호령 없이 사회주의 공화국으로 바뀔 수 있다고 생각한다. 그러므로 내가 보기에 유럽 사회주의연합만이 오늘날 가치있는 정치적 목표이다. 이 연합은 전 세계의 절반에 달하는 숙련 산업노동자를 포함해 약 2억 5천만 명의 사람들을 거느리게 된다. 이 거대한 일을 현실화시키는 데 엄청난 어려움이 뒤따를 것이라는 말은 들을 필요가 없으며, 바로 지금 어려움 몇 가지를 열거해보겠다. 하지만 이것이 본질적으로 불가능하거나 서로 다양한 국가들이 자발적으로 합치지 않을 것이라고 예단해서도 안된다. 서유럽연합은 본질적으로 소련이나 대영제국처럼 가능성이 있다.

지금부터 어려움에 대해 말해보겠다. 우선 가장 큰 어려움은 사람들이 무관심하고 보수적이고, 위험을 인식하지 못하며, 어떤 새로운 것을 상상하지 못한다는 점이다. 다시 말해 버트런드 러셀이 최근에 기술했듯이, 자신의 생존에 관해 묵인하지 않으려 하는 의지 같은 것을 상상할 수 없다는 것이다. 하지만 또한 유럽 통합 반대를 위해 적극적으로 활동하는 악의적 세력들이 있으며, 유럽인들이 생활수준을 향상시키기 위해 의존하는, 진정한 사회주의와 양립될 수 없는 경제적 관계도 존재하고 있다. 내 나름대로 네 가지 주요한 장애를 열거해보겠는데, 가능한 한 간단하게 설명하겠다.

첫째, 러시아의 적대감이 있다. 러시아는 자신의 통제를 벗어나는 유럽 통합에 적대적일 수밖에 없다. 이유(핑계이면서 진짜이기도 하다)는 분명하다. 그러므로 예방전쟁의 위험성뿐 아니라 작은 국가에 대한 체계화된 테러, 어디에서나 일어날 공산당의 사보타주 등을 염두에 두어야 한다. 무엇보다 유럽 대중이 러시아 신화를 지속적으로 믿을 거라는 위험성이 있다. 그들이 그것을 신봉하는 한, 사회주의 유럽의 계획은 필요한 노력을 불러일으킬

만큼 강한 매력을 끌지 못할 것이다.

둘째, 미국의 적대감이 있다. 미국은 자본주의 국가로 남아 있고, 특히 수출시장을 필요로 한다면 사회주의 유럽을 우호적인 눈으로 보지 않을 것이다. 의심할 여지없이 미국은 소련만큼은 폭력적으로 개입하지 않을 테지만, 미국의 압력은 중요한 요소가 된다. 미국은 러시아의 궤도 밖에 있는 영국에 가장 쉽게 영향력을 미칠 수 있기 때문이다. 1940년 이후 영국은 미국에 거의 의존하면서까지 유럽의 독재자들에 맞서오고 있었다. 실제로 영국은 유럽을 넘어선 강대국이 되려는 노력을 포기함으로써 미국으로부터 벗어날 수 있다. 아프리카의 경우를 제외한 영어권 국가들, 식민지 보호령, 심지어 영국에 대한 원유 공급까지도 미국의 손아귀에 있다. 그러므로 미국이 어떤 형태가 되었건 유럽 연합체와 결별하고 영국을 빼내갈 위험이 언제나 도사리고 있다.

셋째, 제국주의가 있다. 유럽 사람들, 특히 영국인들은 오랫동안 직·간접적으로 유색인들에 대한 착취를 통해 그들의 높은 생활수준을 이어왔다. 사회주의 선전은 이런 관계를 공식적으로 명료하게 밝힌 적이 없으며, 오히려 영국 노동자들에게 세계적 기준으로 볼 때 자신이 버는 것 이상의 생활을 하고 있다고 말하는 대신 스스로 혹사당하는 노예라고 생각하도록 교육하고 있다. 어느 곳에서나 대중에게 '사회주의'란 적어도 높은 임금, 짧은 노동시간, 더 나은 집, 전면적인 사회보험 등과 관계있는 것으로 의미된다. 하지만 우리가 식민지 착취로부터 오는 이익을 포기한다면 이런 것들을 누릴 수 있다는 보장은 전혀 없다. 국민소득이 아무리 균등하게 분배되더라도, 국민소득이 전체적으로 줄어든다면 노동자들의 생활수준 또한 떨어질 것이다. 잘해야 여론이 어디에서도 호응해주지 않고 있는 불편한 장기간의 재건기간만 있을 것 같다. 하지만 동시에 유럽 국가들은 국내에서 진정한 사회주의를 건설하려면 해외에서의 착취를 중단해야 한다. 유럽 사회주의연합으로 가는 첫 번째 단계는 영국이 인도에서 철수하는 것이다. 하지만 이것은 또 다른 문제를 낳는다. 유럽연합이 자급자족을 하고 스스로 러시아와 미국에 맞설 수 있고자 한다면 아프리카와 중동을 포함시켜야 한다. 하지만 이것은 이 국가 토착민들의 신분과 위치가 완전히 바뀌어야 한다는 것을 의미한다. 이를테면 모로코, 나이지리아, 아비시니아 같은 국가들은 식민지 혹은 반(半)식민지 상태를 중지하고 유럽인들과 똑같이 평등한 자치 공화국이 되어야 한다. 이것은 관점의 엄청난 변화와 유혈사태 없이는 해결될 것 같지 않은 문제로, 격렬하고 복잡한 투쟁을 수반한다. 위기상황이 올 때 제국주의 세력들은 엄청나게 강해질 것이며, 영국 노동자들이 물질적 관점에서 사회주의를 바라보도록 배운다면 결국 그들은 미국편에 붙어사는 존재라고 비난받더라도 제국주의 체제를 유지하는 게 더 이득이라고 결정할 수 있다. 모든 유럽 사람들, 아무튼 제안된 연합의 일부라도 건설하고자 하는 사람들도 똑같은 선택에 직면할 것이다.

넷째, 가톨릭교회가 있다. 동서대립이 더욱 노골화됨에 따라 민주적 사회주의자와 단순한 반동자들이 모종의 인민전선을 형성해야 하는 위험이 있다. 가톨릭교회는 틀림없이 이들 사이의 가교 역할을 할 것이다. 어느 경우에든 가톨릭교회는 유럽 통합을 목표로 하는 모든 운동을 방해해 무력화시킬 것이다. 가톨릭교회에 대한 위험한 점은, 그들이 일반적 의미에서는 반동적이지 않다는 사실이다. 가톨릭교회는 자유방임적 자본주의나 현존하는 계급제도와 연결되어 있지 않아 이것들이 사라지더라도 살아남을 수 있을 것이다. 가톨릭교회는 자체의 신분이 보장된다면 사회주의와 타협할 수 있거나 아니면 타협하는 것처럼 보이도록 할 수 있다. 하지만 강력한 조직으로 살아남게 된다면 진정한 사회주의의 설립을 불가능하게 할 것이다. 가톨릭교회의 영향은 언제나 사상과 언론의 자유를 반대하고, 인간의 평등을 반대하고, 지구상의 행복을 증진시키려 하는 모든 형태의 사회에 반대하고 있는 것이 분명하기 때문이다.

이런저런 어려움을 생각하고, 반드시 해야 할 거창한 정신 재조정을 생각해볼 때 유럽 사회주의연합의 출현은 내가 보기에 가능성이 매우 낮다. 수많은 사람들이 수동적 방법으로나마 그것을 준비하고 있지 않다는 뜻은 아니다. 권력을 장악할 최소한의 가능성을 가지고 동시에 필요한 것을 직시하며 추종자들에게 필요한 희생을 요구하는 창의적 능력을 갖춘 사람이나 집단이 보이지 않는다는 것이다. 하지만 현재로선 뭔가 다른 희망적인 목표가 보이지 않는다. 한때 나는 대영제국이 사회주의공화국 연방으로 바뀌는 것이 가능하다고 믿었다. 하지만 그 가능성이 조금이나마 존재했더라도 우리는 인도를 해방시키지 못했고 유색인종에 대한 우리의 태도로 인해 그 가능성을 잃어버렸다. 유럽은 끝났고, 결국 인도나 중국에서 더 나은 형태의 사회가 탄생될지도 모른다. 그래도 나는 민주적 사회주의가 핵폭탄 투하를 막을 만큼 충분히 짧은 시간 안에 현실화될 수 있는 곳이 어딘가에 있다면 오직 유럽밖에 없다고 믿고 있다.

물론 낙관적이진 않지만 적어도 특정 사안에 대해 판단을 유보할 이유는 있다. 우리에게 유리한 한 가지 사실은 큰 전쟁이 당장에는 일어나지 않을 거라는 점이다. 내가 보기에 수천만 명의 사람들을 동원하는 전쟁이 아니라 로켓을 발사하는 그런 전쟁은 할 수 있을 것이다. 요즈음은 대규모 군대가 간단하게 사라질 수 있는데 10년이나 20년 안에 그렇게 될지도 모른다. 하지만 그 기간 동안 어떤 예상치 못한 일들이 일어날 수도 있다. 이를테면 강력한 사회주의 운동이 미국에서 처음으로 일어날 수 있다. 오늘날 영국에서 미국을 '자본주의 국가'라고 부르는 것이 유행이 되고 있다. 이것은 눈과 머리카락 색깔처럼 일종의 인종적 특징과도 같은 불변의 무엇이라는 함축적 표현이다. 하지만 사실상 자본주의는 그 자체가 명백히 미래가 없는 관계로 영원할 수 없다. 그러니 미국에서 다음 변화가 더 나은 쪽으로 이루어지지 않을 거라고 예단할 필요는 없다.

앞으로 다음 한두 세대 동안 전쟁을 피할 수 있다면 소련에서 어떤 변화가 일어날지 아무도 모른다. 물론 그런 종류의 사회에서 관점의 급진적 변화가 일어날 것 같지 않다. 공개적 반대도 없을 뿐 아니라 교육, 정보 등을 완벽히 통제하는 정권이 자유사회에서 자연적으로 일어나는 세대 간의 진자운동을 차단하는 데 목표를 두고 있기 때문이다. 하지만 우리는 한 세대가 이전 세대의 사고를 거부하는 경향은 내무인민위원회[2]도 뿌리 뽑지 못하는 변치 않는 인간의 특성이라는 걸 잘 알고 있다. 이 경우를 적용해본다면, 1960년경 독재와 충성 행진에 넌더리가 난 수백만 명의 젊은 러시아인들이 자유를 열망해 서구에 대해 우호적 태도를 취할지도 모를 일이다.

한 번 더 세계가 서로 정복할 수 없는 세 개의 초강대국으로 분할된다면, 자유주의 전통은 영국과 미국을 중심으로 한 지역 안에서는 강해져 삶은 견딜 만한 것이 될 것이고 심지어 진보의 희망도 존재할 것이다. 하지만 이 모두는 추측에 불과하다. 나름대로 내가 가능성을 계산해보니 세계의 실질적 전망은 암울하며, 모든 진지한 사고는 이 사실로부터 출발해야 한다.

- 1947년 7~8월, 〈파르티잔 리뷰〉[3]

---

2 NKVD, 소련의 정부기관이자 비밀경찰.
3 *Partisan Review*, 1934년 창간된 미국의 정치 및 문예 계간지. 오웰은 1941년에서 1946년까지 15편의 《파르티잔 리뷰》에 보내는 런던 편지》를 기고했다. 1949년 이 잡지는 《1984년》을 그해의 문학에 가장 큰 기여를 한 작품으로 선정했다.

에즈라 파운드의
문학상 수상에 대한 의문

볼링겐 재단이 '1948년 최고의 시'로
에즈라 파운드의 《피산 캔토스》를 선정했을 때,
1949년 4월 〈파르티잔 리뷰〉의 편집자는 몇몇 작가들에게
이 상에 관련해 의견을 피력해달라고 요청했다.
오웰은 다음과 같은 입장을 보내 왔다.

나는 볼링겐 재단[1]이 파운드[2]에게 문학상을 수여한 것은 전적으로 옳다고 생각한다. 하지만 또한 파운드의 경력도 기억하고 있어야 하겠고, 그가 문학상을 받았다는 단순한 사실 때문에 그의 신념도 존중할 만하다고는 생각지 않는다.

 2차 세계대전의 정치 선전에 대한 일반적인 섬뜩함 때문에 파운드가 파시스트도 아니었고 반유대주의자도 아니었으며, 평화주의자의 입장에서 전쟁에 반대했고, 어쨌든 그의 정치적 행위

---

1 Bollingen Foundation, 1941년 미국의 부호이자 자선사업가 폴 멜론이 설립했다. 미국 시에 큰 공로를 세운 시인에게 2년에 한 번씩 볼링겐 시문학상을 수상한다.
2 Ezra Pound(1885~1972), 미국의 시인. 20세기 영미 시에 끼친 영향 때문에 '시인들의 시인'으로 불린다. 2차 세계대전 중 이탈리아에서 파시스트를 지지하는 방송을 해서 전쟁 후 체포당해 1958년까지 정신병원에 억류되기도 했다.

는 전쟁 시기에만 국한된다고 주장하는 경향이 있다(실제로 전쟁이 끝나기 전에도 이런 주장이 있었다). 얼마 전 나는 어느 미국 잡지에서 파운드가 "정신이 온전치 못했을 때" 로마에서 방송을 했을 뿐이라고 지적하는 기사를 읽은 적이 있다. 그리고 그 후 (같은 잡지라고 생각한다) 이탈리아 정부가 그를 협박했을 뿐 아니라 친척까지도 위협해 할 수 없이 방송을 했다고 적은 것도 보았다. 이것은 모두 거짓이다. 파운드는 1920년대에 무솔리니의 열렬한 신봉자였고 그 사실을 결코 숨기지 않았다. 그는 〈브리티시 유니언 쿼털리〉[3]의 모즐리 논평 기고가였고 전쟁이 발발하기 전 로마 정부가 요청한 교수직을 수락한 적도 있다. 나는 그가 이탈리아 파시즘에 대단한 열정을 보였다고 감히 말하고 싶다. 그는 강한 친나치파도 친러파도 아닌 것 같고, 겉으로 드러나지는 않지만 그의 동기는 영국, 미국, 그리고 '유대인들'을 증오하는 것이었다. 그의 방송 활동은 혐오스럽다. 난 적어도 그가 동유럽 유대인들의 대량학살에 동의했고 미국계 유대인들에게 그들의 차례도 곧 닥쳐왔다고 '경고'한 사람이었다고 기억한다. 그가 이런 방송활동 (그의 방송을 들어본 적은 없지만 BBC 감청보고서에서 읽은 적이 있다)을 했다고 해서 《피산 캔토스》[4]가 한 미치광이의 작품이라는

---

3 *British Union Quarterly*, 1932년 모즐리가 설립한 영국 파시스트동맹의 기관지.
4 *The Pisan Cantos*, 파운드의 시 중 최고의 걸작이라 평가받는 장편 연작시로, 사회질서에 대한 그의 사상을 집대성한 2만 3천 행의 대서사시. 파운드는 미국 포로수용소에 감금되어 있던 동안 이 시를 썼다.

인상은 들지 않는다. 그런데 나는 파운드가 강연회에서 이 시를 낭송할 때 평소에는 잘 쓰지 않던 분명한 미국 악센트를 사용했다는 말을 들었다. 이것은 분명히 고립주의자들에게 호소하고 반영국 감정을 이용하려는 의도였다.

그렇다고 해서 파운드가 볼링겐상을 받아서는 안 된다는 것은 아니다. 이런 것들이 바람직하지 못할 수 있던 시대가 있었다(예컨대 유대인들이 실제로 가스실에서 죽어가고 있을 때는 바람직하지 못한 일일 수 있다). 나는 파운드의 경우 성격이 다르다고 생각한다. 그러나 심사위원들이 '예술을 위한 예술'의 입장, 즉 미학적 진실성과 상식적 예절은 두 개의 서로 다른 것이라는 입장에서 판결했기 때문에, 적어도 그 두 개를 별개의 사안으로 간주해서 그가 훌륭한 작가라는 이유로 그의 정치적 경력을 용서해주는 일은 없도록 하자. 그는 훌륭한 작가일 수 있다(난 개인적으로 항상 그를 겉으로만 그럴싸한 작가로 간주한다), 그러나 그가 자신의 작품을 구실 삼아 다른 것을 덮어버리려고 한다면 용서받지 못할 터이다. 나는 심사위원들이 그에게 볼링겐상을 수여할 때 그 점을 확실히 짚고 넘어갔어야 했다고 생각한다.

- 1949년 5월, 〈파르티잔 리뷰〉

체험의 문학, 정치적 글쓰기

조지 오웰이 우리나라에 소개된 지도 어언 70년 가까이 되었지
만, 그에 대한 오해가 풀린 것은 한참이 지난 2000년대에 들어서
면서부터였다. 그가 우리나라에 언제, 어떻게 소개되었는가를
살펴보면 아이러닉한 면이 있다.《동물농장》이 영국에서 1945년
도에 출간되고 3년 뒤인 1948년에 우리말로 번역되어 조지 오웰
이라는 이름이 이 땅에 최초로 알려지고 그의 문학이 수용되기
시작했다. 그런데《동물농장》의 한글 번역본이 외국어 번역본으
로서는 세계 최초였다는 사실을 아는 독자들은 많지 않다. 그것
은 미국 해외정보국의 의도된 기획 때문이었다. 미 정보국은 이
소설을 남북 간의 첨예한 이데올로기 대립 속에서 '반공 투쟁'의
수단으로 이용하기 위해 한국에서 번역 · 출간하는 데 적잖은 도
움을 주었다.《동물농장》이 소련의 스탈린 정권을 비판했다고

해서 사회주의를 비판한 것이라는 단선적인 사고에서 빚은 어처구니없는 실수였다. 이렇게 그는 한국에서 반공 이데올로기에 이용당한 작가로 출발했던 것이다. 이때부터 그는 비교적 최근까지 우리에게 잘못 알려진, 다소 오해를 받은 작가로 인식되어왔었다. 다시 말해 이 땅에서의 오웰의 수용과 평가는 첫 단추부터 잘못 채워진 셈이었다.

그러다가 문제의 해인 1984년을 맞이해《1984년》의 번역서가 몇 군데 출판사에서 나오고 좌파 문예 이론가들의 글을 모아 번역한 오웰 비평서가 처음 나오게 되어 오웰과 그의 문학에 대한 관심이 다시 살아나는가 싶더니, 그 해가 저물면서 다시 꺼져갔다. 그런 뒤 2000년대 초에 드디어 오웰은 이 땅에서 재평가받기에 이르렀다. 일종의 복권이 된 셈이었다. 오웰이 쓴 산문 25편을 모아《코끼리를 쏘다》라는 번역본을 필자가 국내 최초로 2003년에 발간하였는데, 오웰을 제대로 평가하는 데 결정적 기여를 했다고 자부한다.《동물농장》에 대한 오해도 있었고《1984년》만으로는 오웰의 문학성을 평가하기엔 역부족이었는데, 이 산문집 발간을 계기로 오웰은 소설가로서뿐 아니라 세상에 대해서는 예봉을 들이대면서도 인간에 대해서는 따뜻한 감정을 드러낸 작가로 평가되기에 이르렀다. 이로 인해 오웰은 단순히 공산주의를 비판하는 작가의 협의(狹義)에서 벗어나 인간의 자유와 개성을 억압하는 모든 이데올로기에 저항하는 작가로 인정받기에 이르렀고, 스스로 밝혔듯이 '전체주의를 반대하고 민주적 사회주의를 옹호'하는 작가로 자리매김 되어 제자리를 찾게 되었다.

이제 필자가 번역한 오웰의 두 번째 산문집을《영국식 살인의 쇠퇴》라는 제목으로 세상에 내놓는다. 이번 산문집은 첫 번째 산문집에 들어 있는 내용을 제외하고 완전히 새로운 것들로 꾸며놓았다. 오웰은 소설 아홉 권 외에도 수백 편에 이르는 산문, 서간, 서평, 일기 등을 1928년부터 죽기 직전 해인 1949년까지 〈어델피〉, 〈뉴 라이팅〉, 〈리스너〉, 〈파르티잔 리뷰〉, 〈트리뷴〉을 비롯한 많은 잡지에 실었다. 그래서 이 책에 들어갈 새로운 작품을 고르는 데 적잖은 고민과 애로도 있었지만, 그래도 오웰다운 향취가 짙게 배어 있는 산문들을 잘 골랐다는 생각이 든다.

요즈음 세간에 떠도는 고전의 정의를 보면, '읽어보진 않아 내용은 잘 모르지만 어디서 여러 번 들어보긴 해서 작가와 주인공 이름 정도만 기억하고 있는 책'이라는 것이다. 고전을 읽지 않는 오늘날의 세태를 그대로 반영하는 자조 섞인 말일 것이다. 오웰의 소설, 그중에서《동물농장》과《1984년》도 고전의 반열에 올랐으니 '나폴레옹'이나 '빅브라더' 정도만 알고 있을 뿐 읽어보지 않았다는 뜻도 될 것이다. 물론 그의 소설들이 정치 소설이라는 특수성으로 재미가 덜하기는 하지만 말이다. 그럼에도 오웰은 국내에서 소위 고정 독자층을 확보하고 있는 작가이다. 거의 전문가 못지않을 만큼 오웰의 삶과 문학을 잘 알고 있는 소위 오웰 마니아들이 적잖이 있다는 얘기다. 내 생각인데 이들은 오웰의 소설보다는 솔직담백하게 써내려간 그의 산문에 매력을 느끼고 있을 터, 이번에 발간된 《영국식 살인의 쇠퇴》가 오웰의 세계관과 문학성을 더 깊이 있게 보여 줄 수 있기를 기대한다.

《영국식 살인의 쇠퇴》에 들어 있는 산문들을 내용별로 분류하자면 네 부류로 나눌 수 있다. 첫 번째는 〈어느 부랑자의 삶의 하루〉, 〈위건 피어로 가는 길 일기〉, 〈스페인 내전을 돌아보며〉 등과 같은 개인적 경험을 바탕으로 한 자전적 산문들이고, 두 번째는 〈고래 뱃속에서〉와 〈에즈라 파운드의 문학상 수상에 대한 의문〉과 같은 문학비평 산문들이고, 세 번째는 전체주의, 현대 지식인들의 삶, 서구 정치 등을 다룬 주로 1940년대에 쓴 시사성이 강한 산문들이다. 〈시민들을 무장시켜라〉, 〈코앞에서〉, 〈시골 빈민가는 유럽을 도울 수 없다〉, 〈유럽 통합을 위하여〉 등이 이 부류에 속한다. 네 번째는 〈서푼짜리 신문〉, 〈사회주의자는 행복할 수 있을까〉, 〈어느 서평가의 고백〉, 〈영국식 살인의 쇠퇴〉, 〈고물의 저항할 수 없는 매력〉, 〈내 좋을 대로〉 등과 같은 단상들이다.

흔히 오웰을 '실천적 지성인', 그의 문학을 '체험의 문학'이라 부른다. 오웰의 문학적 발전과정에 있어 그가 1950년 폐렴으로 세상을 뜰 때까지 마흔일곱 살의 길지 않은 삶을 살면서 겪은 굵직한 체험 세 가지를 들자면 '제국주의의 체험', '가난의 체험', '전쟁의 체험'이다. 그는 이튼스쿨을 졸업하고 열아홉 살이던 1922년부터 5년 동안 버마에서 제국경찰 노릇을 하면서 러디어드 키플링이 주장하던 '백인의 책무'에 환멸을 느꼈고, 제국주의 위선과 거짓에 눈을 뜨게 되었다. 이런 오웰의 반제국주의적 면모는 소설 《버마 시절》에서뿐만 아니라 〈국가는 어떻게 착취되는가〉에 여실히 그려져 있다. 이 산문에서 오웰은 대영제국과 버마의 관계를 주인과 노예의 관계로 설정하고 영국 제국주의를 자신들의 사리사욕을 위한 도적질에 불과하다고 주장한다.

두 번째는 '가난의 체험'이다. 오웰은 버마에서 영국으로 돌아오자마자 제국주의 경찰 노릇을 한 데 대한 속죄의 일환으로 밑바닥까지 내려가 하층민과 어울리며 떠돌이 생활을 체험했다. 자신을 '상위중산층 가운데 하급(lower-upper-middle class)'에 속한다고 규정하고 있는 오웰은 중산층의 눈으로 하층계급의 삶을 관찰하기도 했지만 런던과 파리에서 굶어죽기 직전까지의 가난을 몸소 체험했다. 《위건 피어로 가는 길》에서 묘사하고 있듯이 오웰은 "인간에 대한 인간의 모든 형태의 지배로부터 벗어나야 한다고 느꼈다. 나는 스스로 밑바닥까지 내려가 억압받는 사람들 사이로 들어가 그들 중 한 사람이 되어 압제에 대항하여 그들 편에 서기를 원했다." 오웰의 친구이자 문예이론가인 조지 우드콕은 양복을 입거나 중절모자를 쓴 오웰의 모습을 본 적이 한 번도 없었노라고 증언하고도 있지만, 그는 부르주아적 삶의 과시적 냄새가 나는 요소를 무척이나 경멸했으며 스스로 노동자 계급임을 자처했던 것이다. 영국의 문화이론가인 레이먼드 윌리엄스는 "오웰이 그토록 치열하고 고통스레 살지 않았더라면 그처럼 성공적일 수도 없었을 것이다. 가난과 고통과 더러움과 소모에 부닥친 것은 그것이 심각할 만큼 리얼한 것이며, 그 부닥침의 기록이 우리 문학을 괄목할 정도로 확대한 것이다."라고 그의 가난의 체험을 높이 평가하고 있다. 이런 가난의 모습이 〈위건 피어로 가는 길 일기〉와 〈어느 부랑자의 삶의 하루〉에 극도의 사실성으로 묘사되어 있다. 〈위건 피어로 가는 길 일기〉는 오웰이 실업으로 고통받고 있던 잉글랜드 북부 노동자들의 삶의 실상을 취재하기 위해 1936년 1월 31일부터 두 달에 걸쳐 위건, 리버풀, 셰필드 등 탄광지대 일대에서 노동자 숙소나 광부의 집에 머물면서 광산의 현실과 탄광 노동자들의 삶의 질곡을 관찰한 내용이다. 특히 지하 300여 미터의 막장에서 일하는 채탄부들에 대한 묘사는 단연 압권이다. "그들은 …(중략)… 그저 평범한 사람들이다. 특이한 점이라고는 독특한 걸음걸이(어깨를 딱 벌리고 무겁게 터벅터벅 걷는 걸음걸이)와 코에 있는 푸른 반흔 정도다. 그러나 땅속에서는 늙었거나 젊었거나 할 것 없이 상의를 벗는데 모든 근육이 꿈틀거리고 허리는 매력적일 정도로 늘씬하며, 그야말로 눈부시다." 이 일기에는 광부들로 대변되는 노동자들의 삶의 현실 및 가난의 본질이 이상화되거나 감상적으로 흐르지 않고 사실적이고도 객관적으로 묘사되어 있다. 이 여행을 통해 오웰은 노동자들의 삶에서 영국식 자유의 정수를 보고 상호부조의 정신이 깃들어 있는 것을 느끼는 등 노동계급의 진정성에 대해 눈을 뜨게 되었다.

　세 번째는 '전쟁의 체험'이다. 1936년 3월 말 영국 북부에서 돌아온 오웰은 그해 발발한 스페인 내전에 참전하기 위해 12월 말 스페인으로 건너가 마르크스주의통일노동당(POUM) 의용군으로 1백 15일 동안 아라곤 전선에서 복무했다. 〈스페인 내전을 돌아보며〉는 이때의 경험을 기록한 글이다. 이 산문은 오웰이 전선에 투입되기 전 일주일 동안 받았던 훈련에 대한 기억과 아라곤 전선에서의 혁명 정신이 깃든 인간적 삶의 모습, 정치적 음모 등을 그리고 있으며, 특히 정치현실 속의 인간 상황에 주목하게 되었다. 파시스트 한 명을 저격할 기회가 있었지만 오웰은 그렇게 할 수가 없었다. "나는 파시스트를 쏘기 위해 이곳까지 왔지만, 바지춤을 잡고 있는 그 병사는 파시스트가 아니었다. 그는 분명히 나 자신과 다를 바 없는 같은 인간이었다. 난 똑같은 인간을 쏘고 싶은 마음이 없었다."

오웰은 어느 에세이에서 작가가 글을 쓰는 데 있어 순전한 이기심, 미학적 열정, 역사적 충동, 정치적 목적 등 네 가지 동기가 있는데 자신에게는 네 번째 동기가 더 중요한 것이라고 고백한 적이 있다. 작가의 문학적 주제는 그가 살고 있는 시대에 의해 결정되는데, 평화로운 시기에 살았더라면 화려한 문체나 단순히 묘사 위주의 책만을 썼으리라는 것이다. 나아가 그는 "어떠한 책도 정치적 편견으로부터 자유로울 수 없다. 예술이 정치와 관계가 없다고 하는 의견 자체가 정치적 태도이다."라는 글쓰기의 강력한 정치적 목적을 주장한다. 그런 이유로 형식이나 구성보다 내용을 지나칠 정도로 강조하다보니 그의 정치 소설은 르포르타주 형태의 문학에 민감한 비문학이라는 지적을 받기도 했다. 이 문제에 대해 오웰은 스스로 "나는 진정한 소설가가 아니다."라고 솔직하게 고백하고, "침몰하는 배 위에 있을 때 당신의 생각은 그 침몰하는 배에 집중될 것이다."라는 촌철살인 같은 절묘한 답변을 했다. 모든 가치체계가 위협받았던 1930년대 서구의 정치적 상황하에서 "죽어가는 악폐에 순수하게 심미적인 관심만을 가질 수없다."는 것인데 당시 유행했던 형식, 기법, 자아실현 등을 중시하는 소위 모더니즘 문학에 일침을 가한 것이었다. 그에게 있어소설이 갖춰야 할 요건 중 가장 중요한 것은 주제이고 그 다음이구성과 문장력이다. 따라서 "오웰 소설은 일반적인 가치 기준으로 쉽게 평가할 수 없고, 그의 소설의 전체적 목적이나 효과를 제대로 규명하기 위해서는 작중에서 전개되는 정치적 상황과 그 속에서 묘사되는 인간의 모습에 대한 세심한 이해가 수반되어야 한다."는 어빙 하우의 지적은 새겨볼 만하다. 그렇다면 정치적 글쓰기에서 그가 말하고자 하는 바는 무엇인가? 그의 정치적 글쓰기의 화두는 '진실'이다. 무엇보다 그는 '진실'이 왜곡되는 것에 대해 몸서리쳤고 객관적 진실의 개념이 이 세상에서 사라지고 있다는 사실에 깊은 회의를 느꼈다. 그는 자신에게 있어 문학이란 '진실을 말하는 것, 특히 정치적 진실을 전달하는 것'이라는 신념을평생토록 간직했다. 한마디로 그는 '진실'이라는 개념에 결벽증을 가진 작가였다. 그래서 그의 마지막 소설《1984년》에서 주인공 윈스턴 스미스가 일기장에 "둘 더하기 둘은 넷(2+2=4)"이라고 쓰는 행위는 진실에 대한 결벽증의 상징적 언술이 된다.

오웰의 정치적 글쓰기에 대해 오해해서는 안 될 게 하나 있다.

흔히 정치 소설가 하면 특정 이데올로기 편에서, 진영 논리에 갇혀 어느 한쪽 편을 드는 작가로 생각하기 쉽다. 그러나 오웰은 문학이 정치적으로 오염되는 데 대해서 강력하게 경계하고 있다. 〈조지 오웰의 자전 노트〉에서도 말하고 있듯이, 그는 자신이 정서적으로 좌파이지만 작가가 정당 노선에 휩쓸리지 않아야만 정직함을 유지할 수 있다고 믿고 있다. 작가가 정치와 관련을 맺는다는 것은 한 시민과 인간으로서 관계를 맺는 것이지, 작가로서 정치와 관계를 맺어 특정한 정당을 위해 글을 써서는 안 된다. 정치에 기웃거리는 순간 작가는 선전주의자로 전락하고 만다는 것이다. 오웰 자신도 1938년에 1년 6개월 동안 독립노동당(ILP)에 속한 때가 있었지만 그 이후론 평생 동안 정치세력이나 정치운동을 멀리했다. 요약하자면, 오웰은 경험을 폭로하고 진실을 전달해야만 하는 숙명을 지닌 작가였다. 물론 개인의 경험을 일반화했다는 지적도 있지만 사실 그는 자신의 경험을 있는 그대로 객관적이고 리얼하게 묘사했을 뿐 받아들이는 것은 독자의 몫이다. 그에게 있어 정치적 글쓰기란 경험을 기록함으로써 인간의 역사적 발전에 한몫을 하고, 진리는 반드시 믿어져야 하며, 작가는 진리인 것을 신뢰성, 정확성 및 신념을 가지고 독자들에게 전달해야 한다는 것으로 요약된다.

끝으로 《영국식 살인의 쇠퇴》가 세상에 나오기까지 구성, 편집, 교정 등 끝까지 애써주신 신소희 팀장님을 비롯한 은행나무 출판사 여러분께 감사드린다.

조지 오웰 연보

1903년 6월 25일 인도 벵골 지역의 모티하리에서 영국 아편국 소속 인도 주재 공무원인 아버지 리처드 웜즐리 블레어(Richard Walmesley Blair)와 어머니 아이다 메이블 리무진(Ida Mabel Limouzin) 사이에서 출생하다. 본명은 에릭 아서 블레어(Eric Arthur Blair).

1904년 어머니는 남편을 인도에 남겨놓고 자식들의 교육을 위해 마저리와 에릭을 데리고 영국으로 귀국하다. 에릭 가족은 옥스퍼드셔 주의 헨리 온 템즈(Henley-on-Thames)에 새 가정을 꾸리다.

1907년 어머니가 셋째이자 막내인 에이브릴을 출산하다. 남편이 1912년 귀국할 때까지 인도에서 부쳐주는 돈으로 세 명의 아이들을 키우며 생활하다.

1911년 여름에 런던에서 남쪽으로 9킬로미터 떨어진 서섹스 주의

이스트본 교외에 위치한 세인트 시프리언스 예비학교에 입학하다. 그해 가을부터 5년 남짓 다니다.

1912년 가족이 헨리 온 템즈에서 남쪽으로 3킬로미터 떨어진 조그만 마을 십레이크(Shiplake)로 이사해 1915년까지 살다.

1914년 10월 2일자 〈헨리 앤 사우스 옥스퍼드셔 스탠더드(*Henley and South Oxfordshire Standard*)〉에 〈깨어라, 영국의 젊은이들이여!(Awake! Young Men of England)〉라는 시를 발표하다.

1917년 3월 초 이튼스쿨 장학생으로 선발되었다는 통지를 받다. 5월 초 이튼스쿨에 국왕 장학생으로 입학하다.

1918년 심한 폐렴으로 고생하다. 평생 동안 우정을 나누고 장차 문학 활동에 든든한 버팀목이 될 시릴 코널리를 만나다(에릭보다 1년 늦게 입학했다).

1921년 이튼스쿨을 졸업하다.

1922년 6월 제국주의 경찰이 되기 위해 일주일 동안 시험을 치러 합격하다. 10월 27일 리버풀을 떠나 버마의 랭군(Rangoon)으로 가는 기나긴 여정의 길에 오른다. 만달레이(Mandalay)에 있는 경찰 훈련학교를 졸업하고 인도 제국주의 경찰로 버마에서 근무하기 시작하다.

1924년 랭군에서 16킬로미터 떨어진 시리암 지역에 부총경으로 근무하다.

1925년 인세인(Insein)에서 다음 해 4월까지 근무하다.

1926년 만달레이 북쪽으로 300킬로미터 가량 떨어진 카타

(Katha)에 배치되다.

1927년 휴가차 귀국했다가 경찰에 사직원을 제출하다. 작가의 길을 걷겠다고 마음먹고 초겨울을 런던 포토벨로 로드(Portobello Road)에 있는 싸구려 하숙집에서 지내다. 하층민과 어울리며 뜨내기 생활을 하다.

1928년 1월 1일자로 경찰직 사직원 수리되다. 봄에 파리로 건너가 노동자 지구에 있는 허름한 호텔의 작은 방 하나를 얻다. 최초의 글인 〈영국에 대한 비판(La Censure en Angleterre)〉이 10월 6일자 〈몽드(*Monde*)〉에 실리다. 12월 29일 〈G. K. 위클리〉에 〈서푼짜리 신문〉이 실려 영국에서 그의 글이 처음으로 선보이다.

1929년 각혈로 파리의 병원에 2주간 입원하다. 크리스마스 무렵 영국으로 돌아오다.

1930년 런던의 부랑아들과 어울리고 노숙을 하다. 《파리와 런던의 밑바닥 생활(*Down and Out in Paris and London*)》 집필하다.

1931년 8월 《파리와 런던의 밑바닥 생활》의 타자 친 원고를 조나단 케이프(Jonathan Cape) 출판사에 제출하다.

1932년 4월 런던 서쪽 헤이즈에 있는 호손즈(Hawthorns) 남자 고등학교에서 교사생활을 하다.

1933년 《파리와 런던의 밑바닥 생활》이 1월 9일 빅터 골란츠 (Victor Gollancz)에서 조지 오웰이라는 필명으로 출간되고, 〈선데이 익스프레스〉에 금주의 베스트셀러로 선정되다. 《버마 시절 (*Burmese Days*)》 집필 시작하다. 크리스마스를 며칠 앞두고 네 번째 폐렴의 징조로 억스브리지 카티지 병원에 입원하다. 교사 생활을 포기하다.

1934년 1월~10월 부모와 함께 사우스월드(Southwold)에 거주하다.《목사의 딸(*A Clergyman's Daughter*)》집필 시작하다.《버마 시절》이 미국의 하퍼 앤 브라더스(Harper & Brothers)에서 출간되다. 10월 런던의 햄스테드에 있는 '북러버즈 코너(Booklover's Corner)' 라는 서점에서 점원으로 일하기 시작하다.

1935년 3월《목사의 딸》이 빅터 골란츠에서 출간되다. 런던의 켄티시타운으로 이사하다.

1936년 1월 31일 영국 북부지역의 실업실태와 생활환경에 대한 소설을 쓰기 위해 북부로 떠나다. 두 달 동안 위건, 맨체스터, 셰필드 등 북부 탄광지대를 다니며 광부들의 고된 작업과 하층민들의 열악한 삶을 조사하다. 3월 30일 조사를 마치고 런던으로 돌아오다. 4월 30일《엽란이여 날아라(*Keep the Aspidistra Flying*)》가 빅터 골란츠에서 출간되다. 5월 에일린 모드 오쇼너시(Eileen Maud O' Shaughnessy)와 결혼해 왈링턴(Wallington)에서 신혼생활을 하다. 버마에서의 제국주의 경찰 경험을 담은〈코끼리를 쏘다(Shooting an Elephant)〉가〈뉴 스테이츠먼(*New Statesman*)〉에 게재되다. 스페인 전쟁 동안 마르크스주의 통일노동자당(POUM) 의용군이 되다. 이후 1백 15일을 스페인 아라곤 전방에서 복무하다.

1937년 3월《위건 피어로 가는 길(*The Road to Wigan Pier*)》이 빅터 골란츠에서 출간되다. 5월 아라곤 전투에서 목에 총알을 맞아 치명적 부상을 입었지만 구사일생으로 살아나다. 6월 아내와 바르셀로나를 탈출해 프랑스를 거쳐 영국으로 돌아오다. 7월 《카탈로니아 찬가(*Homage to Catalonia*)》 집필에 착수하다.

1938년 1월 중순경 《카탈로니아 찬가》를 마무리짓다. 3월 각혈이 심해 프레스톤 홀 요양원에 입원하다. 4월 《카탈로니아 찬가》가 세커 앤 워버그(Secker and Warburg)에서 출간되다. 여름 독립노동당(ILP)에 가입하다. 9월 아내와 함께 모로코 여행을 떠나다.

1939년 카사블랑카에서 런던으로 돌아오다. 5월 〈고래 뱃속에서〉 집필 시작하다. 6월 《숨 쉬러 나오다(*Coming Up for Air*)》가 빅터 골란츠에서 출간되다. 9월 2차 세계대전 발발하다. 전쟁에 참여하기 위해 영국 중앙등기부에 자원해서 이름을 제출했으나 폐가 나빠 입대 불가 판정을 받다.

1940년 3월 첫 에세이집인 《고래 뱃속에서》가 빅터 골란츠에서 출간되다. 6월 신체검사가 까다롭지 않은 민방위대에 자원해 제5런던 대대의 하사가 되고 이후 3년간 근무하다. 7개 이상의 정기간행물에 수필 12편과 1백 편이 넘는 서평을 쓰다.

1941년 2월 《사자와 일각수(*The Lion and the Unicorn*)》가 세커 앤 워버그에서 출간되다. BBC 방송국에서 대담 진행자, 뉴스 해설 집필자 등의 일을 하다.

1942년 〈호라이즌(*Horizon*)〉, 〈트리뷴〉 등에 기고하다.

1943년 9월 BBC에 사표를 제출하다. 〈트리뷴〉의 문예 담당 편집자로 15개월 동안 일을 하다. 동(同)지에 고정 칼럼 《내 좋을 대로》를 기고하다. 12월 〈사회주의자는 행복할 수 있을까〉를 〈트리뷴〉에 게재하다. 〈스페인 내전을 돌아보며〉 일부를 〈뉴 로드〉에 게재하다.

1944년 양자를 들이고 이름을 리처드 호레이쇼 블레어(Richard Horatio Blair)라고 짓다. 《동물농장(*Animal Farm*)》을 탈고하다.

1945년 독일의 패망과 프랑스의 사정을 취재해 〈옵서버〉와 〈맨체스터 이브닝 뉴스(*Manchester Evening News*)〉에 기사를 쓰기 위해 파리로 건너가다. 아내 에일린이 자궁 제거 수술 중 심장마비로 사망하다. 여름 자유수호위원회 부회장이 되다. 8월 《동물농장》이 여러 출판사에서 거절된 후 세커 앤 워버그에서 출간되고 출판 2주 만에 초판 매진되다. 9월 스코틀랜드 동북부의 섬 쥬라(Jura)를 처음 방문하다. 12월 두 번째 아내가 될 소냐 브라우넬(Sonia Brownell)을 친구 코널리의 집에서 만나다.

1946년 3월 〈코앞에서〉가 〈트리뷴〉에 게재되다. 여름 유모 겸 가정부인 수잔 왓슨과 아들 리처드를 데리고 쥬라의 반힐(Barnhill)로 향하다. 8월 《1984년》을 50페이지 가량 쓰다. 10월 런던으로 돌아오다.

1947년 4월 쥬라를 다시 방문하다. 11월 《1984년》초고를 이곳에서 폐결핵과 사투를 벌이며 완성시킨 후 폐 전문 헤어머즈 병원에 입원하다. 폐결핵 양성 진단을 받다.

1948년 쥬라를 다시 찾다. 11월에 《1984년》을 탈고하고 12월 초 타이핑 작업이 끝난 원고를 세커 앤 워버그로 보내다.

1949년 1월 쥬라를 떠나다. 6월 《1984년》이 세커 앤 워버그에서 출간되고 미국에서 '이달의 책'에 선정되다. 9월 초 런던 유니버시티 칼리지 병원에 입원하다. 10월 13일 병실 침대 옆에서 소냐와 간략한 결혼식을 올리다.

1950년 전세 비행기로 1월 25일 스위스의 요양원에 가기로 되어 있던 중, 1월 21일 마흔일곱 살의 나이로 숨을 거두다. 템스 강변에 있는 올 세인츠 교회에 안장되다. 묘비명은 "에릭 아서 블레어 이곳에 잠들다. 1903년 6월 25일 태어나서 1950년 1월 21일 사망하다."로 적히다.

1968년 소냐와 이언 앵거스(Ian Angus)가 공동으로 《조지 오웰 에세이, 저널, 편지 모음집(*Collected Essays, Journalism and Letters of George Orwell*)》을 4권으로 간행하다.

참고문헌

Bloom, Harold. ed. *Modern Critical Views 92: George Orwell*. New York: Chelsea House, 1987.

Crick, Bernard. *George Orwell: A Life*. Boston: Little, Brown & Co., 1980.

Davison, Peter. *George Orwell: A Life in Letters*. New York: Liveright Publishing Corporation, 2013.

Hitchens, Christopher. *Why Orwell Matters*. New York: Basic Books, 2002.

Howe, Irving. *Politics and the Novel*. New York: Columbia University Press, 1992.

Ingle, Stephen. *The Social and Political Thought of George Orwell: A Reassessment*. New York: Routledge, 2006.

Kalechofsky, Roberta. *George Orwell*. New York: F. Ungar Pubblishing Co., 1973.

Larkin, Emma. *Finding George Orwell in Burma*. New York: Penguin Books, 2004.

Meyers, Jeffrey. ed. *George Orwell: The Critical Heritage*. London: Routledge & Kegan Paul, 1975.

_____. *George Orwell: Wintry Conscience of a Generation*. New York: W. W. Norton & Co., 2000.

Meyers, Valerie. *George Orwell*. London: Macmillan Press, 1991.

Orwell, George. *The Road to Wigan Pier*. Harmondsworth: Penguin Books, 1989.

Orwell, Sonia & Angus, Ian, ed. *The Collected Essays, Journalism and Letters, 4 vols*. Harmondsworth: Penguin Books, 1970.

Rai, Alock. *Orwell and the Politics of Despair*. Cambridge: Cambridge University Press, 1988.

Rees, Richard. *George Orwell: Fugitive from the Camp of Victory*. London: Secker & Warburg, 1961.

Rai, Alock. *Orwell and the Politics of Despair*. Cambridge: Cambridge University Press, 1988.

Rosenfield, Isaac. "Decency and Death." *Partisan Review* 17 (May 1950). reprinted in *George Orwell: The Critical Heritage*. ed. Jeffrey Meyers. London: Routledge, 1975.

Shelden, Michael. *Orwell: The Authorized Biography*. New York: Harper Collins, 1991.

Singh Bal, Sant. *George Orwell: The Ethical Imagination*. New Delhi: Arnold-Heinemann, 1981.

Williams, Raymond. *Orwell*. Glasgow: Fontana, 1971.

Woodcock, George. *The Crystal Spirit: A Study of George Orwell*. New York: Schocken Books, 1984.

고세훈. 《조지 오웰: 지식인에 관한 한 보고서》. 한길사, 2012.

박경서. 〈조지 오웰의 소설에 나타난 사회주의적 전망〉. 《신영어영문학》10, 1998.

_____. 《조지 오웰》. 살림, 2005.

_____. 〈오웰의 정치적 체험과 산문-제국주의에 대한 정신적 통찰과 도덕적 딜레마-〉. 《신영어영문학》 39, 2008.

_____. "*The Road to Wigan Pier:* The Process of George Orwell's Socialism." 《신영어영문학》 48, 2011.

_____. "*Coming Up for Air* and the Politics of Powerlessness: Seeing Hopelessness of the Future in the Past." 《신영어영문학》 52, 2012.

오웰, 조지. 《코끼리를 쏘다》. 박경서 역. 실천문학사, 2003.

_____. 《동물농장》. 박경서 역. 열린책들, 2006.

_____. 《1984년》. 박경서 역. 열린책들, 2007.

_____. 《버마 시절》. 박경서 역. 열린책들, 2010.

윌리엄즈, 레이먼드 외. 《오웰과 1984년》. 김병익 역. 문학과지성사, 1984.

은행나무 위대한 생각 06

영국식 살인의 쇠퇴

1판 1쇄 발행 2014년 6월 27일
1판 2쇄 발행 2021년 4월 19일

지은이 · 조지 오웰
옮긴이 · 박경서
펴낸이 · 주연선

(주)은행나무
04035 서울특별시 마포구 양화로11길 54
전화 · 02)3143-0651~3 | 팩스 · 02)3143-0654
신고번호 · 제 1997-000168호(1997. 12. 12)
www.ehbook.co.kr
ehbook@ehbook.co.kr

잘못된 책은 바꿔드립니다.

ISBN 978-89-5660-783-2 04800
ISBN 978-89-5660-761-0 04800(세트)